科塔萨尔短篇小说全集 IV

我们如此热爱格伦达

〔阿根廷〕胡里奥·科塔萨尔 著

陶玉平　林叶青　译

南海出版公司

新经典文化股份有限公司
www.readinglife.com
出　品

目录
Contents

某个卢卡斯　陶玉平 / 译

我们如此热爱格伦达　　林叶青 / 译

I

某个卢卡斯

陶玉平 / 译

我父母的话：

　　——可怜的雷奥波！

妈妈说：

　　——太敏感的心……

　　那么小，雷奥波就已经与众不同。

　　他的游戏太不寻常。

　　邻居雅克琳从一棵李子树上坠落身亡之际，

　　需要当心了。雷奥波爬进

　　那棵致命的树最细微的枝条间……

　　十二岁了，它冒失地在晒台上铺展，毫无保留地给予。

　　他搜集花园里死去的昆虫，

　　把它们排列在

　　点缀着冰块的贝壳屋里。

　　他在几页纸上写道：

　　小金龟子——死了。

螳螂——死了。

蝴蝶——死了。

苍蝇——死了……

他给花园的树上挂上了飘带。

人们看到白色的纸页伴随着

最微弱的风在花圃上面轻摆。

爸爸说：

——难以捉摸的孩子……

冒险的、纷繁的、脆弱的心。

不被同学

和先生们理解。被命运标记。

爸爸妈妈说：

——可怜的雷奥波！

《玫瑰旅馆的夜晚》

莫里斯·弗雷

卢卡斯和怪蛇搏斗

现在已经上了点儿岁数，他才明白要杀死它并非易事。

当一条怪蛇很容易，要想把它杀死却并非易事，因为杀它的时候你得把它的好几颗头一一砍下（有说七个的，也有说九个的，不同的作者和不同的寓言集有不同的说法），而且至少还得给它留下一个头，因为这条怪蛇其实就是卢卡斯本人，他一心想的就是怎么才能从蛇的皮囊里脱身而继续作为卢卡斯存在，从许多个头变成一个头。我倒想看看你会怎么办，卢卡斯有时会不无妒意地对赫拉克勒斯这样发问，当年赫拉克勒斯杀死怪蛇的时候没有这些麻烦，他只需利剑一挥，怪蛇就像一个华丽的喷泉，喷出七股或是九股血柱。杀掉怪蛇是一码事，做一条曾经只是卢卡斯而且现在愿意继续当卢卡斯的怪蛇是另一码事。比方说，你一刀砍掉了那个喜欢收集唱片的脑袋，下一刀再砍掉一个总是一成不变地把烟斗放在书桌左手边、把装着马克笔的笔筒放在右手边稍靠后一点地方的脑袋。现在来看看这样做会有什么后果吧。

嗯，算是有些成效，少了两个脑袋，其他几个一下子都有了点危机感，面对这样一个凄惨的局面，它们骚动不安，脑子都飞快地转个不停。换句话说，至少在一段时间里那种痴迷于集齐韦诺萨亲王杰苏阿尔多的牧歌的劲头可以歇一歇了（卢卡斯还差两张就收全他的唱片了，看样子是已经卖完了，而且也不会重新再版，这使得已经到手的其他唱片的意义大打折扣。让那个这么想、这么渴望、这么折磨人的脑袋被一刀砍掉去死吧）。此外，当他伸手拿烟斗却发现它不在原来的地方时，这一反常却是令人不安地新鲜。不如利用这种对失序的渴望，现在就把那颗头砍掉——它喜欢把自己关在房里，躺在安乐椅上在灯旁看书，六点半准时喝一杯苏格兰威士忌，加上两个冰块和一点苏打水，书籍和杂志也都按照阅读顺序码得整整齐齐。

然而，真要杀死这条怪蛇再变回卢卡斯极其困难，这一点在血淋淋的战斗刚进行到一半时他就深有感触。一开始，他打算用一张纸把这一切都记录下来，那张纸是他从书桌右手边第二个抽屉里取出来的，其实眼前到处都有纸，可是，先生，这可不行，仪式就是仪式，别提那盏意大利出产的可伸缩台灯，四种角度可调，一百瓦，活像建筑工地上用的那种大吊车，极完美的灯体平衡使光线分布极其均匀等等。把那个像古埃及端坐的抄写员似的脑袋干脆利落地一刀砍掉。又少了一个，呼。卢卡斯离变回自己又近了一步，看来情况正在好转。

他大概永远也不会知道还剩下几个脑袋等他去砍，因为就在这时，电话铃响了起来，是克劳丁打来的，让他跑——着——到电影院去，那里正在放一部伍迪·艾伦的电影。看来卢卡斯并没有按存在论的顺序去砍那些脑袋，因为他的第一反应是不，绝不去，电话那头，克劳丁急得像只热锅上的小螃蟹，是伍迪·艾伦，伍迪·艾伦的电影，可卢卡斯的回答是，丫头，你要是为我着想，就别逼我去看什么电影，你也不想想，我怎么可能因为你想看什么伍迪伍迪的电影就丢下手头血浆和Rh因子喷涌的争斗，你得明白，事情有轻重缓急。电话那头听筒哐的一声重重落下挂断的时候，卢卡斯意识到，他应该先把那个负责时间顺序和等级的脑袋砍下来，那样一来，情况也许会突然缓和，什么烟斗呀，克劳丁呀，铅笔筒呀，杰苏阿尔多呀，便都会按照另一种顺序排列，当然还要算上那个什么伍迪·艾伦。现在已经太迟了，克劳丁也顾不上了，想找些什么词儿来继续讲述这场战斗也来不及了，因为已经没有什么战斗了，如果你每砍下一个脑袋就会留下另一个更专制的脑袋，再砍下去还有什么意义呢，已经攒了一大堆邮件该一一回复了，再过十分钟，又该喝一杯加少许冰和少许苏打水的威士忌，事情再明白不过了，那怪蛇的脑袋又重新长了出来，砍来砍去的，根本没用。卢卡斯在卫生间的镜子里看见了那条怪蛇的完整面目，每一张脸上都挂着灿烂的笑容，露出满口的獠牙。一共有七个脑袋，十年一个；更糟糕的是，根据某些怪蛇研究权威的说法，还会再长两个，要是有副好身子骨，这事总会发生。

卢卡斯买东西

　　托塔让卢卡斯下去买盒火柴，因为城里到处暑气蒸腾，他穿了身睡衣便出了门，就这样，他出现在了胖老板穆希奥的咖啡馆里，打算在买东西之前先喝上一杯加了苏打的开胃酒。这助消化界的贵族刚喝了一半，只见他的朋友华雷斯走了进来，也是只穿了身睡衣，一见到就心急火燎地告诉他自己姐姐得了急性中耳炎，可药剂师说什么也不肯卖给他止疼药水，说是没见着医生的处方，还说那药水是一种致幻剂，街区里已经有超过四个嬉皮士因为这个被电刑处死送了性命。他和你挺熟的，会卖给你的，快跟我来一趟，罗西塔疼得死去活来的，我实在不忍心看她这样受罪。

　　卢卡斯付了账，把买火柴的事忘得一干二净，他跟着华雷斯到了药房，老奥利维蒂说不行的，这不行，去别家吧，正在这当口，老板娘从店后面走了出来，手里拿了个柯达照相机，卢卡斯先生，您肯定会装胶卷的，我们正在给小姑娘过生日，结果发现胶卷正好拍完，我们都给拍完啦。可我得去给托塔买火柴呀，卢卡斯话没说完，华雷斯就踩了他一脚，于是卢卡斯满口答应帮忙把胶卷装上，他明白，这么一来，作为回报，老奥利维蒂准会把那倒霉的药水卖给他，华雷斯千恩万谢，出了门撒腿就他妈的跑，老板娘却一把抓住了卢卡斯，满心欢喜地把他带到了庆生的现场，您还没尝尝堂娜路易莎亲手做的奶油蛋糕，怎么能就走呢，卢卡斯对女孩说了声生日快乐，女孩刚刚吃下去第五块蛋糕，肚子叽里咕噜一阵乱响算是作答。大家一起唱了绿芹菜嘟右①的生日歌，又用橙汁碰了杯，可老板娘又给卢卡斯先生端来一小杯冰啤酒，还得请他帮忙拍几张照片，因为他们不太会，卢卡斯逗逗小鸟吧，这张要用闪光灯，这一张到院子里照吧，这丫头想把那只朱顶雀也照进去，她喜欢。

"好了，"卢卡斯说，"我该走了，因为，托塔……"

话音未落，药房里传来一阵喊叫声，还有各种发号施令和反对号令的声音，卢卡斯跑过去想看个究竟，顺便溜之大吉，只见外面挤满了萨林斯基家的男人，他们簇拥着老萨林斯基，老爷子从椅子上摔了下来，因为就住在隔壁，他们把他带了过来，只要尾巴骨没摔断，没什么大事的话，就不去麻烦大夫了。和卢卡斯关系很铁的矮胖萨林斯基一手抓住了卢卡斯的睡衣，对他说，老爷子身体够硬朗的，可再硬也硬不过院子里铺的瓷砖，老爷子脸都绿了，平时总喜欢用手揉揉屁股，这会儿也够不着了，说不定真要命地骨折了。

---

① "绿芹菜嘟右"（apio verdetuyú）和"祝你生日快乐"（Happy birthday to you）谐音。

老奥利维蒂察觉到了这个相悖的细节，立马让他老婆去打电话，不到四分钟，救护车就赶到了，赶来的还有两名担架员，卢卡斯搭了把手，帮着把老爷子往车上抬，不知怎么，老爷子对自己几个儿子视而不见，一把搂住了他的脖子，等卢卡斯想从救护车上下来时，担架员当着他的面砰的一声关上了车门，因为这二位当时正在为下周日博卡青年队对河床队的足球赛争得不可开交，顾不上分心弄清谁是谁的家人，于是，当救护车以超音速启动时，卢卡斯一屁股跌在了地上，老萨林斯基躺在担架上，还来了句，操，小伙子，这回你知道疼起来是什么滋味儿了吧。

到了终点站医院，解释来龙去脉的任务就落到了卢卡斯的头上，但要在医院里解释清楚可费了不少周折，您是他家人吧，不不，其实我，那这是怎么回事，让我给您解释，好了好了，把您的证件给我们看看，问题是我只穿了身睡衣，大夫，您的睡衣上明明有两个口袋，没错，可其实是托塔，您不会是想告诉我这位老人家名字叫托塔吧，我的意思是我本来是要给托塔买一盒火柴的，刚好华雷斯就来了，然后……好吧，医生叹了口气说道，摩尔加达，把老头的内裤褪下来，您可以走了。我得留在这儿等他家人过来，他们得给我打出租车回家的钱，卢卡斯说，穿成这副模样我总不能去坐公交吧。这还真不好说，医生感慨道，现在什么奇装异服都有人敢穿，时尚这东西真是瞬息万变，摩尔加达，给他拍个尺骨的片子。

萨林斯基家的人把出租车上下来的时候，卢卡斯把消息告诉了他们，矮胖子给了他正好的车钱，但对他足足说了五分钟感谢的话，感谢他这个好朋友的帮助，突然间四周都没了出租车的踪影，卢卡斯再也等不及了，顺着街道走了下去，可穿了身睡衣在陌生的街区行走，看上去总有点怪怪的，他从没想到这跟光着屁股差不多，更糟糕的是，连辆破破烂烂的公交车也看不见，最后总算来了辆128路，卢卡斯站在两个女孩子中间，她们目瞪口呆地看着他，还有位老太太坐在座位上，沿着睡衣的条纹从下到上地打量着他，仿佛是想给这套几乎什么起伏都遮不住的着装的体面程度打个分，圣菲街和卡宁街的车站好像总也到不了，当然到不了，因为卢卡斯坐的是去萨维德拉的公交，于是他只好下了车，等车的地方像是个牧马场，长着两棵小树，还有一台坏了的梳毛机，托塔这会儿一定像只关进了洗衣机的美洲豹，一个半钟头了，我的妈呀，公交车到底他妈的什么时候才来？

可能永远不会来了，卢卡斯对自己说道，带着一种不祥的顿悟，也许这件事就像远离阿尔穆塔辛①一样，卢卡斯——这位文化人——这么想道。他几乎没有看见一个掉光了牙的老妇人从不远处走了过来，问他会不会碰巧身上带着火柴。

---

① 出自博尔赫斯的短篇小说《接近阿尔穆塔辛》，这是一篇针对同名虚构小说的伪书评，这本编造的书描写了主人公寻找光的化身——一个名叫阿尔穆塔辛的人的过程。

卢卡斯的爱国主义

我那本护照上我最喜欢的就是那些更新的册页，再就是那各式各样的签证章，圆的／三角形的／绿的／方的／黑的／椭圆形的／红的；要说我对布宜诺斯艾利斯的印象，那就要说起里亚丘埃洛河上的摆渡船，爱尔兰广场，农艺区的花园，几家也许现在已经停业了的咖啡馆，迈普大街上快到科尔多瓦街口一间公寓房里的一张床，夏日午夜时分港口的气息和静谧，拉瓦列广场上的树木。

这片土地留在我记忆之中的是门多萨的条条溪流散发出的气息，是乌斯帕亚塔的杨树，是拉里奥哈省贝拉思科深紫色的小山丘，是在一九四二年乘火车从萨尔塔前往米西奥内斯经过瓜纳科斯大草原时查科的满天星斗，是我在萨拉迪约骑过的一匹马，是在佛罗里达的波士顿酒吧品上一口加了哥顿牌杜松子酒的仙山露的滋味，是科隆大剧院池座令人略发过敏症的气味，是和卡洛斯·贝乌尔奇还有马里奥·迪亚兹住过的月神公园的超级铂尔曼酒店，是清晨的几家奶店，是十一广场的丑陋，是在甜蜜的懵懂岁月对《南方报》的阅读，是每份只卖五毛钱的《光明报》，上面有罗伯托·阿尔特[①]和卡斯泰尔诺沃[②]的消息，当然还有几处小院，有我不便在这里明说的几处阴暗所在，以及故去的人。

---

① 罗伯托·阿尔特（Roberto Arlt，1900－1942），阿根廷作家。
② 埃利亚斯·卡斯泰尔诺沃（Elías Castelnuovo，1893－1982），乌拉圭诗人、散文家、记者，主要活跃于阿根廷布宜诺斯艾利斯。

卢卡斯的爱国狂热

这里我们不是在做什么大事记，各位千万别这么以为，我们要谈的既不是方吉奥也不是蒙松，或是诸如此类的事情。当然了，小时候他以为弗波比圣马丁厉害得多，胡斯托·苏亚雷斯也比萨米恩托本领高强，[①]可生活磨掉了他的傲慢，改变了他对军事史和体育运动史的认识，接下来的时间里他经历了神圣幻灭和自我否定的阶段，只是时不时还会与人有些小小的争吵，太阳就是在这时出现的。

每次他发觉某些人，或发现自己至死都将是傲慢自大的阿根廷人，他便哈哈大笑，因为幸好他这种阿根廷人的特性还是有点不一样，可就在这不一样里面仍然时不时浮现出一些自吹自擂来（老毛病了），每到这时，不管是在国王大道还是在哈瓦那海滨大道上，

①以上提到的人物均为阿根廷人，方吉奥是赛车手，蒙松是足球运动员，弗波和胡斯托·苏亚雷斯是拳击手，圣马丁是阿根廷国父，萨米恩托是阿根廷前总统。

卢卡斯就会在一群朋友的声音当中听见他的大嗓门，说着谁要是没吃过克里奥尔式烤牛仔骨还敢说吃过肉吗，要不然就是不用牛奶做的甜品那还叫甜品吗，再要不然就是三桅船酒吧（读者，这酒吧还在吗？）或是圣詹姆斯酒吧（苏珊娜，这酒吧还在吗？）的德玛利亚鸡尾酒天下无双之类的。

很自然，他的朋友们会回应一通委内瑞拉式或危地马拉式的怒火，接下来的几分钟，无论是谈论烹调技术，或是评判花草树木，抑或是说些与农牧业或因为你我才谈起的与自行车运动有关的话题，都会兴起一阵阵超级爱国狂热。在这种场合下，卢卡斯就像一条小狗那样，让大狗们先吵个够，一面自己心中做一番自我检讨，当然也绝不过分，到最后问上一句：说了半天，你们倒是告诉我，那些最好的鳄鱼皮钱包和蛇皮皮鞋又是在哪儿生产的呢。

卢卡斯的爱院情结

　　画面的中央可能是天竺葵，但也长了些紫藤，夏日里，下午五点半的马黛茶，缝纫机，拖鞋，人们慢腾腾地聊些谁生病了、谁家又闹矛盾了之类的闲话，冷不防会有只小鸡在两把椅子之间踩出一行脚印，再不然就是猫跟在一只远比它灵巧老练的鸽子身后。一切都带上了晾衣绳上衣服的味道，被染蓝的浆衣水和漂白剂的味道，一股退休生活的味道，各式小糕点或油炸饼的香气，还有总是从邻居家的收音机飘来的探戈曲，赫尼奥尔药片广告，以及厨师牌食用油"油中大师"，院子尽头是一块荒地，孩子们在那里踢着用破布卷成的足球，一个叫贝托的小家伙踢进了一记漂亮的好球。

　　一切都如此平常而早已被讲述殆尽，卢卡斯只能纯粹出于羞愧而想转换一下思路，在回忆的中途，他决定想想在那个时候他怎么会把自己关在小屋里无所事事，读着荷马和狄克森·卡尔，免得再听一次佩帕姨妈讲她那次阑尾炎开刀的经过，喋喋不休地说起种种惨不忍睹的细节，活灵活现地演示因麻醉引起的可怕的反胃，再不然就是讲布尔内斯大街上那栋被抵押出去的房子的事，阿莱杭德罗舅舅在那儿一杯接一杯地灌马黛茶，直到以大家齐声叹气作结，一切都越来越糟，何塞芬娜，这里需要一个强有力的政府，他妈的。幸好弗洛拉过来了，来给大家看《消息报》上用凹版印刷的克拉克·盖博的照片，再说说电影《乱世佳人》中的关键片段。有时，老奶奶会想起弗朗切丝卡·贝尔蒂尼，阿莱杭德罗舅舅则想起了芭芭拉·拉玛尔，她是野性的大海①，你和这些荡妇，啊你们男人呀，卢卡斯知道他什么都做不了，知道自己又在院子里了，知道那张明信片将永远钉在时间之镜的边缘——手绘，上面有一行小白鸽飞过，还有细细的黑边。

①此处为文字游戏，芭芭拉是人名，有"野蛮、野性"的意思；拉玛尔和"大海"(la mar) 的读音近似。

卢卡斯的交流

卢卡斯不但自己写东西，也喜欢换个角度，读读别人写的东西，有时他会很惊讶地发现，对他而言，有些东西实在太难看懂了。倒不是说这些问题有多深奥（说到深奥，卢卡斯觉得这个词太恐怖了，他倾向于把这些问题掂在手心里，亲近还是拒绝完全取决于它的颜色、气味或触感），但突然之间，在他和他正在读的文本之间隔上了一层类似脏玻璃的东西，于是他开始不耐烦，被迫重新阅读，无名火渐起，终于，手里的杂志或书本完美地飞到旁边的墙上，然后掉下，扑通。

每每把书读到这种地步的时候，卢卡斯都会问自己，在这从传道者到受道者的转变之中，说到底能发生什么见鬼的事呢。他能提出这样的问题并不容易，因为他从来没想过这个问题，尽管他写作的空气如此稀薄，尽管有些东西只是在艰难的细批薄抹后出现又消失，卢卡斯始终没放弃去核验它的出现是否能让人接受，它的消失是否近乎顺利地进行。他几乎不关心读者的个人处境，因为他坚信冥冥之中有一种变化多端到神秘的度量方式，在大多数情况下能让它如一件量身定做的衣裳，因此，来去都无须退让：只要写出来的东西是自行生长而非嫁接而来，他和其他人之间就必然有桥梁可以沟通。即便是在他最狂妄的胡说八道中，也还会保留着如此简单，像小鸟和"扫帚"游戏①一般的东西。写作不是为了别人而是为了自己，但你也必须把自己当别人；太简单了，我亲爱的华生②，乃至于他有所怀疑，自问如果在写信人、信件本身和收信人三方的核验中少了那种下意识的蛊惑将会如何。卢卡斯看看手心里"收信人"这三个字，轻轻摸了摸，便把它还回模糊不定的地狱边境去了；收信人是谁他都无所谓，因为收信人触手可及，他写自己看的，看自己写的，真他妈该死。

①一种两到四人玩的西班牙扑克游戏。
②原文为英语，是福尔摩斯系列侦探小说中主角常说的一句话。

卢卡斯推人及己

在一部南斯拉夫纪录片中，人们能看到一只雌性章鱼如何凭借本能用尽办法保护自己的卵，在众多防护措施中，其中一项是自行搭建掩体，她用海草堆成一堆，然后自己位于其后，以此在两个月的孵卵期里免遭海鳝的袭击。

与大家一样，卢卡斯带着一种拟人的观点来看待这些画面：章鱼决定保护自己，她找来一堆海草，放在藏身处的前面，然后躲起来。可所有这一切（在没有找到更好的词语称呼它之前，人们会拟人地把它叫作本能）都发生在一切意识、在哪怕最基本的意识之外。如果说也在其外的卢卡斯想努力给予协助，他还能做点什么呢？那只是一种机械运动，就像活塞在缸体里的活动，或者液体在斜面上滑落一样，和他有没有同情心毫不相干。

这太让人伤心了，卢卡斯告诉自己，事情到了这步田地，唯一合理的解释是一种推人及己的想法：同样地，他此刻正在思考着的，也不过是这样一种他的意识以为已经懂得并且能控制的机械运动；同样地，这也是一种单纯地应用于人类身上的拟人。

"我们都一文不值。"卢卡斯这样想着自己和那条章鱼。

卢卡斯的失乐

    很久以前，卢卡斯经常去听音乐会，听的都是肖邦、柯达伊·佐尔坦、普契威尔第，更不必说勃拉姆斯、贝多芬，甚至没落时期的奥托里诺·雷斯庇基了。

    现在他再也不去了，想听音乐他就放唱片或者开收音机，再不然就用口哨吹一吹记忆中的曲调，什么梅纽因、弗里德里希·古尔达、玛丽安·安德森，在这个飞速发展的时代中显得有些老掉牙，不过事实的真相是，在音乐会上，他的表现一次比一次糟，直到后来达成君子协定，他不再去听音乐会，而引座员和部分听众也不再把他踢出去。这种痉挛似的不和是怎么形成的呢？你如果去问卢卡斯，他会记起一些事，比方说，在科隆大剧院的那晚，一位钢琴家在返场演奏时，用哈恰图良武装双手，对付那排毫无防御力的键盘，全场的听众也都陷入歇斯底里的激情之中，就在这激情随着钢琴家曲终演奏的高潮轰响声而越涨越高的时候，我们的卢卡斯却趴在地上，在座位之间寻找着什么，两只手到处乱摸。

"您丢了什么东西吗，先生？"一位太太问道，卢卡斯的手指正在她两只脚踝间摸索着。

"夫人，是音乐。"卢卡斯话音未落，参议员玻利亚提就照着他的屁股踢了第一脚。

又有一回，在一场艺术歌曲晚会上，一位女士慎重地趁着洛特·莱曼浅吟低唱之时发出一声咳嗽，洪亮得就像西藏神庙里的号角声，因此之后某刻便响起了卢卡斯的声音："如果母牛也会咳嗽的话，一定咳得就像这位太太一样。"这句诊断激发了楚乔·贝劳斯特吉大夫的爱国主义义愤，结果是卢卡斯脸贴着地一直被拖到自由大街的人行道上才重获自由。

发生了这种事让他很难再喜欢音乐会了，最好还是在家待着。

卢卡斯批判现实

杰基尔对海德是何许人也了解得一清二楚，可这种了解并不是双向的。卢卡斯觉得几乎所有人都同海德一样无知，这有利于维护俗世之城的安定。他自己会习惯性地选择只有一个意义的说法，就是简单的卢卡斯，不过这只是为了语用学上的洁净而考虑。这株植物就是这株植物，多莉塔就等于多莉塔，就是这么回事儿。只是不要自欺欺人，这株植物怎么会知道在另一种情境下会变成什么呢，多莉塔就别提了，原因按下不表。

在性爱游戏中，卢卡斯早早地遭遇了所谓同一律最初的折射、消失或偏振。彼时彼处，突然之间，A不是A，或A是非A。在九点四十给人带来极乐的地带到了十点半就变得令人不快，令人情欲高涨的滋味若是摆在桌面上就引人反胃。它（现在这个）不是它，因为我（现在这个）不是我（另一个我）。

在床上也好，在宇宙中也罢，是什么变了？是香水还是闻到香水的人？卢卡斯对主客观之间的关系毫无兴趣；在任何情况下，被定义的用语已脱离了他的定义，多莉塔 A 不是多莉塔 A，或卢卡斯 B 并非卢卡斯 B。即便在某一瞬间 A 等于 B，或 B 等于 A，真相的表壳也会接连爆开来。或许当 A 的乳头诱人地蹭着 B 的黏膜时，一切也正蹭着别的什么，进入了另一场游戏，将辞典付之一炬。然后当然是一声呻吟，但海德与杰基尔面面相觑，他们之间的关系是 A 大于等于 B 或 B 大于等于 A。四十年代那首爵士乐曲真是不赖，海基尔医生和杰德先生①……

---

① Hekyll（海基尔）和 Jyde（杰德）是对前文"杰基尔与海德"（Jekyll and Hyde）的变形，而杰基尔与海德亦有双重人格之意。

卢卡斯的西班牙语课

贝尔利兹培训学校给他这份工作多半是出于同情，来自阿斯托尔加的校长警告他，千万不要教什么阿根廷土话，也不要受法语的什么影响，我们这儿教的是正宗西班牙语，他娘的，我要是听见您说一个"Che①"，您就可以卷铺盖滚蛋了。还有一点，您得教他们说大白话，别咬文嚼字的，法国人来这儿想学的是怎么让自己在出入境和下饭馆的时候不出洋相。正宗加实用，把这个好好记在您那我们叫脑子的东西里。

卢卡斯有点不知所措，他立刻着手寻找能符合如此伟大标准的教材，当他开始给十来个巴黎人上课的时候——那帮家伙满心想的

---

① "Che"是阿根廷等地口语中常用的感叹词，表示引起他人注意的"嘿""伙计""朋友"等。

都是怎么喊 Olé^①和我要一个加六个鸡蛋的马铃薯蛋饼——他发下几张纸，上面印着一九七八年九月十七日《国家报》一篇文章的选段，瞧瞧，多么与时俱进，在他看来，要说正宗且实用的西班牙语，这算是精华中的精华，因为它是讲斗牛的，而那帮法国人只想着一拿到文凭就直奔斗牛场，因此无论是在长矛阶段、短扎枪阶段，还是在余下的整个过程中，这些词汇都将无比有用。这段文字如下：

> 上场的是一头漂亮的良种公牛，体型中等，雄姿勃发，犄角锋利，自带一种贵族的气质，专注地应对着来自萨拉曼卡的大师的一次次巧妙引逗。斗牛士轻松自如，接二连三地做出引逗动作，每一次引逗都显示出绝对的控制能力，引得公牛绕着斗牛士转上半圈，而那最后的一击，干脆利落而准确无误，将那头野兽放倒在恰好的距离之外。他左手挥舞红布的动作令人难忘，胸部闪躲做得又是那样潇洒，双手高举低垂无一不配合得当，腾挪闪躲又都精准巧妙，然而最令人印象深刻的还是那次挥舞红布之后紧接着的贴胸而过，那躲闪的动作，那反方向的转身，就连当年的艾尔维提也没这么漂亮的身手。

自然，学生们都立马埋头翻查字典好翻译这一段落，三分钟后，这一任务的效果肉眼可见，学生们愈发茫然，把手中的字典互相交换，揉眼睛，问卢卡斯，卢卡斯一律不予作答，他早已决定采用学

---

①助威口号。

生自学的办法，学生做练习的时候，教师只需两眼望向窗外。等校长来巡视卢卡斯的授课情况时，学生们早已用法语交上了各自对这段西班牙语的理解——还有对他们花了不少法郎买的字典的感想，然后走人了。教室里只剩下一个小伙子，一脸博学的样子，他正在问卢卡斯，这里面提到的"来自萨拉曼卡的大师"是否暗指路易斯·德·莱昂修士，对此卢卡斯只是答了句可能吧，不过谁知道呢。等那学生离开之后，校长对卢卡斯这样说道，怎么能从古典诗歌教起呢，路易斯修士那些东西固然都很重要，但能不能找点儿更简单的东西，他娘的，更有代表性的东西，比方说游客们造访一家小酒馆，或是去斗牛场，到时您就会发现他们有多感兴趣，然后一下就学会了。

卢卡斯对生态问题的思考

在这个激情迸发、回归自然的年代，城里人看待乡村生活就像当年卢梭看待高尚的野蛮人，我比任何时候都要更赞成下面几位的观点：a）马克斯·雅各布，当有人邀请他去乡下度周末时，他大惊失色："乡下，那个满地跑着没煮熟的鸡的地方？"b）约翰逊博士，有一次他去格林尼治公园远足，走到一半时，他强烈要求说还是去舰队街更好玩；c）波德莱尔，他甚至将自己对人工造物的热爱引入了关于天堂的设想之中。

一片风景，一次林中漫步，戏水于瀑布之下，踟蹰在巨石之间，这一切固然能让我们得到美的享受，但前提是能保证我们可以回到家中或酒店，有干干净净的水可以冲澡，晚餐时能喝点红酒，能就着咖啡和甜点聊聊天，可以读书或看报，最后以男欢女爱画上句点，然后一切周而复始。我对那些热爱大自然的人们毫无信任感，他们每过一会儿便会从车上跳下来，看看风景，在石块间蹦跳几下；还有另外一种人，那些永远也长不大的童子军，他们背着硕大的背包东游西逛，满脸胡子，回答别人时要么只说单音节词要么大喊大叫；他们的行为可以概括为一次次地对着一座山丘或一轮落日这种人所能想象到的最常重复的景象犯傻。

文明人在陷入对田园生活的痴迷时免不了说谎；如果到了晚上七点半喝不上加冰威士忌，他们就会怨声不断，后悔为什么要离开家，跑到这种须得忍受牛虻、暴晒和荆棘的鬼地方来；至于深入大自然的人，和大自然一样傻。看书，观喜剧，听奏鸣曲，是用不着回家或洗热水澡的；在其中我们抵达最高处，最大限度地实现自己。知识分子或艺术家躲到乡下是为了求得一方清净，为的是吃新鲜蔬菜，呼吸富氧空气；在大自然的环绕中，他在一间朝向极佳的明亮房间里阅读或作画或写作；倘若他出去转转，或探身窗外看看动物或云彩，那是因为他干活干累了，要不就是实在无聊。要是有人看一株郁金香看得出神，而这个人又恰巧是个知识分子的话，您可别信以为真了，朋友。这种情况只会是郁金香加上心不在焉，或者郁金香加思索（思索的对象几乎从不是郁金香）。绝不存在禁得住人满腔热忱地欣赏五分钟以上的自然景观，而你会觉得读泰欧克里托或济慈简直是浪费光阴，尤其是那些描写自然风光的章节。还是马克斯·雅各布说的有道理：鸡，还是煮熟的好。

卢卡斯的自言自语

嘿，你的几个兄弟已经把我烦得够呛，这我就不想多说了，可现在，我正一心等着你、只想出去转转，你来的时候却淋得像只落汤鸡，脸色铁青，带着把翻了个底朝天的雨伞，那副模样我见得多了。这样可不行，你发现没有。还逛什么逛呢，只要看看你就足以明白，和你一块儿我也会从内到外被淋得湿漉漉的，雨水会顺着我脖子灌下去，咖啡馆也会充满潮湿的味道，酒杯里几乎一定会掉进一只大苍蝇。

看起来想约你出去简直是白费心思，且不说我费了多大劲一点一点地谋划，先把你那几个兄弟哄到一边儿去，他们总是想尽一切办法和我捣乱，打消你的种种念头，其实我只不过是想让你给我带来点儿新鲜空气，陪我晒晒太阳，到公园里看看孩子们玩陀螺。我不想纵容他们，我谁都没理，免得他们像往常一样来和我捣乱，一通通电话没完没了，紧急信件一封接一封地寄过来，经常一大早八点钟就过来，一待就无尽无休。我可从来没对他们凶过，甚至还错误地一向对他们客客气气的，我假装不知道他们在对我施加压力，不知道这么长时间里他们一直处处给我制造麻烦，我就权当他们是在嫉妒你，想提前破坏些你的吸引力，削弱我想看见你来、再和你一起出去的愿望。这些我们都知道，全家上上下下都知道，可现在的问题是，你不是和我站在一起对付他们，而是向他们屈服了，搞得我措手不及，甚至来不及表示忍耐顺从，你就这样浑身上下淌着水突然出现了，寒风暴雨中灰色的水，给了一直在期待中的我当头一棒，而我还一直在想方设法把你几个兄弟甩开，保持着好体力好心情，口袋里塞满了钱，规划着各种线路，想着怎么到树下那个饭馆去饱餐一顿炸薯条，在那里吃午饭简直太美妙了，有鸟儿，有姑娘，还有那个克莱门特老爷子，他会推荐最好吃的布旺伦奶酪，有时候他还会拉起手风琴，高歌一曲。

如果我现在坦白地告诉你，你很恶心，还得请你原谅，现在我不得不说服自己，这都是家传的，你也是一丘之貉，尽管我一直希望你会是一个例外，到那时既然沉重的种种已成过去，便能以轻松的心情谈天说地，在街角闲逛；你瞧，结果更糟，你出现时和我期望中的完全相反，冷笑着敲我的窗，在那儿等我换上胶鞋，再把雨衣和雨伞拿出来。你跟他们是一路货色，多少次我看到你和他们是不一样的，正因为如此，我爱过你，你跟我来这一套已经有三四回了，如果到头来总是这样，你何必还要偶尔哄我满足我的心愿，看你站在那儿，头发搭在眼睛上，指尖滴着灰色的水，看着我，一言不发。说到底，我看你还不如你那几个兄弟，和他们斗智斗勇至少还能让我消磨消磨时间，捍卫自由和希望能让我心里好受一点；而你呢，你只能让我心里空落落地待在家里，感到一切都渗出敌意，知道夜晚会像寒风凛冽的站台上一列晚点的火车到来那样降临，马黛茶喝了一壶又一壶，电视新闻听了一遍又一遍，那时它才会到来，还有你那个兄弟星期一，躲在门后等着闹钟把我叫醒，让我再和他面面相觑，真是差劲透了，他就紧跟在你身后，但你现在又一次离他很远，在周二、周三乃至日复一日的后面。

卢卡斯发表演说的新技巧

太太们，小姐们，等等。我很荣幸，等等。在这个荣耀的场合，等等。此时此刻，请允许我，等等。在我发表演说之前必须，等等。

首先，请允许我尽量准确地把我演说的意义和所涉及的范围向各位做一个说明。如果我们对现在的概念模糊不清、游移不定，如果时空的连续统一对我们而言只是一种纸上的假想而非可检验的确切事实，而我们在这样的时空当中只不过是一种瞬时存在，几乎在被孕育的同时就归于虚无，那么，在这样的情形下奢谈未来，将显得十分鲁莽。然而，我们也不能陷入倒退主义，因为那会使得我们精神层面最基本的活动都变得值得怀疑，让我们一起努力，努力接纳当下的现实、甚至历史的现实吧，在拉丁美洲民主政体协调一致的大环境下，它让我们集体享有充分保障，将其稳定的元素、特别是那些充满活力的因子，投射到对洪都拉斯的未来展望中去。在这个巨大的洲际舞台上（手势挥过整个会场），洪都拉斯这样一个小小的国家（用手比画着桌子的面积）只是偌大的彩色拼图中的一块。这一小块（专注地拍拍桌子，用仿佛是生平第一次看见这种东西的表情看着它），十分奇怪地既具体又含混不清，就像一切描述某种物质的说法。我现在触摸到的是什么呢？是木头，当然了，木头和木头组合在一起就变成了横在你我之间的这个体积巨大的物体，就是它用这块干巴巴的该死的桃花心木在某种意义上把你我隔离开来。这是一张桌子！可这是什么呢？就在这下面，在这四条桌子腿之间，能清楚地感觉到有一个饱含敌意的空间，它比桌子的实体部分更加居心叵测：这是一个由空气组成的平行六面体，像一个其中游弋着于我们不利的透明水母的水族箱，而就在这上方（手一掠而过，仿佛是想说服自己），一切仍然平整光滑，像个彻头彻尾的日本间谍。我们中间隔着这么多障碍，又怎么能互相理解呢？比方说这位快睡着了的太太吧，像极了一只惹人讨厌的鼹鼠，想钻到桌子底下去，然后告诉我们她的发现，也许我们可以把这障碍撤走，它让我觉得自己好像靠在玛丽女王号——我一直希望能有机会乘坐一次这艘船——船边慢慢驶离南安普顿港，手里挥舞着一条沾满泪水和亚德利薰衣草香水的手帕，向码头上挤成一堆的黑鸦鸦的人群传达唯一能够传达的信息。一道横亘在人们之间的令人厌恶的沟壑，为什么主办方硬要把这样一张像头下流的抹香鲸一样的桌子摆在这儿？先生，现在提出把它撤走已经没用了，因为悬而未决的问题总会从潜意识层面回归，就像玛丽·波拿巴在分析勒菲弗莱夫人一案时所指出的，这位夫人在一辆小汽车里谋害了她的儿媳。我感谢您的好意，感谢您蓄势待发的肌肉，然而，我认为要紧的是要研究这只难以形容的单峰驼的本质，解决办法只有一种，那就是赤手空拳地逼近，你们从你们那边，我从我这边，逼近正慢慢地扭曲着它面目可憎的衣冠冢的木质屏障。出去，你这个蒙昧主义者！很显然，它不会自己走掉。斧子，拿把斧子来！它毫无惧色，反倒显出怀疑论者耍弄阴谋诡计时的激愤神态，摆出一副要死狗的模样，虚伪地着生在想象力的产物之上，为的是不让想象力毫不受死亡拖累地飘上云端，云间才是它真正的故乡，只要重力——这张包罗万象、无处不在的桌子，不再沉甸甸地压迫你们各位的马甲，不再压迫我的皮带扣，甚至于不再压迫第五排的那位一直只顾着默默恳求我别再浪费时间快给她讲洪都拉斯的话题的美人的睫毛。我看到有人露出了不耐烦的神色，办事人员已经怒不可遏，主办方将会有人引咎辞职，此刻我已经可以预料到文化活动的经费会被削减；我们陷入了一个熵，这个词就像是一只燕子掉进了木薯粉汤，谁也不知道发生了什么，这正是这张婊子养的桌子想要的结果，它想让我们都哭哭啼啼或者在出口楼梯处打作一团，而它却能独自留在这间空荡荡的大厅里。你这条令人作呕的蜥蜴，你会得逞吗？让我们都不要假装看不见它的存在吧，正是它把一切交流、一切话语都染上了一层虚幻的色彩。看看它吧，它就这样钉在我们中间，当某位进步党派的首脑想推广施托克豪森的音乐时，它就像一堵令人毛骨悚然的墙壁死死地杵在我们中间，那神情活像是女王在一家傻瓜收容所里一样。啊，我们一直以为自己是自由的，学会的女主席已经在某个地方准备好了一束玫瑰花，那本该是当你们在雷鸣般掌声里重新活动活动自己坐麻了的屁股时，由秘书的小女儿上来献给我的。然而，因为有了这个可恶的凝块，这一切都不会发生了，我们大家走进大厅的时候明明都看见了理所当然的它，却又都忽略了它，直到我的手无意中轻轻一碰，才突然把它充满敌意的面目揭露了出来。如果不事先除掉这张桌子，那么一切都不可理解，一切都绝无可能，我们怎么能坐在下面凭空想象一种并不存在的自由呢？一个巨大谜团中纠缠不清的分子，最糟糕的奴役形式的集中证明！仅是洪都拉斯这个想法就像是在孩子们的聚会进行到最高潮时一只气球突然爆炸。谁还会去管洪都拉斯呢？当我们身处这条黑色火焰的河流两岸，这个词语还能有什么意义呢？而我刚才居然还要向各位做一次讲座！各位居然也还蓄势待发要听它！不，这太过分了，我们至少应该有勇气清醒过来，或者至少也要承认我们想要清醒过来，承认现在唯一能拯救我们的是拿出惊人的勇气，手掠过这个冷漠的、几何体形的下流东西，一齐说：它大约一米二宽，两米四长，是栎木实木或者桃花心木，或者上了漆的松木做的。可是，这样就算完了吗？我们就能知道它究竟是什么了吗？我觉得不会的，这都没多大用处。

就比方说这儿吧，这儿的木头上好像有个节。这位太太，您觉得这是木头上长了个节吗？还有这里，我们一直管它叫桌子腿的地方，这个垂直向下的直角，这一堆朝向地面的石化呕吐物，又作何解释呢？还有这地面，我们走来走去的保障，在它光亮的镶木地板底下，又究竟隐藏了些什么东西呢？

（通常情况下，这样的讲座会提前很多结束——或者说被结束，空荡荡的大厅里只留下那张桌子。当然了，谁也不会看见那桌子抬起了一条腿，就像在四下无人时桌子们总会做的那样。)

卢卡斯在医院里（一）

卢卡斯住的是一家五星级医院，在这里，病人就是上帝，如果拒绝了他们的荒唐要求，护士们就会有大麻烦，她们一个比一个亲切，几乎永远都在说好，原因如前所述。

当然，对 12 号病房那位胖先生提出的要求，是没法做出让步的，他肝硬化到了那种地步，还每三个小时就要一瓶杜松子酒，可是，当卢卡斯走到走廊里好让人给他的病房通风，在候诊室里发现了一束雏菊而他几乎是不好意思地问可不可以拿上一支到他的病房，使房间里能有点儿生气的时候，女孩子们都非常乐意，忙不迭地说可以，当然可以，太可以了。

卢卡斯把花平放在床头柜上，然后按响了呼唤铃，他要了一杯水，好把花摆得更好看。护士们拿来了水杯，刚把花插好，卢卡斯又发现床头柜上满满当当地全是各种小瓶、杂志、香烟和明信片，所以呢，也许可以在床尾放一张小桌子，这样他就不用在床头柜上一大堆乱七八糟的东西中去找那雏菊，连脖子都不用转动，一眼就可以看见它。

护士立刻就拿来了他要的东西，并把插着雏菊的水杯放在他最方便看到的角度，卢卡斯表示了感谢，又顺便告诉她，来探望他的朋友很多，椅子不够用，要是能趁着有张小桌子在这里，再摆上两三把舒适的安乐椅，营造出一个更适宜交谈的氛围，那就再好不过了。

几位护士刚把椅子端来，卢卡斯又对她们说，他很感激朋友们曾花许多时间陪自己畅饮，因此，小桌子最好能弄得漂亮一点，先铺上块小小的台布，上面再放两三瓶威士忌和半打酒杯，如果可以，玻璃杯最好是带棱的那种，当然，不用说，还得有只冰桶和几瓶苏打水。

姑娘们分头去找来了各种用品，又不失艺术品位地把它们安顿在小桌上，这时，卢卡斯又指出，酒瓶酒杯一放上去，雏菊被淹没其中，美感大打折扣，其实解决的办法很简单，因为在这间病房里，真正缺的是一个柜子，好把堆在过道上柜子里的鞋子衣服放进去，然后再把插着雏菊的水杯放到柜顶，这朵花会活跃整个房间的氛围，并赋予其某种有些神秘的魔力，一切康复的关键就在于此。

姑娘们理解不了这一连串要求，但坚决执行医院的规定，她们费了好大劲搬来一个大柜子，那朵雏菊终于高高地盘踞在柜顶上，像一只略含惊讶而充满慈悲的眼睛。护士们还爬上柜子，给水杯里加了点儿清水，这时，卢卡斯闭上了双眼，说现在一切都妥当了，他想睡一小会儿。她们一把门关上，他便一跃而起，把雏菊从水杯里拿出来，扔到了窗外，因为这不是一朵他特别喜欢的花。

II

……稿纸上画着在时空中并不存在的国度之中的登陆，就像一支中国部队的阅兵式，行走在永生与虚无之间。

——何塞·雷萨马·利马《天堂》

解释的去向

在某个地方，一定有一个垃圾箱，里面堆满了解释。

在这种合情合理的情况当中，只有一件事令人不安：如果哪天有人成功地解释了这个垃圾箱，到时会发生什么。

沉默的副驾驶

  把在时间和空间上间隔很远的一个故事和一个假想联系在一起，是件很奇怪的事情；这事儿放到现在，可能会是件千真万确的事，可退回去二十年，发生在阿根廷科尔多瓦省一条空寂无人的公路上，又是在巴黎一次聊天时偶然谈起的，这事儿还真有点不好说了。

  叙述这个故事的人是阿尔多·弗朗切斯奇尼，而提出这个假想的人是我，这两件事都发生在保尔·瓦莱莉大街上的一家绘画作坊里，不时穿插着一口小酒、两口雪茄，为谈起家乡的事情时身边没有那些不知为何就聚到一起的一大帮阿根廷人那值得颂扬的民俗式的长吁短叹而开心。我记得一开始我们是在谈论加尔维斯兄弟，谈论乌斯帕亚塔的杨树；后来不知怎么我就提起了门多萨，阿尔多是门多萨人，他兴奋起来，等我们反应过来，他已经自顾自地讲起他是如何开车从门多萨到布宜诺斯艾利斯，穿越科尔多瓦的时候已经是夜半三更，正开到半路，突然，汽油没了，散热器里的水也没了。他的故事是这样的：

"那天夜里天黑极了，待的地方又前不着村后不着店，我们只能等有车从那里经过，好帮我们一把。在那时候，出门走远路不多带上几罐汽油和水的人可不多；最不济，路过的车能把我太太和我捎到最近的有旅馆可住的镇子上安顿下来。我们就这样待在黑暗中，把车靠路边停着，边抽烟边等。大约一点钟，我们看见有辆车朝布宜诺斯艾利斯方向开来，我便站到路中间用手电筒打信号。

"这种事在当时是说不清道不明的，可在那辆车停下来之前，我就感觉到司机根本没有停车的打算，车风驰电掣般驶来，似乎想扬长而过，哪怕看见我头破血流倒在路中间也会视若无睹。我只得在最后一刻闪到一旁，因为那车在不情愿地踩下刹车后又往前冲了有四十米；我跑上前，靠近驾驶座的窗边。我已经关上了手电筒，因为仪表盘上的光足以勾勒出开车人的脸庞。我三言两语向他解释了我们遇到的麻烦，请他帮帮忙，这样做的同时，我的肠胃一阵阵发紧，因为在靠近那辆车的时候，我已经莫名其妙地觉得有点害怕，说莫名其妙是因为在这种黑咕隆咚的地方，应该感到紧张的其实是开车的人。向他解释的时候我往车里看了看，后排座位上没人，但在前排另一个位子上坐着个什么东西。我把它叫东西，是因为我找不到更恰当的词来描述，而且事情发生和结束得都那么快，唯一能确定的就是我感到一种从未有过的恐惧。我发誓，那司机说'我们没带汽油'，同时猛踩油门把车开动的时候，我真的感到一阵轻松。

我回到自己的车上，本来没法向我太太解释到底是怎么回事，可我还是做了一番说明，她明白了这种荒谬，就好像尽管她没有看见我看到的东西，可那辆车上的恐怖气氛还是蔓延开来传染给了她。

"现在你可能会问我到底看见什么东西了，其实我也不知道。在司机旁边坐着一个东西，我刚才给你说过的，一个黑乎乎的形状，一动不动，也没有把脸朝我转过来。其实我可以打开手电筒，照照车上那两位的，但不知怎么我的胳膊动弹不得，不知怎么这前后只有短短几秒，更不知怎么当这车开走并消失在远处的时候我几乎要感谢上帝，更别提他妈为什么我在旷野里待了整整一夜也毫无怨言，一直到天亮以后，一个卡车司机帮了我们一把，甚至还请我们喝了两口酒。

"我永远也无法理解的是，这一切在我看见任何东西之前就注定要发生，而我其实什么也没看见。好像是在我感觉到车上的人并不打算停车，最后不得已停下来也只是不想轧着我的时候，心里就已经生出了惧怕的念头；但这算不上什么理由，因为说到底，深更半夜的，又是在荒郊野外，是人都不会愿意被人拦车。我说服自己，说事情是从我跟开车的人说话那一刻开始的，有可能在我走近那辆车的时候，某种东西就以另一种方式向我袭来，一种气氛吧，如果要这么称呼它的话。不管这一切的真正原因是什么，我想不出别的来解释这一切，为什么我在与司机说话时感到寒气刺骨，而扫一眼另一个会让我的恐惧立马凝聚。但那究竟是什么……是一个妖怪吗？抑或是不想让人看见才半夜运载的吓人的白痴？是个脸部畸形或者长满脓疮的病人？某种放射恶能的变态体，一种令人不堪忍受的气场？我不知道，真的不知道。可是兄弟，我这辈子从来没像那天那样害怕过。"

我脑子里积攒了三十八年来一大堆有关阿根廷的回忆，阿尔多讲的这个故事仿佛点击了某处，我脑子里那台计算机紧张运行了一阵，最后给出了一张写着猜想，也许就是答案的卡片。我甚至想起，在布宜诺斯艾利斯的一家咖啡馆里，第一次听说那件事的时候，我也有类似的感受，一种纯粹的心理上的恐惧，就像看电影《吸血鬼》时的感觉；许多年过去了，那种恐惧和阿尔多的恐惧重合，而一如往常，这种重合总是能支撑起某种假想。

"那天夜里坐在驾驶员旁边的是个死人，"我这么对他说，"说来也奇怪，你从来没听说过在三四十年代有一种行业叫尸体运送吗？特别是运送那些死在科尔多瓦的疗养院里而家里人又想运回布宜诺斯艾利斯安葬的结核病患者。由于联邦法律或之类的原因，运送尸体变得极为昂贵；于是有人想出办法，给死人略微化妆，让他坐在司机旁边的副驾驶位上，连夜赶路从科尔多瓦到布宜诺斯艾利斯，好在天亮之前能赶到首都。他们给我讲起这事儿的时候，我和你的感觉一模一样；后来我还试图想象那些以此谋生的人是有多缺乏想象力，可我一直想象不出来。你能想象自己坐在车里，一个死人靠在旁边，开着一百二十码在荒无人烟的草原上行驶吗？五六个小时的车程中，什么都有可能发生，因为一具尸体并不是像你想的那样僵直不动的东西，一个大活人也不可能像他力求做到的那样麻木不仁。"我们又喝了点酒，接下来的必然推论更加可爱：至少有两个干过这种营生的人后来成了赛车大腕。我现在突然想到，说来也真怪，我们刚才的话题是从加尔维斯兄弟谈起的；我倒不觉得他们俩干过这个，但他们一定和干过这种活儿的人比赛过。说起来这话一点不假，参加这种玩命赛事的，身边总是跟着一个死人的。

会发生到我们头上的，相信我

"说过的话会飞走"，这谚语的头半句他们还勉强可以接受，可后半句"写下来才靠得住"，他们断然不能接受，好几千年都这么过来的，想想看吧。所以，当大人物得知有一位不知名学者发明了拉线器，而且几乎无偿出售时——因为这学者在晚年变得颇为愤世嫉俗——他十分激动。当天他就接见了这个人，用茶水和烤面包片招待他，招待学者就该用这些。

"我就有话直说了，"客人说道，"您需要对付的是文学、诗歌这一类的东西，对不对？"

"一点儿不错，博士，"大人物回答道，"还有反对派的宣传册呀、报纸呀，那一堆狗屁东西。"

"没问题，可您得知道我这个发明没有辨别能力；我的意思是说，您自己的报刊和您手下那些笔杆子也一样会中招。"

"那也没办法，如果真是这样，最后我也会赢。"

"照这么说，"学者说着从马甲里取出一个小玩意儿，"事情就很好办了。一个单词无非就是一串字母，一个字母呢，又无非是由一条线摆成的某种图案。现在我们达成一致了，我只要按下这个嵌着珍珠母的小按钮，这部机器就会开始运转，把一个个字母拉成一条平整的细线，一道水平的墨迹。要我动手吗？"

"动手，真他娘的。"大人物吼道。

放在桌上的一份官方日报明显地起了变化：整版整版的一栏栏文字都变成了痴呆的莫尔斯电码，说的都是－－－。

"去看看《西班牙百科全书》。"学者说，他并非不知道，政府机关里总有这种配置。可已经没必要了，因为电话铃响了，文化部长闯了进来，广场上聚满了人，那一晚，整个地球上，没有一本印好的书，打印机的盒底也没剩下一个字母。

我能把这些都写下来，是因为那个学者就是我，而且凡事皆有例外。

家庭纽带

　　全家人都恨透了安古斯蒂亚斯姨妈，连出门度假都没忘记把这意思传递给她。大家分别到不同的地方去旅游，刚一离开家，来自各地的明信片便疾风暴雨般袭来，有阿克发彩色负片的、柯达彩色反转片的，买不到别的甚至也寄黑白明信片，但无一例外的是，每一张都写满了骂人的话。有从罗萨里奥寄来的，有从圣安德烈·德·希雷斯寄来的，还有从奇威尔科伊寄来的，甚至还有从查卡布科大街和莫雷诺大街的街口寄来的，邮递员一天要来上五六次，怨气冲天，安古斯蒂亚斯姨妈却兴奋异常。她从来不出门，她喜欢待在院子里，每天就指着收明信片打发光阴，她很开心。

　　一些样本如下："问候你，恶心鬼，但愿你遭天打雷劈，古斯塔沃。""我啐你一身，何塞芬娜。""但愿小猫一泡尿浇死你的天竺葵，你的小妹妹。"诸如此类。

安古斯蒂亚斯姨妈早早就会起床等着接待邮递员，还会给他们小费。她会把每张明信片都读上一遍，欣赏一番照片，然后把那些问候话再读上一遍。到了晚上，她会把影集拿出来，把白天的收获小心翼翼地放进去，这样既能看见照片，还能看见那些问候。"可怜的小天使们，给我寄了多少张明信片呀！"安古斯蒂亚斯姨妈想着。"这张上面有头小奶牛，这张有教堂，这张是特拉弗尔湖，这张是一束花。"她一张一张地看着，满怀柔情，一边把每张都用大头针钉住，以防它们从影集里滑落，不过，大头针总是扎在签名上，谁知道这是为什么呢。

什么叫作擦肩而过

　　一切重要的发现通常都是在异乎寻常的条件下、在异乎寻常的地点发生的。就说牛顿的那只苹果吧，那怎么会成了一件令人大吃一惊的东西呢？我遇到过一次，一场商业会议开到一半时，不知怎么我就想起了小猫——这和那天会议的主题没有半点关系——而我突然发现，原来猫都是电话机。就这么简单，天才的事都是这样。

　　自然，像这样一种发现会引得众人惊愕不已，因为谁也不习惯电话机会跑来跑去，而且还会喝牛奶，喜欢吃鱼。大家花了好长时间才明白这是种特殊的电话，就像那种不用电线的对讲机，此外，我们这些人也都是些怪人，因为直到今天我们才明白小猫其实可以当电话机用，因此，之前也没人想到要使用它们。

　　这种疏忽大意自古有之，对由于我的发现而可能建立的通信系统也不能抱太大期望，因为，显而易见，没有密码能使我们破解这些信息和它们的源头，以及发送者的身份。一望而知，这并不是拿起一个不存在的管子然后拨出某个已经和我们的数字无关的号码，更不用说要弄懂另一头出于同样令人困惑的理由试图传递给我们的信息了。这种电话是可用的，虽然那些长着两条腿的用户付的报酬少之又少，猫们仍用童叟无欺的诚实证明着这一点；谁都无法否认，他那只黑的、白的，或者花的，甚至安哥拉电话机，总会带着坚毅的神情跑到用户脚边，然后发出一声信息，我们那原始、可怜的文化则愚蠢地把它归结为一声"喵"，或其他类似音节。丝般柔软的动词，毛茸茸的形容词，不管简单句还是复合句都像肥皂或甘油，这些组成了一场演说，有时会和饥饿这一话题相关，这时，电话机就只是只猫，然而在另外一些场合，话题与它本身毫无关系，而这能证明一只猫可以成为一部电话机。

我们迟钝又自负，几千年来，我们一直没能对这种来电做出应答，也没想过它们来自何方，电话线（那颤动的尾端已经疲于在世界各地的房子里展示给我们看了）的另一端又是谁。我的发现对我或对大家有什么好处呢？每只猫都是一部电话机，而每个人都是一个可怜的人类。谁知道这些猫日复一日告诉我们的是什么，又指出了怎样的道路呢；我能做的只是在我那台普通电话机上拨通我工作的那所大学的电话，几乎是羞愧地宣布了这一发现。似乎无须提起，学校里专门负责接听这一类电话的学者听了电话，他们的沉默简直像碗冻木薯粉汤。

小小天堂

幸福的形式有许多种，因此，如果你们听说，在奥朗古将军的领导下，从血液里充满了小金鱼的那一天起，国民们都觉得自己过上了幸福生活，各位千万不要大惊小怪。

其实，那些小鱼并非用黄金打造，只是颜色金黄，然而，只要看上一眼它们那亮闪闪的跃动，人们就会立即产生一种强烈的占有欲。政府十分清楚这点，当时有一位博物学家捉住了第一批标本，它们通过恰当的人工饲养迅速繁殖起来。它们的学名叫 Z-8，个头很小，如果你能想象一只母鸡只有苍蝇那么大，这种小金鱼就和那只母鸡缩小的程度差不多。因此，在那个年代给年满十八岁的居民注射金鱼并不费事；法律规定了这一年龄限制及相关技术流程。

正因如此，这个国家中的所有年轻人都迫不及待地盼着轮到自己进入某家植入中心的那一天，陪他一同前来的家人都像过节一样兴高采烈。会有一根管子把一个装满生理盐水的玻璃瓶和他手臂上的静脉血管连在一起，只等时间一到，便会把二十条小金鱼输入他体内。受益者本人和他的家人有的是时间欣赏玻璃瓶子里的小金鱼如何跳跃、转动，直到一条接一条地被管子吸进去，一动不动、也许还会有点惊慌失措地随水流淌，就像其他无数个亮晶晶的小水滴一样，最终消失在静脉血管中。半小时后，这位公民体内有了足量的小金鱼，便会回家去长久地庆祝自己终于抵达了幸福彼岸。

仔细想来，居民们的幸福更多来自自己的想象，而非与现实的直接接触。尽管他们不能再亲眼看见它们，但他们知道小金鱼在自己庞大的静动脉树状网络中游动，每天入睡前，在眼皮的凹陷下，他们仿佛看见小亮点往来穿梭，在它们游弋其中的血红河道背景下显得无比耀眼。一想到这二十条小金鱼会很快繁殖，他们就开心不已，他们想象着会有数不清的小金鱼，在各处闪耀发光，在额头下滑行，抵达指尖和趾头，在粗大的股动脉或颈静脉聚集，或是灵巧地钻进最狭窄最隐秘的区域。这种对自身体内的审视最精彩的部分是它们会周期性通过心脏，在那里小金鱼们会碰见跳板、湖泊甚至是瀑布供它们嬉戏聚会，它们一定会在这个喧闹的港口互相辨认、挑选，最终配对成双。小伙子们和姑娘们相爱的时候，也坚信不疑，在他们的心脏里，一定有某条小金鱼找到了自己的伴侣。甚至有时候身上什么地方痒痒，也会被归结于有几条小金鱼挤在了一块儿。生命的基本节奏就这样内外沟通；很难想象还会有比这更和谐的幸福场景。

这幅画面里唯一的麻烦是每过一段时间就会有一条小金鱼死

掉。它们寿命挺长，但总有一天某一条会死去，它的尸体被血流裹挟着，最终会堵住某条动脉通往静脉或静脉通向毛细血管的通道。国民们对此类症状都很了解，其实也很简单：会有点呼吸困难，有时会感觉眩晕。这时，人们就用得上家家户户都储存着的一种注射液。只需几分钟，这种药就会让小金鱼的尸体分解干净，血液便又能正常流通了。根据官方预测，政府号召每个居民每个月使用两到三瓶注射液，考虑到小金鱼的繁殖速度很快，随着时间的推移，它们的死亡频率也会不断上升。

奥朗古将军的政府给出了一个定价，每瓶注射液价值二十美元，这意味着每年会有几百万美元的进账；外国观察员们或许会认为这是一笔沉重的赋税，但居民们不这么看，因为每一瓶注射液都能重新给他们带来幸福，为此付点儿钱也理所当然。有些家庭资金不足，这是常有的事儿，政府会把注射液用分期付款的法子卖给他们，价钱自然要比一次付清翻上一番。如果这样还有人买不起注射液，那也总能找到一处生意兴隆的黑市，这是善解人意又有慈悲心肠的政府为了它的人民和几位上校的福祉默许的。贫困又算得了什么？毕竟，大家都知道每个人都有自己的小金鱼，下一代人接受馈赠的日子也很快就会到来，他们将举办聚会，载歌载舞地庆祝。

男艺术家们的生活

孩子们初学西班牙语的时候，以"a"或"o"结尾的基本原则在他们看来再符合逻辑不过，因此他们会毫不犹豫、道理满满地把这个原则用到特例上去，于是，贝巴是个傻女人（idiota），托托是个傻男人（idioto），阴性词老鹰（aguila）和海鸥（gaviota）非得配上一只阳性的老鹰（aguilo）或是阳性的海鸥（gavioto）才能成为一家子，而那些拉皮条的男人（galeoto）如果不是因为双桅船（galeota）的话，也不会被拉上贼船。我觉得这太有道理了，所以我现在仍然坚信，一些活动的实施者，比如旅客（turista）、艺术家（artista）、承包商（contratista）、及时行乐者（pasatista），还有那些逃避现实的家伙（escapista），这些词的词尾也都应该按照从事这些活动的人的性别来加以区分。在像拉丁美洲这样一个坚定不移的男性主导文明里，就应该用 artistos 作为艺术家的总称，然后再根据具体情况称呼男艺术家或是女艺术家。至于他们的生活，必是低调而堪称典范，谁要是不同意我就跟谁急。

键盘上的小猫

有人教一只猫弹钢琴，这只猫就坐在琴凳上弹呀弹的，弹遍了所有的琴谱，还弹奏了五支他自己创作的曲子，那是献给各类狗的。

除此之外，这只猫蠢得不可救药，每当音乐会间歇的时候，他都会以一种令所有人都目瞪口呆的执着创作新曲。就这样，当他弹到了第八十九号作品时，终于有人忍无可忍扔上来一块砖头，让他一命呜呼。他至今长眠于科连特斯大街 640 号雷克斯大剧院的门厅内。

自然天成不容亵渎

有这么一个男孩，每只手上都长了十三根手指头，他的几个姨妈立马让他去学习弹竖琴，这样一来那些多出来的手指头就都派上了用场，他只用了那帮只长了五根手指的可怜孩子们一半的时间就完成了学业。

就这么着，男孩的技艺炉火纯青，不费吹灰之力拿遍了所有奖项。等到他开始开音乐会时，他同时用二十六根手指头在有限时空内汇集的音乐之丰富，没有听众跟得上，总是被落在后面，当这位年轻的男艺术家弹完《阿瑞图萨之泉》（扒谱版）时，可怜的人们还停留在《中国花鼓》（改编版）上。这自然会造成可怕的混乱，但大家依旧公认这孩子弹起琴来简直就像位天使。

就这样，他的忠实听众们，比如包厢的常客，还有报纸的评论家，乐此不疲地继续去听这孩子的音乐会，努力不落在节目之后。他们听得那么刻苦，以至当中有那么几位的脸上开始长出新的耳朵来，而每长出一只新耳朵，他们就离那用二十六只手指在竖琴上弹出来的音乐更近一步。但麻烦在于，瓦格纳音乐厅散场时，会有不少行人因为看见听众脸上长满耳朵而昏厥过去，于是市长施展铁腕，把男孩打发到税务局的打字处工作，他干这份活也快得出奇，上司们喜笑颜开，而同行都觉得死到临头。至于音乐嘛，在大厅某个黑暗角落里，那架被主人遗忘了的竖琴一声不发，身上落满了尘埃。

"苍蝇"交响乐团的种种习惯

"苍蝇"交响乐团的指挥塔瓦雷·皮斯西特拉大师为乐队制定了一条座右铭："自由创作"。为此他允许穿翻领衣服，允许各行其是，允许服用安非他命，他还以身作则，树立了特立独行的典范。正演奏着马勒的交响曲，他就能把指挥棒塞给一个小提琴手（这位当时可是被吓得不轻），自己跑到一个空座上读《真理报》，这事儿难道不是有人亲眼所见吗？

"苍蝇"交响乐团的几位大提琴手同时爱上了女竖琴手，她是佩雷斯·桑吉雅克莫的遗孀。这种爱情显然破坏了乐队的秩序，大提琴全围在女竖琴手身边，活像一堵屏风，使她惶恐不安，在整个演奏过程中，她突出的两只手活像求救信号。此外，老听众们连一次竖琴的琶音都没听见，那纤弱的琴声全被几把大提琴的强音给盖住了。

　　迫于指导委员会的压力，佩雷斯·桑吉雅克莫的太太终于表示自己倾心于那个叫雷莫·佩尔苏提的大提琴手，于是他被批准把自己的乐器放在竖琴旁边，其他那几位只好像垂头丧气的甲虫一般各回各窝。

　　这个乐团里有这么一位吹巴松管的乐手，每当他吹奏乐器时总会有一种怪异的现象发生，他会被吸进乐器里，然后再从另一头出来，速度极快，转瞬之间这位吓呆了的乐手就会现身于巴松管的另一端，他只得飞快转过身来，继续他的演奏，免不了挨上指挥一顿臭骂。

　　一天晚上，正在演奏阿尔伯特·威廉姆斯的《玩偶交响曲》时，这位巴松管手突然被吸到了乐器的另一头，而十分欠妥的是，那里已经被吹单簧管的珀金斯·维拉宿占上了，撞击将他推到了那帮低音提琴手身上，他带着显而易见的愤怒站起身，并清楚地说出了些人们从未在玩偶嘴里听见过的词；至少那些常来音乐厅的太太们是这样认为的，当然，那天在音乐厅里值班的消防员，好几个孩子的父亲，也颇有同感。

有一回，大提琴手雷莫·佩尔苏提缺席，弦乐部的乐手全移到了女竖琴手佩雷斯·桑吉雅克莫太太身边，整场演出期间都一动不动。剧院工作人员还铺了块地毯，放了几盆蕨类植物，来填补那个他们造成的明显的空缺。

定音鼓手阿尔西德斯·拉达艾力在演奏理查德·施特劳斯的交响诗时用莫尔斯电码向常坐在左边八号包厢里的女朋友传递了讯息。

一个在军队效力的发报员——因为一位拳手家中办丧事，月神公园的拳击比赛临时中止才出席了音乐会——在《查拉图斯特拉如是说》刚演奏到一半时大惊失色地破译出了下面这句话："库卡，你的荨麻疹好一些没有？"

精髓

男高音阿美里克·斯科拉维利尼是马可尼剧院的台柱子，他歌声甜美，被崇拜者们称为"天使"。

于是，在一次音乐会中间，有四只漂亮的小天使无法言喻地欷歔拍着金色或绯红的翅膀，伴着这位伟大歌唱家的歌声从天而降时，谁也没有感到太过吃惊。如果说一部分观众合情合理地露出了惊讶的表情，其他人则已陶醉在男高音斯科拉维利尼完美无缺的歌声里，认为小天使们的出现几乎是一种必要的奇迹，或者说，这连奇迹都算不上了。歌唱家热情洋溢，不能自已，只是抬了抬眼皮看了小天使们一眼，便继续用细微的声音轻唱着，他正是靠这种嗓音在各家剧场声名远扬。

小天使们满怀柔情蜜意，把歌唱家围在了当中，无比温柔、轻缓地将他托举起来，升到舞台上方，观众们被这一奇观感动得浑身颤抖，歌唱家还在继续引吭高歌，歌声从高处传来，显得愈发不似人间所有。

就这样，小天使们把他一点点带离了观众，观众终于明白了，男高音斯科拉维利尼不属于这个世界。众天使抵达了剧场最高处；歌唱家的声音也越来越不像凡间之声。当这首咏叹调最后一个音符十全十美地从他嗓子里唱出来时，小天使们一齐松手，把他扔了下来。

构造学

以下是对所引用的六篇评论文章内容重点的简要综述。

《鸭子糖浆》，何塞·罗比松诗歌集（《地平线》，拉巴斯，玻利维亚，1974）。米歇尔·帕尔达尔的简评，刊于《语义学通讯》，马赛大学，1975（译自法语）：

> 拉丁美洲诗歌中，很少能读到如此贫乏的作品。作者混淆了传统与创造的界限，毫无新意的长篇大论，将其改编为诗歌体也只能使内容变得愈加空洞。

南希·道格拉斯的文章，刊于《现象学杂志》，内布拉斯加大学，1975（译自英语）：

显然，米歇尔·帕尔达尔没能正确地掌握创造与传统的概念，因为后者是过去的创造中广受赞扬的东西的总和，绝不应该把它与当代的创造对立起来。

鲍里斯·罗曼斯基的文章，刊于《白色苏维埃》，蒙古作家联盟，1975（译自俄语）：

南希·道格拉斯的浅薄没能掩盖她真实的意识形态意图，她试图推行那一套保守至极反动透顶的观念，妄图在一种所谓"过往的繁荣"的名义下阻挡当代文学的步伐。过去无数次对苏维埃文学的无端指责，现在已经变成了资本主义阵营的某种教条。那么，说她浅薄难道有什么不对吗？

菲利普·穆雷的文章，刊于《胡说小报》，伦敦，1976（译自英语）：

鲍里斯·罗曼斯基教授所使用的语言可称低级术语。怎么可以用如此明显的历史主义语言来应对他人的批评呢？难道说罗曼斯基教授仍然乘坐四轮马车出行、用火漆给信件封口、用旱獭糖浆来治疗伤风感冒吗？从现代批评学的观点看来，难道像"传统"和"创造"这样一些概念还不应该用一组共生的新词来取而代之吗，比如"历史-文化之熵"和"人类动态系数"？

杰拉德·德帕迪亚波勒的文章，刊于《何等妙趣》，巴黎，1976（译自法语）：

阿尔比恩[①]，阿尔比恩，别糊弄自己了！真是难以想象，只不过隔了一道连游泳都能游得过去的海峡，能发生这样的事情，居然有人坚持要倒退到评论界最不可回归的架空创造中去。很显然，菲利普·穆雷没有读过索绪尔的著作，一望而知，他多义的主张和他批评的对象一样陈腐。而对于我们而言，在文字不断的表象化延续中，它所固有的二分性表现为最终的所指与虚拟内爆中的能指（通俗来说，就是指过去和现在）。

贝尼托·阿尔玛赞的文章，刊于《非凡去程》，墨西哥，1977（译自西班牙语）：

杰拉德·德帕迪亚波勒的文章发人深省，在这个纯属无病呻吟的领域中，它从原始符号学和适时的严谨两个方面都无愧于结构学美誉。还是让我引用一位诗人的预言来给这种预示了未来类后下文学批评的言语争斗做一个小结吧。在他那本杰出的著作《鸭子糖浆》里，何塞·罗比松在一首长诗的结尾部分这样写道：

---

① 大不列颠岛的雅称。

是鸭必有毛，无毛不成鸭；

人必先有疾，方能成作家。^①

对这一令人眼花缭乱的纯粹偶然事件，还能有更好的补充吗？

---

①此处为双关语，西班牙语中 pato 意为鸭子，做前缀时亦有"疾病"之意，pluma 有
"羽毛"和"作家"双重含义。

Polígrafo 究竟是什么？

卡萨雷斯和我同名，他总是能把我吓一跳。因其内容，本来我打算给这一章取名为 Poligrafía，可我那像狗一样灵敏的直觉却指引我翻到了《有思想的翼手龙》的第 840 页，结果让人觉得轰的一下：一方面，根据第二条词义，Poligrafía 是指"写多种题材的作家"，可这个词又专指一种只有事先知道密码才能破译的书写破译术，它同时也指破译这种密码写作术的破译术。这么一来，我的这个章节就不能称之为"Poligrafía"了，因为它完全是描写塞缪尔·约翰逊博士。

根据过度敬业的传记作者的记载，约翰逊博士在一七五六年他四十七岁时开始给《文学期刊》或者《博物杂志》写稿。在十五个月内，他在月刊上发表了以下文章：《英国政局初探》《关于兵役法的几点意见》《对英王陛下与俄罗斯女沙皇及黑森·卡塞尔伯爵所签订条约的几点思考》《当下时局之观察》和《普鲁士国王腓特烈三世杂忆》。在这一年及一七五七年的头三个月里，约翰逊还对以下作品进行了评介：

博赤，《王室史话》

墨菲，《格雷斯酒店日记》

瓦尔顿，《论蒲柏的作品与天才》

汉普顿，《波利比乌斯译作》

布莱克威尔，《奥古斯都宫廷杂忆》

罗素，《阿勒颇自然史》

艾萨克·牛顿爵士，《验证神之存在的论据》

博莱斯，《锡利群岛历史》

霍尔姆斯，《漂白试验》

布朗，《基督教道德观》

哈尔斯，《海水蒸馏、轮船通风及牛奶异味的改善》

卢卡斯，《论水体》

凯斯，《苏格兰主教名录》

布朗，《牙买加史》

《哲学文书》第四十九卷

雷诺科斯夫人，《萨利回忆录译本》

伊丽莎白·哈里森，《杂文集》

埃文斯，《美洲殖民地地图及报告》

《海军上将拜恩案件的一封信》

《有关海军上将拜恩的告人民书》

汉威，《八日游记及有关茶叶的随笔》

军事论文《士官生》

牛津某位先生，《与海军上将拜恩案件相关的另外几个细节》

《对国防部在此次战争中表现的公正分析》

《大自然的自由探索及恶之源》

在一年多一点的时间里，一个人发表了五篇随笔外加二十五篇评介，而据他自己和他的批评家们说，他最主要的缺点是懒惰……声名远播的《约翰逊字典》只用三年时间就编成了，有证据表明，这项浩大的工程几乎是他一个人独立完成的。演员加里克在一首诗中称颂约翰逊"胜过四十个法国人"，暗示的是法兰西学术院的院士们集体编写法语词典一事。

我一向对写作涉猎广泛的人心存好感，他们四处撒钩，同时还像约翰逊博士那样，装得很懒散，可无论是多叫人头疼的题目，比如茶叶、牛奶异味的改善、奥古斯都宫廷，更不用说还有苏格兰主教什么的，他们总能找到办法完成。总之这就是我写这本书的初衷，然而，约翰逊博士所谓的懒散对我来说已是难以想象的勤勉，我最大的努力也不过是避免躺在巴拉圭式吊床上闲闲地睡个午觉、伸伸懒腰罢了。这时我就会想起有些阿根廷小说家每十年才出一本书，空闲时间里，他们还会教记者和尊贵的太太们相信，这活儿太伤神了，搞得人筋疲力尽……

铁路观察

西纳莫莫太太起床的经历不怎么愉快，因为当她把脚伸进拖鞋里的时候，发现里面爬满了蜗牛。西纳莫莫太太抄起一把榔头，把蜗牛砸得稀烂，最后还是没办法，拖鞋只能扔进垃圾堆。为此她下到了厨房里，和女仆聊起了天。

"尼雅塔这么一走，家里空空荡荡的。"

"是的，太太。"女仆答道。

"昨天晚上火车站挤得一塌糊涂！每个月台上都站满了人。尼雅塔特别兴奋。"

"好多火车都在那个点上发车。"女仆说。

"你说对了，孩子。铁路四通八达的。"

"这就叫进步呀。"女仆说。

"特别准点。火车说八点零一分发车，真的就开走了，车上还装得满满当当的。"

"是该这样。"女仆应道。

"尼雅塔那间包厢太漂亮了，你真该去看看的。到处都是金光灿灿的栏杆。"

"那一定是头等包厢。"女仆说。

"那里头有个地方像个小阳台似的，是用透明塑料做的。"

"想想看吧。"女仆说。

"只坐了三个人，都是事先预定的位子。尼雅塔坐的是靠窗的位子，就挨着那些金色的栏杆。"

"真棒。"女仆说。

"她特别高兴，还能把身子伸到阳台上浇花什么的。"

"还有花？"女仆问道。

"都长在铁轨中间。要一杯水就能浇花了。尼雅塔马上就要了一杯水。"

"他们给她把水拿过来了吗？"女仆问。

"没有。"西纳莫莫太太有点伤心地答道，把满是死蜗牛的拖鞋扔进了垃圾堆。

在炒面糊池里游泳

何塞·米格勒特斯教授于一九六四年发明了炒面糊池[1]，为游泳技术的完善带来了显著效果。在运动场上，它的成果很快就显现了出来，在巴格达举行的生态运动会上，日本选手丰岛秋朗获得冠军并打破了世界纪录，他在一分零四秒内游完了五米。

在接受热情的记者们采访时，丰岛断言说，在炒面糊里游泳远优于传统的在 H_2O 中游泳。首先，你根本感觉不到重力的作用，相

---

①倘若有人不知道什么是炒面糊的话，它是用鹰嘴豆磨成的很细的粉，加上糖，在我小的时候阿根廷的孩子们都特别爱吃。也有一些炒面糊是用玉米面做的，但这只是西班牙皇家学院的说法，个中原因不再赘述。炒面糊是一种棕褐色的粉末，装在小纸袋里，孩子们把它倒进嘴里时常常会被呛着。我在班菲尔德（南方铁路）上小学四年级的时候，我们在课间休息时都狂吃炒面糊，结果班上三十个人到期末只剩下二十二个。老师们都吓坏了，劝我们把炒面糊倒进嘴里之前最好先深呼吸几次，可是孩子，我向您发誓，他们根本听不进去。好了，这种富有营养的物质的优缺点我就介绍到这里，各位读者可以回到本页上方作进一步了解，然后就会明白没有人……——原注

反，你得费好大劲儿才能让身体沉进那种软乎乎的粉末里；这样一来，起跳其实就是在炒面糊上滑行，掌握了这一点就能在一开始领先对手几厘米。从这个阶段开始，游泳的姿势就和你平时用勺子捞玉米糊的传统技巧没什么两样，同时脚像蹬自行车一样做圆周运动，或者说，就像某些电影院里仍在使用的庄严的转轮。亟待解决的，也是大家都会想到的，是换气的问题。现已证明，在炒面糊里游泳，仰泳姿势并不利于前进，正确方式是脸朝下，或微微侧着，这样会使眼睛、鼻子、耳朵和嘴巴立刻蒙上一层飞扬不止的粉末，而只有一些非常有钱的会所才会在里面加上一点糖粉来调味。解决这种短暂不适的办法很简单：戴上一副用硅酸盐护理液适当浸泡过的隐形眼镜，就可以防止炒面糊的粘连；耳朵的问题可以用两个小橡胶球来解决；鼻子上戴一套安全阀机关系统；至于嘴巴，那就随它去了，因为据东京医学研究中心估计，在十米赛中，只有约四百克炒面糊会被吞进肚子，而这能增加肾上腺素释放、促进新陈代谢，以及加强对此类赛事无比重要的肌肉张力。

当被问到为什么有越来越多的国际级别的运动员偏好在炒面糊里游泳，丰岛只回答说，几千年过去了，历史终于证实，那种跳下水去再从另一头湿漉漉地钻出水面的活动是多么单调，运动中什么都没改变。他告诉人们，想象力正逐渐发挥作用，是时候给那些老式运动来点儿革命性的变化了，那些运动唯一激动人心之处在于将现有纪录缩短不到一秒，而且你还得真能办到才行，但能破纪录的人真可谓少之又少。他谦逊地声明自己无法为足球或网球提出相当的创新建议，但他的确稍稍提到了一种体育运动的新焦点，他提到，在那贺举办的一次篮球赛中使用过一种水晶篮球，要是这球不小心被打破——而这是极有可能的——那么有责任的那支球队就要切腹自杀。日本文化中无奇不有，尤其是当它开始模仿墨西哥文化时，更加出人意料①。可是，让我们回到西方、回到炒面糊上，面糊开始涨价，使得这玩意儿的生产国十分开心，全是些第三世界国家。不过，在堪培拉的新游泳池里，有七名澳大利亚儿童因为尝试花样起跳而窒息身亡，这表明了这项有趣的产品的局限，当面向业余爱好者时，其使用应更加谨慎。

①指墨西哥玛雅文明城邦举办的一种类似于现代足球比赛的宗教活动中，落败一方的领队会被胜方的领队斩首或取出心脏以作活祭品，他的头骨会被用作新球的球心。

家人

"我可喜欢摸自己的脚了。"布拉卡蒙特太太说。

西纳莫莫太太对此感到震惊。

尼雅塔小的时候也是喜欢在自己身上到处摸来摸去的。这病倒有方子可治：一顿耳光，左右开弓，要是不见点儿血，你的话她是听不进去的。

"说起血的事情，不能不说这孩子的血统真是家传的。"西纳莫莫太太说出了心里话，"不是我说什么，但是孩子她奶奶虽然白天只喝葡萄酒，可一到晚上就大喝特喝伏特加，还有别的什么共产党人喝的烂玩意儿。"

"这都是酒精造的孽。"布拉卡蒙特太太脸色铁青。

"要不说呢，就我教给她的那些东西，相信我，现在恐怕连影儿都没有了。我还是给这孩子喝葡萄酒吧。"

"要说尼雅塔这姑娘真讨人喜欢。"布拉卡蒙特太太应和着。

"她现在在坦迪尔呢。"西纳莫莫太太说道。

现在闭嘴，你这个可恶的阿德贝坤库斯

兴许软体动物不会患上神经官能症，可除了它们之外，其余一切都得十分小心；拿我来说，我见过患神经官能症的母鸡，患神经官能症的蛆虫，患这种病的狗更是不计其数；就连树木和花朵也会在未来的精神科里接受精神分析，因为哪怕在今天，它们的形状和颜色在我们看来，也明显是病态的。因此，在冲澡的时候，听见自己在脑子里带着一种明显的报复快感用英语说：现在闭嘴，你这个可恶的阿德贝坤库斯，谁都不会为我这种冷淡的态度感到吃惊的。

我给自己擦肥皂的时候，这句责备极富节奏感地重复着，而我没有进行丝毫有意识的分析，仿佛它是洗澡水肥皂泡的一部分。只有到了最后，洒完古龙水准备穿内衣的时候，我才会对自己、也对阿德贝坤库斯提起点兴趣，在过去的半个小时内，我一直不停地让它闭嘴。我好好地失眠了一夜，为着这种轻微的神经官能症状不断

拷问自己，这病情无伤大雅却十分顽固，使我难以入睡；我开始问自己，这个叫阿德贝坤库斯的家伙究竟在哪儿不停地唠叨，致使我身上的某处听见了并专横地用英语叫它闭嘴。

把这套奇异的假想放到一边倒是挺容易的：这世上根本就没有那么个又能说又烦人的人或东西叫阿德贝坤库斯。这是个专有名词，我从来没有怀疑过这一点；有几回我甚至看见了用大写字母写着的这单词的几个特定音节。我知道自己很会造一些没什么意思或强安个意思的新词，但我觉得我不会造出一个像阿德贝坤库斯这样不招人爱、古怪又活该挨骂的名字。这名字属于不上档次的魔鬼，愁眉苦脸的跟班，一准是巫术书上屡屡提到的名字；这名字就像它的主人一样讨厌：可恶的阿德贝坤库斯。可停留在纯粹情感的层面上不能解决任何问题；实际上，类推分析、助记的回响、一切相关的手段，全都毫无用处。最后，我只好接受了，阿德贝坤库斯这个名字和意识无关；所谓神经官能症的症结就在于这句要求什么东西或什么人安静下来的话，而那东西或那人根本就不存在。多少次，某种令人分心的名字最后激发了某个动物或某个人的形象；这一回可不一样。我想让阿德贝坤库斯把嘴闭上，可它绝不会闭嘴，因为它从来就没张嘴说过什么或叫过一声。我怎么能对抗虚无呢？我睡着了，倒有点像这家伙，空洞而无存在感。

七十七号爱情

　　而在做完他们所做的一切之后，他们起床，冲澡，扑粉，喷香水，梳头，穿衣服，就这样，一步一步，他们又变回不是自己的模样。

公众服务部门的新鲜事

——以斯威夫特式的语气

一些颇值得信任的人告诉大家，说提供这些消息的人对巴黎城市地下交通系统的了解几乎到了一种病态的程度，他重提这一话题的倾向所暴露出的隐情至少会令人不安。然而，谁能阻止那家在巴黎地铁里流动营业的餐厅在不同圈子里引发各式评论呢？并没有什么过分的广告把它推介给潜在顾客；执法部门一直保持着使人不适的沉默，它只在人们的口口相传中像油渍一样在地底深处慢慢洇开。像这样一种创造发明绝不会仅仅局限于某个大城市特许的范围之内；倘若有朝一日墨西哥、瑞典、乌干达和阿根廷也对此发明有了特别的了解，那再正常不过，甚至可以说很有必要，其意义远超美食本身。

这个想法一定来自马克西姆餐厅，因为这座好吃鬼的殿堂获准承包了地铁列车上的餐车，今年年中开张的时候倒也没闹出多大动静。流动餐厅在装修和设备上似乎毫无新意地照搬了别的火车站餐厅的风格，唯一不同之处在于，这儿的食物好得可不止一点半点，当然价钱高得也不止一点半点，这些细节本身就足以筛选出顾客。有人百思不得其解，为什么要在地铁这种供工薪阶层使用的交通工具里搞这么一家高级餐厅；而其他的人，包括那位报信者在内，都保持着一种与该问题相称、含有哀叹之意的沉默，因为答案不言而喻地蕴藏在问题本身之中。西方文明发展到了如此高度，开着劳斯莱斯轿车去豪华餐厅，被带金佩紫或毕恭毕敬之人环绕，已经没多大意思了，但是，想象一下这种令人颤抖的狂喜吧——你沿着地铁站脏兮兮的台阶往下走，把车票塞进检票机入票口好挤进站台上浑身臭汗、刚从工厂或办公室下班往家走的人群中，在一群粗制滥造的贝雷帽、便帽和大衣中间，等待着那辆列车的到来，而其中的某个车厢，芸芸大众只能在它停下来的一瞬间眼巴巴地看一看。并且，这种喜悦不仅仅停留在它最初的非凡体验中：马上将为您具体描述。

这一美妙创意的灵感在整条历史长河中都有迹可循，远可以追溯到麦瑟琳娜皇后探访苏布拉，近可以想到哈伦·拉希德在巴格达城中小巷里假模假样的巡游，更不用说那些真正的贵族天生就有一种偷偷接触社会底层的兴致，一首美国歌就叫《让我们去逛逛贫民窟》。巴黎的大资产阶级平日里为身份所限，只能坐私家轿车、豪华飞机和火车头等车厢出行，如今他们终于发现这样一个去处，有着消失在地底深处、难得一遇且引起明显厌恶之情的台阶。在这个法国的工人大众纷纷放弃曾使他们在本世纪历史上声名远扬的种种诉求，为的只是能摸一摸属于自己的小轿车方向盘、能在少得可怜的休息时间里钉在电视机屏幕前的时代，如果那些有钱的资产阶级背弃可能沦为大众化的享受，而讽刺性地——这一点他们中的知识分子不可能注意不到——寻找表面上最贴近无产阶级、而同时使他们比平常的地表生活离得更远的地方，又有谁会觉得奇怪呢？说餐厅经营者及其顾客会首先愤怒地驳斥带有任何讽刺意味的主张也无济于事；说到底，只要他能掏得起足够的票子，进到餐厅里来，就能享受和其他顾客一样的服务，谁都知道，那些在地铁长凳上睡觉的乞丐当中，有不少人钱多得数也数不清，就像某些吉卜赛人和左翼领袖一样。

餐厅的管理自然要据此做一些调整，然而也不会因此放弃那些招徕高雅顾客的策略，因为在这样一个讲究行为得体、举止优雅，还必须使用除臭剂的地方，并不是有钱就能使鬼推磨的。我们甚至可以说，这种必要的筛选已经成为餐厅管理层的一个心病，想找到一个既显得自然又不失严格的办法可不容易。众所周知，地铁站台面向所有人开放，头等车厢和二等车厢之间并没有太多差别，连查票员也会在高峰期睁一眼闭一眼；头等车厢里经常挤满了人，至于是不是每个乘客都有权利挤到这里来，谁也不会去较真。因此，对顾客加以引导，让他们能很方便地进到餐厅里真非易事，好在这一问题现在似乎已经得到了解决，不过每到一站，列车一停，餐厅管理者们还是掩饰不住自己的担心。解决办法，简单说来就是当普通车厢的乘客上下车时，把餐厅大门紧紧关住，只在列车启动前几秒才把大门打开；为了使这一系统得以运作，地铁餐厅上安装了一种特别的蜂鸣器，提示食客可以进出的开门时间。这一套操作方法实行起来应该很顺当，因此，餐厅里的安保人员会和车站安保人员同步行动，在短时间内站成两排，把顾客圈在中间，同时也防止闲杂人等、不知情的游客或那些别有用心的政治捣乱分子混进餐厅里来。

一如往常，通过餐厅的私下宣传，顾客们都知道了该在站台具体哪个地方等车，地点每两周一换，为的是避开那些普通乘客；此外，站台墙壁上贴着的奶酪、洗衣粉或矿泉水的广告海报之一也藏了有关该地点的暗号。虽然有点花费过大，但管理层还是更愿意采用私下发放小册子的方法来通知顾客每一次的变更，而不是在必要处标上箭头或其他标识，因为那样一来，用不了多长时间，就会有不少无所事事的年轻人或那些把地铁当酒店住的流浪汉聚集在那里，虽然他们只是为了就近看一看餐厅车厢里的豪华装饰，毫无疑问，只要看上一眼，他们就会连哈喇子都流下来。

小册子上还有别的对顾客而言同样必要的信息；事实上，顾客必须知道餐厅在午餐时间和晚餐时间分别沿哪条线路行驶，线路每天都会变化，好使食客们的用餐体验更加愉快。为了实现这一目的，在一张每两周一换的精确日程表上还标明了主厨的拿手菜；尽管每天更换路线大大增加了上下车管理的难度，但它却规避了在一天的两个用餐时段里引起普通乘客注意的风险。没有收到小册子的人绝不会知道这列车餐厅究竟是从蒙特勒伊市政府站开往塞夫尔桥站，还是在连接文森城堡站和讷伊桥站的线路上营业；这样除了可以给顾客带来走访各条地铁线路的乐趣、让他们欣赏欣赏站与站之间多少会有一点的差别之外，还有一个重要的因素，那就是安全，因为如果餐车每天都重复同样的行程，每个地铁站的乘客也都是些老面孔，会造成难以预料的影响。

在任一线路上光顾过这家列车餐厅的人一致认为，除了精致的食物，那种愉快的、有时甚至是有益的社会学体验才是最令人心满意足的。坐在透过车窗直面站台的位置上时，顾客们可以看见以不同方式、密度和节奏奔赴工作岗位，或者在一天结束时准备好好休息一番，常常在站台上站着站着就早早睡着了的勤劳群众。为了使这种观察显得更自然，小册子上会建议顾客观察站台时不宜全神贯注，最好是吃一口看一眼，或者在聊天的间隙才看；显然，过分的科学研究般的好奇心可能会引起一些不恰当的、当然也是不公正的反应，因为被观察对象文化水准不够高，还不能理解现代民主派令人仰慕的思想深度。当站台上多是成群的工人或学生时，要特别注意避免长时间注视；而当人群的年龄或衣着与食客们较为接近时，多看上几眼就没有任何风险，他们甚至还会向列车上的人挥手致意，仿佛他们在车上的存在能激起民族自豪感或代表某种可喜的进步。

最近几周，这一新型服务方式已在城市各界广为人知，列车餐厅所到之处有了许多的警察部署，表明了官方机构乐意维护这一趣味盎然的创新。在食客们下车的那一刻，特别是看见单身或成双成对的食客时，警察会分外积极；在这种时候，客人们一穿过由地铁和餐厅两方面人员组成的双重引导线，就会有数量不等的武装警察客客气气地把他们护送到地铁站出口，一般情况下，客人的汽车就停在那里等候，因为顾客们会为这一趟愉快的美食之旅做好仔细的规划。这些预防措施自然有它充足的理由；在纽约的地铁——有时候巴黎的地铁也会如此——由于毫不负责、毫无道理的暴力而变成危机四伏的丛林时，权力机关的这种未雨绸缪应得到人们的全心称赞，不仅仅是餐厅食客的，而是全体乘客的，毋庸置疑，乘客们会心存感激，庆幸自己没有被卷入挑衅者或精神病人制造的混乱之中，那帮家伙不是社会主义分子就是共产主义分子，要不就是无政府主义者——这串名单可以开得很长，长过穷人的指望。

不知不觉，已有六个走远[①]

　　五十岁之后，我们就开始在他人的死亡中一点点死去。我们青春时代伟大的魔术师和巫师一个接一个地走了。有时我们已经不太记得起他们，他们留在了历史当中；会有别的声音，别的房间[②]呼唤我们。从某种意义上来说他们还在，却如同不再似初时一般喜爱的画作，如同只在回忆中隐约浮现的诗歌。

　　而后——每个人都有自己亲密的追随者，有出色的中间人——突然有一天，他们的名字铺天盖地地出现在报纸上，出现在广播里。也许我们得花点儿时间才能明白，我们自己也从那一天开始踏上了死亡之路。我是在那个晚上明白过来的，吃晚饭时，有人漠然地提起了一则电视新闻，说让·谷克多刚刚在米利拉福雷去世了，就在

①标题仿洛佩·德·维加《即兴十四行诗》中的一句："不知不觉已有三行写完"。
②原文为英语，是美国作家杜鲁门·卡波特的第一部长篇作品的名字。

几句平常的话语之中，我感到我的一部分也跌落在桌布之上，随之死去了。

接着逝去的几位，一模一样，都是通过广播或报纸知道的，路易斯·阿姆斯特朗、巴勃罗·毕加索、斯特拉文斯基、艾灵顿公爵，还有昨天晚上，我正在哈瓦那一家医院里咳个不停，一个朋友把外面世界的流言蜚语带到我的病床前，查理·卓别林也走了。我会出院的。我会痊愈了出院，一定会的，不过，算下来这已经是第六次了，我又死去了一点点。

分手对话

这是由两个人来朗读的对话，

谁都知道这是强人所难。

"我们又不是不知道"

"正是，说的就是这个，没发现"

"但我们一直在找，自从那天"

"也许并非如此，只不过是每天早上"

"骗人，总有一天你看着自己就像"

"谁知道呢，我还是"

"光想是不够的，如果除此之外没有什么能证明"

"你瞧，没办法确定"

"不错，现在我们俩都想找到证据去应付"

"就好像接吻是确认一种开脱，就好像互相看一眼"

"衣服之下，这副皮囊也就没什么"

"我有时会想，这还不算最糟糕的；还有不如这个的，说那些话"

"或者不说话，在那种时候就像"

"我们知道要把窗子稍微打开一点"

"像这样把枕头翻过来找"

"就像每款香水都有说法"

"你一直在嚷嚷个不停，而我"

"我们就像是被一场雪崩掩埋，两眼一抹黑，直到"

"我可是一直想听到这句话"

"躺在皱皱巴巴的床单上假装睡着了，有时还"

"互相抚摸时我们还会骂那只闹钟"

"可起床也是件很甜蜜的事，还抢着去"

"要抢先，浑身湿漉漉的，看谁先把干毛巾抢到手"

"咖啡，烤面包，购物清单，还有"

"每天都是老样子，人们会说"

"一模一样，只是有时候会"

"就像是想讲一个做过的梦，之后"

"用铅笔描过一个轮廓，靠记忆重现如此之"

"同时也知道怎么去做"

"哦，倒也是，可是恐怕盼着能再遇上"

"再来点儿果酱还有"

"谢了，我没有"

晚霞猎手

　　如果我去拍电影，我会决定去捕捉晚霞。我什么都研究好了，只差出去游猎的经费，因为晚霞可不会就这么被轻易捉到，我的意思是说，经常有这样的情况，一开始它看上去一点儿也不起眼，而正当你想要放弃的时候，它却猛地变得灿烂辉煌；或者也有相反的情况，它先是放肆地挥霍着自己的色彩，然后，一下子就变得像只身上涂满肥皂的鹦鹉。不管是哪一种情况，都意味着要在摄影机里装上上好的彩色胶片，算好旅途费用，规划落脚点，守望天空，选择最佳地点，哪一样都不简单。反正不管怎么着吧，如果要我去拍电影的话，我会准备好一切去捕捉晚霞，其实只要一次晚霞就够了，然而，为了获取这终极的晚霞，我得拍上四五十部晚霞的片子，因为如果我去拍电影的话，我会像对待诺言、女人和地缘政治一样苛刻。

现在既然这情况并没有发生，我只能用想象来安慰自己，我想象晚霞已经被我猎取到手，躺在它长长的螺旋形的铁皮盒子里。我的计划是这样的：不光是要把晚霞猎获到手，还要把它归还给我那些对晚霞知之甚少的同类，我指的是那些住在城里的人，他们若是碰巧看见了落日的话，充其量也就是看见太阳落到邮局大楼和对面的公寓楼背后，或落到电视天线和路灯组成的伪地平线之下。那会是部默片，或者只配上录晚霞时的同期声，也许有犬吠，或牛蝇的嗡嗡声，运气好的话会有绵羊脖上的轻轻铃铛声，倘若这晚霞出现在海上，应当还会有海浪的撞击声。

　　经验和腕表告诉我，一次完美的晚霞，从高潮到落幕，不会超过二十分钟，我会剪去这两处，只留下它那缓慢的内在演化，那难以觉察而瞬息即逝的千变万化；它会被归入叫纪录片的那类片子，在放碧姬·芭铎的电影之前放映，这时人们刚刚坐稳，眼睛盯着屏幕，就像他们还在公交车或是地铁上似的。我拍的这部片子还会有这样几行提示（或画外音）："各位将要看到的是一九七六年六月七日用固定机位及 M 牌胶片拍摄于 X 地的晚霞，连续拍摄共 Z 分钟。"观众们会知道，除了晚霞之外，没有任何情节，所以我们建议他们像待在自己家里一样，想做什么就做什么；比如，可以看看晚霞，也可以背过身去，和其他人聊聊天，或者遛遛弯，等等。我们深感遗憾的是不能建议大家抽上一支烟，要知道，在晚霞满天的时分抽上一支烟可真是妙不可言，然而，正如大家所知，各家电影院都把这一美妙的习俗列为禁止项目。不过，这并不妨碍大家喝上一口，本影片发行商在影院休息室里设有袖珍酒卖场。

很难预测我制作的影片会有什么样的命运；人们看电影是为了忘掉自我，而晚霞的作用恐怕恰恰相反，晚霞时分正是我们能比较坦然地面对自己的时候，反正我自己是这样的，痛苦但有益；说不定其他人也能从中受益，谁知道呢。

被囚禁的几种方式

只要开了头就完了。这篇东西我刚看了一行，就对一切失望透顶，因为我万万不能接受加戈爱上了莉儿；其实我是又往下读了几行才知道的，但这里的时间是不同的，比方说作为读者的你在读到这一页时就会明白我不同意这件事，同时也提前知道了加戈爱上了莉儿，可事情并不是这样发生的：当加戈是我的情人的时候，这儿根本还没你呢（这篇东西当然也还没有写出来）；其实我也没在这里，因为这不是本文此刻要说的话题，我和下面要发生的事情没有一点关系，加戈会去自由电影院看一场伯格曼的电影，在两则廉价广告之间，莉儿的两条腿会和他的腿挨到一起，就像司汤达小说里描写的那样，一个绚烂的结晶过程开始了（司汤达认为这是循序渐进的，但加戈并不）。换句话说，我讨厌这篇写着我讨厌这篇文章的文章；我觉得自己上当了，被侮辱了，被背叛了，因为这话根本就不是我说的，而是某个操纵我、支配我、阻碍我的人说的，我觉得他还要顺带着哄骗我，写得再明白不过了：我觉得他还要顺带着哄骗我。

他也在哄骗你（正在读这一页的你，上文就是这么写的），而且仿佛还嫌不够似的，还有莉儿，她不光不知道加戈是我的情人，还不知道撇去在自由电影院里的种种，加戈其实对女人一窍不通。我怎么能够接受，他们从电影院里出来时，正聊着伯格曼和丽芙·乌尔曼（碰巧他们俩都读过丽芙的回忆录，于是自然就有了去喝上一杯威士忌的理由，在出于艺术和性欲的亲近感里，畅谈那又想当妈妈又不想放弃演艺事业的女演员的狗血事件，而同时待在这两件事幕后的伯格曼，不管是做父亲还是做丈夫，都是个不折不扣的婊子养的）；就这么聊到了八点一刻，莉儿说我妈妈身体不大舒服我该回家了，加戈说我送您，我的车就停在拉瓦耶广场，莉儿说好呀，您可是灌了我不少酒，加戈说请允许我扶您一把，莉儿说当然，这才有了赤裸的小臂温热的坚实（他就是这么说的，两个形容词两个名词，原话如此）而我只能眼巴巴地看着他们上了那辆福特车，要知道那辆车的特别之处在于，它是我的车，就这样加戈会把莉儿送到圣伊西德罗，烧着我的汽油，不管要花多少钱，莉儿把他介绍给她妈妈，她妈妈有关节炎，然而对弗朗西斯·培根的一切都了如指掌，又喝上了威士忌，真不好意思，现在您还得开那么远的路回城里去，莉儿，我会想着您的，这样路就会短很多，加戈，这是我的电话，莉儿，哦，谢了，加戈。

一目了然，我绝不赞同那些试图改变深层现实的东西；我坚持认为，加戈根本就没到电影院去，也不认识莉儿，只不过是这篇文章想让我相信这一点，以此让我陷入绝望。就因为这篇文章里说了我应该接受，我就得接受它吗？反过来说，倘若我身上有某一部分认为这种背叛是模棱两可的（说不定真的发生了，电影院的事儿），我就应该相信吗，可起码接下来的几段文字告诉我们说，加戈回到了城里，一如既往地把车胡乱一停，上楼来到我的公寓里，他知道我已在这段文字的结尾处等他等了太久，正如我以往对他的一切等待一样，他洗完澡，穿上橘黄色的睡袍，那是我送给他的生日礼物，他走过来躺在长沙发上，而我正靠在上面欣慰而满怀爱意地读着：加戈走过来躺在长沙发上，我正靠在上面惬意而满怀爱意，芝华士酒与深夜的雪茄暗暗散发出诱人的香气，我把手指轻柔地伸进他的卷发，想让他发出一声懒洋洋的呻吟，没有莉儿也没有伯格曼（读到这句话真是太爽了，没有莉儿也没有伯格曼），这时我会慢慢解开橘黄色睡袍的腰带，我的手将会从加戈光滑温暖的胸膛向下滑去，滑向他体毛浓密的腹部，等待着第一阵抽搐，接着我们会缠绵着走向卧室，一起栽倒在床上，我会找到他的脖子，我喜欢用牙轻轻咬那儿，这时他会低声嘟囔着说等一会儿，嘟囔着说等一会儿，我得打个电话。当然是给莉儿，我已经安全到了，谢谢，接着是一段沉默，那我们明天上午十一点见，沉默，十一点半，可以，沉默，当然是去吃午饭了，小傻瓜，沉默，我叫你小傻瓜，沉默，干吗还用"您"来称呼我，沉默，我不知道但我们仿佛认识很久了，沉默，你真是个宝贝儿，沉默，我又穿上睡衣，回到客厅，继续喝我的芝华士，至少我还有这个，文章上面写着至少我还有这个，我又穿上睡衣，回到客厅，而加戈还在电话里和莉儿聊个没完，再读一遍也没用，上面就是这样写的：我回到客厅，继续喝我的芝华士，而加戈还在电话里和莉儿聊个没完。

视线的方向

——献给约翰·巴斯

可能是在伊利昂，或者在教皇派和德皇派大战方休的托斯卡纳田野里，为什么不能是在丹麦人的土地上，抑或是布拉邦特那样一个浸透鲜血的地区呢：一幅流动的景象，仿佛闪电从两团乌云交锋处迸发，时而照亮、时而又掩护着军团与后卫部队，挥舞着短刀和长戟的正面厮杀，这种失真的画面，恐怕只有心底充满谵妄的人，从一天的剪影中寻找着最尖锐的角度，寻找烽烟、溃败、旗帜中的余留物的人，才能看到。

于是，一场战斗就成了一次寻常的、无视理性与未来历史记载的挥霍。又有几个人能亲眼看见英雄被身披洋红的敌人重重包围的辉煌时刻呢？要靠吟游诗人的有效机制：悠悠地挑选、吟唱。

也需要听者和读者：只想为传奇故事添油加醋。然后，或许是迫使众人接受那副概纳了英雄一生的面孔的时刻，如同夏绿蒂·科黛面对马拉的赤裸身体时的选择——胸脯、腹部、咽喉。如此，现在，在重重烽火与撤令之间，在败军军旗飞逃或希腊步兵专心致志地朝着未被攻克的城墙进军之时，轮盘赌的台面上小球会停在某处，将三十五个希望抛入虚无，独留一份好运，或红或黑。

在转瞬即逝的画面中铭刻着这一幕，英雄以慢动作从一具躯体中抽回剑——后者仍立在风中，鄙夷地看着他流血倒下。在敌人的攻击下，庇护着他的青铜盾牌随着他手上的动作，把一束束反光射向对方。敌人一定会向他扑来，但他们也一定会看见他怎样奋死拼搏。他们被炫目的光线照得睁不开眼（盾牌就像一面聚光镜，在晚霞与火光的照耀下，将敌人烤得焦头烂额，他们被激怒的身影如同身处火海），几乎无法分辨哪些是铜盾上的浮雕，哪些是战役中朝生暮死的幽灵。

铁匠在镀金物中注入心血，千锤百炼，满心愉悦地用同心的技艺将其铸成盾牌，它抬起弯弯的眼皮，在人群中（这群作为显现之物受众的人，在交战的荒诞矛盾之中要么杀死他要么被他杀死）显现出森林空地中的英雄的赤裸身体，他怀里依偎着一个女人，她的手指深深插进他的头发里，像是在抚摸，又像是要把他推开。两人并肩躺着，努力使这场景沉入树林缓慢的呼吸（一头小鹿从两棵树之间钻出，一只小鸟在他们头顶振翅），力量的轨迹似乎聚集于女人另一只手中的镜子上，镜子里她的眼睛或许不愿意看到这个在白蜡树和蕨草间夺去她童贞的人，绝望地寻找着由某个微小的动作引导而成、且使之定格的情景。

　　少年跪坐在泉水旁，摘下了头盔，深色的卷发拂在肩头。他已饮过水，嘴唇湿漉漉的，唇须上还沾着些水滴；长矛躺在一边，在远途征战后获得了休憩。简直是那耳喀索斯再世，少年看着脚下波光闪动的泉水里的倒影，却想着他只能看到热恋中的回忆，那个迷失在悠远沉思中的女子可望而不可即的身影。

　　又是她，她乳白色的胴体已不再和打开她、进入她的另一个身体交缠，而是优雅地展露在从落地窗照射进来的暮色中，她侧转着身子，几乎直面向画架上的一幅画，落日的余晖给画蒙上了一层橘红的琥珀色。可以说，在那幅有画家隐约现身的画里，他只能看见近景。无论是他还是她都没有把目光投向风景的深处，那里，在一眼泉水旁，隐隐约约能看见两具倒下的躯体，英雄已经在战斗中死去，躺在奋死拼搏时手中紧握的盾牌之下，而那少年，一支从空中掠过的羽箭仿佛把他的目光永久定格在了远方，那里，慌乱的人群正在撤退，遍地是破烂的军旗。

　　盾牌不再反射出太阳的光芒；没人看得出它是用青铜锻造的，在它黯淡无光的表面上，出现了刚刚描绘完一场战斗的铁匠的身影，他仿佛指定了战斗最激烈的时刻，英雄四面受敌，用剑刺穿了离他最近的那个敌人的胸膛，又把溅满鲜血的盾牌高高举起护卫着自己，在烈焰、怒火和晕眩中，看不出盾牌上的花样，除非那具裸体是那个女人，她正心甘情愿地接受着少年的轻柔抚摸，泉水边，静静的，是那少年放下的长矛。

Ⅲ

"不，不。并非犯罪行为。"夏洛克·福尔摩斯笑着说。"这只不过是许多离奇的小事中的一件罢了。在一块仅有几平方英里的弹丸之地，拥挤不堪地住着四百万人口，这类小事是少不了的。"

——阿瑟·柯南·道尔爵士《蓝宝石案》

卢卡斯和他的流浪歌

这歌卢卡斯小时候就在一张有刮擦声的唱片上听过，唱片一向耐用的电木已经承受不住数台带云母振膜唱头和硕大纯钢唱针的电唱机的重压了；哈利·劳德爵士的声音仿佛是从十分遥远的地方传来，事实上也真是如此，他的声音伴着苏格兰的薄雾灌进唱片里，被释放出来时已经是在阿根廷草原昏昏沉沉的夏季。歌唱得毫无感情而有例行公事之意，内容是一位母亲送儿子出远门，而哈利爵士可算不上是个多愁善感的母亲，尽管他那金属般的声音（好像一经录音处理差不多所有人都是这种声音）流露出一丝伤感，而当时的小男孩卢卡斯早已与这种伤感相伴多时。

二十年后，电台里播放了这首歌的一小段，是由巨星埃塞尔·沃特斯演唱的。过往像一只强硬的、不可抗拒的手把卢卡斯一把推到了大街上，推进了伊利贝里酒吧，那一晚，他听了这张唱片，我敢说他是在许多往事里放声大哭，他一个人待在房里，喝得醉醺醺的，一是因为自悯自怜，再就是因为喝了不少卡塔马尔卡的果渣白兰地，谁都知道，那玩意儿最能催人泪下了。他根本不知道为何而哭，不知道这首民谣触动了他的哪根神经，而现在，没错，现在他能俘获其中的含义，其伤感之美。当那位因演唱了她独特版本的《暴风雪》而风靡布宜诺斯艾利斯的歌手演唱它时，它仿佛又摆脱了哈利爵士所唱的那种浅薄与平庸，回归到某种原汁原味的南方情调。管它是来自苏格兰还是来自密西西比河呢，反正你听它头几句歌词，就是一股浓浓的黑人风格：

> 你就要离开故乡，吉姆，
>
> 今天你就要上路，
>
> 去城里人中间居住——

埃塞尔·沃特斯送别自己的儿子时预见到了不幸，除非像培尔·金特①那样浪子回头，双翅折断，骄傲尽失，否则他无可救药。这一神谕试图藏在一连串与吉卜林②的《如果》们毫不相关的如果之后，其中饱含罪恶的实现：

---

①培尔·金特（Peer Gynt），挪威剧作家易卜生同名诗剧主人公，他耽于幻想、狂妄鲁莽，历经波折后回到故乡，如离家时一样一贫如洗。
②约瑟夫·鲁德亚德·吉卜林（Joseph Rudyard Kipling, 1865－1936），英国小说家、诗人，有一首励志诗名为《如果》（If）。

如果疾病将你压垮，

如果老友使你动摇，

你独自一人在世上漂泊，

如果你没什么朋友，孑然一身，

又没什么钱，身无分文——

凡此种种如果，吉姆手中仍握有开启最后那扇门的钥匙：

总有一个妈妈

等你回家，甜蜜的家。

当然了，这就回到弗洛伊德医生的老路上了，蜘蛛之类的。可音乐是一片无人之地，图兰朵是否冷淡或齐格弗里德是否纯种雅利安人都没多大关系，情结与神话都融进旋律之中，然后呢，只剩下一个声音在喃喃低语，用部族的语言一遍遍告诉我们，我们是什么样的人，未来又会将怎么样：

如果你陷入了麻烦，吉姆，

只要写信告诉我——

多么简单，多么美妙，多么埃塞尔·沃特斯。只要写信，天经地义。问题出在信封上。吉姆，信封上该写什么名字，又该写什么地址呢。

卢卡斯的羞耻之心

谁都知道，在如今的公寓里，客人去上洗手间，其他人会继续谈论比夫拉和米歇尔·福柯，然而，空气中似乎飘浮着某种东西，仿佛所有人都想忘掉自己拥有听觉，与此同时耳朵却都关注着那个神圣的场所——自然，在我们这种拥挤的社会里，那地方离我们进行高端对话之处基本不到三米远，可以肯定的是，尽管那位离席的客人会费尽心机掩饰自己的行为，尽管他的同伴们会提高谈话的声音，在某些时候总会回响起一些克制过的、在某些不合宜的情况下才能听到的声音，最好的情况是从粉色或绿色卷纸上撕下廉价厕纸的可怜声音。

如果这位去洗手间的客人不巧是卢卡斯的话，这事儿的恐怖程度便只能和把他逼到这个可恶据点的腹痛程度相比了。这种恐怖既不是出于神经官能症也不是来自什么情结，而只是因为确信一种反复出现的肠道现象必会发生，换句话说，一上来什么问题都没有，和风细雨，静悄悄的，可到了最后，就像猎枪弹药筒里的铅弹碰上了火药，那一声可怕的巨响，连架子上的牙刷都要晃几晃，淋浴帘的塑料布都要抖几抖。

卢卡斯实在是无计可施了，实在没法阻止这事儿发生；各种办法他都试遍了，比如把身子向前弯，直到把头挨着地面，又比如说把身体向后仰，直到脚顶到对面的墙壁，侧着身子也试过，甚至于——也算是登峰造极了吧——他还试过用手抓住屁股两边，使劲往外掰，尽力扩大那条狂风暴雨的通道的直径。他也试过把可以够得着的毛巾全拿过来捂在大腿上，甚至用上了主人们的浴袍，可什么样的消音方法都没用；就这样，本来挺舒服的一件事儿，差不多每一次都毁于最后那一声惊天动地的响屁。

轮到别人去卫生间的时候，卢卡斯会为那人紧张得浑身发抖，因为他确信分分钟就会传出第一声通知猎物已死的耻辱的号角；有时候人们好像并不十分在意这类事，这让卢卡斯有些吃惊，但很明显，人们并不是毫不在意，他们甚至会用小茶勺敲打茶杯，或是毫无必要地挪动扶手椅加以掩饰。如果什么事也没发生，卢卡斯会很开心，会马上再要一杯白兰地，可这一来他就把自己暴露无遗，大家全知道了，刚才布罗基太太去卫生间方便的时候，他一直紧张又焦虑。孩子们真不一样呀，卢卡斯想，简单直接，不管是多风雅的聚会，他们都会径直走过来，大声宣布：妈妈，我要拉粑粑。卢卡斯接着往下想，那个写出一首拉屎诗的无名诗人真是得天独厚呀，那首诗这样写道：人生最快事 / 慢慢去拉屎 / 要想得轻松 / 肚里全腾空。要达到这位先生的境界，人们得远离任何由不恰或激烈的放屁之举引来的危险，除非他家卫生间在楼上，或者在离房子有相当一段距离的铁皮小屋里。

既然说到了诗歌，卢卡斯脑海里此刻浮现出但丁的一句诗：那些被判有罪的人放屁如同吹小号。和如此高雅的文化一挂上钩，卢卡斯顿时觉得自己这一番胡思乱想虽说和贝伦斯坦博士正发表的有关租借法案的演讲风马牛不相及，但也无可指摘了。

卢卡斯对消费社会的研究

随着跨界理念的流行，在西班牙有人开始销售大包火柴（按他们的说法，洋火），每大包内装有三十二盒火柴，每个小盒都华丽地仿制于整副国际象棋中的一个棋子。

很快，一位精明的先生推出一种新型象棋，它的三十二个棋子每个都可以当咖啡杯用；几乎紧随其后，"两个世界市场"生产出一种咖啡杯，可以让那些身形较为松弛的太太们作为各式束身胸罩使用，在此之后，伊夫·圣罗兰推出了一款可以同时盛两只水煮蛋的胸罩，方法极其耐人寻味。

令人遗憾的是，至今还没有人能把水煮蛋玩出新花样，于是人们在吃这样的水煮蛋时长吁短叹，精神不振；这样一来，一种幸福的传送链就此中断，只剩下束缚人们的锁链，顺便说上一句，它们还个个都价值不菲。

卢卡斯的朋友们

那群乌合之众为数众多且品类丰富，谁知道现在他怎么单单想到了赛德隆这哥几个，而想到赛德隆哥几个就意味着有太多事情不知从何说起。卢卡斯唯一的优势是幸好他并不认识赛德隆家所有的人，而是只认识其中三位，但又有谁能说得清这到底算不算优势呢。他知道这家的兄弟往少了说有六到九个，反正他只认识其中的三个，所以，注意了，我们要开始了。

赛德隆兄弟三人分别是音乐家塔塔（出生证上写的是胡安，顺便说，此类文件叫 partida 实在荒谬，因为事实正好相反①）、电影制作人豪尔赫和画家阿尔贝托。和他们三个人分别打交道已经够受了，可他们要是凑到一起，请你去吃个恩潘纳达馅饼什么的，那简

---

① 西班牙语中出生证为 partida de nacimiento，此处 partida 意为"证书"，同时该词也有"出发"和"死亡"之意。

直就是死亡三部曲。

　　从到他们家开始说起吧，走在大街上就能听见从这座楼的某一高层传来巨大的喧闹声，如果你和他们的哪位巴黎邻居擦肩而过，便可以看到他脸色苍白得如同一具死尸，仿佛身处他们这种严守道德、性情平和的人断难接受的出格怪事之中。完全没必要去打听赛德隆一家住在几层，因为喧闹声会引着你上楼来到一扇门前，和别人家的门比较起来，这扇门有点儿不太像门，而且它看上去仿佛已经被里面的热闹场面烤得通红，让人不敢多敲几下，害怕手指头的关节会被烫焦。当然了，这门一般是半开着的，因为赛德隆一家总是不停地进进出出，再说了，朝着楼梯那儿通风那么好，为什么要关门呢。

　　进了大门，那里面发生的事情真是很难有条有理地说清楚，因为你刚迈过门槛，便会有个小丫头抓住你的膝盖，在你的风衣上抹满口水，同时，从门厅里的书柜上会扑下来一个男孩骑在你的脖子上，那劲头就像一架神风战斗机，要是你竟敢带一瓶葡萄酒上门，立竿见影的效果就是地毯上多了一汪水迹。当然，这根本不要紧，因为此时赛德隆家的女人们会从四面八方的卧室里跑出来，有一位把孩子们从你身上解开，另几位会用抹布把那瓶倒霉的勃艮第葡萄酒擦干，那堆抹布看上去就像是从十字军时代传下来的。就在这种状况之下，豪尔赫给你绘声绘色地介绍着两三本他想拍成电影的小说，阿尔贝托抓着另外两个手持弓箭的小男孩，更糟的是，这两个小家伙居然箭法还很准，这时塔塔系着条围裙从厨房里走出来，这围裙最早应该是白色的，系法也很有气势，围在胳肢窝底下一直披下来，活脱脱就是马克·安东尼①，又像是卢浮宫或是公园里那些无所事事的雕像中的一尊。会有十到十二个喉咙同时大声宣布这一重大新闻：今天家里吃恩潘纳达馅饼，是塔塔的老婆和塔塔本人包的，但食谱已经过阿尔贝托大力改良，后者认为让塔塔和他老婆单独待在厨房里会造成最可怕的灾难。再说豪尔赫，他事事不落人后，酿了不少酒。在最初的这场大乱平息下来之后，每个人就会在床上、在地上或随便哪里没有孩子哭或尿的地方安顿下来，哭也好，尿也好，都一回事儿，从不同高度流出来的同一样东西罢了。

　　和赛德隆哥几个还有他们那几位无私的太太在一起待上一晚（我说无私是因为倘若我是个女人，而且又是赛德隆兄弟的女人的话，我早就自觉地拿面包刀让自己一了百了了，但她们几个不但不难受，甚至比起赛德隆兄弟有过之而无不及，这倒使我很高兴，因为这几个兄弟得不时领教一下狠角色的厉害，我看这几个女人总是能占上风），和赛德隆一家待上一晚，算得上是南美的一种缩影，使欧洲人对待他们的音乐、文学、绘画、电影或戏剧时所带的景仰之情有据可依。说到这里我想起了基拉帕云兄弟给我说过一件事，他们这群克罗诺皮奥们也和赛德隆兄弟一样疯疯癫癫，只不过他们都是搞音乐的，真不知道这算是件好事还是坏事。有一次基拉兄弟在德国巡回演出（那是在东德，可我总觉得不管在哪边，结果都差不太多），他们想搞一次智利式的露天烧烤，可令他们大为惊奇的是，在这个国家，没有官方的批准是不能在森林里搞什么野炊的。必须

---

① 马克·安东尼（Marco Antonio，约前83－前30），古罗马政治家、军事家。

承认，获得批准倒没费多大劲，可警方对这事儿太较真了，火刚点上，各种野味刚在炉子上架好，突然来了一辆消防车，消防员们在林子附近散开，待了整整五个钟头，防止火焰蔓延到崇高的瓦格纳冷杉和条顿森林里的其他植被中去。如果我没有记错的话，到了最后，正应了他们这一行在外面的好名声，好几个消防员都吃得不亦乐乎；那天，穿制服的和穿便装的水乳交融，那情形真是难得一见。说起制服，消防员的制服要算是各种制服当中最不像婊子养的的，真到了有一天，在数百万赛德隆和基拉帕云的帮助下，我们能把南美的所有制服都扔进垃圾堆里去的时候，唯一能幸存的恐怕就是消防员的制服了，甚至我们还可以为他们设计出几款更漂亮的制服来，让这些小伙子们开开心心地去救火，或是去救助那些蒙受羞辱、求助无门、投河自尽的女孩子们。

就这样，恩潘纳达馅饼越吃越少，速度快得让人们怒目相对，因为这个吃了七个，那个只吃了五个，偌大的盘子传来传去，很快就一干二净，不知是哪个倒霉蛋说喝点儿咖啡吧，就好像咖啡也能算粮食似的。永远看起来兴致缺缺的是那群孩子，到底有多少个孩子，这对卢卡斯而言一直是个谜，一个刚刚消失在床背后或是走廊里，另外两个就从橱柜里破门而出，要不就骑着一截橡胶树干滑过来，最后跌坐在装满恩潘纳达馅饼的大盘子里。这样的吃食在阿根廷算是有头有脸的了，可那群孩子非要装出一副什么都看不上的样子，推说他们各自的妈妈半个钟头以前已经提前喂过他们了，可是从恩潘纳达馅饼消失的速度来看，你只会相信，这玩意儿对儿童的新陈代谢十分重要，倘若大希律王[①]在场的话，那天晚上会有另一只公鸡为我们而鸣，卢卡斯也不至于只吃到十二块恩潘纳达馅饼，说不定能吃到十七块，当然，中间必须消停片刻，好到贮藏室取上几升葡萄酒，这玩意儿对消化蛋白质最好了。

在恩潘纳达馅饼之上、之下、之中，都是一片喧闹的声明、质疑、抗议，夹杂着哈哈大笑的声音，种种关乎愉悦与亲密的表达，营造出的气氛令特维尔切人[②]或马普切人[③]的军事法庭也显得冷清，冷清得就像是给昆塔纳大道的某位法学教授守灵。不时会听见从天花板上、地板上或是两边毗邻的墙壁上传来敲击的声音，几乎每次都是塔塔（他是这套房子的承租人）出面解释说，只不过是些邻居，因此完全没有必要担心。夜里一点钟这样也算不上什么恶劣，就像在两点半我们一步四级地下楼梯时，还鼓足了劲儿高唱着探戈舞曲，愿你到处卖弄你的虚荣，哪怕面对的是拉皮条的米隆加演员也无所谓。有的是时间解决这个星球上的大多数问题，我们早已一致同意至少要再去打扰四个家伙，他们活该，你还想怎么着吗，记事本上写满了电话、地址和下次去咖啡馆或是别的什么人家碰头的日期，明天，赛德隆兄弟就会四散开来，因为阿尔贝托要回罗马，塔塔还是到普瓦捷去唱他的四重唱，还有豪尔赫，鬼知道他会上哪儿去，反正手里总拿着个测光表，谁也阻止不了他。也不是完全没必要补

---

①大希律王（Herodes，前74/73－前4），罗马帝国在犹太行省的代理王，以残暴闻名，曾大量屠杀婴儿。
②特维尔切人（Tehuelches）是一群生活在南美巴塔哥尼亚的原住民。
③马普切人（Mapuches）是一群生活在智利中南部和阿根廷西南部的原住民。

充一句，卢卡斯回家的时候，觉得自己脖子上顶的仿佛是个大南瓜，里边满是马蜂、波音707和几首麦克斯·罗奇的独唱。不过就算喝完酒再不舒服，如果说底下还有什么热乎东西的话，他就全然不介意了，那热乎东西一定就是恩潘纳达馅饼了，而在这上下之间，还有件东西更热乎，一颗心在不停重复着，不是玩意儿，真不是玩意儿，太不是玩意儿了，绝无仅有的不是玩意儿，一群婊子养的。

一九四〇年，卢卡斯擦皮鞋

卢卡斯走进五月广场附近的一家擦皮鞋店里，给我左脚的鞋上黑鞋油，右脚的鞋上黄鞋油。您说什么？我说的是这边黑这边黄。可是先生。让你给这边涂黑鞋油，小子，够了，我得集中点儿精神看看赛马的消息。

这种事情要做起来还真不容易，看起来是件小事但真就和哥白尼或伽利略差不多，这类动摇常理的事会让所有人移开视线望向天花板。比方说这一回，就有人多嘴，店深处的一位对身旁的人说，嘿，现在这帮死娘娘腔真是会玩新花样，这时，卢卡斯从准备下注的第四赛道（骑手是帕拉迪诺）中回过神，几乎是温柔地向擦鞋匠征求意见：我要是照着他屁股踢上一脚，你看是用黄色那只好还是用黑色那只好？

擦鞋匠对着鞋不知所措，他刚上完黑色，有点儿拿不定主意，实在不知道怎么擦第二只鞋。黄的，卢卡斯边想边大声说出了口，这就算是下命令了，还是黄的好，又精神又讨人喜欢，喂，你，你还在等什么呢。好的先生马上。里面的那一位已经站起身来，打算过来弄明白照着屁股踢上一脚到底是怎么回事，这时，众议员珀利雅提来了一番热情洋溢的雄辩，他能当上意大利慈善联盟俱乐部主席并非浪得虚名，先生们，别再兴风作浪了，等压线的那些麻烦事儿已经够咱们受的了，在这座城市里人能流多少汗真是不可思议呀，这种小事不值一提，关于个人品位也没有什么成文规定，再说了，对面就是警察局，自从上次学生或者说年轻人闹事之后——当然这都是我们这些黄土埋了半截的人的说法，他们可都神经过敏。您说的一点都不错，博士，众议院的一个马屁精表示赞同，这里可不是动手打架的地方。是他骂的我，里面的那位分辩道，我刚才只不过是笼统地谈谈基佬们。那就更说不过去了，卢卡斯说，废话少说，再过一刻钟，我在那边的街角等你。真会挑地方，里面那位说道，正冲着警察局。就是挑的那儿，卢卡斯说，我倒要看看你除了说我是死基佬之外还敢不敢说我是蠢货。先生们，众议员珀利雅提警告说，决斗这种行为已经成为历史，现在绝对不允许了，请二位不要逼我行使我的权力，等等等等。您说得太棒了，博士，马屁精喝了声彩。

卢卡斯就这么上了大街，脚上的皮鞋闪闪发亮，右边像向日葵，左边像奥斯卡·彼得森。一刻钟过去了，谁都没有来找他算账，他心里感到一阵不小的轻松，当即要了一杯啤酒和一根黑色烟以示庆贺，这当然也是为了保持颜色的对称。

卢卡斯的生日礼物

就在那间叫"两个中国人"的甜品店买个蛋糕也太随意了，连目光不太长远的格拉迪丝都明白这一点，于是卢卡斯觉得还是花上半天时间亲手准备礼物比较好，因为要送的人值得他这么做，而且值得更多，但至少要到这种程度。一大早，他就在街上转悠，买了上好的面粉和蔗糖，接着又仔仔细细读了一遍五星级蛋糕的配方，那可是堂娜赫特鲁迪斯的巅峰之作，她算得上是美味餐桌教母。没过多久，他家的厨房就成了马布斯博士①的实验室。那天，到卢卡斯家里去讨论赛马预测的朋友们待不了一会儿就感到快要窒息，纷纷离去，因为卢卡斯把各种精细原料粗筛、过滤、搅拌、撒开，他兴致勃勃，搞得连空气都发挥不了正常功能。

---

① 卢森堡裔德国小说家、编剧、记者诺伯特·雅克（Nobert Jacques，1880－1954）小说中虚构的邪恶博士形象。

卢卡斯对这事儿有点经验，而且蛋糕是做给格拉迪丝的，这意味着要铺好几层酥饼（做好一层酥饼都不容易了），中间再夹上水果蜜饯、委内瑞拉的杏仁片和碎椰片，椰片不但要碎，还要在黑曜石研钵里磨得像原子分裂那么细；最后是外部装饰，劳尔·索尔迪①的色调，蔓藤花纹又深受杰克逊·波洛克②启发，只有那句"只为你"的标语最为朴素，这一触目惊心的浮雕由酸樱桃和糖渍橘片堆成，卢卡斯选用了十四号巴斯克维尔字体，为这一献礼下了一个几近庄重的注释。

卢卡斯觉得把五星级蛋糕盛在盘子里去赛马俱乐部参加晚宴有点儿上不了台面，因此他小心翼翼地把蛋糕装在了一个白色硬纸盒里，纸盒刚刚够把蛋糕装进去。等到晚会开始的时候，他身穿条纹礼服，右手托着装蛋糕的大纸盒穿过人头攒动的门厅，这一壮举本身就很不容易了，他还得用左手彬彬有礼地推开那些惊奇不已的亲戚和好几个发誓不尝到这华美礼品绝不罢休的美食爱好者。就这样，在卢卡斯身后马上排了一队人，叫着喊着，鼓着掌，还有强咽口水的声音，这一大群人进大厅时的动静绝不亚于上演一场省级水平的歌剧《阿伊达》。格拉迪丝的父母马上明白这一时刻意义重大，合拢手，做出常见却总是令人赏心悦目的欢迎手势，而庆生晚会的女主人公也抛下一场无关紧要的谈话，迎上前来，抬头挺胸，两眼望着天花板，露出满口白牙。卢卡斯意得志满，

---

①劳尔·索尔迪（Raúl Soldi，1905－1994），阿根廷画家，作品风格柔美、色调温和。
②杰克逊·波洛克（Jackson Pollock，1912－1956），美国画家，抽象表现主义画派代表人物。

感到多少个小时的辛勤劳动马上就到最精彩的尾声了，他冒险做出了伟大的工程的最后一步：双手将蛋糕献礼高高举起，在人们渴望的目光下，把蛋糕危险地倾斜，结结实实地给格拉迪丝扣了个满鼻子满脸。一转眼，卢卡斯发现自己认出了大街上铺路石的花纹，他挨的那一阵疾风暴雨般的拳打脚踢，就连创世时的洪水都会自叹不如。

卢卡斯的工作方式

　　有时候睡不着觉，他不会去数羊，而是在心里一封一封地回复那些没能回复的信件，因为他的罪恶感也和他本人一样患了失眠。信件有礼节性的，有充满激情的，也有文绉绉的，他闭着眼睛，一封接一封地回复着，思如泉涌，华美辞藻不断浮现，他心中也常常赞叹自己出口成章的高效率，结果就更难以入睡。只有等到当天的信件全都回复完毕，他才能安心进入梦乡。

　　这样一来，第二天早晨他自然是没精打采，可糟糕的是他还得坐下来，把头一天夜里打好腹稿的那些信一封一封写出来，写出来的东西差远了，冷冰冰的，笨嘴拙舌，要么就是直冒傻气，这样一来，到了晚上他因为累得够呛，又睡不着了，并且，各种礼节性的、充满激情的、文绉绉的信件还在源源不断地寄来，于是卢卡斯又不会去数羊，而是滴水不漏、文笔优美地回复信件，这些回信之精彩，塞维涅夫人[1]要是知道了，一定会恨得牙痒痒的。

---

①塞维涅夫人（Madame de Sévigné, 1626–1696），法国散文家，以《书简集》闻名，书中收录了她写给女儿和其他亲友的书信。

卢卡斯的派系辩论

开始的时候总是差不多，会在许多事上达成明显的政治一致，彼此之间也充分信任，然而到了某个时刻，那些文化程度较低的成员就会客客气气地向那些文化程度高的成员发难，第无数次提出信息方面的问题，提出对绝大多数读者（或者听众、观众，可主要是读者，哦没错）来说，内容是否通俗易懂的问题。

在这种情况下，卢卡斯往往保持沉默，因为他要说的话在他的几本小册子上都说过了，不过他有时也会遭到或多或少是来自兄弟般的攻击，众所周知，没有比兄弟反目更可怕的了，因而卢卡斯也会板起脸，努力说出这样一番话来：

"伙计们，这样的责难决计不是由那些善解人意、不辱使命的作家提出的，

他们就像船头的雕像，一马当先于

航行路途之中，迎着

风浪与苦咸的泡沫。就是如此。

他们不会提出这样的责难，

因为作家（诗人／小说家／讲故事者）

就意味着会编故事、有想象力、能说胡话、

深不可测、绝对权威，或是随你怎么说，

意味着首先的首先

语言是个工具，老话就是这么说的，

然而，这个工具起的作用可不止一半，

起码有一大半[①]。

删掉两卷，再去掉附录，

你们向作家（诗人／讲故事者／小说家）提出的要求

是在要他们停止前进

定格于此时此处（洛佩斯，翻译这句话！）

为的是让他们所提供的信息

不要超出周围人的

语义学、句法学、

认识论和价值观常识。哼。

---

①这里是作者的文字游戏，因为在西班牙语中，medio 既有"工具"的意思，也有"一半"的意思。

换句话说吧，这意味着让他们放弃

去探究那些未被探究的领域，

或者把探究的方式局限为解释已被探知的东西，

从而让一切探寻新事物的努力都终结于

对旧事物的考据。

我会直截了当地向他们陈述，

但愿他们在前行的道路上能够

止住脚步。（这几句我真是妙笔生花）

然而还有科学定理在否定着

这些自相矛盾的努力，

还有一点，简单而又艰难：

只要没有话语的桎梏，

人的想象力就没有边界，

语言和虚构是一对敌人，一双兄弟，

从这场争斗中诞生了文学，

缪斯与抄写员辩证地对立，

不可言说之物寻找着它的语言，

语言顽强地抵抗着不说，

直到我们扭断它的脖子。

于是抄写员和缪斯达成了协议，

在这奇妙的时刻，之后

我们把它叫作巴列霍或马雅可夫斯基。”

接下来的是一阵洞穴般深远空旷的寂静。

"你说得没错，"有人说话了，"可面对历史的机遇，作家和艺术家——除非他们纯粹生活在象牙塔里——有一种责任，听好了，有责任要把自己的讯息传递到最广大的受众中去。"掌声。

"我一向以为，"卢卡斯态度谦卑地回答道，"你所说的作家是指他们当中的绝大多数，正因如此，你坚持让这大多数作家都步调一致的态度，使我感到吃惊。见鬼，你们这些人这么害怕干什么？除了那些心生怨恨、疑神疑鬼的人，谁会对那些显然只能由少数人推进的，且是我们所说的那些极端的、自然也就是困难的（要说困难，那也首先是对作家而言，然后才会轮到公众,这一点要特别强调）体验产生反感呢？那么，会不会是因为，伙计，对有些层次的人来说，一切他们无法一眼看懂的东西都成了错误、成了晦涩呢？会不会是因为有人出自一种不可告人的、也许还是邪恶的需要，想把价值观一下子统一起来，以便使自己在风浪中傲立船头呢？我亲爱的上帝啊，我一连串问了多少个问题啊。"

"答案只有一个，"一个与会者说，"它是这样的：简单易懂很难实现，因此，曲折繁复的文体会成为一种计谋，来掩饰实现这种简单易懂时遇到的困难。"（一阵迟疑过后，鼓掌欢呼）

"年复一年，我们仍在继续，"卢卡斯深深叹息，

"又一次次回到起点，

因为我们面临的问题

处处都发人深省。"（微弱的赞同声）

"因为除了诗人，谁都不能——

而他也只是偶尔——

登上由白纸搭成的角斗场，

这里的游戏按照神秘的、

不可知的规则进行，如果那规则，

是节奏与释义的奇妙结合，

是一小节诗或故事之中最后的图勒岛①。

我们永远都无力反抗，

因为我们对这种缥缈不定的知识一无所知，

对这宿命一无所知，它指引我们

到事物背后去探索，让我们攀上一个副词，

而这副词为我们开启了一片新的领地，一百座新的岛屿，

拿着雷明顿枪或鹅毛笔的海盗

攻击动词或短句，

或迎着名词的狂风，

其中有雄鹰翱翔。"

"简而言之，"结束发言时，卢卡斯已经和他的同伴们一样疲惫
不堪，"我的主张是订一个条约。"

---

①古代欧洲传说中位于世界极北之地的岛屿。

"绝不妥协。"这种情况下总有人会发出这样的怒吼。

"一个条约，仅此而已。对各位而言，先有生活再有哲学中只剩下了实有其事的生活二字，这样很好，或许这是能使我们的未来更有哲学意味、更加富于幻想、更有诗意的唯一方法。可我此刻寻求的是克服我们之间的分歧，因此，这个条约就在于你我同时放弃那些最极端的诉求，以求和身边最大范围内的人和谐相处。我们放弃创造那些令人目眩、十分罕见的辞藻，你们则放弃同样令人目眩、十分罕见的科学和技术，比方说电脑和喷气式飞机。如果我们不再在诗歌的道路上进取，你们又有何必要死抱住那点科学进步不放呢？"

"这人彻底疯了。"一位戴眼镜的叫道。

"一点儿不假，"卢卡斯深表同意，"可是你们没看见我有多快活吗。来吧，接受吧。从今以后，我们会越写越简单（我只是说说而已，因为实际上我们办不到），你们把电视机丢开（你们也同样做不到的）。我们选择最直截了当的交流方式，你们放弃汽车、拖拉机，握紧铁铲，好好去种土豆。你们明白如果双方都回归简约，回归通俗易懂的方式，放弃一切中间物而回归与大自然的融合，会发生什么了吗？"

"我提议大家一致通过把这家伙扔到窗户外面去。"卢卡斯的一个伙伴笑弯了腰。

"我反对。"卢卡斯说着，要了杯啤酒，在这种场合，这玩意儿总是来得最及时。

卢卡斯的创伤疗法

卢卡斯有一回做了个阑尾炎手术，那位外科大夫实在不怎么样，他的伤口发了炎，而且十分严重，伤口变了色、流了脓，卢卡斯比无花果干还憔悴。就在这时，朵拉和塞勒斯提诺来了，告诉他说，我们马上去伦敦，和我们一起去玩一个礼拜吧，我去不了，卢卡斯呻吟道，事实上，嗨，我替你换纱布，朵拉说，我们顺路再买一些双氧水、创可贴什么的，就这样，他们先坐火车再坐渡轮，卢卡斯觉得自己活不成了，伤口倒不疼，因为总共就三厘米长，只是他一直在胡思乱想，想象自己的裤子和内裤里面正在如何地翻江倒海，最后到了酒店一看，流脓的情况和在医院里并没什么两样，塞勒斯提诺来了劲，你瞧见了没有，可你在这里能享受到透纳的画，劳伦斯·奥利弗①，还有牛肉腰子馅饼，这些都是我的最爱。

---

① 劳伦斯·奥利弗（Laurence Olivier, 1907–1989），英国演员、导演、制片人，被认为是 20 世纪最伟大的戏剧演员之一。

第二天，走了几公里之后，卢卡斯痊愈了。朵拉仍然一天两到三次给他贴创可贴，纯粹是为了享受给他拔毛的快感，从这天起，卢卡斯觉得自己发现了一种创伤疗法，如上所述，就是一切都和大夫说的反着来，管他是医神阿斯克勒庇俄斯，是希波克拉底，还是弗莱明博士。

好几次，好心肠的卢卡斯把这种疗法在家人和朋友中推行，效果惊人。比方说有一回，他的姨妈安古斯蒂亚斯受了点不大不小的风寒，白天黑夜没完没了地打喷嚏，鼻子越看越像鸭嘴兽的鼻子，卢卡斯扮成科学怪人，带着僵尸般的微笑躲在门后等她。安古斯蒂亚斯姨妈先是发出一声令人毛骨悚然的尖叫，然后就一头倒在了卢卡斯提前准备好的大靠垫上，等到家里人把她从昏厥中救醒，她只顾给大家讲发生的事情，把打喷嚏给忘得干干净净，接下来好几个小时里，她和家里其他人只想拿着棍棒和自行车链条把卢卡斯追得到处乱跑。后来还是费达大夫让大家言归于好，他们聚在一起把事情说开了，还喝了些啤酒，卢卡斯仿佛不经意地让大家明白，姨妈的风寒已经痊愈，而像往常一样，姨妈对此事的回应完全不讲理，她说这根本不是自己外甥干出这种混蛋事的理由。

类似这样的事对卢卡斯打击很大，然而他还是时不时地在自己或者别人身上试一试这种绝对可靠的方子，又有一回，堂克雷斯波说自己肝有毛病，与该诊断相伴的是，他总用手捂着自己的肚子，眼睛眯缝得像是贝尼尼雕塑中的圣女特蕾莎，卢卡斯的解决办法是这样的：让他的妈妈用香肠加猪油烧了一盘卷心菜。堂克雷斯波对这道菜的热爱甚至快超过赌券，吃到第三盘时，看得出来那位病人已经重新焕发了对生活和对生活中的诱人游戏的兴趣，而后卢卡斯邀请他干了杯卡塔马尔卡果渣白兰地以示庆贺，也便于油脂的消化。一家老小激动起来的时候恨不得把卢卡斯揍上一顿，可在心里头他们都对这种创伤疗法心生敬意，只不过他们把这叫作惊吓疗法或是创伤法，他们觉得这都是一回事。

卢卡斯的十四行诗

如同一只意得志满的母鸡，卢卡斯时不时会写出一首十四行诗来。各位不必感到惊奇：下一个蛋和写一首十四行诗有很多地方是一样的：比如，它们都要求精准、完美、光洁；此外，它们虽然挺坚硬，却又都一敲就碎。它们的生命都很短暂，价值却不可估量，是时间和一种类似于宿命的东西让它们一次又一次做着一模一样的同一件事，单调无比，却完美无缺。

就这样，在他漫长的一生中，卢卡斯居然也创作了几十首十四行诗，每一首都挺棒，其中有几首绝对是天才之作。虽然说这种诗体的格律之严谨没有给创新留下多大的空间，但在他的努力下，他的创作灵感（这个词宜从多种意义去理解）还是达到了老瓶装新酒的水平，叠韵和节奏都运用自如，更不用说那种古老的怪癖——押韵了。说起押韵，他可是用尽了九牛二虎之力，比方说用 Drácula（吸血鬼德古拉）来押 mácula（污点）的韵。可长时间以来，卢卡斯对鼓捣十四行诗已经心生厌倦，决定给这种诗体的结构增加点新东西，但是，这只长了十四条腿的螃蟹的壳实在毫无弹性，因此，这想法看上去有点荒诞不经。

于是乎就诞生了一种拉链体十四行诗[①]，从这个名字就可以看出盎格鲁－撒克逊文化对我们文学的不当渗透，然而卢卡斯是不得已而为之，他认为用"拉锁"这个词太傻，而用另一个词"齿状拉链"也好不到哪儿去。看到这里，读者应该能明白，这种十四行诗读起来就像一个人顺着拉链既能拉上去也能拉下来一样，这样就已经算挺好玩的了，需要指出的是，从下往上读起来意思和从上往下还要有点不一样，这种事情想起来不难，可真要写出来就没那么容易了。

卢卡斯对此感到有些惊奇，这两种读法不管哪一种都给人（起码给他）一种毫不做作、自然而然、浅显易懂、太简单了我亲爱的华生的感觉，不过说实话，炮制这种十四行诗可花了他不少工夫。考虑到在一篇论述中，因果性和时间性是包罗万象的，每当你想传达一个复杂的意思，比方说一首十一音节的四行诗的内容，如果把它读得颠三倒四，乱了章法，就算你创造出多少形象编出多少新的故事也都是白搭，因为句子和句子、节与节之间的关联出了问题，而在论述中，哪怕是最不合逻辑的搭配也都应该有自己的逻辑，这就是问题所在。为了建立这样的联系和桥段，灵感就一定要像一只钟摆那样，让诗歌每两句、至多每三句就打一个来回，诗句刚从羽

---

①原文为英语。

毛笔下流淌出来（顺便说一句，卢卡斯是用羽毛笔写诗的，这又是一处他和母鸡相像的地方），就要给予确认，为的是看看从梯子上面下来之后还能不能再上得去，而且不能磕磕绊绊、伤天害理的。这里的问题是十四级台阶不算少了，不管怎么说，这种拉链体十四行诗总还有一个哪怕算是怪癖的优点，那就是，就算成百上千次地受到粗话脏话、灰心丧气、把纸揉成一团扔进纸篓的打击，它仍展现出一种坚持不懈的品质。

可是说到最后，赞美主，这里即是已冰冻三尺的拉链体十四行诗，它唯一从读者那儿期待的，除了赞赏以外，就是能在脑海里和呼吸之间建立起一套标点符号，因为这些符号如果真的写出来的话，想在梯子上上下通行无阻是不可能的。

拉链体十四行诗

自上而下也好自下而上也罢
这条道路总是会通向它自己
到达山顶的幽灵面对着地狱
参天大树不是耸立就是倒下

诗人有时也会突然诗兴大发
别样的图景在他的心中开花
在惊天巨变的清晨途穷路末
落入大海最终触到海边黄沙

拒绝接受他的倒影终归无益
对称的原则怎么能随意反抗
唯此才有希望摘到黄金奇葩

美妙的乾坤怎能紧锁在镜里
写诗的人只知前进哪敢后退
自上而下也好自下而上也罢

　　是不是真的很管用？是不是这首诗——这两首——都挺美的？
　　卢卡斯就这样想着这些问题，顺着十四行滑来滑去变化多端的诗句爬上爬下，心里不免有些飘飘然，真的像一只挣扎了半天才下一只蛋的母鸡，正在此时，从圣保罗来了个朋友，是诗人哈罗尔多·德·坎波斯，此人对一切语义学方面的组合都兴趣极高，所以，几天之后，卢卡斯就目瞪口呆地看见自己的十四行诗被翻译成葡萄牙语，而且顺溜了许多，有下面的诗为证：

拉链体十四行诗

自上而下也好自下而上也罢
这条道路总是会通向它自己
幽灵越过山顶就会栽进地狱
参天大树不是耸立就是倾斜

诗人有时也会突然诗兴大发
双重的景象在他的心中开花
在惊天巨变的清晨途穷路末
落入大海最终触到海边黄沙

拒绝接受他的倒影终归无益
对称的原则怎么能随意违背
因此别样怀抱拥着黄金奇葩

美妙的乾坤怎能紧锁在镜里
写诗的人只知执着于这首诗
自下而上也好自上而下也罢

"正如你所看到的，"哈罗尔多在给他的信中他这样写道，"这不能算是严格意义上的翻译：处处都有破格，最多只能算是抄译。因为我找不到能和 acima（上）全押韵的词，就只好做了些变通，没有遵循十四行诗固定的规则，而是采取半押韵的办法，反正 m 和 n 都是鼻音，比较接近（aciMA 和 decliNA）。为了给自己找个台阶（其实就等于是找个不在犯罪现场的证明），在第二小节的对应处我也重复了这不合格律的规则（无非是偷梁换柱、冒充对称、颠倒乾坤之类的小伎俩）。"

信看到这里，卢卡斯开始对自己说，他那点儿拉链体诗歌写作的辛劳，和这一位比起来简直就不算什么，这位把西班牙语的阶梯重新翻造成葡萄牙语，这才是自找苦吃。作为行家里手，卢卡斯完全有资格评价哈罗尔多这一番努力的成果：这是一次对原有的诗歌游戏美妙的改进，而同样美妙的是，卢卡斯此刻可以从容品味这首十四行诗，不用把自己当作作者，因为那样一来，就必然会对其大为苛责，叫作谦虚也好，叫作自我批评也罢，都属于不明智之举。若非如此，他绝不会想到可以把他的十四行诗加上注解发表出去，他现在非常有兴趣把哈罗尔多的注解复制一下，从某种意义上来说，这可以把他写诗过程中的艰辛说得明明白白。

　　"在两节三行诗中，"哈罗尔多继续说道，"我暴露了（对此我供认不讳）自己的不幸堕落，生吞活咽（注意：应为生吞活剥）。很明显，你十四行诗中的'反抗'现在成了清楚说明的'违背'，你写的'只知前进哪敢后退'，成了'执着于（他一开口总免不了异国他乡的味道……）这手诗（应为这首诗，即拉链体十四行诗）'。末尾的签名'逍遥法外的失败者：拥抱吧'，勉强算是跟两节三行诗的末句葩字和下字押上了韵。还有一个形容词被'挪动'了位置：'别样'，它从你的第二节的第二句（别样的图景）跳到了我第一节三行诗的最后一句中'别样怀抱'。（这会成为译者的一种姿态，用来表示收复主权的他者化和小小的口是心非吗？）"

　　在这篇仿佛蜘蛛女神精心编织出来的文字的最后总结部分，哈罗尔多又说："然而，传统翻译者遭遇失败（虽然并非心服口服），讲究格律、结构自主、正反皆可的拉链式阅读却安然无恙；传统翻译者，因其无法超越，才用一种雅克·德里达的方式区分了它们之间的区别（différences）……"

卢卡斯也区分了这些区别，因为如果把一首十四行诗比作一只钟表的话，它唯一的功能只是给出这首诗的精准时间，而一首拉链体十四行诗，它一方面要求表达正常的时间流逝，另一方面也把时间颠倒过来计算，就如同一边把漂流瓶扔进大海，一边把火箭射向太空。现在，经过哈罗尔多·德·坎波斯在信中如此这般地一番活体检查，终于可以对这奇异的文体有了点认识；现在终于可以把这条阿根廷－巴西的双重拉链发表出去，又不至于显得故意卖弄文字功底。卢卡斯受到了鼓舞，信心满满，带着他一如既往的米什金式的愚蠢，又开始幻想下一首拉链体十四行诗，这一回它会给出内容互相矛盾的两种读法，而与此同时，如果有可能的话，还会埋下第三种读法。说不定他真的能写出这样的东西来；但到目前为止，还只是一团又一团的废纸，空空的水杯和满满的烟灰缸。不过写诗靠的就是这股劲，说不定哪一天，一句谁跟你说的或者你跟那个人去说说，话赶话，就有了希望，能再一次让比奥兰特心满意足，也能让她平静。[①]

---

①出自洛佩·德·维加的十四行诗《即兴十四行诗》的第一句："比奥兰特命我作一首十四行诗"。

卢卡斯的梦

　　有时，他怀疑豹群采取的是同心式战略，慢慢接近中心点，接近那只蜷伏着簌簌发抖的小兽，那是梦境的起因。可他每次都在豹群捉住猎物之前醒来，只留下丛林、饥饿和利爪的气味；只有这些，他要想象那头小兽的模样，但这根本不可能。他明白，这样的捕猎场面还会一次次地在他的梦中出现，可他已经忘掉了这种鬼祟的拖延与无尽的靠近的背后原因。这梦的动机是什么，动机不是那只小兽吗？与梦境相符的什么事在反复掩藏着它可能拥有的名字：性、母亲、身材、乱伦、口吃、鸡奸？如果梦境就是为此而存在，为了最终向他展露那只小兽的真容，那是为了什么？可事情并非如此，那么，这个梦境就是为了让那群豹子继续在那里无休止地绕圈，只让他瞥见一块林中空地，一团蜷缩的身影，一股挥之不去的气味。毫无进展的梦境是一种惩罚，甚至使他提前领略到了地狱的滋味；

他永远也不会知道，小兽会不会把豹群撕碎，会不会嚎叫着高高扬起姨妈的毛衣针，就是那位在二十年代的一天下午，在乡下的房子里，给他擦洗大腿时对他做过那样奇怪的抚摸动作的姨妈。

卢卡斯在医院里（二）

一阵眩晕，一个突如其来的非现实。那时，另外那个未知的、伪装的现实，在马赛一个八月的早晨，像只癞蛤蟆一样跳到了他的脸上，就说是跳到了街上吧（可到底是哪条街呢？）。慢着点儿，卢卡斯，分开说，这样一股脑是说不清楚的。好，不过。一股脑。好吧，行，那就理理清楚，一般来说到医院去的都是病人，当然也有陪病人的，你三天以前就是如此，准确地说，是前天一大早，一辆救护车把桑德拉送进了医院，陪她来的正是你，握着她的手的你，看着不省人事、满嘴胡话的她的你，匆匆忙忙往提兜里塞了四五件东西，件件都拿错，件件都没用的你，在八月份的普罗旺斯，穿得可够少的，只有长裤衬衣和帆布便鞋的你，一个小时里一直忙着办医院和救护车的各种手续，忙着处理桑德拉喊着不要、医生给注射了镇静剂、突然间山上村子里的那帮朋友帮着担架员把桑德拉送上了救护车、胡乱叮嘱了几句明天要做的事情、电话响了、一切好运、两扇白色的门就关上了、关得严严实实的、桑德拉躺在担架上气息微弱地说着胡话种种事宜的你，以及站在她身旁因为救护车要穿过一条碎石路才能下到公路上颠得东倒西歪，半夜身边只有桑德拉、两个男护士、一盏灯（这就已经算是医院的灯了），各种管子、瓶瓶罐罐和一辆迷失在夜晚丛山间的救护车的气味——后来总算上了高速公路，救护车一路疾驰，全速前进，喇叭忽高忽低地呼啸着，这声音你有多少次在救护车外面听到过，每次听到都会引起同样的胃部痉挛，同样的反感——的你。

你当然是认识路的，可马赛太大了，医院又在郊区，两个晚上没合眼，所以那些弯道、入口什么的就更看不明白，救护车是个没有窗户的白色大箱子，里面只有桑德拉、两个男护士和花了快两个小时才办好住院手续的你，各种手续、签字、等病床、住院医生、给救护车开支票、付小费，全在一阵几近惬意的晕晕乎乎中办完了，一股熟悉的倦意袭来，桑德拉正睡着，你也该睡一会儿了，护士给你搬来一张折叠躺椅，这玩意儿你只要看上一眼就知道躺上去会做个什么梦，躺又躺不平，坐又坐不直，只能斜靠着睡，腰很不舒服，两只脚还悬在半空。可是，桑德拉睡着了，这就足够了，卢卡斯又抽了根烟，居然觉得那躺椅还挺舒服的，说到这，就到了前天上午了，303号病房，有一扇大窗户，正对着远处的山峦，近处是停车场，各种管道、卡车和垃圾之间，有工人在懒洋洋地走动，这足以让桑德拉和卢卡斯重新振作。

一切都还不错，桑德拉醒来时感觉轻松了许多，气色也好了不少，还和卢卡斯开了几句玩笑，住院医生来了，教授也来了，女护士们也都来过了，总之，医院里上午该做的事情都做过了，病人希望能马上出院回山上休息，有酸奶和矿泉水，直肠体温计，血压，又有一堆需要到办公室签字的东西，就在卢卡斯下楼去签字回来的路上，他迷路了，找不到走廊也找不到电梯，这时他第一次微弱地感到癞蛤蟆爬到脸上的滋味，这感觉一晃而过，因为一切正常，桑德拉躺在床上没动，要卢卡斯去给她买烟（这可是个好兆头），还让他给朋友们打个电话，让他们知道什么事儿都没有，桑德拉很快就会和卢卡斯一起回山里去，到那时一切又都会回归平静，卢卡斯对她说好的亲爱的，当然了，可他心里知道，说是很快就可以回去但恐怕没那么快，他找了找钱，幸亏他记得带钱，记下了电话号码，桑德拉又对他说没有牙膏（这又是个好兆头），毛巾也没有，因为像这些法国人开的医院，你来的时候毛巾肥皂甚至有时候连餐具都要自带，于是卢卡斯列了一张卫生用品购物清单，又加上了一件给自己的换洗衬衣和一条内裤，还得给桑德拉买一套长睡衣，买一双凉鞋，因为抬桑德拉上救护车的时候她连鞋都没穿，深更半夜的，又两宿没合眼，谁又能想起来带这些东西呢。

这一回卢卡斯摸索了一下就找对了出去的路，其实并不复杂，坐电梯到一楼，穿过一段用压合板搭的临时过道，再走一段泥巴路（医院正在进行现代化改造，得顺着标明各通道的箭头走，不过有时候根本没有箭头，或者指向两个不同的方向），接下来是一条很长很长的过道，实在是长，这么说吧，是一条响当当的过道，两侧是数不清的房间和办公室，诊室，拍片室，好些担架和担架员，上面还躺着病人，也有只有担架员没有病人的，或者只有病人但看不见担架员的，往左边一拐，又有一条过道，和刚才描写的没什么两样，只是东西多得多，有一条窄窄的走廊通向一个交叉路口，最后才是通往出口的走廊。这时是上午十点钟，卢卡斯梦游似的向问讯处的那位太太打听在哪里可以买到购物清单上的东西，那位太太告诉他，得到医院外边去买，往左往右都行，最后总会走到商业区，当然了，路不算太近，因为这医院太大了，又不在市中心，如果卢卡斯不是这么迷糊、这么心不在焉、这么一心想着山里头的事情，这一番说明他本应该是完全听得懂的，就这么着，卢卡斯穿着他的家用拖鞋往那边去了，身上的衬衣皱巴巴的，是夜里躺在那张据说也能休息休息的躺椅上时弄皱的，他弄错了方向，走进医院另一座大楼里，又顺着原路退了回来，最后总算走到了大门口，到此为止一切都算顺利，只是时不时觉得那只癞蛤蟆又往脸上蹦跶，他始终牵挂着，桑德拉就在上面某间看不见的病房里，想到桑德拉已经好了一点，他心情不错，想着这就去给她把长睡衣买回来（如果买得到的话），还要买牙膏和凉鞋。他顺着医院围墙沿着街走，不知怎么，这墙的断砖残瓦让他想起了公共墓地的围墙，天气很热，人们都不出门了，一个人都没有，只有汽车和他擦身而过，因为街道太窄了，没有树或别的阴凉处，日头高悬的时分常被诗人夸得天花乱坠，此刻却只能使卢卡斯垂头丧气，一心指望能看见个超市，哪怕有两三家杂货铺也好，可是，什么也没有，又走了半公里多，拐了个弯，总算天无绝人之路，有一处服务站，也算是聊胜于无吧，有个小店（大门紧闭），再往前有家超市，一群挎着篮子、推着小推车的老太太进进出出，停车场里停满了车。进了超市，卢卡斯转来转去，肥皂和牙膏都找着了，其他的却都没有，他不能手上没有毛巾也没有长睡衣就回去见桑德拉，他问了问收银员，那女人告诉他先往右走再往左拐（其实也不是完全往左，但差不太多），就到了米什莱大街，那儿有一家大超市，毛巾什么的应有尽有。一切都像是一场噩梦，因为卢卡斯已经累得走不动路了，天热得要死，这地方连个出租车都见不到，人们每次给他指的新路都让他离医院越来越远。我们将战胜一切，卢卡斯擦了把脸上的汗，给自己这样打气，一切确实都是噩梦，桑德拉熊宝贝，但我们将战胜一切，你会看到的，毛巾会有的，长睡衣和拖鞋也会有的，婊子养的。

他停下来两三次去擦脸上的汗，不是自然而然热出来的，更像是被吓出来的，是身处法兰西人口众多的第二大城市中心（或边缘）一种荒诞的孤苦伶仃感，就像一只癞蛤蟆突然落在你两眼之间。他已经真的不知道身在何处了（他是在马赛，但是是在哪儿呢，而且这个哪儿也不是他眼下待的地方），一切都显得荒唐可笑，大中午的，一位太太对他说，哦，您找超市是吧，顺着那边走，然后向右转，有条林荫大道，对面就是勒·柯布西耶公寓大楼，紧挨着就有家超市，当然有啰，长睡衣，没问题，我的就是在那儿买的，不用谢，记住了，先顺着那边走，再转弯。

卢卡斯脚上的拖鞋发烫，长裤也黏成一团，更不用说里面的三角裤了，它简直融进了皮肤里，先往那边走，再拐弯，突然，远远看见了光芒之城，然后，突然之间就来到了一条林荫大道上，对面就是这座有名的勒·柯布西耶公寓大楼，二十年前他有一次来南方旅行，路过的时候进去过一次，只不过那时在这座明亮的大楼背后没有什么超市，而卢卡斯身后也不会再有二十年了。这些都无关紧要，因为这座大厦已经破旧不堪，远没有他当年看见过的那般明亮。而他正从这座巨大的水泥怪物肚子里穿过去找长睡衣和毛巾也不是现在要紧的事。这不要紧，但不管怎么说，这个地方是卢卡斯在马赛城郊区里唯一熟悉的地方，这一次他来得有些莫名其妙，就像是在凌晨两点跳伞降落到一个陌生地点，一家迷宫似的医院，一边打听一边不停地走，街上看不到多少人，只有行人在风驰电掣般的冷漠车流中穿行，在这座巨大水泥建筑的肚子里，也是他在这陌生的世界里唯一认识的地方，他感觉到那只癞蛤蟆真的跳到了他的脸上，他一阵眩晕，突如其来的非现实，然后，另外那个未知的、伪装的现实，这一秒钟在包裹着他的岩浆之中裂开一条缝隙，卢卡斯看着，痛着，颤抖着，嗅着真相，他迷失了，冒着虚汗，离柱子、离支架、离已知、离亲切、离山上的家、离厨房装潢、离快乐的日常很远，甚至离桑德拉也很远，她明明很近，可究竟在哪儿呢，现在他又得从头打听怎么回去，这个倒霉地方，连出租车也没有，而桑德拉也不是桑德拉，她是躺在医院病床上的受了伤的小动物，可她就是桑德拉呀，身上的汗和心中的痛苦都真真切切，桑德拉也就在附近，就在未知与厌恶之间，那最终的现实，那谎言中裂开并显露出的真相，就是桑德拉还病着，而自己在马赛迷了路，不是快快活活地和桑德拉在一起待在山上的家里。

当然，这种现实维持不了多久，谢天谢地，无论如何，卢卡斯和桑德拉终究会离开这家医院，卢卡斯也一定会忘掉自己曾有一刻在既不孤苦也不伶仃的时候觉得自己孤苦伶仃，然而，然而。他隐约记起（这会儿他好多了，甚至还开始取笑自己那些孩子气的念头）很久很久以前读过的一个故事，说的是在布宜诺斯艾利斯的一家电影院里一个并不存在的小乐队。写故事的那个家伙和他之间一定有什么相似之处，谁知道呢，总之，卢卡斯耸了耸肩（真的耸了耸肩），最终还是买到了长睡衣和凉鞋，遗憾的是想给他自己买的帆布便鞋没买着，别人没听过的东西，在大中午的城里头，说起来还有点儿叫人笑话。

卢卡斯的钢琴家

这名单很长，像键盘一样长——琴键有白有黑，有象牙的，有乌木的；有全音和半音、延音和弱音的一生。就像小猫跳上键盘，三十年代的粗俗消遣，他的回忆出自些许偶然以及在各处之间跳跃的音乐，一些遥远的昨天和几个从这个早晨开始的今天（如此确定是因为，在卢卡斯写东西的时候，一位钢琴师正在唱片里为他演奏，唱片吱嘎作响，凹凸不平，仿佛很不情愿跨越四十年，回荡在当年它录下《单手三度音蓝调》时还未存在的时空中）。

这名单很长，杰利·罗尔·莫顿和威廉·巴克豪斯，莫妮克·哈斯和阿图尔·鲁宾斯坦，巴德·鲍威尔和迪努·李帕蒂。亚历山大·布莱洛夫斯基的手巨大而放肆，克拉拉·哈斯基尔的一双小手楚楚动人，玛格丽特·费尔南德斯倾听自己音乐时的独特姿态，弗里德里希·古尔达华美演绎四十年代布宜诺斯艾利斯的万种风情，瓦尔特·吉泽金，乔治斯·阿尔瓦尼塔斯，坎帕拉一个酒吧里的无名钢琴师，堂塞巴斯蒂安·皮亚纳和他的米隆加舞曲，毛利齐奥·波里尼与玛丽安·麦克帕特兰，在不可原谅的遗忘和急于敲定这串已经长得让人心生倦意的名单的理性思考之外，还应该有施纳贝尔，英格丽·海布勒，还有所罗门之夜，伦敦城的罗尼·斯科特爵士乐俱乐部，在那里，有个人在准备回钢琴旁演奏时差点儿把啤酒打翻在卢卡斯太太头上，这个人就是塞隆尼斯，塞隆尼斯·斯费尔，塞隆尼斯·斯费尔·孟克。

等到死亡降临的那一天，如果时间还来得及，头脑也足够清醒的话，卢卡斯会要求听两段曲子：莫扎特最后那首五重奏和《我孤身一人》的某个指定的钢琴独奏版本。倘若他觉得时间来不及的话，他会只要求听钢琴唱片。这名单很长，可他已做出抉择。时间深处，会陪伴着他的恐怕还是厄尔·海因斯。

卢卡斯的长征

　　人人都知道，地球和其他天体之间相隔着数量不等的光年的距离。而很少人知道的是（说白了，只有我一个人知道），玛格丽特和我之间隔着许多个蜗牛年的距离。

　　一开始我想过是不是该用乌龟年，可我不得不放弃了这个计量单位，因为它太谄媚。乌龟走得再慢，我也早就该到玛格丽特身边了，可奥斯瓦尔多，我最喜爱的那只蜗牛，连一点儿希望都不给我留。我极其准确地给它指明了通向玛格丽特的方向，谁也不知道它是什么时候从我左脚那只鞋子那儿动身的，慢得令人难以觉察。这家伙塞了满满一肚子新鲜生菜，又一直受到我爱心满满的照料，它的首次进发使我信心百倍，我满怀期待地对自己说，在院子里的那棵松树长得比房顶高之前，奥斯瓦尔多那双银白色的触角准能进入玛格丽特的视线，给她带去我善意的信息；与此同时，我在这里就能想象得到，看见这小家伙到来，她会有多高兴，她的发辫随着她的手臂一齐舞动。

　　光年与光年也许是相等的，可蜗牛年与蜗牛年却并非如此，奥斯瓦尔多辜负了我的信任。它倒是没有停下来不走，这一点我已经从它的足迹得到了验证，那银白色的足迹就在它行进的身后延伸，保持着准确的方向，虽然对于它来说，这已经相当于在无数堵墙壁之间翻上翻下，或是从通心粉工厂的这头穿到那头。然而，对于我来说，想要核实这令人赞赏的精准度更难，我两次被暴怒的守卫抓起来，只好对他们编一通弥天大谎，因为要是说出实话来，非得挨一顿胖揍不可。叫人伤心的是，玛格丽特就在这城市的另一头，坐在一张玫瑰色天鹅绒扶手椅上等着我。倘若我不是靠奥斯瓦尔多，而是靠光年的话，我们恐怕连孙子都有了；不过，假如你想让这爱长久而甜蜜，假如你想一步一步在希望的道路上走到底的话，选择蜗牛年是很有道理的。总之，要弄清各项选择的种种利弊简直太难了。

我们如此热爱格伦达

林叶青 / 译

I

猫的方向

致胡安·索里亚诺

　　当阿拉娜和奥西里斯看着我的时候，我无法抱怨他们有任何的掩饰或欺瞒。他们与我对视，阿拉娜蓝色的眼瞳和奥西里斯绿色的目光。他们也这样相互对视，阿拉娜抚摸着奥西里斯黑色的脊背，奥西里斯从牛奶盘子里抬起头，满足地喵了一声。女人和猫在我无法掌控的层面上互相了解——那是我的爱抚所无法触及的层面。我早就已经彻底放弃了对奥西里斯的控制权，我们是一对彼此间存在无法逾越的距离的好友；但阿拉娜是我的妻子，我们之间的距离是另一回事，她似乎没有感受到这一点，但是当阿拉娜看着我的时候，当她像奥西里斯一样与我对视的时候，当她对我笑或是毫无保留地跟我交谈的时候，这种距离会介入我的幸福之中，她全心投入每个动作、每件事，就像全心投入爱情，在爱情里，她整个身体都像她的眼睛，一种彻底的交付，一种不间断的相互作用。

这很奇怪：虽然我已经完全放弃进入奥西里斯的世界，但我对阿拉娜的爱意并不接受那种单纯：完成之事、永恒的伴侣、没有秘密的生活。在那双蓝眼睛后面还有更多东西，在言语、呻吟和沉默的深处，另一个王国存在着，另一个阿拉娜呼吸着。我从来没有告诉过她这些事，我太爱她了，不想撕碎那层已经流逝过数不清时光的幸福的表面。我用自己的方式固执地去理解、去发现；我观察她，却并非窥探；我跟踪她，却并非不信任；我爱着一尊美妙的残缺雕像、一个未完的篇章、一片雕刻在生命之窗上的天空。

有一段时间，我觉得音乐是把我真正带向阿拉娜的道路；我看着她听我们的唱片——巴托克的，艾灵顿公爵的，尕尔·科斯塔的，一种缓慢的透明使我逐渐深入她的内心，音乐以另一种方式褪去她的衣服，让她变得越来越像阿拉娜，因为阿拉娜不可能仅仅是那个总是全心全意注视着我、对我毫无隐瞒的女人。我面朝阿拉娜，从远处寻找她，以便更好地爱她；如果说，起初是音乐让我窥见了其他的阿拉娜，那么有一天，在伦勃朗的版画前，我发现了她更多的变化，仿佛天空中云朵的变幻骤然改变了景物的光影。我觉得，那幅画把她带去了远离她自身的地方，我作为唯一的观众可以察觉那永不重复的瞬间变化，那阿拉娜中的阿拉娜。不情不愿的调解人——凯斯·杰瑞、贝多芬和阿尼瓦尔·特罗伊洛——帮助我接近她，但是在油画和版画面前，阿拉娜比我以为的更加脱胎换骨，那一瞬间，她进入了想象世界，无意识地脱离了自我，她从一幅画前踱到另一幅画前，做出评论或是保持沉默，如同一局纸牌游戏，那个缄默而专注的观察者站在她的身后或是挽着她的手臂，每一次新的思索对她来说都像是重新洗牌，看着皇后和 A 相续出现，桃心和梅花交叠更替，阿拉娜。

拿奥西里斯怎么办呢？给它牛奶，让它满足地打着呼噜玩黑色毛球；但对阿拉娜，我可以把她带到这间画廊，就像昨天那样，再次来到摆满镜子和暗箱的剧场，那里有色彩鲜明的画作，对面是另一幅画作一般穿着浅色牛仔裤和红色上衣的她，她在剧场门口掐灭香烟，然后依次走过每幅画作，精确地在视线需要的距离处驻足，时不时回头向我评论或是比较。她绝不会发现我并非为画作而去，我在她身后或身边，以与她绝不相同的方式观看着。她也许绝不会意识到，她在画作间缓慢而充满沉思的步伐改变了她，我不得不闭上眼，挣扎着不让自己把她紧搂进怀里，不把她带进谵妄里、带进在街上奔跑的疯狂里。她在享乐和发现的天性中自在而轻盈，她的驻足和徘徊铭刻在与我截然不同的时间上，那时间对我饥渴的紧张期待一无所知。

在那之前，一切都是模糊的迹象，听音乐的阿拉娜，看伦勃朗的阿拉娜。但现在，我的预想开始让人几乎难以忍受地成为现实；从我们到达时起，阿拉娜就带着变色龙般残忍的单纯，全心投入于画作之中，她一种接一种地转变着状态，浑然不知一名潜伏着的观众正在窥伺她的姿态，她头部的倾斜，双手或是双唇的动作，内在的变色流遍全身，直到出现了另一个她，那两个阿拉娜叠加重合的她，纸牌不断聚拢，直到凑成一副完整的牌。我在她的身旁，沿着画廊的墙壁慢慢前行，看着她沉浸于每一幅画之中，我眼中映出一个发光的三角形——从她延伸到画，从画延伸到我，只为回到她那里并捕捉变化，异样的光环包裹了她一会儿便让位给新的光晕，让位给一种将她暴露于真正的、彻底的裸露的色调。无法预见这种相互作用将会重复至何种地步，也无法预见将有多少个新的阿拉娜最终叠合成我与她共达圆满的统一体，她对此一无所知，在让我带她去喝一杯之前，她又点燃了一支香烟，而我，我知道自己长久的寻找已抵达港湾，知道从现在开始我的爱将包括可见与不可见的一面，将毫不犹豫地接受阿拉娜纯净的眼神，忘却那些紧闭的门和封闭的禁区。

在一艘孤独的小船和近景的黑色礁石前，我看见她长时间地一动不动，她双手难以察觉的波动让她看起来像是在空中游泳，寻找着大海，逃脱地平线。另一幅描绘尖头栅栏挡住通往毗邻林地道路的画作让她像在寻找瞄准点似的退后了几步，对此我已经不觉得奇怪，突然那变成了一种厌弃，一种对无法接受的边界的拒绝。鸟、海怪、朝向寂静或任由死亡幻影进入的窗户，每幅新的画都在摧毁阿拉娜，剥下她之前的颜色，夺去她自由、飞翔和开阔空间的变调，断定她对夜晚、虚无的拒绝，她太阳般的渴望，她近乎可怕的凤凰般的冲动。我仍然站在她身后，我知道，当她看到我因为确认了真相而显出的迷惑表情时，我将无法忍受她的眼神和她质问般的惊讶，因为那也是我，是我的阿拉娜计划，我的阿拉娜生命，我曾渴望过却被由城市和节制构成的当下所遏制的那一切，现在那终于是阿拉娜，现在开始，从此时此刻开始，终于是我和阿拉娜。我本想将她赤身拥入怀中，本想深深地爱她好让一切都变得清晰，好让我们之间的一切永远澄明，好在那个无尽的爱情之夜里——我们已经知道许多这样的夜晚——诞生生命的第一个黎明。

我们走到了画廊的尽头，我仍然遮着脸朝出口走去，期待着街上的空气和光线把我变回阿拉娜熟悉的我。我看见她驻足在一幅被其他游客遮住的画前，她长久地纹丝不动地站在那里，盯着那幅画：一扇窗户和一只猫。最后一次变形把她变成了一尊迟缓的雕像，同其他人、同我清楚地隔开，我迟疑地走近，寻找她失落于画布上的眼睛。我看见那只猫和奥西里斯长得一模一样，它看着远处的某样东西，而我们被嵌着窗户的那堵墙隔开，无从得见。它沉湎于观察，静止不动，而阿拉娜看上去比它的静止还要沉静。不知何故，我觉得三角形破裂了，当阿拉娜转头看我时，三角形消失了，她进入了画中，却没有回来，她继续待在猫的身边，看向窗外的远处，没有人能看见他们看见的东西，那是阿拉娜和奥西里斯每次与我对视时只有他们能看见的东西。

我们如此热爱格伦达

当时，很难知道这些。人们去电影院或剧院度过自己的夜晚时，不会去想那些已经完成了相同仪式的人，他们选择地点和时间，穿好衣服，打电话，第十一排或第五排，黑暗和音乐，无人之地也是众人之地，在那里众人即是无人，男人或女人坐在他（她）的座位上，或许会有一句晚到的借口，一句被人听见或忽略的轻声评论，几乎总是沉默，所有的目光都倾泻在舞台或屏幕上，逃离了相邻的一切，这边的一切。尽管有广告、无尽的长队、海报和评论，实际上很难得知热爱格伦达的我们有如此多人。

已经过去了三年或四年，贸然断言核心始于伊拉苏斯塔或者迪安娜·里维罗会有些冒险，他们自己都忘了是在某个时刻，在观影后与朋友们的觥筹交错之间，那些说出的和没说出的话突然促成了联盟的建立，我们后来管它叫核心，年纪小的那些管它叫"俱乐部"。

它完全不像俱乐部，我们只是热爱格伦达·加尔森，这已足以将我们和那些只是仰慕她的人区分开来。和他们一样，我们也仰慕格伦达，此外还仰慕阿努克、玛里莉娜、安妮、希尔瓦娜，以及马塞洛、伊夫斯、维多里奥和德克（为什么不呢），但只有我们如此热爱格伦达，核心因此成形并超乎于此，这只有我们才明白，我们也只信任那些在交谈过程中逐渐表现出他们也热爱格伦达的人。

从迪安娜或伊拉苏斯塔开始，核心缓慢地扩张：《雪火》播出的那一年我们应该只有六七个人；当《优雅的用途》首映时，核心扩大了，我们感到人数在几乎令人无法忍受地增长，感受到了势利仿效或季节性多愁善感的威胁。第一批人——伊拉苏斯塔、迪安娜和我们另外两三人——团结起来，决定如果不经过考验、不通过被威士忌和炫耀学识所掩盖的测试（这种午夜测试在布宜诺斯艾利斯、伦敦和墨西哥城非常流行），就无法成为团队一员。当《脆弱的回归》上映时，我们不得不忧郁而得意地承认，像我们这样如此热爱格伦达的人有许多。电影院里的相遇、出口处的眼神、女人们近乎迷失的模样和男人们痛苦的沉默比标记和暗号更能展示他们的身份。我们莫名去了市中心的同一家咖啡馆，分开的桌子开始互相靠近，大家有点同一款鸡尾酒的雅好，以便把无用的争吵搁置一旁，并最终能相互对视，在彼此的眼瞳里，格伦达最新电影中的最后一幕影像依然鲜活。

二十人，或许三十人，我们一直不知道完整的人数，因为格伦达的电影有时会在某一家影院里演上几个月，或同时在两三家影院里上映。此外，还有过非同一般的时刻，她在戏剧《谵妄者》中登台饰演的年轻女杀手获得了势不可挡的成功，掀起了我们永远无法接受的短暂狂潮。当时，我们已经彼此熟悉，许多人互相拜访以谈论格伦达。从一开始，伊拉苏斯塔似乎就无言地履行了他从未要求过的领袖职责，迪安娜·里维罗则迟缓地玩着关于肯定和拒绝的象棋游戏，为我们保证了完全的纯粹性，避免了接收渗透者或愚昧者的风险。以自由协会开始的团体现在拥有了宗族般的结构，起初散漫的质询替换成了具体的问题，《优雅的用途》中那组出错的镜头、《雪火》收尾处的辩驳、《脆弱的回归》第二幕的色情场景。我们如此热爱格伦达，以至无法忍受外来者、聒噪的女同性恋与美学学者。甚至（我们永远不会知道是怎么回事）这已被视为理所当然：每当周五市中心播放格伦达的电影时，我们会去咖啡馆，当街区电影院重播她的电影时，我们会在一周后相聚，以便给所有人必要的时间；就像一项严苛的规定，准确无误地划定了义务，如果不遵守的话，会引来伊拉苏斯塔轻蔑的笑声，或是迪安娜·里维罗宣告背叛行为及惩罚时露出的和蔼而恐怖的眼神。当时，聚会全围绕着格伦达，围绕着她在我们心中的耀眼形象，从无分歧或诘责之语。只是慢慢地——起初带着愧疚感——有些人开始敢于在不经意间发表有失偏颇的评论，对不太愉快的镜头、落入俗套或是预料之中的情节表达困惑或失望。这些缺陷使绚烂如水晶般的《鞭打》或《永远不知道为什么》的结尾黯然失色，但我们知道格伦达不必为这些缺陷负责。我们找出这些导演的其他作品，找出剧情和脚本的原型，我们铁面无私地对待它们，因为我们开始觉得，我们对格伦达的喜爱超越了纯粹的艺术范畴，只有她能从他人的不完美中幸存。迪安娜是首先谈起使命的人，她那种跑题的方式没有直截了当地指出她真正在乎的东西。当我们坦率地承认她说的是对的，我们不能单纯地止步于此——电影、咖啡馆以及如此地热爱格伦达时，我们看见了她那如同双份威士忌后的快乐和餍足的笑容。

就连那时我们也没有把话挑明，也不需要挑明。重要的是格伦达给我们每个人带来的快乐，而这种快乐只能来源于完美。突然间，所有的失误与不足都变得无法忍受；我们无法接受《永远不知道为什么》以那样的方式结尾，或是《雪火》中的那组打扑克的可怕镜头（格伦达没有在那场戏中出演，但南希·菲利普斯的怪相和让人难以忍受的浪子回头的戏码在某种程度上如同呕吐物一般玷污了她）。几乎像往常一样，伊拉苏斯塔负责明确我们的使命，而那天晚上我们回到自己家中，似乎被自己刚刚承认和承担的责任压垮了，同时，我们隐约地看见了从一个完美无缺的未来中诞生的幸福，因格伦达没有过错和背叛而感到的幸福。

核心本能地团结收缩起来，使命不容许属性模糊的群体。当实验室在累西腓·德·洛沃斯的乡间别墅建起后，伊拉苏斯塔才谈起了它。我们公平地给那些理应能收集到所有《脆弱的回归》电影拷贝的人分配任务，选择这部影片是因为它缺陷较少，相对完美。没有人想到提出钱的问题，伊拉苏斯塔曾经是霍华德·休斯在皮钦查的锡矿生意的合伙人，这个极其简单的机制就让我们拥有了必要的权力、喷气式飞机、盟友和贿赂。我们连办公室都没有，夏甲·洛斯的电脑编排了任务和工作阶段。在迪安娜·里维罗发话后的两个月，实验室已经可以将《脆弱的回归》中关于鸟的那组无效镜头替换成另外一组，后者让格伦达恢复了完美的节奏和精准的戏剧演绎感。那部电影已经有一些年头了，在全球重新播放时并没有引发任何惊讶：记忆与它的保管人开着玩笑，使其接受自己的置换和变体，或许连格伦达本人都不会察觉出变化，事实也的确如此，因为我们所有人都察觉到了——我们奇迹般完美地洗尽了回忆的渣滓，这正是我们渴望之事。

我们一刻不停地履行使命，一旦确认实验室能正常运转，我们就完成了对《雪火》和《棱镜》的拯救；其他电影也以夏甲·洛斯和实验室的工作人员预期的节奏进入了流程。我们在处理《优雅的用途》时遇到了问题，因为石油酋长国的人们为个人欣赏保留了电影拷贝。为了窃取（我们没有理由使用别的词汇）这些拷贝，并在不被持有者察觉的情况下替换它们，我们使用了非常手段，还征召了特别援助。实验室以起初我们认为无法企及的水平（虽然我们不敢告诉伊拉苏斯塔）完美地运行着；奇怪的是，对此感到最为疑惑的人是迪安娜；但当伊拉苏斯塔给我们放映《永远不知道为什么》时，我们观看了真正的结局，看见格伦达并没有回到罗曼诺家，而是开车向悬崖驶去，随着她绚丽而必然地坠入急流之中，我们的心碎了，我们明白了，这个世界上可以存在完美，而现在它就永远属于格伦达，属于我们的永远的格伦达。

最难的自然是确定更改、删减和对剪辑方式与影片节奏的调整，我们感受格伦达的不同方式引发了激烈的冲突，这种冲突只能通过大段的分析来缓解，有时只得少数服从多数。但是，虽然我们中的一些人——落败的那些——苦涩地参与了与我们所梦想的全新版本不完全一致的制作，但是我相信，已经完成的工作没有让任何人失望；我们如此热爱格伦达，因而结果总是合乎情理的，常常还会超出预想。甚至连怀疑都只有零星的几例：著名的《泰晤士报》的一名读者写信说，他惊奇地发现《雪火》中三组镜头的顺序与他记忆中的不一样，《观点报》的评论员也写文章抗议《棱镜》中所谓的删减，推测这源于官僚主义的假正经。对于任何情况，我们都迅速做出了部署，以避免产生后续事件；我们并没有花费什么功夫，人们是浮躁的、健忘的，他们要么接受了，要么前去追寻新的事物了，电影的世界就像历史的现实一样转瞬即逝，除了对于如此热爱格伦达的我们。

实质上，更危险的是来自核心内部、可能造成分裂或解散的论战。虽然我们因为使命而感到前所未有地团结，但一天晚上，响起了受政治哲学蛊惑的话语，有人在工作时提出了道德问题，思考我们是否正迷失于一个自渎的镜厅之中，愚蠢地想在象牙或米粒上刻出巴洛克式的疯狂作品。无视他们是很难的，因为核心必须保持像心脏或飞机那样完美而连贯的节奏才能完成任务。听取那些批评令人难受，它们指责我们为逃避主义，怀疑我们是在浪费力量，偏离了一种更紧迫的、在我们生活的时代中人们更需要的现实。然而，没必要立马击垮这一还未成型的异见，因为就连支持它的中坚也不过将其当作一种不同意见，他们和我们都如此热爱格伦达，那种能让我们团结一心的情感超越了伦理或历史的分歧，我们确信，让格伦达变得完美也就是让我们与世界变得完美。我们甚至得到了极好的补偿：在度过了无用的疑虑期之后，其中一位哲学家重新恢复了平静；我们从他的口中听到，一切不完整的作品同样也是历史，像发明印刷术这样宏大的事件也是源于最个人、最细小的欲望——重复一个女人的名字，并让它不朽。

就这样，我们迎来了那一天。那天，我们见证了格伦达的影像可以毫无瑕疵地放映出来；世界上所有的银幕将以她自己（我们确定）希望的方式把她原模原样地呈现出来，这也许是当我们通过新闻得知她刚刚宣布退出电影界和话剧界时没有太惊讶的原因。格伦达对我们作品所做出的不经意的出色贡献不可能是巧合或奇迹，只是她身上的某一部分无意识地回应了我们隐匿的喜爱，从她内心深处涌现出了她能给我们的唯一回答，这一爱的行为将我们纳入了一次终极的交付之中，而世人只会将这理解为缺席。我们正享受着第七天的快乐，那造物结束之后休憩的快乐；现在，在观看格伦达的每一部作品时，我们都不会再遭受又一个充斥着谬误和愚行的明天的潜在威胁；现在，我们带着天使或鸟儿般的轻快共聚于宛如永恒的绝对当下。

没错，但一位诗人曾在与格伦达所处的同一片天空下说过，永恒钟爱时间的造物，一年后，则是轮到迪安娜领会这一事实，并将那个消息告诉我们。这寻常而符合人性：格伦达宣布重回银幕；千篇一律的理由：双手空空的职业演员的失落，量身定做的角色与迫在眉睫的拍摄。没有人会忘记在咖啡馆的那一晚，我们刚刚看完市中心电影院重映的《优雅的用途》。伊拉苏斯塔几乎不必说出我们所有人经历的一切，那种不公和背叛的苦涩。我们如此热爱格伦达，我们的气馁并没有波及她，作为演员和格伦达本人，她有什么错呢，可怕的是残损的机器，是数字和名望的现实，而奥斯卡奖就像一道狡猾的缝隙，刺入我们艰难赢得的天空。迪安娜把手搭在伊拉苏斯塔的手臂上，她说："是的，这是剩下的唯一一件事。"无须商量，她能替所有人发言。核心从未有过如此可怕的力量，从未如此言简意赅地投入行动。我们沉痛地分开了，我们已经在经历那件必会发生的事，具体日期只有一人会提前知晓。我们确定，我们不会再在咖啡厅里碰头，从那时起，每个人都会把我们的王国那份孤独的完美埋在心中。我们知道，伊拉苏斯塔会去做必要之事，对他这样的人来说，那再简单不过。我们甚至没有像往常一样告别，只是轻巧地相信，在将来某个看完《脆弱的回归》或《鞭打》的夜晚，我们会再次重逢。不如说，那是一次视而不见，大家以天色已晚、不得不离开为借口；我们各自离开，每个人都抱着忘却一切的愿望，直到一切结束，但我们知道不会是这样，我们依然需要在某个早晨翻开报纸阅读新闻，看看那些表达着职业的惊愕与悲伤的愚蠢词句。我们绝不会跟别人谈起这些，我们将礼貌地在电影院里、在大街上避开彼此；这将是核心保持忠诚、静默守护已完成事业的唯一方式。我们如此热爱格伦达，我们将给她最后的、不容侵犯的完美。我们将她送上了无法触及的高度，我们会防止她坠落，追随者们会热情不减地继续崇拜她；没有人能活着从十字架上下来。

蟋蜘的故事

下午两点，我们来到了那间孟加拉式小屋，半个小时后，年轻的管理员信守电话中的约定，带着钥匙出现了，他启动冰箱，向我们展示如何使用热水器和空调。我们将在这里住十天，已经提前付了款。我们打开行李箱，取出海边要用的物品；等太阳落山时再整理安顿下来吧，山丘下，波光粼粼的加勒比海景实在诱人。我们沿着崎岖的小路下山，甚至在灌木丛中发现了一条捷径，少走了一段路；从小屋到海边不到百米。

昨晚，我们收拾衣服、整理在圣皮埃尔买的生活用品时，听到了住在小屋另一边的人的声音。声音很低，并不是充满了色彩与欢笑的马提尼克式声音。不时能听清楚一些词：美式英语，游客无疑。第一感受是不快，不知道为什么，即使已经看见每间小屋（在鲜花、香蕉树和椰树之间有四间小屋）都分成两户时，我们还是期待着能完全独处。也许是因为在钻石酒店进行了复杂的电话调查，第一次见到这些小屋时，我们就觉得到处都空着，同时又古怪地被占满了。例如，往山下三十米，有一间用作餐厅的小屋：餐厅已废弃不用，但吧台上还有几只瓶子、几个杯子和几副餐具。透过一两间小屋的百叶窗，可以隐约看见卫生间里的毛巾、装着沐浴液或洗发水的瓶子。年轻的管理员给我们打开了一间空荡荡的房子，面对一个模糊的问题，他同样模糊地回答道，经营者已经离开了，出于与房主的友情，现在由他负责照看这些小屋。这样更好，因为我们想要的是独处和海滩；但是别人自然也这么想，两个美国女人在小屋另一边的翼房里窃窃私语。墙薄得像纸，但一切都那么舒适，那么井然有序。我们没完没了地睡觉，这很奇怪。如果说我们现在还需要点什么，那就是睡觉。

友邻：一只温顺、摇尾乞怜的母猫，另一只更野蛮但同样饥饿的黑色母猫。这里的鸟儿几乎飞进人们的手里，绿色的蜥蜴爬上桌子捕捉苍蝇。远处山羊的咩咩叫声环绕着我们，五头母牛和一头小牛在山顶吃草，适时地哞哞叫着。我们还听见山谷深处棚屋里的狗叫声；今晚，两只母猫肯定也会加入这场音乐会。

海滩以欧洲标准来看简直荒无人烟。几个年轻人在游泳和玩耍，黝黑或肉桂色的身体在沙子上摇曳。远处，有一家人——城里人或德国人，可悲的白肤金发——在整理毛巾、防晒油和手提袋。我们在海水中或是沙子里消磨时间，做不了别的事，延长着抹防晒油和吸烟的例行时间。我们仍然没有回想起过去，那种清数过往的需要会随着孤独和厌倦滋长。恰恰相反：我们把与前几周有关的一切——在代尔夫特的会面、埃里克农场里的夜晚——都拒之门外。如果它们重新出现，我们会像扇开一股烟雾一样赶走它们，轻轻地挥手让空气重新变得清澈。

两个女孩沿着山上的小路下山，她们选了一个较远的地方，一棵椰树的树荫。我们推测，她们是我们小屋的邻居，我们想象她们是底特律或内布拉斯加的文秘或幼师。我们看着她们一块儿入水，矫健地游到远处，慢悠悠地游回来，她们尽情享受着温热透明的海水，成为人们描绘美景时的老生常谈，明信片上的不朽画面。地平线上有两艘帆船，一艘快艇拖着一名女性滑水者从圣皮埃尔出发，她每次摔倒后都精神可嘉地站起身来，如此数次。

黄昏时——我们在午睡后回到了海边，白昼在巨大的白色云朵间逝去——我们想，今年圣诞节，我们的愿望将会完美地实现：孤独，安心于没有人知道我们的下落，远离可能出现的麻烦、年末愚蠢的聚会和有限的回忆，畅快自由地打开几个罐头，用蔗糖糖浆和酸橙调白朗姆潘趣酒。我们在檐廊上吃晚饭，一片竹林把这里与对称的露台隔开，夜已深，我们又听见了近乎窃窃私语的声音。作为邻居，我们是彼此的奇迹，以一种近乎夸张的方式相互尊重。如果海边的女孩的确是小屋的住户，或许她们会想，住在另一边的会不会是她们在沙滩上看见的那两个人。文明确实有其优点，喝酒时，我们认可了这一点：没有叫喊，没开收音机，没有蹩脚的哼唱。啊，希望她们会在这儿待十天，不要被带孩子的夫妇接替。基督刚刚再次降生；而我们可以入睡了。

起床时伴有太阳、番石榴汁和大杯咖啡。夜晚很漫长，并附着一阵阵典型的热带雨水，暴雨突然懊悔般地停歇。虽然没有月亮，但四面八方的狗都在吠叫；蛙鸣和鸟叫，来自城市的耳朵无法辨识的一些声音，但它们或许能解释我们随着晨起的第一支烟所回想起的梦境。病人的梦境[1]。这说法出自哪里？夏尔·诺迪埃或奈瓦尔，有时，我们不由得回忆起几乎要被其他兴趣抹杀的那个充满图书馆的过去。我们互相讲述梦境，在梦里，幼虫、不确定的威胁和不受欢迎却在意料之中的回忆自行编织或驱使我们编织蛛网。在代尔夫特的事情之后，这也合情合理（但我们已经决定不再回想最近的事情，时间总会有的。很奇怪，想起迈克时，我们没有动容，在埃里克农场的深井里，事情已经结束了；我们几乎从没有谈起这些事，也没谈起之前的事，即使我们知道提到它们也不会给我们带来任何伤害。归根究底，惬意和快感源自它们，农场的那一晚值得我们此刻所付出的代价，但同时，我们觉得那一切依然鲜活如昨，那些细节，月光下赤裸的迈克，在那些不可避免的梦境之外我们希望避免的东西；因此，这样的隔绝是最好的，别的声音，别的房间：文学和飞机，真是极好的毒品）。

早上九点的大海带走了夜晚最后的涎水，阳光、盐和沙子带着温热的触感漫上皮肤。当我们看见女孩们沿着小路下山时，我们同时想起来，对视了一眼。深夜，快入睡的时候，我们只做了一句评论：在某个时刻，尽管我们没有听清楚内容，但小屋另一边的声音从窃

---

[1]原文为拉丁语。

窃私语变成了清晰可闻的话语。不过，吸引我们注意的不是对话中这稍纵即逝的变化——那几乎立即就停止了，又回到单调、谨慎的低声密谈——而是其中一个声音，男性的声音。

午睡时，另一条檐廊上低沉的对话声再次传来。不知道为什么，我们执着地想将小屋里的声音与沙滩上的两个女孩相连，而现在，什么都无法让人想到她们身边有某个男人，昨晚的回忆褪去，汇入了吵醒我们的声音之列，狗、疾风骤雨、屋顶的咯吱响声。城市里的人——对自己之外的声音十分敏感的人，非常有教养的雨。

此外，在小屋另一边发生的事跟我们有什么关系呢？我们在这里是因为我们需要远离其他事物，远离其他人。自然，放弃习惯、放弃条件反射是很难的；我们不由自主地留意被墙滤得细微的声响，关注我们想象中平静、无关紧要的对话，纯粹例行公事的嘟囔声。无法辨识出单词，哪怕是噪音都相似得甚至让人以为那是一段断断续续的独白。她们必定也是这样听我们说话的，但她们当然没有在听我们说话；否则，她们必须保持沉默，必须持着与我们相似的原因来到这里，成为隐蔽的监视者，就像檐廊上窥探着蜥蜴的黑猫。但是，她们对我们完全没有兴趣：这样对她们更好。那两个声音交替、停止、重新响起。没有男人的声音，就算说话的声音这么轻，我们也听得出来。

热带的夜晚总是骤然降临，小屋里光线昏暗，但是我们觉得无所谓；我们几乎不做饭，唯一热的是咖啡。我们无话可谈，也许正因如此我们才听着女孩们的窃窃私语来消磨时间，心照不宣地窥视着，等着那个男人的声音再次出现，即使我们知道没有汽车上山，其他的小屋依然空着。我们在摇椅上晃动着，在黑暗里抽烟；没有蚊子，窃窃私语声从寂静的破洞中传出，戛然而止，又重新出现。如果她们能想象出我们的样子，她们不会喜欢的；我们不是在监视她们，但是，她们肯定会把我们视为黑暗中的两只蟋蟀。归根结底，我们并没有因为小屋的另一边住了人而感到扫兴。我们原本寻求孤独，但现在我们想，如果另一边真的空无一人，这里的夜晚会是什么样；我们无法否认，农场和迈克依然近在咫尺。我们不得不对视，交谈，再次拿出纸牌或骰子。现在这样最好：坐在吊椅上，听着猫般的私语声，直到睡觉时间。

直到睡觉时间，但这里的夜晚没有带给我们原本期待的东西：在一片无人之地，长久地（或者暂时地，不必追求不可能之事）处于隔绝了窗外一切事物的掩蔽之内。就我们这种情况而言，愚蠢是不可取的；在预先设想好下一个或几个落脚点之前，我们绝不会贸然抵达某一地点。有时我们像是在冒险围困自己，比如现在，在这个局促的小岛上，所有东西都能轻易被找到；但是，它是一个极其复杂的棋局的一部分，兵卒的微小挪动隐藏着更大的玄机。关于失窃的信的著名故事[1]具有客观的荒谬性。客观；真相流动于表象之下，在纽约城里的阳台上或中央公园里种了多年大麻的波多黎各人比许多警察更明白这一点。总之，一切突发情况、船只和飞机尽在我们的掌控之中：离委内瑞拉和特立尼达只有一步之遥，而这只是六七个选择中的两个；我们的护照能在机场顺利通行。这座无辜

---

①指爱伦·坡的短篇小说《失窃的信》。

的山丘，这座为小资产阶级旅行者设计的小屋就是我们长久以来会适时利用的漂亮花招。代尔夫特在很远的地方，埃里克的农场开始在记忆中倒退，渐渐模糊，像那口深井和月光下迈克逃跑的身影一样渐渐模糊，月光下如此苍白、赤裸的迈克。

狗再次嗥叫起来，叫声时断时续，从低洼处的一间度假屋里传来了女人的叫声，声音在最高点戛然而止，隔壁的寂静中响起困惑而警觉的低语声，太过疲惫的女游客们半梦半醒，无法真正关心周遭的一切。我们一直听着，毫无睡意。毕竟，如果之后会有倾盆大雨敲击屋顶的巨响或是猫儿求偶的刺耳叫声，又何必睡觉呢，噩梦的序曲，黎明时分头终于埋进枕头，没有什么再来干扰，直到太阳爬上棕榈树，得重新投入生活。

在海里游了很久，回到沙滩，我们再次想起了荒废的小屋。用作餐厅的小屋和它的杯子、瓶子，让人想起了玛丽·西莱斯特号之谜（这个故事广为人知，许多人都读过，对无法解释之事执着的回想，水手们登船，挂满帆，在海上漂流，而船上空无一人，厨房炉灶上的烟灰依然温热，船舱里没有暴乱或瘟疫的迹象。这是一场集体自杀吗？我们嘲弄地对视了一眼，这种想法并不能为我们看待事物打开新思路。如果我们曾认同过这种想法，我们就不会在这里了）。

女孩们很晚才下山来到海边，在游泳之前，她们晒了很久的太阳。也是在那里，我们察觉到了，但没有发表评论。她们低声交谈，如果离得更近一些，我们会听到同样的私语声，同样有教养的、不愿干扰别人生活的忧虑。如果，在某个时刻她们走近借火、询问时间……但是，那片竹林屏障似乎延伸到了海边；我们知道，她们不会打扰我们。

午睡时间很长，我们不想回到海边，她们也是。我们听见她们在房间里交谈，然后又移到檐廊上。只有她们，这是当然，但为什么当然？夜晚可能会变得不同，我们不发一语地等待它降临，忙着无所事事，在摇椅上和烟酒里消磨时间，只在檐廊上留了一盏灯；光线透过客厅里的百叶窗变成细条，没有驱走空气中的阴影和等待的静默。我们不期待任何事情，这是当然。为什么当然？如果等待是我们做的唯一的事——就像在代尔夫特，就像在其他许多地方——我们为什么要自我欺骗？我们可以等待虚无或是一堵薄墙另一边传来的低语、嗓音的变化。之后，将会听到床的咯吱声，宁静中将充满了狗吠和风打树叶声。今晚不会下雨。

她们要走了，上午八点，一辆出租车来接她们，黑人司机微笑着，开着玩笑，帮她们搬箱子、沙滩包、大草帽和网球拍。从檐廊上可以看见小路和白色的出租车；她们无法从植物丛中找出我们，她们甚至没有朝我们的方向看一眼。

海滩上都是在下水前玩球的渔夫们的孩子，但今天我们觉得海滩更加空旷，因为现在她们再也不会来游泳了。回去的路上，我们下意识地绕了远路（总之，我们没有明确地决定这样做），从之前我们总是避开的小屋的另外一边走过，现在，除了我们那一边，一切都真正地荒废了。我们试了试门，门无声地开了，女孩们把钥匙留在了里面，无疑是同管理员约好了，他稍后可能会也可能不会来打扫小屋。所有东西都可以随意处置——就像餐厅里的杯子和餐具——对此我们已经毫不惊讶；我们看见了褶皱的床单、湿淋淋的毛巾、空瓶子、杀虫剂、可口可乐瓶罐和杯子、英文杂志、肥皂。一切都是如此孤单，被人遗弃。屋里有古龙水的气味，一种年轻的味道。她们曾经睡在那里，在那张铺着黄色花朵床单的大床上。她们两个。她们谈话，在睡觉前谈话。睡觉前，她们谈了好多话。

午觉睡得又沉又久，因为直到太阳下山，我们才想去海边。煮咖啡或是洗碗的时候，我们惊讶于彼此都摆出了同样的倾听姿势，专注地听着墙那边的动静。我们本该笑的，但我们没有。现在没有，现在，我们终于得到了如此苦苦追寻、如此必要的孤独，现在我们没有笑。

我们花了很多时间准备晚饭，故意把简单的事情复杂化，以便一切可以持续下去，让山丘上的夜晚在晚餐结束前降临。我们时不时发现自己又望向隔墙，期待着已经无比遥远的东西——此时，可能在飞机或是船舱里继续进行的低声交谈。管理员还没有来，我们知道，小屋敞开着，空空荡荡，依然有古龙水和年轻皮肤的气味。天气骤然变热，寂静或消化或厌倦更加凸显了炎热，因为我们还坐在摇椅上，在黑暗中勉强地摇晃着，抽着烟，等待着。当然，我们不会承认，但是我们知道，我们正等待着。夜晚的声音忠实地跟随万物与星辰的节奏，逐渐升起；与昨晚相同的鸟儿和青蛙似乎已摆好姿势，在同一时刻开始歌唱。还有狗的合唱（《狗的地平线》，无法不想起这首诗）以及草丛里的母猫们撕破空气的求爱声。唯独缺少了小屋另一边的那两个声音，而那的确是真正的寂静，寂静本身。

其余的一切掠过耳畔，而耳朵可笑地关注着隔墙，仿佛在等待。我们甚至没有说话，担心自己的声音压过不可能出现的私语。已经很晚了，而我们没有睡意，客厅里的气温依然在升高，但我们没有想到打开那两扇门。我们什么也不做，只是抽烟，等待着希望渺茫的事情；我们甚至无法像起初那样，认为女孩们会把我们想象成窥伺的蟋蟀；她们已经不在那里了，我们无法将自己的想象加于她们，无法将她们变成黑暗中发生之事的镜子，变成这让人无法忍受的发生之事的镜子。

因为我们无法自我欺骗，摇椅每次发出的咯吱声都代替了一场对话，但同时又让对话继续存在。现在我们知道，一切都是无用的——逃亡、旅途、恰逢一个没有目击者的黑洞的希望、便于重新开始的庇护所（因为我们的天性中没有悔意，我们所做的一切已成定局，一旦我们知道自己摆脱了报复的危险，我们就会重新开始）。似乎突然过去所有的老练都停止运作，它抛弃了我们，就像卡瓦菲斯诗歌中的神灵们抛弃了安东尼奥。如果说我们依然想着保证了我们到达小岛的策略，如果说我们设想了一会儿可行的时刻表、其他港口和城市的可用电话，那么我们也是带着抽象的冷漠做这些，一如我们曾带着同样的抽象的冷漠频频引用诗句、玩没完没了的脑力联想游戏。更糟糕的是，不知道为什么，从我们到达时起，从墙的另一边第一次传来低语声时起，改变就发生了，我们曾把隔墙假想成纯粹的屏障，假想它在抽象意义上保全孤独与休憩。另一个加入私语的意料之外的声音，只不过是老套的夏季谜题，隔壁屋的谜团就像玛丽·西莱斯特号之谜，午睡与散步时的无聊话题。我们甚至没有特别关注过这事，也从来不曾提起；我们只知道，现在我们已经无法停止关注，无法不把所有活动、所有休憩朝向隔墙进行。

也许因此，在我们假装睡着的深夜里，从小屋另一边传来的短暂、刺耳的咳嗽声并没有让我们太慌乱，那音色毫无疑问是男性的。这几乎不是咳嗽，而是一种不自觉的信号，谨慎而具有穿透力，女孩们的低语声也是如此，但在如此多的陌生谈话之后，现在它是一个信号，现在它是一种传唤。我们起身，没有说话，寂静再次降临客厅，只有一只狗在远处不停地嗥叫。我们在难以计量的时间里等待着；小屋的访客也安静下来，或许他也在等待，或许他在床单的黄色鲜花间睡着了。没关系，这是一项与意愿无关的协议，一个抛却形式和方法的结局；在某个时刻，我们相互靠近，没有商量，甚至没有试图在黑暗里对视。无须对视，我们知道，我们在想着迈克，想着迈克怎么回到埃里克的农场，他没有任何原因地回来了，虽然对他来说，农场就像另一边的小屋那样已经空无一人，他像女孩们的访客一样回来了，像迈克和其他人一样，像苍蝇一样回来了，他们回来了，却不知有人在等着他们，这一次，他们是来奔赴另一场约会。

睡觉时，我们已经像往常一样穿上了睡衣；现在，我们让睡衣像白色的胶状污点那样滑落到地板上，我们赤裸地走向门口，走进花园。只需沿着隔开小屋两侧的栅栏走；大门依旧关闭，但我们知道它并没有上锁，只需敲一敲门环。我们一起[1]进门的时候，里面没有灯光；长久以来，这是我们第一次依偎着好往前走。

---

[1]原文中用的是"一起"的阴性形式，即 juntas，也就是说"我们"是两位女性。

II

第一届国民大会广场

森特内拉

电车 86

何塞 · 玛利亚 ·
莫雷诺

64 55

97 里约热内卢

梅德拉诺 97

97 洛里亚

翁塞广场

去往莫雷诺的
火车站台

55

萨米恩托
将军铁路

阿尔贝蒂

帕斯科

国会

萨恩斯 · 佩尼亚

利马

皮埃德拉斯

秘鲁

里瓦达维亚大道

五月大道

五月广场

记事本上的文字

　　说起乘客管制一事时——此事不得不提——我们正在谈论不定式和残差①分析。在豪尔赫·加西亚·博萨具体谈到布宜诺斯艾利斯的盎格鲁线网络之前，他数次提到了蒙特利尔的地铁。他没有告诉我，但我怀疑他知道一些有关铁路系统技术研究的事——因为管制由系统本身实行。凭借特殊的程序（我的无知让我如此评定，虽然加西亚·博萨坚持认为程序简单有效）可以准确计算出某一周内每日使用地铁的乘客数量。此外，由于他还关注去往该线路其他地铁站的客流比例，以及从起点乘坐至终点或是使用中间站的客流比例，因此，对从第一届国民大会站到五月广场站的所有进出口都实行了严格的管制；当时（我指的是四十年代），盎格鲁线还没有和新的地

①数理统计学中，残差指实际观察值与估计值（拟合值）之间的差。

铁网络连通，这给管制提供了便利。

被选中的那周周一，我们得到了一个基础总数；周二，数据几乎是一致的；周三，总数类似，但有意料之外的事发生：与进站人数 113 987 不同，返回地表的人数是 113 983。常识宣告了四处计算错误，操作负责人跑遍各个管制点，寻找可能的疏漏。监察长蒙特萨诺（现在，我根据加西亚·博萨当时并不了解的资料进行讲述，这些资料是我后来争取到的）甚至增加了参与管制工作的人员。他疑虑重重地让人将地铁从头到尾地搜了一遍，列车工人和工作人员在出站时还得出示证件。现在，这一切让我明白，蒙特萨诺监察长当时隐约地怀疑这是某件现在我们都关心的事的开端。我毫无必要地补充一下，没人找到这个所谓的错误，即指出（同时清除）四名无法被找到的乘客。

周四，一切正常；107 328 名布宜诺斯艾利斯居民在没入地下片刻后，又顺从地重新出现了。周五（现在，在之前的运算结束后，管制工作堪称完美），出站人数比管制中的进站人数多出了一人。周六得到的数据是一致的，系统认为任务完成了。不正常的结果没有被公之于众，我认为，除了监察长蒙特萨诺和翁塞站负责管理计数机器的技术人员之外，很少有人知道发生的事。我还认为，知道这事的少数人（我仍然将监察长排除在外）只需归咎于机器或是操作者的失误，就能名正言顺地把此事忘记。

这件事发生于一九四六年或一九四七年年初。在接下来的几个月里，我经常搭乘盎格鲁线；路程很长，于是我会不时地想起与加西亚·博萨的对话，看着周围坐着的或抓着皮质把手的人，充满讽刺地惊讶于他们就像挂在钩子上的牛肉。有两回，在何塞·玛利亚·莫雷诺站，我没来由地觉得有些人（一个男人，后来是两名老妇人）并不像其他人一样是普通乘客。一个周四的夜晚，在拳击场看完哈辛托·利亚内斯凭借较高得分赢得比赛之后，在梅德拉诺站，我觉得坐在站台第二条长凳上几乎睡着了的女孩并不是在等候前往市区的列车。事实上，她和我登上了同一节车厢，但在里约热内卢站就下了车，她在站台上停留，仿佛在迟疑着什么，仿佛累极了或者无聊透顶。

现在，我说出这一切，我已经无所不知了；同样，在抢劫发生之后，人们会记得形迹可疑的人曾经在街区里游荡。然而，从一开始，某些漫不经心地织造而成的、类似于幻想的东西就已经走得很远，并留下了一道怀疑的痕迹；因此，在加西亚·博萨提及管制结果并将其当作奇怪细节的那个夜晚，两件事立即被联系了起来，我感觉到某种东西凝结成了怪事，也几乎凝结成了恐惧。也许，在局外人中，我是第一个知道的。

在这之后是一段混乱的时期，混杂着不断滋长的要证实疑虑的愿望，在小鱼餐厅的一顿晚餐——那顿晚餐让我接近了蒙特萨诺和他的回忆，以及一次谨慎的、循序渐进的进站——地铁被理解成了另一种东西，它就像缓慢而与众不同的呼吸，就像以某种不可思议的方式化为城市跳动的脉搏，而不仅仅是城市的一种交通工具。但是，在真正进入地下之前（我并不是指像其他人那样在地铁里微不足道地穿梭），还有一段反思和分析的时间。在三个月的时间里，我情愿乘坐 86 路电车以避免做验证或收获欺骗性的巧合，路易斯·M·鲍迪索尼值得重视的理论把我留在了地面上。就像加西亚·博萨在报告里几乎是开玩笑般提到的，他相信，这种现象可以被解释为大量人群中可以预见的一种原子衰退。绝没有人计算过在某个有足球赛的周日离开河床体育馆的人数，没有人将其与售票处的数字做比较。当五千头水牛沿着峡道奔跑，跑入和跑出峡道时水牛的数目相同吗？在佛罗里达大街上，人们彼此的摩擦微妙地磨损着外套的袖子和手套的背面。每次拐弯和刹车时，火车都会晃动乘客，让他们相互摩擦，二十个小时后，列车上运载的 113 987 名乘客之间的这种接触可能会（由于个体的消失和人群实体的衰退）引发四名个体被消除的后果。关于第二件不正常的事，我想说，在那个多出一名乘客的周五，鲍迪索尼只和蒙特萨诺达成了一致，把这归结为计算失误。在做出这些确切来说是书面上的推想之后，我又一次感到非常孤单，我甚至没有自己的推想，但每次到达地铁口，都会感到胃里一阵缓慢的痉挛。因此，我独自沿着螺旋形的道路前行，逐渐缓慢地接近真相，因此，在我觉得自己能回到益格鲁线——能真正地进入地下，而不仅是为了乘坐地铁——之前，我乘坐了很久的电车。

在这里，我不得不说，我没有得到他们的任何帮助，而是恰恰相反；等待帮助或寻求帮助原本就是不明智的。他们在那里，甚至不知道自己的故事将从这个段落开始。我原本不想揭露他们，无论如何，我不会提到那几个名字，那些我在进入他们世界的几个星期里所知道的名字；如果我做了这一切，如果我撰写了这份报告，那么我相信我的理由是正当的，我想帮助那些总是被交通问题折磨的布宜诺斯艾利斯人。现在连这些都已经不重要了，现在我害怕，现在我已经不敢下到那里，在我距地铁只有几步之遥时，却不得不乘坐缓慢且不舒适的电车——而所有人都在搭地铁因为他们并不害怕，这不公平。我非常坦率地承认，如果他们被驱逐了——当然，不会引发骚动，不会向任何人透露太多——我会觉得安心得多。这不仅仅是因为我在下面的时候生命会受到明显的威胁，而且因为在我调查中的许多个夜晚里（一切都发生在夜晚，没有什么比灌进两站之间的天窗或流转在通往站台的楼梯上的阳光更虚伪或更夸张的了），我没有一刻能够安下心来；很可能我最终暴露了，很可能他们已经知道为什么我会在地铁里待上这么久，而且能在地铁站拥挤的人群中立马认出他们。他们是如此苍白，带着如此显而易见的高效行进；他们是如此苍白而如此悲伤，他们几乎都如此悲伤。

奇怪的是，从一开始我最在意的就是了解他们的生活方式，对他们这样生活的原因却漠不关心。我几乎立马否定了关于旁轨或废弃地道的想法；他们所有人的存在是显而易见的，而且与地铁站间乘客的来往相符。在洛里亚站和翁塞广场站之间确实能隐约看见一个满是锻炉、旁轨、成堆的物料和窗户变黑的奇怪小屋的冥界。当列车在进站拐弯处几近野蛮地晃动我们时，雾之国①模糊地闪现了几秒，相反，站台却如此明亮。但我只要想到待在肮脏地道里的工人和监工的数量，就足以拒绝将此处认作他们可用的堡垒；他们不会

---

① Nibelheim，在北欧神话中意指"雾之国"，终年寒冷，充满浓雾。

在那里冒险，至少在最初的阶段不会。我只展开了几次观察之旅就发现，除了线路本身之外——我指的是地铁站、站台以及几乎永远在行进的列车——根本没有适合他们生活的地点和条件。我逐渐排除了旁轨、岔路和储藏室，直到在不可避免的残差中发现了清晰而可怕的真相，在那片幽暗国度中，残差的概念一再浮现。我笼统描述（有人会说是我明确提出的）的那种存在将在最残酷无情的必然中呈现出来；从被连续否定的可能性中，剩下的唯一可能性渐渐浮现。现在情况已经非常明了，他们不定于任何一处；他们住在地铁里、地铁列车里，不断地移动着。他们的存在、他们白血球般的循环——他们是如此苍白！——帮助他们隐姓埋名，保护他们至今。

　　推论至此，其余一切就一目了然了。除了凌晨和深夜，盎格鲁线的列车永远都不会是空的，因为布宜诺斯艾利斯人都是夜游神，在地铁站关门之前，总会有几名来来往往的乘客。可以想象一趟没派上用场的末班车，尽管没人乘车，也依然恪守时刻表运行，但是，我从未见到过这班车。或者说，我见到过，我见过它几次，但它的空无一人仅仅对我而言才真正成立；寥寥无几的乘客是他们的人，他们继续着自己的夜晚，执行着不容商榷的指令。我无法得知他们在盎格鲁线暂停的三个小时（从凌晨两点到五点）内被迫藏身之处的模样。他们要么留在通向旁轨（在这种情况下，司机得是他们中的一员）的一节列车上，要么偶尔混入夜间的打扫人员。由于服装和人际关系的问题，后一种情况不太可能实现，我更怀疑他们使用了隧道，普通乘客并不知道它的存在，它连接了翁塞站和港口。此外，为什么何塞·玛利亚·莫雷诺站内标有"禁止入内"警告牌的大厅里满是卷纸？更别提那里还有一个能供他们装东西的奇怪大箱子。那扇明显不牢固的门最可疑；但总的来说，即使这可能不太合理，但我认为他们以某种方式持续着这种上文描述过的存在，且不必离开列车或地铁站台；一种美学考虑使我的心中生出了确信，或许还给出了理由。在带着他们于两个终点站之间来来回回的永恒循环中，似乎并无任何有效的残差。

我谈到了美学考虑，但这或许只出于实用的理由。计划必须非常简洁，这样才能使每个人在构成其永久地下生活的连续不断的时刻中，不犯任何错误地机械应对。在长时间的耐心观察后，我可以证实这一点。例如，他们都知道，不能重复乘坐同一节车厢，以免引起注意；但是，到达终点站五月广场时，他们可以留在自己的位置上，因为拥挤的地铁使得很多人在佛罗里达站上车抢座位，以领先于在终点站等候的乘客。在第一届国民大会站的行动方式则有所不同，他们只需下车，步行几米，混入乘坐反方向列车的乘客之中。绝大多数乘客不会坐完全程，他们在各种情况下都可利用这点。由于乘客在很久之后才会重新搭乘地铁——在三十分钟（如果有短时事务）和八个小时（如果是职员或工人）之间，他们不可能认出始终留在地下的人，更何况，这些人会不断地更换车厢和列车。我费了很大力气才确定这最后一项变化，这种变化要细致得多，遵循一项无法违抗的纲领——避免给与他们恰巧在相同列车上的乘客或列车巡视员（根据时间和客流量，五次中会出现两次这样的情况）留下印象。现在我知道了，例如那天晚上在梅德拉诺站等车的女孩，她从我乘坐的前一趟列车上下车，在和我一起乘坐至里约热内卢站之后，她又坐上了下一趟列车；和他们所有人一样，直到那周周末，她都有明确的指令。

他们在实践中学会了在座椅上睡觉，但每次最多只睡一刻钟。甚至连我们这些偶尔乘坐盎格鲁线的人都会有对路线的感觉记忆，如果我们从国会站坐向萨恩斯·佩尼亚站，或是上行至洛里亚站，路线中少有的处于弯道的进站口会准确地告知我们位置。对他们来说，这样的习惯是如此根深蒂固，可以使他们在精确的时刻醒来，以便下车、更换车厢或列车。他们睡觉时颇为体面，挺直身体，脑袋几乎不垂在胸前。只需二十个一刻钟，他们就能休息好，而且他们还拥有盎格鲁线对外关闭时我所不了解的、能为他们所用的三个小时。当我知道他们至少拥有一列列车时——这或许证实了我对关闭时间内的旁轨的猜测——我想，如果他们所有人能一起搭乘这辆车的话，他们的生活会具有一种几近惬意的群体价值。车站间快速但美味的聚餐，起点站到终点站之旅中不间断的梦境，甚至有愉悦的对话以及与朋友和亲人（为什么不呢？）之间的联络。但是，我已经证实，他们严格避免在他们的列车上相聚（如果只有一列列车的话，因为毫无疑问，他们的数量在缓慢增长）；他们太明白，任何可能的辨识度都是致命的，而且就像某个绕口令说的那样，比起毫无联系的个体来，三张同时出现的面孔更容易被记住。

当他们需要接收和分发每周的新任务表时，他们的列车可供他们举办一次短暂的秘密会议，一号——他们中的第一人，会在一本小笔记本上写好内容，并于每周日分发给各个组长；他们还会领每周购买食物的钱款。一号的一位使者（毫无疑问是列车司机）还会听取每个人必须告诉他的关于衣物、外界信息和健康状况的汇报。日程安排基于列车和车厢的轮换，使得任何碰面都几乎不可能实现，他们的生活再次疏远，直到周末来临。我设想（在紧张的内心想象之后，在假设自己是他们中的一个、像他们一样经历痛苦或欢喜之后，我终于理解了这一切）他们期待着每个周日的到来，就像上面的我们期待我们的周日的平静。一号选择这一天并不是为了尊重传统，如果他们这样做了，反倒会让我感到惊讶；他只是知道，每周日的地铁里会有另外一种乘客，因此任何一辆列车都会比周一或周五时更加隐蔽无名。

在细心收集了这么多碎片之后，我理解了操控和占领列车的初始阶段。就像管制数据证实的那样，最早的四名乘客于一个周二进入地下。那天下午，他们在萨恩斯·佩尼亚站的站台上研究不断经过的被囚禁的司机的神情。一号发出了暗号，他们坐上了一列列车。他们得等列车从五月广场站发车，好利用接下来的十三个站点，还得等巡视员去往其他车厢。最难的是等待他们可以独处的时刻；布宜诺斯艾利斯市交通公司把第一节车厢留给妇女儿童，而对这节车厢显而易见的鄙夷成了布宜诺斯艾利斯的一种风尚，这项绅士规定帮助了他们。在秘鲁站，有两名女士谈论着拉莫塔家①（卡尔洛塔的着装之地）的清仓甩卖，一位少年沉迷于不良读物《红与黑》（杂志，不是司汤达的小说）。当巡视员差不多在列车的中部时，一号走

①布宜诺斯艾利斯的一家服装店，括号里的内容为该店的广告词。

进女士车厢并谨慎地敲了敲驾驶室的门。司机惊讶地打开门，但并没有产生怀疑，列车已经向皮埃德拉斯站驶去。列车同往常一样经过利马站、萨恩斯·佩尼亚站和国会站。在帕斯科站，列车延误了一会儿才出站，但在列车另一头的巡视员并没有担心。四十八小时后，一名身穿宽大便服的司机混入了离开梅德拉诺站的人群，他让周五的数字增长了一个单位，造成了监察长蒙特萨诺的不悦。此时一号则驾驶着他的列车，另外三人偷偷练习，好在合适的时间接替他。无须赘言，慢慢地，他们对所占领列车的巡视员做了同样的事。

作为不止一列列车的持有者，他们享有一片活动的领地，在那里，他们可以较为安全地行动。我可能永远不会知道盎格鲁线的司机们为什么会屈服于一号的胁迫或是贿赂，或者当一号与其他成员碰面、领取工资或填表的时候，如何避免自己的身份被发现。我只能沿着外围前进，逐一发现这一重复单调的生活和外在行为的即时机制。让我难以置信的是，他们几乎只能吃车站售货亭里贩卖的食物，直到我最终确信，最极端的严苛支配着这种缺乏愉悦的生活。他们购买巧克力、夹心饼干、甜奶棒、可可棒、杏仁糖和营养糖果。他们吃东西时就像在淡定地吃小零食，但是，当他们乘坐某一班自己的列车时，情侣们会大胆购买大份的夹心饼干，里面还夹着很多焦糖牛奶酱，上面撒满糖霜。他们害羞地、小口地吃着夹心饼干，快乐得仿佛这是一顿真正的正餐。他们永远无法满意地解决日常饮食的问题，他们可能无数次感到饥饿，甜食开始让人讨厌，对食盐的记忆就像拍击口腔的巨浪，会让他们充满恐怖的快感，随盐而来的还有不可企及的烤肉的美味和芹菜汤的香味。（当时，翁塞站内开了一家烤肉店,香肠和里脊三明治的烟熏味有时会飘到地铁站台上。但他们不能光顾那家店,因为它在旋转门的另一边,在通往莫雷诺的站台上。)

他们生活中的另外一个难题是衣服。裤子、半身裙和衬裙都已经穿破了。外套和女式上衣损坏程度较低,但一段时间后也得换掉,即便出自安全考虑也要如此。一天上午,我跟着他们中的一员,想了解他们的更多习惯,就这样发现了他们与地面保持的联系。是这样的:在规定的日期和时间,他们依次在规定的车站下车。会有地面上的人带着更换的衣服前来(后来,我证实了这是一项完整的服务:每次都会有干净的内衣,偶尔会有熨好的西装或连衣裙),两个人乘坐下一趟列车的同一节车厢。他们能在那里交谈,包裹得以传递,他们在下一站换衣服——这是最艰难的部分——在永远污秽的厕所里。同一位代理人在下一站的站台上等待他们;他们一起坐到下一站,然后那名代理人带着塞满脏衣服的包裹回到地面。

在确信自己几乎已经掌握了他们在这方面能做的所有事情之后,由于一次纯粹偶然的机会,我发现除了定期更换衣服之外,他们还有一个储藏室,那里保存着为数不多的应急衣服和物品,这可能是为了在新人到来时满足他们的基本需求,我无法计算新人的数量,但我觉得数目很大。一个朋友在大街上向我介绍了一位老人,他就像卡比尔多①集市的卖书贩②一样卖力。我那时正四处寻找《南方》杂志的一期旧刊;令我惊讶的是,卖书贩带我下了秘鲁站,然

①布宜诺斯艾利斯的一座公共建筑楼,在西班牙殖民时期被用作市政厅,现为博物馆。
②原文为法语。

后拐向站台的左侧，那里有一条人流涌动、缺少地下气息的通道，将我引向那些不可避免之事。那里是他的储藏室，放满了成堆杂乱的书籍和杂志。我没有找到《南方》，却发现了一扇通往另一间房的虚掩着的小门；我看见了一个背对着我的人，他的后颈雪白至极，就像他们所有人那样；我努力瞥到他的脚边放着一堆大衣、几块手帕和一条红围巾。卖书贩以为那是一位像他一样的零售商或特许经销商；我任由他这样以为，并向他买了一本精美的《特里尔塞》。但是，通过这些衣服，我已经知道了一些可怕的事情。由于他们有多余的钱，并且渴望把钱花掉（我觉得，在安全等级最低的监狱中也是如此），他们会用令我震惊的力量来排解自己无害的任性。当时，我跟着一名金发男孩，发现他总是穿着同样的咖啡色西装；他只更换领带，为此，他每天进入盥洗室两三次。一天中午，为了在站台的摊位上购买领带，他在利马站下了车；他挑选了很久，犹豫不决；那是他的放纵，他的周六狂欢。我看着他上衣口袋里其他领带的轮廓，感到了某种近乎恐惧的东西。

女人们给自己买手帕、小玩具、钥匙扣——售货亭里有的和手袋里能装下的一切东西。有时，她们会在利马站或是秘鲁站下车，看着站台上展示家具的玻璃柜，她们长时间地看着柜子和床，带着谦卑与克制的渴望看着这些家具，她们购买日报或《玛丽贝尔》杂志时，会长久地专心阅读大甩卖、香水、服饰和手套的广告。当她们看见母亲们带着自己的孩子闲逛时，几乎忘记了关于冷漠与冷淡的指示；我看见她们中的两个人（相隔没几天）甚至离开自己的座位，站在孩子们旁边，都快蹭到他们身上了；如果她们抚摸孩子们的头发，或者给他们糖果——人们不会在布宜诺斯艾利斯的地铁上，或许也不会在任何地铁上做这种事——我也不会感到太过惊讶。

我一直在想，为什么一号恰好选择在实行管制的其中一天与另外三个人一起进入地铁。在了解他的行事方式后，虽然依然不了解他本人，但我认为把这归结于自负和引起轩然大波（如果数字的差值被公布的话）的愿望是错误的。一个更符合他那深思熟虑过的机敏的猜想则是，那几天盎格鲁线工作人员的注意力都有意无意地集中于管制行动。占领列车因此变得更加可行；就连被替换的司机回到地面都不会给他带来任何危险的后果。直到三个月后，前任司机与监察长蒙特萨诺在莱萨玛公园的偶遇，以及蒙特萨诺沉默的推断，才让他也让我更加接近真相。

当时——我说的差不多就是现在——他们拥有三列列车，而且我不是很确定地认为，他们还拿下了第一届国民大会站协调室里的一个职位。一起自杀案件解开了我最后的疑问。那天下午，我跟踪了其中一个女人，我看见她走进了何塞·玛利亚·莫雷诺站的电话亭。站台上几乎空无一人，我把头靠在电话亭侧面的隔墙上，装出一副下班后劳累不已的样子。那是我第一次看见他们中有人出现在电话亭里，那个女孩偷偷摸摸的，甚至有些害怕，迟疑了片刻才环顾四周、走进电话亭，对此我并不感到惊讶。我听不太清，哭泣的声音，打开手袋的声音，擤鼻子的声音，然后是："但是金丝雀呢，你会照顾它的，对吧？每天早上你都会喂它吃藜草和香草小块吗？"这样无关紧要的事让我吃惊，因为那个声音不是在传递加密的信息，泪水润湿了那个声音，淹没了那个声音。在她发现我之前，我上了车，在车上坐了一整圈，继续观察时间表和衣物更换。当我们再次进入何塞·玛利亚·莫雷诺站时，她划了个十字（人们说），跳入车轨；我通过红鞋子和浅色手袋认出了她。聚起了一大群人，很多人围着司机和巡视员，等着警察来。我发现他们俩是他们的人（他们是如此苍白），我认为这件事将当场考验一号所作计划的周密程度，因为在地下取代别人是一回事，经受警察的盘查则是另一回事。一周过去了，没有任何新闻，一桩无关紧要、近乎平常的自杀案没有任何后续；之后我便开始害怕走进地铁。

我现在明白，还有很多我不知道的事情，甚至是最重要的事情，但我无法战胜恐惧。这些天里，我只能勉强走到利马站的入口，那是距我最近的车站，我闻到了那种炎热的味道，那种盎格鲁线的味道，它升腾至街道上；我听见列车经过的声音。我走进一家咖啡馆，觉得自己是个白痴，我问自己，怎么能在离真相大白只有区区几步的时候放弃。我知道这么多事情，揭露这些事可能对社会有用。我知道在最近几周，他们已经拥有了八列列车，他们的人数在迅速增长。新人还是很难被认出来，因为皮肤褪色很慢，而且毫无疑问，他们极其谨慎；一号的计划似乎完美无缺，导致我无法计算出他们的数量。只有直觉告诉我，在我还有勇气走进地铁跟踪他们的时候，大部分列车上已经全是他们的人，而普通乘客发现在任何时候乘坐地铁都越来越难；各家报纸要求开辟新的线路、提供更多的列车并采取应急措施，对此我一点儿也不感到惊讶。

我见到了蒙特萨诺，跟他说了其中一些事，期待他能猜出其他。他似乎不信任我，而是顺着自己的思路，或者说，他只是优雅地佯装并不知晓那些超乎他的想象、更别提超乎他上司们的想象的事情。我知道跟他再聊下去无济于事，他会怪我用近乎偏执的幻想把他的生活搞复杂了，尤其是当他拍着我的后背，对我说"您累了，应该出门旅行"的时候。

但我该去的地方是盎格鲁线。蒙特萨诺决定不采取任何行动，这让我有些吃惊，他至少应该对一号和另外三个人采取措施，以便从高处斩断这棵向沥青和泥土里越来越深处扎根的树。那里有种密封的气味，能听见列车的刹车声，然后是站在永远拥挤的车厢里挤了一路、风尘仆仆的乘客们登上台阶时一阵反刍似的风；我应该走到他们身边，挨个向他们解释；接着我听见另一列列车进站，恐惧又一次占了上风。当发现某个带着装了衣服的包裹进站或出站的代理人时，我会躲进咖啡馆里，很长时间都不敢出来。我想，喝两杯杜松子酒下肚，等勇气恢复了，我就会走进地铁里清点他们的数量。我觉得，现在他们已经占领了所有列车、数个地铁站的管理部门和部分修理室。昨天，我觉得利马站零食贩售亭的女售货员间接地向我透露，最近的销售量有所上升。我勉强忍住胃部的痉挛，费力下到了站台，反复告诉自己，我不是要搭乘地铁并混入他们之中；只需提两个问题我就会回到地面，就会重新获得安全。我把硬币投进闸机，走向贩售亭；当我发现女售货员死死盯着我的时候，我正准备买一袋牛奶棒。她很美丽，但她如此苍白，如此苍白。我绝望地向楼梯跑去，跌跌撞撞地上去了。现在我知道我不能再下去了；他们认识我，他们终于认识我了。

我在咖啡馆里坐了一个小时，还是没有下定决心再次踏上第一级阶梯，我在上上下下的人群中站着，不管那些对我侧目而视的人，他们不明白为何身处一个所有人都在活动的地方我却无法下定决心前行。我已经分析完了他们的基本操作，却无法迈出最后一步以揭露他们的身份与目的，简直不可思议。我受不了压迫在我心上的这种恐惧；或许我会下定决心，或许最好的办法是靠在楼梯的栏杆上，大声喊出我知道的关于他们计划的一切，喊出我认为我知道的关于一号的一切（我会说的，就算破坏蒙特萨诺的调查会使他不快），尤其是这一切对布宜诺斯艾利斯所有人的影响。到现在为止，我一直在咖啡馆继续写作。身处地面之上、中立地点之中的宁静让我充满了平静，这是我下至贩售亭时不曾有的。我觉得，我会以某种方式再次下去，我会强迫自己一步一步地走下楼梯，但与此同时，我最好写完我的报告，把它寄给市长或警察局长，并附上一份给蒙特萨诺的副本，然后，我会结账，然后，我肯定会下去，我肯定会下去，虽然我不知道该怎么下去，该从哪里获得一级一级走下楼梯的力量，因为他们已经认识我了，因为他们终于认识我了，但不要紧，在下去之前我会写好草稿，我会说，市长先生或者局长先生，有人在下面走，有人沿着站台走，在没有别人注意、只有我能知道和听见的时候，她把自己关进一间昏暗的电话亭里，打开手袋。然后她哭了，她先哭了一会儿，然后，市长先生，她说："但是金丝雀呢，你会照顾它的，对吧？每天早上你都会喂它吃藙草和香草小块吗？"

剪报

尽管我觉得没有必要说明，但第一篇剪报是真实的，第二篇是虚构的。

雕塑家住在里凯街，我觉得这不是个好主意，但在巴黎，如果你是个阿根廷人又是个雕塑家——在这座城市里往往举步维艰的两种身份——你并没有太多选择。二十年间我们断断续续地联系，其实并不太熟；当他打电话给我，跟我说起一本刊登了他最新作品照片的书，让我写一段配图文字时，我的回复是在这种情况下能给出的标准答案，即，他得先给我看看他的雕塑作品，之后再看，更确切地说是看了之后再说。

晚上，我去了他的公寓，先是咖啡和寒暄，我们俩都产生了那种不可避免的感觉：当一个人向另一个人展示自己的作品，那个随之而来的时刻几乎总是可怕无比，此刻或将篝火升腾，或将有人不得不承认——在字句的掩饰下——柴火是湿的，冒出来的烟比热力足。在此之前，他已经打电话跟我谈过他的作品，那是一系列小雕塑，主题是人作为人的狼①栖息其中的所有政治领域和地理疆域的暴力。对此我们略有所知，作为两个阿根廷人，眩晕的回忆再次翻腾，通过电线、信件和突然的沉默，恐惧日益堆积。我们谈话的时候，他正在清理桌面；他让我坐在一张位置正好的扶手椅上，接着他搬出雕塑，把它们放在恰到好处的灯光下，让我慢慢欣赏，然后他一点一点地转动它们；现在我们几乎不再说话，是它们正在表达，而它们说的仍然是我们的话语。一尊又一尊，看了大概十尊，小巧、充满线条感，由黏土或石膏制成，从手指和刮铲耐心包裹的金属丝或瓶子中诞生，自空罐子和只有雕塑家才能向我透露的那身体和头部、胳膊和双手之下的物体中生长。夜已经深了，大街上只传来重型卡车的隆隆声和救护车的鸣笛声。

我很高兴雕塑家的作品没有什么太惯常或是太具说明性的东西，每一尊都包含着一个谜团，有时，必须长时间地观看才能理解它们表现暴力的方式；同时，我觉得这些雕塑质朴与精巧共存，无论如何都毫无恐怖色彩或故作伤感的矫饰成分。甚至折磨——暴力付诸静止与孤立的恐惧的终极形式——也没有通过被许多广告、文章和电影滥用的可疑的细枝末节展现，这些东西浮现在我的记忆中，而我的记忆同样可疑，同样过快地接受了这些画面并将其返还，以

---

① 源自拉丁语谚语 Homo homini lupus，即"人对人是狼"，指人的天性与狼相似，能对同类做出狼般残忍、兽性的恐怖举动。

换取一种鬼才知道的隐秘快感。我想，如果我要写雕塑家让我写的文字，如果我要写你让我写的文字，我对他说，那些文字会像这些雕塑一样，我绝不会让自己被现有的陈词滥调裹挟。

"这由你决定，诺埃米，"他对我说，"我知道这并不容易，我们的回忆中承载了太多鲜血，有时为了免于被它彻底淹没，我们去限制它、疏导它，却会使自己觉得愧疚。"

"我对此太了解了。看看这篇剪报，我认识在这份剪报上签字的女人，又从朋友那儿知道了一些细节。这事发生在三年前，就像它也能在昨晚发生，也能在此时此刻的布宜诺斯艾利斯或蒙得维的亚发生。就在来你家之前，我拆开了一封朋友的信，发现了这份剪报。趁你读它的时候，再给我倒杯咖啡。其实，在你给我看了这些东西之后，你已经没有必要再读它了，但也不好说，如果你也读了这篇剪报，我会觉得好受一些。"

他阅读的内容如下：

报纸订阅者劳拉·贝阿特利丝·波那帕尔特·布鲁舒坦，住址为墨西哥城第五墨西哥区夸乌特莫克街区阿托亚克大街10-26号，希望向公众公布如下信息：

1. 阿伊达·莱奥诺拉·布鲁舒坦·波那帕尔特于一九五一年五月二十一日出生于阿根廷布宜诺斯艾利斯，是一名读写教师。

案情：一九七五年十二月二十四日上午十点，她在工作岗位上被阿根廷军队成员（第601营）绑架，地点为联邦首都区附近的蒙特钦戈洛贫民镇。

一天前，这个地方还是战场，此处的战役造成包括当地民众在内的一百多人死亡。我的女儿，在被绑架之后，被带到了第601营的驻地。

同其他女性一样，她在那里受到了残酷的折磨。幸存的女性在圣诞节当晚被枪决。其中有我的女儿。

战斗中死去的人以及被绑架的平民（比如我的女儿）的尸体在大约五天后才被掩埋。所有尸体（包括她的）都用挖土机从军营搬运到拉努斯警察局，然后再搬运到阿维利亚内达墓园，在那里，他们被埋进了一个公共墓穴里。

我看着留在桌子上的最后一件雕像，不想盯着正在安静阅读的雕塑家。我第一次听见了墙上挂钟的嘀嗒声，它从门厅传来，是这街道变得越来越荒凉的时刻里唯一可闻的声音；我听见的微弱声音如同夜晚的节拍器，想让时间在我们俩陷入的那个孔洞里继续推进，这段时间包揽了巴黎的公寓和布宜诺斯艾利斯的贫民窟，将日历抛在脑后，让我们面对面地遭遇"它"，直面只能被称为"它"的它，所有称呼都不合时宜，所有关于恐惧的表达都被穷尽且显得粗俗不已。

"幸存的女性在圣诞节当晚被枪决，"雕塑家大声念道，"他们也许会给她们发甜面包和苹果酒，别忘了，在奥斯维辛集中营，孩子们在进入毒气室前会分到糖果。"

他一定是看到了我脸上的表情，做了个抱歉的手势，我垂下眼睛，又找出一支烟。

一九七六年一月八日，我在拉普拉塔市第八法庭正式得知我女儿已被谋杀。然后，我去了拉努斯警察局，经过三个小时的讯问，他们跟我说了墓穴的地点。他们只让我看了我女儿被割断的双手，它们被装在玻璃瓶里，上面标着数字24。他们无法交出她尸体的其余部分，因为这是军事机密。第二天，我去了阿维利亚内达墓园，寻找28号木牌。警察告诉我，在那里我会找到"她身上剩余的部分，因为他们得到的东西无法被称作尸体"。墓穴是一块刚刚被翻动过的土地，有五米长五米宽，差不多位于墓园的尽头。我知道如何找到墓穴的位置。当我意识到一百多人——其中有我的女儿——是如何被杀害和埋葬时，我觉得太可怕了。

2. 面对此种无耻至极、残忍得无法描述的情形，一九七六年一月，我（住址为布宜诺斯艾利斯第九区拉瓦耶大街730号5楼）以谋杀罪控告阿根廷军队。我同样在拉普拉塔市第八民事法庭发起诉讼。

"你看到了，这一切毫无用处，"雕塑家说着，在空中挥舞手臂，"毫无用处，诺埃米，我花了几个月时间做这些垃圾，你在写书，而那个女人在揭露暴行，我们去国会、去圆桌会议抗议，我们差点就相信了事情正在好转，然后你只要阅读两分钟就能再次发现真相……"

"嘘，我也正想着类似的事，"我恼怒于自己不得不说出这些话，"但如果我接受这就是真相的话，那就相当于我给他们发送了一份拥护他们的电报，而且，你非常清楚，明天你会起床，然后会做下一个雕像，与此同时你也知道，我正坐在我的打字机面前，你会想，我们才是多数，虽然实际上我们人数极少，力量的差距不是且永远不是保持沉默的理由。说教结束。你读完了吗？我得走了，朋友。"

他做了个否定的手势，又指了指咖啡壶。

在我提起法律诉讼之后，发生了以下事件：

3. 一九七六年三月，二十四岁的阿根廷职员、我女儿的未婚夫阿德里安·萨伊东在布宜诺斯艾利斯市的某条街道上被警方杀害，警方通知了他的父亲。

他的尸体没有归还给他的父亲亚伯拉罕·萨伊东医生，因为那是军事机密。

4. 圣地亚哥·布鲁舒坦，阿根廷人，出生于一九一八年十二月二十五日，是先前提到的我死去的女儿的父亲。他是一名生化博士，在莫龙市拥有一间实验室。

案情：一九七六年六月十一日中午十二时，一队身穿便服的军人来到他的公寓（拉瓦耶大街730号5楼9号公寓）。我的丈夫由于心肌梗塞在病榻上奄奄一息，由一名护士照顾，预计还剩三个月的生命。军人们向他问起我以及我们的孩子，还说："婊子养的犹太人，竟敢指控阿根廷军队谋杀。"然后，他们强迫他起身，一面殴打他，一面把他弄上车，而且不允许他带上药物。

目击者确认说，为了此次逮捕行动，军队和警察动用了大约二十辆警车。我们再也没有得到关于他的其他消息。通过非官方渠道，我们得知，他在受刑之初就突然离世了。

"而我在千里之外的此地，和编辑讨论印刷雕塑作品的照片该使用哪种纸，哪种格式和封面。"

"呵，亲爱的，这几天我在写一篇短篇小说，里面只谈到了一个青春期女孩的心、理、问、题。你别自我折磨了，我认为，现实生活的折磨已经足够了。"

"我知道，诺埃米，我知道，该死的。但总是旧戏重演，我们总得承认这一切都发生在另一个地方、另一个时间。我们从来没有也永远不会身处那里，那里或许……"

（我想起我还是个小女孩时读过的文字，可能是在奥古斯丁·蒂埃里城市学院里，那是一篇讲述一位天知道叫什么的圣人让克洛维一世和他的国家皈依基督教的故事。故事中，这位圣人正在向克洛维一世描述耶稣被鞭打及受难时的场景，克洛维一世从他的王座上站起身，挥舞长矛，大喊："啊！如果我和我的法兰克人民都在那里就好了！"无法实现的愿望的奇景，与迷失在阅读中的雕塑家相同的无能为力的愤慨。）

5. 帕特丽西娅·比亚，阿根廷人，一九五二年出生于布宜诺斯艾利斯。她是一名记者，曾经在交流新闻社工作，是我儿媳的妹妹。

案情：她与她的未婚夫，同为记者的埃杜阿尔多·苏亚雷斯，于一九七六年九月被布宜诺斯艾利斯联邦警察逮捕，并被带至总协调中心囚禁。他的母亲进行了相关的法律操作。绑架发生一周后，他的母亲被告知，他们感到抱歉，那是个错误。他们的尸体没有被归还给家属。

6.伊蕾内·莫妮卡·布鲁舒坦·波那帕尔特·德·金兹伯格，二十二岁，是一名造型艺术家，她的丈夫马里奥·金兹伯格是一名建筑师，二十四岁。

案情：一九七七年三月十一日早上六点，军队警察联合部队抵达他们的公寓，带走了这对夫妻，把他们的孩子（两岁半的维多利亚和一岁半的雨果·罗贝托）留在了公寓楼门口。身处墨西哥领事馆的我以及身处布宜诺斯艾利斯的马里奥的父亲（也就是我的亲家）立即申请了人身安全保护令。

我已经为我的女儿伊蕾内和女婿马里奥起诉，向联合国、美洲国家组织、国际特赦组织、欧洲议会、红十字会等组织揭发这一系列骇人听闻的事件。

然而，截至目前，我依然没有得到关于他们囚禁地点的消息。我坚信，他们还活着。

作为母亲，由于我所描述的家庭遭受迫害的现状，我无法回到阿根廷，在法律手段无效的情况下，我向捍卫人权的机构与个人求助，以便开启必要的程序，让他们把我的女儿伊蕾内和她的丈夫马里奥还给我，这样才能保住他们的生命和自由。

签字人：劳拉·贝阿特丽丝·波那帕尔特·布鲁舒坦。（一九七八年十月刊登于《国家报》，一九七八年十二月转载于

《揭发报》^①）

　　雕塑家把剪报还给我，我们几乎没有怎么说话，因为我们快睡着了，我感到他为我答应给他的书写配图文字而高兴，直到那时我才意识到，他一直都有所犹豫，因为我有着非常忙碌、也可能是自私——总之是个沉浸在自己世界中的作家——的名声。我问他附近有没有出租车停靠站，之后便走上了荒凉、寒冷、对我而言过于宽阔而不适合巴黎的大街。一阵风让我不得不翻起大衣衣领，在寂静中我听见我干涩的鞋跟声，给常被疲倦和执念打断的循环往复的旋律或诗句打着节奏，他们只让我看了我女儿被割断的双手，它们被装在玻璃瓶里，上面标着数字24，他们只让我看了我女儿被割断的双手，我迅速从反复涌现的恶心中恢复过来，强迫自己深呼吸，强迫自己思考第二天的工作；我永远都不知道，为什么我会穿过大街，走到对面的人行道，这样做完全没有必要，因为那条街通往拉夏贝尔广场，我或许能在那里找到出租车，沿哪边走都无所谓，我过了马路就是过了马路，因为我连自问为什么过马路的力气都没有了。

　　小女孩坐在一个门廊的台阶上，在这个格外幽暗的街区中，那个门廊几乎消失在周围狭窄、高耸、相差无几的楼房门廊之间。在晚上这个时候，一个女孩独自坐在台阶上还不足以令人惊讶至此，但她的姿态让我惊奇，她就像一块小小的白色污点，腿紧紧并着，手掩在脸上，如同一只狗或是一袋被丢在门口的垃圾。我迷糊地看

---

①该报纸存在于1976－1983年，是当时阿根廷军事独裁政府实行镇压和国家恐怖主义的产物，主要在流亡于法国、墨西哥、荷兰、瑞典、意大利等国的阿根廷人之间传阅。

向周围；一辆卡车闪着微弱的黄光逐渐远去，对面人行道上有一个男人佝偻着走路，他的头埋在立起的大衣领子里，双手插在口袋里。我停下脚步，走近看她；那个女孩扎着稀疏的辫子，穿着白色裙子和粉色毛衣，当她把手从脸上拿开的时候，我看见了她的眼睛和脸颊，就连昏暗都无法藏住她的眼泪，晶莹的泪珠落到嘴边。

"你怎么了？你在这里做什么？"

我听见她深重的呼吸声，咽下眼泪和鼻涕，止住了一个嗝或一下抽噎，我看见她的脸朝我完全抬了起来，她的鼻子又小又红，嘴唇颤抖着。我重复了一遍那两个问题，天晓得我跟她说了什么，我一边说，一边弯下腰，直到离她非常近。

"我妈妈，"女孩哽咽着说，"我爸爸在对我妈妈做坏事。"

也许她本来还想再说点什么，但她张开了手臂，我感到她靠在我的身上，贴在我脖子上绝望地哭泣；她闻上去很臭，身上有湿裤衩的味道。我想抱着她起身，但她从我怀里抽身，望向漆黑的走廊。她为我指着什么，开始往前走，我跟着她，隐约能看见一座石拱，在阴影背后出现了一座花园。她安静地走到露天处，那并非一座花园，而是一座菜园，低矮的铁丝网圈出了播种过的土地，这里的光线足够看清发育不良的乳香黄连木、支撑攀缘植物的木杆和赶鸟的破布；往菜园中心走去，可以看见一座有锌皮和马口铁皮补丁的窝棚，它的一扇小窗透出了绿色的光。在菜园四周那些房子的窗户里，没有一盏亮着的灯，黑色的墙壁延伸至五层楼，与低矮阴沉的天空融为一体。

女孩径直走上两块菜畦中间通往小屋的门的狭路；她稍稍回头

好确定我跟了上来，然后走进了那间小屋。我明白，我应该就此停下，掉头离开，我应该告诉自己，那女孩做了个噩梦，现在她会回到自己的床上，那一刻，所有理智都在向我申明，在这个时间走进一座陌生的房子是非常荒谬的，或许还很危险；也许，当我走进那扇虚掩的门，看见那个女孩在摆满旧家具和园艺工具、勉强称得上是门厅的地方等我时，我还在想着这些。一束光从最里面那扇门底部的缝隙里透了出来，女孩指了指那扇门，接着，她几乎是跑着穿过门厅，悄无声息地打开了门。我站在她旁边，门缝慢慢打开，脸被笼罩在迎面而来的黄色光线里。我闻到一股焦味，听见了一阵一阵的像被人捂住嘴的尖叫；我伸手推开门，看见了肮脏的房间的全貌，里面有破旧的凳子，摆着啤酒瓶和红酒瓶的桌子，杯子，以及旧报纸做的桌布，稍远一些，有一张床和一具全裸的身体，她被一条脏毛巾堵住了嘴，双手和双脚被绑在铁制床脚上。一个男人背对着我，坐在一张长凳上，女孩的爸爸正在对她的妈妈做坏事；他不慌不忙，把香烟慢慢地送到嘴边，让烟雾一点点地从鼻子里呼出，同时香烟的火焰向下移动，贴在了女孩妈妈的一只乳房上，除了眼睛，她的嘴和脸都被毛巾包住了，那烟头长时间地停在那里，与此同时她的闷叫声也持续了很久。在我来得及弄懂眼前的一切并意识到自己已卷入其中之前，女孩爸爸还有时间拿开香烟，把它重新送进嘴里，有时间品尝优质的法国烟草，让火焰燃得更旺，还有时间让我看清那具从腹部一直到脖子都被烫伤的身体，紫色或红色的瘀斑从大腿和私处蔓延至胸部，此时，火焰再次找寻着皮肤上没有疤痕的地方，并又一次极其细致地贴上了乳房。她的痉挛使床咯吱作响，惨叫声和身体的颤动与其他事物混杂在一起，与我无从选择、也永远都无法向自己解释的行为融合在一起；在我和背对我的男人之间有一张快要散架的凳子，我看见这张凳子被举到空中，砸在那个爸爸的头上；他的身体和凳子几乎同时滚落在地上。我得往后跳才能避免一起摔倒，举起凳子和将它砸下的动作花光了我的力气，这种力气马上离我而去，只剩我呆立原地，就像一个摇摇欲坠的傀儡；我知道我在寻找依靠却求而不得，我模糊地向后看，看见了紧闭的门，女孩已经不在了，而地上的男人就像一团难辨的污点，一块褶皱的破布。我可能在电影里或者书上见过接下来发生的事，我在那里，却仿佛不在那里，但是，我在那里，身手敏捷、目的明确地在极短的时间内——如果这是在真实的时间中发生的话——找到桌子上的一把刀，割断绑着女人的绳子，取下她脸上的毛巾，看着她沉默地起身，现在一切都完美地沉默着，仿佛这是必要的、甚至是不可或缺的，她看着地上的身体在短暂的昏迷中抽搐，又无言地看着我，走向那具身体，抓住他的手臂，同时，我抬起他的腿，我们俩把他抬到床上，用同样的绳子把他绑了起来，飞快地解开又打上结，在某种类似物体在超声波中振动、颤抖那样的沉默中，把他绑起来，堵住他的嘴。接下来发生的事，我不知道，我看见那个女人仍然赤裸着，她的手扯着他破旧的衣服，解开裤子的纽扣，将裤子褪到脚边皱成一团，我看见她的眼睛注视着我，一双大睁着的眼睛，四只扯啊撕啊脱啊的手，背心、衬衣和短裤，现在，我得回想这件事，得把它写下来，我该死的处境和艰难的记忆力还带给我某种鲜活得难以描绘、却又未曾见过的东西，那是杰克·伦敦一篇故事中的段落，一名北方捕猎者只求死个痛快，而在他身边是只剩一丝意识的血糊糊的一团——与他共同历险的伙伴号叫着、扭动着，部落中的女人们折磨着他，让他的生命在痉挛和惨叫中可怕地延续，她们以不致死的方式置他于死地，她们精湛地操纵着各种不同的手段，无法描述但确有其事，正如我们，无法描述地做着我们应当做、必须做的事。我为什么会参与其中，我在其中的权利和角色是什么，现在思考这些已经无济于事，在我眼皮底下发生的事情无疑已经被我看见了、记住了，就像杰克·伦敦一定也凭借他的想象力看见并记住了那些他无法用手写下的事情。我只知道，从我进入房间起，那个女孩就没和我们在一块儿了，现在，她的妈妈在对她的爸爸做坏事，但是，谁晓得，究竟只是妈妈，还是晚间的狂风再次袭来，破碎的画面又从剪报中浮现，从她身体上割下的双手放在了标着 24 号的玻璃瓶里，通过非官方渠道，我们得知，他在受刑之初就突然离世了，嘴里的毛巾，点燃的香烟，两岁半的维多利亚，一岁半的雨果·罗贝托,他们被丢在公寓楼门口。我怎么才能知道这持续了多久，我怎么才能明白就连我也，就连我甚至我就算我站在正义那边，我怎么才能接受我也站在被割断的双手和公共墓穴的另一边，我也站在于圣诞夜被折磨、被行刑的女孩们的另一边；剩下的是背过身去，穿过菜园，我撞上了铁丝网，划伤了膝盖，我走到冰冷而荒凉的大街上，来到了拉夏贝尔广场，几乎马上就找到了出租车，它把我载向一杯又一杯伏特加和直至中午才醒来的梦乡，我和衣横躺在床上，膝盖淌着血，感受着从瓶颈流入喉咙的纯伏特加带来的或许值得庆幸的头痛。

我工作了一整个下午，自己竟能如此专注，这让我感到既必然又恐怖；傍晚，我给雕塑家打了电话，他似乎惊讶于我这么快就联系了他；我向他说了在我身上发生的事，一股脑把所有的事全都告诉了他，虽然我几次听见他咳嗽或者试图提问，但他没有打断我。

　　"所以你看，"我告诉他，"你看，我没花太多时间就兑现对你的诺言了。"

　　"我不明白，"雕塑家说，"如果你说的是配图文字……"

　　"是的，我说的就是这个。我刚读给你听了，这就是配图文字。等我把它整理好就寄给你，我再也不想要它了。"

　　在药片、酒、唱片和一切可以提供庇护的事物的混沌中生活了两三天之后，我上街购买食物，冰箱已经空了，抱抱在我的床边喵喵叫。我在信箱里找到了一封信，信封上是雕塑家粗大的字迹。里面有一张纸和一份剪报，我在去市场的路上开始读这封信，之后才意识到，我打开信封的时候就撕破并弄丢了剪报的一部分。雕塑家感谢我为他的雕塑图册配上了文字，内容古怪，但似乎很有我的风格，它与一切艺术图册的惯例大相径庭，不过毫无疑问，我对此毫不在意，他也并不比我更在意。文末有一句附言："你的选择让世界遗憾地失去了一名伟大的戏剧演员，但幸运地获得了一位出色的作家。那天下午，我一度以为你在向我讲述一件发生在你身上的真实事件，直到后来，我偶然读到《法兰西晚报》，冒昧地剪下了你那令人难忘的个人经历的来源。作家确实可以秉持这样的观点：如果他的灵感来源于现实，甚至来源于犯罪新闻，他可以将其投射到另一个维度，赋予它不同的价值。无论如何，亲爱的诺埃米，我们是如此亲密的朋友，其实你不必在电话中提前向我透露你的作品并施展你的戏剧才能。但是，我们暂且如此吧，你知道我有多感谢你的合作，我很高兴……"

我看了一眼剪报，发现我不小心把它撕坏了，信封和粘在信封上的纸片被扔在不知哪个地方了。这则新闻正和《法兰西晚报》及其风格相称：马赛郊区的一幕惨剧，一桩残忍凶杀案东窗事发，被绑在床上、堵住嘴的前水管工，尸体等等，暗中留意反复出现的暴力场景的邻居，失踪数日的年幼女儿，邻居怀疑她被遗弃了，警方寻找着情妇，恐怖的场景呈现在——剪报在这里中断了，归根结底，雕塑家把信封封口舔得太湿的时候，做了与杰克·伦敦一样的事，与杰克·伦敦和我的记忆一样的事；但是，那座小屋的照片是完整的，那是一座菜园中的小屋，铁丝网和锌皮，周围的高墙与其空洞的眼睛，暗中留意的邻居，邻居怀疑她被遗弃了，这则新闻的一点一滴像耳光一样扇打着我的脸。

我拦了一辆出租车，在里凯街下了车，我知道这很愚蠢，但我还是这么做了，因为蠢事就是这样做成的。光天化日之下，一切都与我的记忆对不上号，就算我一边走一边看着每栋房子，并且像记忆中那样穿过马路走到对面的人行道上，我还是没有认出哪怕一个与那晚相似的门廊，阳光洒下来，像一张无边的面具，一道道门廊，但没有那个门廊，没有通往内部菜园的小路，因为那座菜园位于马赛郊区。但小女孩确实在那儿，她正坐在某个门廊的台阶上玩布娃娃。我向她说话的时候，她跑进了第一扇门里，在我喊她之前，一位女门房走了出来。她想知道我是不是社会救助员，她肯定我是为了女孩而来，之前，她在街上发现了迷路的小女孩，当天上午就有几位先生前来确认她的身份，一位社会救助员会来接她。虽然我已经知道了，但在我离开之前，我还是询问了她的姓氏，之后，我走进一家咖啡馆，在雕塑家的信的背面写下了文章的结局，将它塞进了他的门缝里，他理应知道结局，这样他的雕像照片的配图文字才能完整。

回归的探戈

> 致命的凶兆在第一条街的街角竖起身子。
> 回头，时间之刀等候着。[1]
>
> ——马塞尔·贝朗格《赤裸与黑夜》

　　我慢慢地讲述那些事，起初，从弗洛拉或是一扇开着的门或是一个大叫着的男孩开始想象，之后，对智力的巴洛克式需求使其填补了一切空隙，直到完美的蛛网织成，化为某种全新的东西。但我们怎能不承认，也许，在某些时候，思维的蛛网会一根一根地与生活的蛛网校准，即使这么说完全是出于恐惧，因为如果我们根本不相信这一点的话，就无法继续面对外部的蛛网。因此弗洛拉，我们

_____

①原文为法语。

在一起的时候，她一点一点把事情全告诉了我，当然那时她已经不在玛蒂尔德女士家工作了（她依然这样称呼后者，虽然现在她没有任何理由继续怀着一位包揽一切的仆人的敬意致以后者这一称谓），我喜欢她跟我讲述她的过去，一个拉里奥哈的乡下女孩带着受惊的大眼睛和可爱的胸脯来到首都——她最后发现，它们比鸡毛掸子和端庄的举止更管用。我喜欢为了自己而写作，我有数不清的笔记本，有诗歌，甚至还有一部小说，但我喜欢的是写作本身，当我完成的时候，它就像在享乐之后滑倒在一边的同伴，睡意袭来，第二天会有别的东西来敲你的窗，这就是写作，拉开护窗板让它们进来，笔记本一本接着一本；我在一家医院工作，我无意让别人阅读我写的文字，不管是弗洛拉还是别人；我喜欢用完一本笔记本的时刻，因为那就像我已经出版了它，但我没想过出版的事，有东西在敲窗户，我们便再次启程，一本新的笔记本就跟救护车一样。因此，弗洛拉向我讲述了她生活中的许多事，而她却料想不到，之后我会在梦境之间慢慢地重温它们，还会把其中一些写进笔记本，埃米里奥和玛蒂尔德进入了笔记本，因为这些不能仅仅留在弗洛拉的哭声和回忆的片段中；她每次跟我说起埃米里奥和玛蒂尔德，都以哭声作结，之后的几天，我不会问起这件事，甚至鼓励她回想其他的往事，然后在某个时刻，我旧事重提，而弗洛拉急切地诉说着，仿佛已经忘了跟我说过的一切，又从头开始，我任由她去，因为她的回忆不止一次引出了之前没有讲过的事情，与其他小片段相吻合的小片段，而我，我看着缝合线逐渐出现，分散的或假想的事物联结到一起，成为失眠时或喝马黛茶时的谜题，我无法区分出弗洛拉向我讲述的事与我和她一起逐渐添加的事的那天已经到来，因为我们俩需要以各自的方式——像所有人一样——将那件事变得完整，最后的缺口最终接受了碎片、颜色和线条的终结，它源自一条腿，一个单词，或一段阶梯。

由于我是个非常循规蹈矩的人，我更喜欢从头开始，此外，当我写作的时候，我会看见我写下的东西，真的看见它，我看见那天上午埃米里奥·迪亚兹从墨西哥到达埃塞萨机场，住进坎加约大街的一家酒店，花了两三天的时间在不同的街区、咖啡馆和旧时的朋友间转悠，回避了一些会面，但也没有躲得太过分，因为当时，他没做错什么。他很可能仔细研究了公园区，沿着梅林库埃大街和阿蒂加斯将军大街行走，寻找廉价的酒店或膳宿旅店，从容地安顿下来，在房间里喝马黛茶，晚上去舞厅或电影院。他不是幽灵，但不大说话，也不跟多少人说话，他脚踩胶底鞋走路，身上穿着黑色外套和沾着泥渍的裤子，他的眼睛飞快地躲闪，膳宿旅店的女主人可能会把这叫作鬼鬼祟祟；他不是幽灵，但从远处看就像一个幽灵，孤独围绕着他，就像另一种沉默，像脖子上的白色围巾，像几乎总是挂在他那极薄的嘴唇上的烟雾。

玛蒂尔德第一次见到他——这回的第一次——是从楼上卧室的窗户里。弗洛拉在外面购物，她带上了小卡洛斯，免得他在午睡时间无聊得直哭闹，一月的天气非常炎热，玛蒂尔德在窗前透气，照赫尔曼的喜好涂着指甲油，尽管赫尔曼在卡塔马卡，还把汽车开走了，不能开车去市中心或是去贝尔格拉诺让玛蒂尔德觉得很无聊，她已习惯了赫尔曼不在身边，但在他把汽车开走后，车让她觉得十分想念。他曾经许诺她，等公司合并的时候，就单独给她买一辆车，她不懂生意上的事，但公司显然还没有合并，晚上要和佩尔拉一起去看电影，她会租一辆车，她们会在市中心吃晚饭，之后，车行会把租车的账单转给赫尔曼，小卡洛斯的腿上起了疹子，得带他去看儿科医生，光想到这个她就觉得更热了，小卡洛斯趁父亲不在就大吵大闹不让她好过，这个男孩趁赫尔曼不在时的敲诈勒索简直不可思议，只有弗洛拉用温存和冰激凌才能勉强让他安静下来，玛蒂尔德和佩尔拉看完电影后也会吃冰激凌。玛蒂尔德看见他站在树旁，这个时间，在交汇于空中的树叶的叠影之下，大街上空无一人；树干旁出现了他的身影，稀薄的烟雾在他的脸上升腾。玛蒂尔德猛地后退，撞上了一把安乐椅，她用带有锦葵色指甲油气味的双手捂住了自己的叫声，沿着墙壁躲进了房间深处。

"米罗①。"她想，如果这可以算作想，这时间与画面组成的瞬间的呕吐物。"那是米罗。"当她能从另一扇窗户探出身的时候，对面的街角已经没有人了，两个男孩从远处走来，逗弄着一只黑狗。"他看见我了。"玛蒂尔德想。如果是他的话，那么他已经看见她了，他就是为了看她才出现在那里，他在那里，而不是在别的街角，靠着别的树。他当然看见她了，因为如果他出现在那里，那是因为他知道她家在哪里。当他被认出来的时候，当他看见她捂着嘴后退的时候，他就离开了，这更糟，街角被空白填满，在那里，疑问毫无用处，在那里，一切都是确定与威胁，树孤零零的，风在树叶间穿行。

---

① 埃米里奥的昵称。

下午快要过去的时候，她再次看见了他，小卡洛斯正在玩着电动火车，弗洛拉在一楼低声哼歌，房子里又住满了人，这似乎在保护她，在帮助她质疑，让她告诉自己，米罗变得更高更魁梧了，或许是因为午睡的困乏和刺眼的阳光。她不时离开电视机，尽可能透过窗户眺望远处，她绝不会用同一扇窗，但都是在高层，因为与街道同高会让她觉得更加害怕。当她再次看到他的时候，他几乎就在同一个位置，但在树干的另一边，夜幕降临，他的剪影在说笑着路过的行人中格外醒目。公园区走出了昏昏欲睡的状态，咖啡馆和电影院苏醒过来，街区的夜晚逐渐开始了。是他，无法否认，那具毫无变化的身体，抬起手臂把香烟送进嘴里的动作，白色围巾的边缘，那是五年前她逃离墨西哥后杀死的米罗，是她在洛马斯·德·萨莫拉的工作室里——那里有一个她儿时的朋友，他可以为钱（或许也为了友谊）做任何事情——用贿赂和同谋弄来的伪造文件杀死的米罗，是她为了赫尔曼而在墨西哥诱使其心脏病发作死去的米罗，因为赫尔曼是一个不喜通融的男人，赫尔曼和他的事业，他的同事、他的俱乐部、他的父母，适合结婚成家的赫尔曼，别墅和小卡洛斯和弗洛拉和汽车和曼萨纳雷斯的田野，赫尔曼和很多钱，安全感，因此，她几乎没有思考就下定了决心，她已经厌倦了贫困和等待，在雷卡纳蒂家族的房子里与赫尔曼的第二次见面结束后，她就去了洛马斯·德·萨莫拉，向那个人吐露真言，他起初说不，说这太荒唐了，说不能这么做，说得要很大一笔钱，说好吧，说在十五天内，说他同意，埃米里奥·迪亚兹在墨西哥死于心脏病，这几乎是事实，因为她和米罗在科约阿坎区的最后几个月就是在像死人一样生活，直到那架飞机将她带回她在布宜诺斯艾利斯所拥有的一切，回到他们一起去墨西哥前曾经也属于米罗的一切，那在沉默、欺骗、无用的愚蠢的和解的战争中逐渐消亡的一切，下一场演出、下一个长刀之夜的帷幕已就位。

香烟仍在米罗的嘴里缓慢燃烧，他靠在树干上，从容地看着房子的窗户。"他是怎么知道的？"玛蒂尔德想，她依然固执而荒谬地思考着某件就在那里挥之不去的事，而这件事存在于一切思想之外。当然他已经知道了这一切，已经发现自己在布宜诺斯艾利斯是一个死人，因为在布宜诺斯艾利斯，他已死于墨西哥，知道这件事想必让他深受侮辱和打击，直至第一片暴怒的枯叶抽上他的脸颊，把他推入返程的飞机，引导他穿过可以预见到的调查的迷阵，可能是那个乔洛人或玛丽娜，可能是雷卡纳蒂家族的母亲，破旧的驿站，帮会聚集的咖啡馆，预感和从那里得到的确切消息，她和赫尔曼·莫拉雷斯结了婚，朋友，但你告诉我这怎么可能，我告诉你，她通过教堂、在一切手续办妥后结了婚，莫拉雷斯家族，你知道的，纺织厂和钱，声望，朋友，声望，但你告诉我这怎么可能既然她说过，既然我们以为你，不可能，兄弟。当然不可能，因此这就更有意义了，玛蒂尔德在窗帘后面监视他，时间在容纳一切的此刻停止，墨西哥和布宜诺斯艾利斯和午睡时的炎热和一次又一次被送进嘴里的香烟，某一时刻再次出现的虚无，空荡的街角，弗洛拉叫她，因为小卡洛斯不肯洗澡，和佩尔拉通电话，心神不宁，今晚不行，佩尔拉，应该是胃的问题，你自己去吧，或者和黑妞一起去，我觉得很疼，我还是睡下吧，明天我给你打电话，不能总是这样，不可能是这样的，如果他们知道怎么可能不通知赫尔曼，他不是通过他们找到的房子，不可能是通过他们，雷卡纳蒂家族的母亲仅仅是为了看好戏就会立刻通知赫尔曼，就为了成为通知这件事的第一人，因为她从来不承认玛蒂尔德是赫尔曼的妻子，你看多恐怖啊，重婚，我一直说她不可靠，但没人打电话给赫尔曼或许有人打了但打去了办公室而赫尔曼已经出了远门，雷卡纳蒂家族的母亲肯定在等着亲自告诉他，这样她就不会错过他任何事，她或者其他人，米罗已经通过某人得知了赫尔曼的住所，他不可能是偶然发现这栋别墅的，不可能是出于偶然靠着那棵树抽烟。即使他现在又消失了也于事无补，所有门上两重锁也于事无补，尽管弗洛拉会有些惊讶，唯一安全的是安眠药，让她在无数个小时之后终于可以停止思考并迷失在被梦境击碎的昏睡之中，在梦里米罗从来没有……但已经是早晨了，在感到有一只手时发出大叫，是小卡洛斯的手，本来想给她一个惊喜，小卡洛斯生气的哭声，弗洛拉带他上街，把门锁好，弗洛拉。她起床，又看到了他，就在那里，他直直地看着窗户，面无表情，她往后退了退，之后，从厨房和虚无处监视，她开始意识到自己被锁在了房子里，不能这样下去，她早晚得出门，带小卡洛斯看儿科医生或是和每天打电话来的开始失去耐心且无法理解的佩尔拉见面。在令人窒息的橘色下午，米罗靠在大树上，在那样的高温下穿着黑色夹克，烟雾升腾，晕开。或者只有那棵树，但米罗还是一样，米罗每时每刻都还是一样，只有安眠药和播放到最后一个节目的电视才能将他消去一点点。

　　第三天，佩尔拉没有事先通知就来了，茶，司康饼和小卡洛斯，弗洛拉趁机单独告诉佩尔拉，不能再这样下去了，玛蒂尔德女士需要散散心，她把自己关了好几天，我不明白，佩尔拉小姐，虽然我不该这么做，但我还是跟您说了，在书房里，佩尔拉朝她微笑，你做得很好，亲爱的，我知道你很爱玛蒂尔德和小卡洛斯，我觉得她是因为赫尔曼不在才这么沮丧，弗洛拉一言不发地低下了头，玛蒂尔德女士需要散散心，虽然我不该这么做，但我只跟您说。茶点和惯常的闲言碎语，佩尔拉看起来没有丝毫可疑，但米罗是怎么做到的呢，如果雷卡纳蒂家族的母亲知道这件事的话，无法想象她能在这么长的时间里一直保持沉默，甚至不是在特意等待赫尔曼回来好以基督的名义将此事告诉他之类，她欺骗了你，好让你娶她，那个巫婆肯定会这么说，而赫尔曼会从云端跌落，这不可能，这不可能。但这是有可能的，只不过现在她甚至无法确定自己不是在做梦，她只需走到窗边，但佩尔拉在，不能过去，又一杯茶，明天我们去看电影，我保证，你开车来接我，我不知道这几天我到底怎么了，你开车来然后我们去看电影，窗户就在安乐椅旁边，但佩尔拉在，不能过去，等佩尔拉离开，米罗会出现在街角，安静地靠着墙，仿佛在等公交车，黑色外套和围脖，然后是虚无，直到米罗再次出现。

　　第五天，她看见他跟着弗洛拉，正要去商店的弗洛拉，一切都变成了未来，就像那本被倒扣着丢在沙发上的小说里还未阅读的章节，一切已被写就，甚至不需要阅读，因为一切在阅读前就已经完成，在阅读中的发生之前就已经发生。她看见他们一边聊天一边往回走，弗洛拉很羞涩而且有点犹疑，她在街角向他告别，然后很快穿过马路。佩尔拉开车来接她，米罗不在那里，当她们深夜归来的时候，他也不在，但是上午，她看见他在等要去市场的弗洛拉，现在他直接走向她，弗洛拉向他伸出手，他们相互笑了笑，他帮她提篮子，后来又把装满了蔬菜和水果的篮子提回来，他送她到门口，阳台在人行道上方突出一块，玛蒂尔德再看不到他们了，但弗洛拉很久都没有进门，他们站在门前聊了一会儿天。第二天，弗洛拉带着小卡洛斯去购物，她看见他们三个欢笑着，米罗的手摸着小卡洛斯的头，回来的时候，小卡洛斯拿着一只毛绒狮子，说是弗洛拉的男朋友送给他的。你有男朋友了，弗洛拉，她们俩单独待在客厅里。我不知道，女士，他人很好，我们就这样突然相遇了，他陪我买东西，他对小卡洛斯那么好，您不会介意的，女士，对吧。告诉她不会，这是她自己的事，但像她这样的年轻女孩得当心点，弗洛拉垂下眼睛，当然了，女士，他只是陪着我，跟我聊天，他在阿尔马格罗区有一家餐馆，他叫西蒙。小卡洛斯拿着一本彩色杂志，这是西蒙给我买的，妈妈，他是弗洛拉的男朋友。

赫尔曼从萨尔塔省打来电话，说他大概十天以后回来，亲爱的，一切都很顺利。字典上说，Bigamia，重婚，指伴侣去世后活着的一方所缔结的婚姻。字典上说，这是指一个男人与两个女人结婚或者一个女人与两个男人结婚的情况。字典上说，根据宗教法规，与失去贞洁的女人——由于卖淫或声称第一桩婚姻失效——缔结婚姻即构成解释性重婚。字典上说，重婚者，指第一任配偶没有离世就二次结婚的人。她下意识地打开字典，仿佛这能改变什么，她知道一切都无法改变，她不可能上街和米罗交谈，不可能探出窗外招手唤他过来，不可能告诉弗洛拉西蒙并不是西蒙，不可能拿走小卡洛斯的毛绒狮子和杂志，不可能向佩尔拉吐露心事，她只是在那里看着他，知道被扔在沙发上的那本小说的结局已经写就，不管她读还是不读，即使把它烧了，或是把它藏在赫尔曼藏书的最底下，她也无法改变任何事。十天，那好吧，但会发生什么呢，赫尔曼会回到办公室和朋友们当中，雷卡纳蒂家族的母亲或乔洛人，任何一个把地址告诉米罗的朋友，我得跟你谈谈，赫尔曼，这事很严重，兄弟，事情会一件接一件地发生，先是弗洛拉红着脸，女士，您不介意西蒙今天下午来厨房跟我喝咖啡吧，就一会儿。她当然不介意，既然是大白天而且就待一会儿，她怎么会介意呢，弗洛拉完全有权利在厨房接待他，给他端上咖啡，就像小卡洛斯也完全有权利下楼和西蒙玩耍，西蒙给他带了一只会走路的发条鸭。她一直待在楼上，直到听见敲门声，小卡洛斯带着发条鸭上了楼，西蒙告诉我，他是河床队的，太遗憾了，你看，妈妈，我是圣洛伦索队的，你看他送给我的东西，你看它是怎么走路的，妈妈，它像一只真鸭子，这是西蒙送给我的，他是弗洛拉的男朋友，你为什么不下楼去见见他呢。

现在，她不用采取那种缓慢无效的防范措施就能探身望向窗外了，米罗不再站在树旁，每天下午五点他会过来和弗洛拉在厨房里待上半个小时，小卡洛斯也几乎总在那里，有时小卡洛斯会在他离开之前就上楼，玛蒂尔德知道原因，她知道在他们单独相处的几分钟里，必定会发生的事正处于准备之中，早已注定的事就在那里，就像那本在沙发上翻开的小说，它在厨房里准备着，也在某人的家里准备着，这个人可能是任何人，雷卡纳蒂家族的母亲或乔洛人，已经过去了八天，赫尔曼从科尔多瓦打来电话确定了回家的事，他说他给小卡洛斯准备了夹心饼干，给玛蒂尔德准备了惊喜，他会在家里休息五天，他们可以出去玩，去餐厅吃饭，在曼萨纳雷斯的田野上骑马。那天晚上，她打电话给佩尔拉，只是为了听她说话，听了一小时她的声音，直到无法继续，因为佩尔拉开始发现，这一切都是虚假的，玛蒂尔德出了什么事，你得去看看格拉谢拉的心理分析师，你很奇怪，玛蒂尔德，听话。当她挂断电话的时候，她甚至无法靠近窗户，她明白，那天晚上，一切已经无济于事了，她不会在黑暗的街角看见米罗。她下楼，走进厨房，和小卡洛斯待在一块儿，这时，弗洛拉正喂他吃晚饭，她听见小卡洛斯抱怨着汤，而弗洛拉看着她，以为她会管一管，会在哄他上床睡觉之前帮帮她，小卡洛斯反抗着，固执地要待在客厅玩发条鸭、看电视。整个底楼像是一个不同的空间；她一直都不明白为什么赫尔曼坚持把小卡洛斯的房间安置在客厅旁，那里离楼上的他们是那么远，但赫尔曼受不了早晨的吵闹——弗洛拉收拾小卡洛斯去上学，小卡洛斯则会大叫或唱歌——她在卧室门前亲吻他，然后回到厨房，虽然她在那里已经无事可做，她看了眼弗洛拉的房门，走了过去，叩了叩门环，把门推开一点，看见了弗洛拉的床以及贴着一些摇滚乐队和歌星梅赛德斯·索萨的照片的衣柜，她感觉弗洛拉从小卡洛斯的卧室里出来了，便轻轻关上门，开始看着冰箱。我按照您的喜好给您做了蘑菇，玛蒂尔德女士，既然您不出门了，半个小时内我会把晚饭给您端到楼上，我还给您准备了南瓜甜品，味道很不错，是我家乡的口味，玛蒂尔德女士。

楼梯很昏暗，但是台阶不多，而且很宽敞，她上楼的时候几乎没有注意脚下，卧室的房门虚掩着，一束亮光照在打了蜡的楼梯平台上。她已经在窗边的小桌子上吃了好几天饭，没有了赫尔曼，楼下的餐厅是如此庄严，一个托盘就能装下一切，敏捷的弗洛拉，她几乎有些喜欢玛蒂尔德女士在楼上吃饭，既然先生不在，她可以和玛蒂尔德女士待在一块儿，聊一会儿天，玛蒂尔德其实很愿意弗洛拉和她一起吃饭，但小卡洛斯会把这件事告诉赫尔曼，赫尔曼会发表一通关于距离和尊重的言论，弗洛拉会很害怕，因为小卡洛斯总能知道所有的事，然后告诉赫尔曼。而现在，她能和弗洛拉说什么呢，现在唯一能做的是找出她藏在书后面的酒瓶，猛地灌下半杯威士忌，呼吸困难，喘着粗气，接着给自己倒酒，喝下，她差不多就在窗边，那扇窗户向夜晚敞开，向无事发生的外面的虚无敞开，甚至大树旁的身影也不会再次出现，香烟的火焰高低起落，仿佛一个无法破解的、极其清晰的信号。

她把蘑菇扔出窗外，这时，弗洛拉正把甜品放进托盘，她听见弗洛拉上楼的声音，有点像铃铛或是马蹄声，她对弗洛拉说，蘑菇非常美味，她还赞美了南瓜甜点的色泽，她要了双份特浓咖啡，还让她从客厅里再拿一盒香烟上来。今晚很热，玛蒂尔德女士，得把窗户打开，我会在睡觉前洒上杀虫剂，我已经给小卡洛斯洒了，他很快就睡着了，您看见他是怎么抗议的了，他想爸爸了，小可怜，下午西蒙给他讲了故事。如果您需要什么东西，请告诉我，玛蒂尔德女士，如果您允许的话，我想早点睡下。她当然允许了，虽然弗洛拉以前从来没有说过类似的话，她总是做完自己的工作，然后把自己关在房间里听广播或是做针线活，她看了她一会，弗洛拉满足地朝她微笑，然后端起咖啡托盘，下楼去找杀虫剂，我还是把它放在梳妆台上吧，玛蒂尔德女士，您在睡觉前自己喷上吧，因为不管怎么说，它的味道很难闻，最好等您准备睡觉的时候再用。她关上门，像匹小马驹一样轻快地下楼，餐具发出最后的响声；夜晚在这一秒真正开始了，玛蒂尔德走进书房，取出酒瓶，把它放在安乐椅旁。

　　矮灯的灯光勉强照至卧室深处的那张床，可以模糊地看见一个床头柜和之前她扔着小说的沙发，但是，小说已经不在那里了，已经过去了这么多天，弗洛拉一定是把它放在书房的空书架上了。喝第二杯威士忌时，玛蒂尔德听见远处的钟楼敲响了十点的钟声，她想，以前她从来没有听到过这口钟的声音，她数着钟鸣声，看了眼电话，要不打给佩尔拉，不行，这个时间不能打给佩尔拉，她要么会生气要么就不在家。或者打给艾尔西拉，给艾尔西拉打电话，告诉她，只是告诉她，她很害怕，这很愚蠢，但马里奥或许没有开车出去，类似这些。她没有听见临街大门被打开的声音，但是不要紧，完全可以肯定的是，门正被打开，或者将被打开，而且她无计可施，她不能走到楼梯平台上，让卧室的灯光把那里照亮并看向客厅，她不能摇铃让弗洛拉过来，杀虫剂在那儿，用来吃药和止渴的水在那儿，平坦的床铺等待着。她走到窗前，看见街角空空荡荡；如果她早一些探出窗外，或许可以看见米罗走来，穿过街道，消失在阳台下面，但若是如此，情况可能更加糟糕，她能对米罗大叫些什么呢，如果他要进门，如果弗洛拉给他开门，好在她的房间里迎接他，她怎么能阻止他呢，到那时，弗洛拉会比米罗更坏，弗洛拉会得知一切，她会报复她，让她深陷泥潭，她会报复赫尔曼，让她丑闻缠身，

以此为米罗复仇。别的一切都毫无可能，但喊出真相的人也不可能
是她，在彻底的不可能里，她依然有一丝荒谬的希望，希望米罗只
是为弗洛拉而来，某个令人难以置信的偶然让他遇见了弗洛拉，与
别的事情无关，对于回到布宜诺斯艾利斯的米罗来说，那个街角可
以是任意一个街角，米罗并不知道那是赫尔曼家的街角，不知道他
已经死在了墨西哥，米罗并不是借助弗洛拉的身体来找寻她。她喝
醉了，摇摇晃晃地走到床边，扯下贴身的衣服，浑身赤裸地滚到她
的那一侧床边，她找着药瓶，那是她触手可及的、玫瑰色与碧色的
避风港。药片很难倒出来，玛蒂尔德把它们堆在床头柜上，却看都
没有看它们一眼，她的眼睛迷失在摆放着小说的书架上，她看得非
常清楚，小说被弗洛拉摊开倒扣在唯一空着的书架上，她看见了乔
洛人送给赫尔曼的马来刀，玻璃珠放在红色天鹅绒底座上。她肯定
楼下的门已经打开，米罗已经走进家里，走进了弗洛拉的房间，他
可能在和弗洛拉说话，或已经开始脱她的衣服，因为对于弗洛拉来
说，这必定是米罗出现在那里的唯一原因，进入她房间好脱去她和
他自己的衣服，亲吻她，让我，让我这样抚摸你，弗洛拉抗拒着，
今天不行，西蒙，我害怕，放开我，但西蒙并不着急，他将她慢慢
横放在床上，亲吻她的头发，寻找上衣下面的乳房，他把一条腿放
在弗洛拉的大腿上，玩闹般地脱下她的鞋子，在她的耳旁低语，亲
吻她，越来越接近她的嘴唇，我想要你，亲爱的，让我脱下你的衣
服，让我看看你，你太美了，他挪走了台灯，将她笼罩在昏暗和爱
抚中，弗洛拉自暴自弃地发出了第一声抽泣，她害怕楼上会听到些
什么，玛蒂尔德女士或者小卡洛斯，不会的，你说话小声一些，现

在让我这样，衣服脱得到处都是，交缠的舌头，呻吟声，别对我做坏事，西蒙，请你别对我做坏事，这是第一次，西蒙，我知道，你就这样别动，现在别出声，别叫，亲爱的，别叫。

她叫了，但声音淹没在西蒙的嘴里，他仿佛掌握好了时间，用牙齿噘住弗洛拉的舌头，手指插进她的头发，她叫了，然后在西蒙的手中哭泣，因为他捂住了她的脸，抚摸着她，她在最后的几声"妈妈""妈妈"里软了身子，呻吟声逐渐变成喘气声和甜蜜而暗哑的哭声，变成了"亲爱的""亲爱的"，互相交融的柔软身体，黑夜里的炙热呼吸。过了好一会儿，抽了两支香烟之后，他背靠枕头，羞愧的双腿之间搭着一块毛巾，话语，弗洛拉喃喃地说着她的计划，仿佛在做梦，西蒙听着她的愿望，朝她微笑，亲吻她的乳房，手指缓缓抚过她的腹部，自在无比，昏昏沉沉，现在睡一会儿，我去趟卫生间马上回来，我不需要灯，我就像夜里的猫，我知道卫生间在哪里，弗洛拉说不行，他们会听见的，西蒙，别犯傻，我已经说了，我就像一只猫，我知道门在哪里，你睡一会儿，我很快就回来，就这样，你放心。

他关上门，仿佛又给房子增添了一丝寂静，他赤身裸体，穿过厨房和餐厅，面对着楼梯，把脚踏上了第一级台阶，试探着。好木头，赫尔曼·莫拉雷斯的好房子。在第三级台阶上，他看见从卧室门下透出的光线；他爬完剩下的四级台阶，将手放在门把上，一下子推开了门。撞到斗橱的声音传到了睡得并不安稳的小卡洛斯那里，他在床上坐了起来，大声叫喊，他经常在夜里大叫，弗洛拉会起床安抚他，在赫尔曼生气之前给他喝水。她知道，必须让小卡洛斯安静下来，因为西蒙还没有回来，她得在玛蒂尔德女士开始担心之前让小卡洛斯安静下来，她裹上床单，跑进小卡洛斯的房间，发现他坐在床脚，盯着空气，惊恐地叫喊着，她把他抱了起来，和他说话，跟他说别叫了，她在这里，她会给他拿点巧克力，她会给他留灯，她听到了听不懂的叫声，她抱着小卡洛斯走进客厅，楼梯被楼上的灯光照亮了，她走到楼梯脚下，看见他们在门口，踉跄着，赤裸的身体扭成一团，缓慢地倒在了楼梯平台上，他们沿着楼梯滑落，他们没有分开来，滚下楼梯，滚成混乱的一团，直到停在客厅的地毯上，西蒙仰面朝天，胸前插着一把刀，而玛蒂尔德服用了足以在两个小时后杀死她的安眠药（但这在尸检之后才被证实），两小时后，我同救护车一起到达，我给弗洛拉打了一针，让她脱离了歇斯底里的状态，我给小卡洛斯吃了镇静剂，并让护士待在那里，直到亲友抵达。

III

克隆

　　一切似乎都围绕着杰苏阿尔多：他是否有权做他所做的事，或他是否因为某件应该报复自己的事而报复了他的妻子。在排练间隙，保拉下楼去酒店的酒吧里休息片刻，她和卢乔、罗贝托讨论，其他人则在玩凯纳斯特纸牌或是上楼回了房间。他做得对，罗贝托坚持说，那时和现在都是一样，妻子对他不忠，然后他把她杀了，又是一曲探戈罢了，亲爱的保拉。你这套大男子主义，保拉说，探戈，当然如此，但现在也有女人创作探戈舞曲，而且也不总是老调重弹。应该看得更深入一些，腼腆的卢乔委婉地说，弄清楚背叛和情杀的原因可不容易。在智利可能是这样，罗贝托说，你们太高雅了，但我们拉里奥哈人来硬的，就这样。他们笑了，保拉点了杯金汤力，确实应该看得更深入一些，探究背后的东西，卡洛·杰苏阿尔多发现他的妻子和另一个男人躺在床上，他杀死了他们，或者派人杀死了他们，这和警方通报或十二点半的新闻快讯没有区别，必须探寻其余的一切（而且真相肯定就隐藏其中），但要在四个世纪后追溯这些可不容易。有许多关于杰苏阿尔多的资料，卢乔提醒道，如果你这么感兴趣的话，等三月我们回罗马以后，你可以查看看。好主意，保拉同意，不过我们还不见得能回罗马。

罗贝托一言不发地看着她，卢乔低下头，然后叫来服务员又要了几杯酒。你指的是桑德罗？罗贝托问道，他发现保拉又一次出神地思考着杰苏阿尔多的事，或那只在平滑的天花板附近飞舞的苍蝇。不完全是，保拉说，但你看得出现在事情进展得并不顺利。会过去的，卢乔说，那纯粹是因为任性和恼火，桑德罗不会得寸进尺的。是的，罗贝托肯定道，而乐团却得背黑锅，我们的排练很糟糕，而且次数很少，最后肯定会被发现的。没错，卢乔说，我们紧张地演唱，害怕出错。在加拉加斯的时候，我们已经出错了，保拉说，还好人们几乎不认识杰苏阿尔多，他们觉得马里奥的失误是一次无伤大雅的大胆尝试。如果我们在演奏蒙特维尔迪的作品时出现失误，那才糟糕呢，罗贝托嘟哝说，人们把他的作品都背得滚瓜烂熟了，该死。

弗兰卡和马里奥是乐团里唯一一对稳定的伴侣，这一直都是一件相当反常的事。保拉从远处看着马里奥，他正在和桑德罗说话，面前放着一本乐谱和两瓶啤酒，保拉想，在乐团中，转瞬即逝的结盟和很快便分道扬镳的伴侣并不少见，某个周末，卡伦和卢乔在一起了（或者卡伦和莉莉在一起了，因为大家都已经知道卡伦是什么样的人，而莉莉或许纯粹是出于善意，或许是出于好奇，但莉莉也跟桑德罗在一起，总之，这完全是卡伦和莉莉的自由）。的确，不得不承认弗兰卡和马里奥是唯一一对稳定的、名副其实的伴侣，他们手指上戴着戒指，做着所有情侣都会做的事情。至于保拉本人，有一回她在贝尔加莫的一家酒店定了房间，房间里还满是各种窗帘和花边，她和罗贝托在一张看起来像天鹅的床上，一段没有明天的短暂插曲，他们还和往常一样是好朋友，类似的事情发生在两场音乐会之间，几乎是在两首牧歌之间，卡伦和卢乔，卡伦和莉莉，桑德罗和莉莉。他们都是好朋友，因为实际上，真正的伴侣会在巡演结束时重聚，在布宜诺斯艾利斯和蒙得维的亚，妻子、丈夫、孩子、房子和狗都在那里等待着，直到下一场巡演，水手的生活和水手无法避免的插曲，都不重要，都是现代人了。直到。因为现在，某样东西已经改变了，自从……我不会思考了，保拉想，我脑子里全是事物松散的碎块。我们大家都太紧张了，该死①。突然就这样了，用另一种方式看着马里奥和桑德拉谈论音乐，仿佛她在私底下想象着另一场讨论。但是不对，他们没有在谈论音乐，可以完全肯定他们没有在谈论音乐。总之，可以确定，马里奥和弗兰卡是唯一一对真正的伴侣，虽然马里奥和桑德罗自然没有在讨论这件事。虽然，或许是在私底下，总是在私底下。

　　他们三个会去依帕内玛的海滩，晚上乐团会在里约热内卢演唱，得好好把握机会。弗兰卡喜欢和卢乔一起散步，他们用同样的方式看待事物，就好像只是用眼睛的手指抚拭它们，他们玩得

---

① 原文为英语。

很开心。罗贝托会在最后时刻加入他们，很遗憾，因为他严肃地看待一切，而且尽力只想做个听众，他们会把他留在树荫下读《泰晤士报》，而自己在沙滩上玩球，游泳，谈天，这时罗贝托则迷失在半梦半醒之间，在那里，桑德罗再次出现，桑德罗和乐团逐步脱离联系，他潜藏的固执正对所有人造成严重的伤害。现在，弗兰卡即将投出一只红白相间的球，卢乔即将跳起来接球，他们每投一次球就像傻子一样欢笑，很难集中注意力阅读《泰晤士报》，当指挥与乐团渐行渐远时（就像此时在桑德罗身上发生的那样），很难保持凝聚力，这并不是弗兰卡的错，这当然不是她的错了，就如同现在，那只球落在了正在树荫下喝啤酒的人的酒杯中间，弗兰卡匆忙上前道歉，这同样不是弗兰卡的错。罗贝托折起《泰晤士报》，他会想起在酒吧里与保拉和卢乔的对话；如果马里奥不打算做些什么的话，如果他不告诉桑德罗，弗兰卡不会再参与他的演出的话，一切都会完蛋的，排练时，桑德罗不仅指挥得很糟糕，甚至连演唱也很差劲，他失去了那种专注力，他曾经将其集中在乐团身上，赋予了乐团经常被乐评人提起的和谐一致的风格特色。投入水中的球，两人的奔跑，卢乔一头扑进浪花里，弗兰卡紧随其后。是的，马里奥应该意识到了(他不可能还没有意识到)，如果马里奥不打算干净利落地解决问题，乐团必然会完蛋。但是，如果什么都没有发生，如果没有人承认有事发生，那么又谈何解决呢？

他们开始怀疑了，我知道，但我又能做些什么呢？这就像是一种疾病，我不能看她，向她示意时无法遏制地同时感受到痛苦与欢乐，一切都像沙子、舞台上的风、我脚下的河流一样颤抖、滑落。啊，如果我们中的其他人能指挥，如果卡伦或罗贝托能指挥，我就能融入乐团之中，成为其他声音中一个单纯的男高音，或许到时候……或许终于……正如你所见，现在他就是那个样子，保拉说，他在那里，在最该死的杰苏阿尔多奏到一半时做白日梦，我们要做到不差毫厘才不会完蛋，而你偏偏在这个时候想入非非，操蛋。姑娘，卢乔说，正经女人是不会说"操蛋"的。但用什么借口来做出改变呢，用什么借口和卡伦或罗贝托谈一谈呢，更何况他们不一定会接受，撇开技术不说，我从很久以前就开始指挥他们，不会就这样简单改变的。昨晚是那么艰难，某一刻，我甚至以为有人会在幕间休息的时候告诉我，他们受不了了。私底下你完全可以抱怨，卢乔说。在私下说，可以，但这很愚蠢，保拉说，桑德罗比我们任何人都更像音乐家，如果没有他，我们不可能成为现在的我们。是曾经的我们，卢乔低声说。

现在，在夜晚，一切似乎都没完没了地延长了，过去的聚会——会有些紧张，直到人们沉浸在每个音符的欢乐之中——逐渐被一种纯粹的职业需求所替代，颤抖着戴上手套，罗贝托恼火地说，预见到自己会被暴打一顿还要爬上拳击场。很形象的画面，卢乔对保拉说。他说得有道理，真该死，保拉说，以前唱歌对我来说像是做爱，而现在像是进展不顺的手淫。看看你，刚说到画面，罗贝托笑了，但这是事实，我们曾经是另一种人，听着，前几天，我在看科幻小说的时候，找到了准确的词语：我们曾经是一个克隆人。一个什么？（保拉）我明白你的意思，卢乔叹气说，没错，没错，歌唱、生活甚至连思想都是分布在八具身体里的同一种东西。就像三个火枪手，三合一，一化三？保拉问道。没错，亲爱的，罗贝托赞同道，但现在这叫克隆，这个名字更酷。我们曾经像同一个人那样唱歌和生活，卢乔喃喃地说，而不是像现在这样忍受着排练和音乐会，那些永远不会结束的节目，永永远远都不会。没完没了的恐惧，保拉说，每当我觉得有人会再次失误的时候，就会看向桑德罗，仿佛他是一只救生圈，而那个蠢货却在那里直勾勾地盯着弗兰卡的眼睛，更糟的是，弗兰卡则抓住一切时机看向马里奥。她做得对，卢乔说，她应该看着的人是他。她当然做得很好，但一切都会完蛋。如此缓慢，这几乎更糟，是慢镜头里的一场灾难，罗贝托说。

　　这几乎成了一种怪癖，杰苏阿尔多。他们曾经喜爱他的作品，这显而易见，而演唱他那些有时几乎没法演唱的牧歌需要付出很多努力，这种努力延伸到了文本研习之中，探索着将诗歌与旋律结合起来的最佳方式，正如韦诺萨亲王[1]以他阴暗的、天才的方式所做的那样。每个声音、每个重音都只有找到那个难以捉摸的中心，牧歌的真相才会出现；只有这样，才能避免演奏出为了比较、为了学习、为了沾染些许杰苏阿尔多——杀手亲王、音乐之王——的风格而偶尔在唱片里听到的诸多机械版本之一。

---

[1] 即卡洛·杰苏阿尔多。

于是爆发了论战，几乎总是罗贝托和保拉，卢乔更温和一些，但他常常一语中的，每个人都有感受杰苏阿尔多作品的方式，即使离每个人想要的效果只有一点点偏差，他们也很难接受另一个版本。罗贝托说得没错，克隆正在逐渐消解，每天都会出现更多具有差异性与反抗性的个体，最后，桑德罗像往常一样解决了问题，没有人会再去质疑他感受杰苏阿尔多作品的方式，除了卡伦，偶尔还有马里奥，在排练中，提议改变和发现瑕疵的总是他们俩，卡伦几乎是恶毒地反对桑德罗（一场失败的旧情，这是保拉的理论），马里奥会做大量比较、举大量例子、援引大量乐理知识。就像升调的过程一样，矛盾会持续几个小时，直到做出妥协或者达成暂时的和解。每一首添加到曲目表中的杰苏阿尔多的牧歌都意味着一场新的冲突，甚至是那位亲王一边看着赤裸着熟睡的情人、一边拔出匕首的夜晚的重演。

桑德罗和卢乔在喝完两杯苏格兰威士忌之后玩起了智力游戏，莉莉和罗贝托听着。他们聊起布里顿和韦伯恩，而最后总会提到韦诺萨亲王，今天说的是应该在《你啊，太幸运了①》这首歌里加上一个重音（桑德罗），或者让旋律在杰苏阿尔多式的模棱两可中流淌（卢乔）。对，不对，这样才对，一方抛出难以反驳的论据，另一方却能出色地反击，双方都以此为乐，仿佛这是一场乒乓球赛。等我们排练的时候你就知道了（桑德罗），或许这不是个好的验证

---

①原文为意大利语。

方法（卢乔），我想知道为什么，而卢乔已经厌烦了，他张开嘴，打算说一些罗贝托和莉莉也会说的话——如果罗贝托没有心怀怜悯地打断卢乔的话：罗贝托提议再喝一杯，莉莉表示同意，其他人当然也同意，还要多加冰块。

但是，一种迷恋之情，一种固定旋律再次出现了，乐团的生活就围绕着它。桑德罗是第一个感受到这种变化的人，那个中心曾经是音乐，围绕着它的是属于八条生命、八场游戏以及蒙特维尔迪太阳、若斯坎·德普雷太阳、杰苏阿尔多太阳的八颗行星的光芒。然后，弗兰卡慢慢地在回响着声音的天空中升腾，她绿色的眼睛专注地盯着序曲，盯着那些几乎无法理解的节奏标识，在不知不觉中将其改变，无意间使克隆团体分崩离析，罗贝托和莉莉都在思考这件事，而卢乔和桑德罗已经冷静地回到了《你啊，太幸运了》的问题，从伟大的智力游戏中出发寻找办法，晚间的第三杯苏格兰威士忌下肚，结果绝不会令人失望。

他为什么要把她杀死？千篇一律的理由，罗贝托回答莉莉，他在卧室中发现她躺在别人的怀抱里，就像里维罗的探戈曲里唱的那样，韦诺萨亲王本人或者他雇用的杀手用匕首当场把他们刺死，之后，为了躲避死者兄弟的报复，他把自己关在城堡里多年，在那里编织着牧歌的精致蛛网。罗贝托和莉莉愉快地编写着富有戏剧性、充满情欲的不同故事版本，因为他们已经对《你啊，太幸运了》的问题感到厌烦，那场卖弄学识的讨论仍在另一边沙发上继续进行着。气氛上可以感受到桑德罗已经明白了卢乔原本想告诉他的话；如果排练像现在这样下去，一切都会变得越来越机械，只是刻板地遵循乐谱和文本，奏出的将是没有爱与嫉妒的卡洛·杰苏阿尔多，没有匕首也没有复仇之心的卡洛·杰苏阿尔多，归根结底，只是一位毫不出众的牧歌作曲家。

"我们跟着你排练吧，"明天早上桑德罗会这么提议，"事实上，你最好从现在就开始指挥，卢乔。"

"别犯蠢了。"罗贝托会这么说。

"没错。"莉莉会这么说。

"是啊，我们跟着你排练吧，看看效果，如果其他人同意的话，你就继续指挥。"

"不行。"卢乔会说，他已经脸红了，而且他会因为脸红而讨厌自己。

"关键不在于更换指挥。"罗贝托会这么说。"当然不是了。"莉莉会这么说。

"也许是的，"桑德罗会这么说，"也许这对我们都有好处。"

"无论如何我都不行，"卢乔会这么说，"我没法想象自己能做这件事，真不知道你们在期待些什么。我跟所有人一样有自己的想法，但我知道自己能力不够。"

"这个智利人真不错。"罗贝托会这么说。"没错。"莉莉会这么说。

"你们决定吧，"桑德罗会这么说，"我要去睡觉了。"

"睡觉或许能给你些灵感。"罗贝托会这么说。"没错。"莉莉会这么说。

他在音乐会结束后找到他，并不是因为演奏得很糟糕，而是因为那种紧张再次变成一种危险与错误的潜在威胁，卡伦和保拉无精打采地唱着歌，莉莉脸色苍白，弗兰卡几乎不看他，男人们专心致志，但同时又仿佛不在场；他自己的声音也出现了问题，他冷漠地指挥着，但随着节目的推进，他越来越恐惧，热情的洪都拉斯观众也不足以抹去他嘴里的苦涩，因此他在音乐会结束后找到卢乔，那时卢乔正在酒店的酒吧里和卡伦、马里奥、罗贝托、莉莉在一块儿，他们喝着酒，几乎一言不发，在无趣的轶事之间等待睡意来袭，卡伦和马里奥立刻离开了，但卢乔似乎不愿意和莉莉、罗贝托分开，他只得兴致索然地留下来，最后一杯酒无限延长，在寂静中啜饮。总之，我们最好还是像那一晚一样，桑德罗大胆地说，我找你是为了重复一遍我已经告诉过你的话。啊，卢乔说，但我的回答就是我曾经的回答。罗贝托和莉莉再次上前帮腔，有各种解决办法，老兄，为什么你只跟卢乔较劲。随便你们，对我都一样，桑德罗说着，一口喝完了他的威士忌，你们自己商量吧，决定以后再告诉我。我投票给卢乔。我投票给马里奥，卢乔说。现在说的不是投票这件事，真该死（罗贝托很愤怒，莉莉说当然不是）。行，我们有时间，下一场音乐会是两周后，在布宜诺斯艾利斯。我要去拉里奥哈看望老妈（罗贝托说，莉莉则说，我得给自己买个包）。你找我是为了告诉我这些，卢乔说，非常好，但这样的事情需要理由，这里的每个人都有自己的理论，你自然也有，是时候摆到明面上了。无论如何，今晚不行，罗贝托决定道（莉莉说当然不行，我都要睡着了，桑德罗脸色苍白，眼神空洞地盯着空杯子）。

"这回事情可严重了，"保拉在结束了这段与卡伦、罗贝托和另一个什么人漫无目的的对话、商量之后想，"下一场音乐会将是最后一场，更何况它会在布宜诺斯艾利斯举行，不知道为什么，我觉得他们会在那里摊牌，最后还得靠家人的支持生活，最糟糕的结果是我留下来和妈妈、妹妹一起生活，等待下一次机会。"

"每个人都应该有自己的打算。"卢乔想，他没有说太多，但早就在权衡各方利害。"如果像罗贝托说的那样，没有克隆式的相互理解，每个人都会以自己的方式处理，但本能告诉我，在布宜诺斯艾利斯的音乐会结束之前，肯定会出现麻烦。这次将会相当棘手。"

去找那个女人①。那个女人？罗贝托知道，如果要确保可靠和准确，最好去找那个丈夫，弗兰卡总是逃避，就像在鱼缸里游动的鱼，绿色大眼睛无辜的凝视，毕竟这似乎真的不是她的错，于是他去找马里奥，并找到了他。在雪茄的烟雾中，马里奥几乎是微笑着的，我们的老朋友完全有这个权利，当然如此，六个月前在布鲁塞尔就开始了，弗兰卡立马告诉了我。你呢？拉里奥哈人罗贝托当刀直入。哼，我，温文尔雅的马里奥，享受着热带烟草和绿色大眼睛的聪明人，我什么都做不了，老兄，如果他陷进去了，那就是陷进去了。"但她……"罗贝托想说，但没有说出口。

---

①原文为法语，出自大仲马的小说《巴黎的莫希干人》。

相反，保拉说了，在关键时刻谁会打断保拉的话呢。她也在找马里奥（他们在前一晚已经到达布宜诺斯艾利斯，距离音乐会还有一周，休息过后的第一场排练纯粹是不情不愿的例行程序，雅内坎和杰苏阿尔多的作品都是一样，真恶心）。做点什么，马里奥，我不知道是什么，但做点什么吧。唯一能做的就是什么也不做，马里奥说，如果卢乔拒绝指挥的话，我不知道谁有能力代替桑德罗。你，该死的。没错，但不行。那我们只能认为你是故意的，保拉吼道，你不仅在大家的眼皮底下出错，还拖了我们的后腿。别这么大声说话，马里奥说，相信我，我听得很清楚。

　　事情就是我说的那样，我当着他的面大喊大叫，你看他回答我的是什么话，那个大……嘘，孩子，罗贝托说，戴绿帽是个很难听的词，如果你用这个词形容我，你就闯了大祸了。我原本不想说的，保拉有些后悔，没人知道他们有没有睡过，不过，就算他们真的睡过，或者只是在音乐会上像睡过那样相互对视，又有什么区别呢，让我心烦的是另一件事。在这点上，你有失公允，罗贝托说，那个注视的人，那个陷入其中的人，那个飞蛾扑火的人，那个肮脏的蠢货是桑德罗，没人可以责怪弗兰卡回应他，因为每次她出现在桑德罗面前，他都会死死地盯着她。但是马里奥，保拉坚持说，他怎么受得了。我想他信任弗兰卡，罗贝托说，他是真的爱着她，他不需要紧盯着，也不需要装可怜。有可能，保拉同意，但是在桑德罗第一个表示赞成，卢乔本人求过他，我们大家也都求过他之后，他为什么还拒绝当指挥？

因为，如果复仇是一门艺术，那么必须寻找迂回的方式让它变得更加精美。"很奇怪，"马里奥想，"那个人能理解从牧歌中升起的音乐世界，而他的复仇方式却如此残忍，如此低劣，他编织着完美的蛛网，看着猎物落入网中，慢慢地将他们的血液抽干，将持续数周或者数月的折磨谱成牧歌。"他看向保拉，她正在反复练习《由于贪婪的渴望①》中的一个转调，他友好地向她微笑。他很清楚为什么保拉又重新谈起杰苏阿尔多，为什么说起杰苏阿尔多的时候，几乎所有人都会看他，然后他们会低下头，转换话题。渴望②，他对她说，你别总突出渴望③这个词，亲爱的保拉，将它轻轻地说出来，才能更强烈地感受到渴望。别忘了那个时代，以静默的方式可以说出许多事，甚至做出许多事。

人们看见他们一起从酒店里出来，马里奥挽着弗兰卡的手臂，卢乔和罗贝托从酒吧里看见他们搂着对方慢慢远去，马里奥稍稍侧头和她说话时，弗兰卡的手环上了他的腰。他们坐上一辆出租车，市中心的交通将他们纳入了缓慢行进的长龙中。

"我不明白，老兄，"罗贝托对卢乔说，"我发誓，我一点都不明白。"

"还用说吗，朋友。"

---

①②③原文为意大利语。

"事情从来没有像今天早上这样明朗，一切都显而易见，因为看了就明白了，桑德罗的掩饰是没有用的，他后来才想起来掩饰，他太蠢了，而她完全相反，她这一次演唱就是为了他，只为了他。"

"卡伦让我注意到了，你说得对，这回是她看着他，是她用眼神灼伤了他，那是怎样的一双眼睛啊，它们想要的话，就能办到。"

"所以，你看，"罗贝托说，"一方面，这是我们从组建乐团以来，产生过的最严重的分歧，离音乐会还有六个小时——还说什么音乐会啊，观众是不会原谅我们的，你知道的。另一方面是，很明显事情已经发生了，这是某种你可以用血液或者前列腺感受到的东西，我从来没有弄错过。"

"除了前列腺这部分，其他的同卡伦和保拉说的差不多，"卢乔说，"我对这类事大概没你们那么敏感，但这次我也觉得太明显了。"

"另一方面，你会发现马里奥如此开心地和她一块儿去购物或者喝一杯，真是完美的夫妻。"

"他现在一定知道了。"

"他还让她对自己做那些放荡、廉价的亲昵动作。"

"行了，罗贝托。"

"真该死，智利佬，你至少让我发泄发泄。"

"你做得很对，"卢乔说，"在音乐会开始前，我们就该发泄。"

"音乐会，"罗贝托说，"我在想还有没有音乐会。"

他们对视一眼，很自然地耸了耸肩，然后掏出了香烟。

没人会看见他们，但他们穿过大堂时依然感到不适，莉莉会看向桑德罗，仿佛想跟他说些什么却又犹豫了，她会停在玻璃柜旁，桑德罗会懒散地摆摆手打招呼，转头走向香烟售货亭，要一包骆驼牌香烟，他会感到后颈上莉莉的目光，他会付钱，然后走向电梯，这时莉莉也离开玻璃柜，从他身旁经过，仿佛来自另一个时间，来自另一场此刻正在重演而令人痛心的转瞬即逝的会面。桑德罗会低声说一句"你好"，打开香烟盒时会垂下眼睛。他在电梯前看见她在酒吧门口驻足，转身朝向他。他会专注地点燃香烟，然后上楼换音乐会要穿的衣服，莉莉会走到吧台，点一杯白兰地，这个时候喝白兰地并不好，连续抽两支骆驼牌香烟也一样，有十五首牧歌在等着他们。

在布宜诺斯艾利斯，朋友们总会出席，他们不仅会出现在观众席，还会去化妆室和后台找他们，相遇、问候、拍拍后背，终于回来了，兄弟，亲爱的保拉，你今天可真漂亮，让我向你介绍我男朋友的母亲，罗贝托，兄弟，你胖了好多，你好桑德罗，我读了墨西哥的评论，太棒了，整个音乐厅里都闹哄哄的，马里奥在和一个老朋友打招呼，他问起了弗兰卡，她应该在这附近，观众坐在座位上，开始有点焦躁了，还有十分钟，桑德罗不慌不忙地示意大家集合，卢乔刚从两个拿着签名本的黏人的智利女人那儿脱身，莉莉几乎是跑过来的，他们多可爱，但你不能跟所有人交谈，卢乔站在罗贝托旁边，他快速扫了一眼，突然跟罗贝托说起话来，不到一秒，卡伦和保拉同时问道，弗兰卡在哪儿，乐团已经上台了，但弗兰卡去哪儿了，罗贝托问马里奥，马里奥说我怎么知道，七点的时候我把她留在了市中心，保拉问，弗兰卡在哪儿，莉莉和卡伦也问，桑德罗看着马里奥，我已经告诉你了，她自己回来的，她应该马上就到，还有五分钟，桑德罗走向马里奥，罗贝托一言不发地从他们中间穿过，你肯定知道发生了什么，马里奥说，我已经告诉你了，我不知道，他脸色苍白地看着空中，一名工作人员在跟桑德罗和卢乔交谈，在后台跑来跑去，她不在，先生，他们没有看见她进剧场，保拉用手遮住自己的脸，弯下腰，仿佛要吐了，卡伦扶着她，卢乔说，拜托，保拉，控制住，还有两分钟，罗贝托看着一言不发、脸色苍白的马里奥，或许他就像卡洛·杰苏阿尔多离开卧室时那样一言不发、脸色苍白，节目单上有五首他的牧歌，不耐烦的掌声，幕布仍然垂下，她不在，先生，我们已经四处查看过了，她没有到剧场来，罗贝托从桑德罗和马里奥中间穿过，是你干的，弗兰卡在哪儿，他大喊，另一边传来惊讶的低语声，剧院经理颤抖着走向幕布，女士们，先生们，请诸位稍等片刻，保拉歇斯底里的叫声，卢乔努力制止她，卡伦背过身去，慢慢离开，桑德罗倒在了罗贝托的怀里，罗贝托托着他，就像托着一只布偶，布偶看着苍白的、一动不动的马里奥，罗贝托明白，一定会在这里，在布宜诺斯艾利斯，在这里，马里奥，不会有音乐会了，再也不会有音乐会了，他们为虚无演唱着最后一支牧歌，弗兰卡不在，他们在为听不见他们声音的观众演唱着，而后者已经开始困惑地纷纷离去。

关于国王和亲王复仇主题的笔记

等时候到了，我的写作会像有人对我口述一样自然；因此，偶尔我会给自己强加严格的规定，以便给最终会变得单调的某种事物加入变数。在这个故事中，"焦点"在于将一个不存在的叙事套入约翰·塞巴斯蒂安·巴赫的《音乐的奉献》的模式。

众所周知，这一系列卡农与赋格形式的变体的音乐主题是腓特烈大帝给巴赫的，在当场即兴弹奏了一首基于该主题的赋格曲之后——这一主题令人不快而且非常棘手——大师创作了《音乐的奉献》，以更加多样、复杂的方式演绎了最初的主题。巴赫没有说明应该使用的乐器，只提到演奏《三重奏鸣曲》应该使用长笛、小提琴和大键琴；随着时间的推移，甚至连各部分的顺序都可由演奏该作品的音乐家自行决定。在这种情况下，我借鉴了米利森特·西尔弗对八件巴赫同时代的乐器的分配，这一版本详尽地展示了每个乐章谱写的细节，并被伦敦大键琴合奏团收录在唱片 Saga XID 5237 之中。

我选中这个版本之后（或者说我被它选中之后，因为是在听这一版本时，我想出了一个随着它展开的故事），等了一段时间；写作容不得仓促，表面上的遗忘、分心、梦境和偶然在不知不觉间织成它未来的毯子。我带着唱片封面的复印件来到一片海滩，弗雷德里克·尤恩斯曾在那里分析《音乐的奉献》的各组成部分；我大致构想出一个故事，但紧接着就认为这个故事太过考验智力了。游戏的规则颇具威胁性：八种乐器应该由八位人物代表，八份乐谱彼此呼应、轮换或相互对立，必须找到它们与八位人物在情感、行为和人际关系方面的关联。如果一位小提琴手或长笛手没有在个人生活中体现他所演奏的音乐的主题，那么，想象伦敦大键琴合奏团的文学版就显得愚不可及；但同时，关于团队和总体的概念必须从一开始就以某种方式存在，因为有限的故事篇幅无法将八个之前没有关系或接触的人物有效地结合在一起。一次闲聊让我想起了卡洛·杰苏阿尔多，一位牧歌作曲天才和杀妻犯；一切瞬间就位，八种乐器被看作乐团的组成部分；从第一个句子开始就展示了团队凝聚力的存在，他们所有人都从以前就相互熟悉，相爱或相互憎恨；当然，除此之外，他们还会唱杰苏阿尔多的牧歌，这是贵族义务使然。在这一背景下构想一次戏剧性行为并不难；将其纳入《音乐的奉献》接续的乐章中才构成挑战，我是指，构成创作者在最初追寻的快感。

必要的文学食材就齐全了；深处的蜘蛛网将在恰当的时间显现，一如往常。首先，米利森特·西尔弗安排的八种乐器有了与其音域相对应的八位歌手。分别是：

长笛：桑德罗，男高音。

小提琴：卢乔，男高音。

双簧管：弗兰卡，女高音。

英国管：卡伦，次女高音。

中提琴：保拉，女低音。

大提琴：罗贝托，男中音。

巴松管：马里奥，男低音。
大键琴：莉莉，女高音。

　　我将人物设定为拉美人，布宜诺斯艾利斯是他们的大本营，他们将在那里举办历经多个国家的长期巡演后的最后一场音乐会。我觉察到他们处于一场仍很隐秘的（尤其是对于我，而不是对于他们）危机的开端，唯一可以明确的是，裂痕已经开始在原本富于凝聚力的牧歌乐团中出现。我已经摸索着写了前几段——我没有对它们做出改动，我认为自己从来没有对我诸多故事的不明确的开端做出过改动，因为我觉得，那会是对我的文字最恶劣的背叛——当时我已经明白，如果我不知道具体该使用什么乐器，也就是说，在每篇乐章中应该出现哪些人物，我就不可能将故事套入《音乐的奉献》的模式。在这种情况下，幸好写作时仍有一点灵光伴我左右，我发现在最后的片段中必须包括所有人物，除了其中一位。而这一位，从已写下的最初几页开始，就已经成了裂缝在乐团中生长的尚未确定的原因，另一个人物则会把乐团称为克隆。同时，弗兰卡必然的失踪和为整个构思过程奠定基础的卡洛·杰苏阿尔多的故事，就像是蜘蛛网上的苍蝇和蜘蛛。现在我可以继续写了，一切在发生之前就已臻化境。

　　关于写作本身：每一片段都与米利森特·西尔弗版《音乐的奉献》的顺序相符；一方面，每个段落的发展都力图接近音乐的形式（卡农、三重奏鸣曲、卡农赋格，等等），内容也专门设置成包含上述列表中与所涉乐器相对应的人物。所以需要在此指出，像弗雷德里克·尤恩斯那样列出顺序是很有用的（对于好奇的人来说有用，而一切好奇的人通常都是有用的），再加上西尔弗女士挑选的乐器：

三声部里切尔卡：小提琴、中提琴和大提琴。

无终卡农：长笛、中提琴和巴松管。

同度卡农：小提琴、双簧管和大提琴。

反行卡农：长笛、小提琴和中提琴。

反行的扩大卡农：小提琴、中提琴和大提琴。

螺旋上升卡农：长笛、英国管、巴松管、小提琴、中提琴和大提琴。

三重奏鸣曲：长笛、小提琴和通奏低音（大提琴和大键琴）。

    1. 广板

    2. 快板

    3. 行板

    4. 快板

无终卡农：长笛、小提琴和通奏低音。

"螃蟹"卡农：小提琴和中提琴。

"谜题"卡农：

    a. 巴松管和大提琴

    b. 中提琴和巴松管

    c. 中提琴和大提琴

    d. 中提琴和巴松管

四声部卡农：小提琴、双簧管、大提琴和巴松管。

卡农赋格：长笛和大键琴。

六声部里切尔卡：长笛、英国管、巴松管、小提琴、中提琴和大提琴，大键琴演奏通奏低音。

（在名为"六声部"的最后部分，由第七名演奏者演奏大键琴通奏低音。）

既然这份笔记已经占据了同故事一样的篇幅，我要毫无顾虑地再增加一点其他内容。我对声乐乐团一无所知，足以让声乐专家们从故事中找出大量证据以供消遣。事实上，我对音乐和音乐家的几乎所有认识都来自唱片封面，我总是非常仔细且极其享受地阅读那些封面。关于杰苏阿尔多的参考资料同样如此，他的牧歌长久地陪伴着我。可以肯定的是，他杀死了自己的妻子；至于其他内容，我文中可能出现的其他巧合，你大概得去问马里奥。

涂鸦

致安东尼·塔皮埃斯

　　许多事情开始了，或许又像游戏般结束，你发现你的画旁还有一幅画，我想你会觉得很有趣，你把这归结为偶然或是心血来潮，直到第二次你才意识到这是有人有意为之，于是你慢慢地观察它，甚至后来又回到此地再度观察它，带着一贯的警惕：街道正处于它最荒凉的时刻，附近的几个街角都没有警车，你冷漠地走近，绝不直视那些涂鸦，而是在另一条人行道或对角处观看，假装是对旁边的玻璃橱窗感兴趣，很快就走开了。

　　你自己的游戏是因为无聊而开始的，并非真是为了抗议城市的种种处境，宵禁，宣告不准在墙上贴海报或写字的威胁性禁令。你用彩色粉笔作画仅仅是为了找点乐子（你不喜欢"涂鸦"这个词，太有艺术评论家的气息了），时不时地来看这些画，甚至，如果幸运一点的话，可以目睹市政卡车的到来，还能听见雇员们抹去图画时徒劳的辱骂声。他们不管图案是否带有政治性，禁令包罗了一切事物，如果哪个孩子胆敢画房子或者狗，他们同样会咒骂和恐吓着把这些图案抹去。在城里，人们已经不太知道到底是哪一方更害怕；或许你正是因此而克服恐惧，不时挑合适的地点和时间来作画。

你从来不冒险，因为你很善于挑选，在清洁卡车到来前的那段时间里，某种事物会为你敞开，它类似一个十分洁净的空间，澄明得几乎能放下希望。从远处观看你的画，你可以看见路过的人们瞥向它，自然没有人会驻足，但没有人不去看它，有时是快速挥就的双色抽象图案、一只鸟的剪影或是两个交缠的人像。只有一回，用黑色粉笔，你写了一句话：我也痛苦。它只存在了不到两小时，这一次是警察亲自让它消失的。从那之后，你只作画。

当另一幅画出现在你的画旁时，你几乎害怕了，风险突然变成了双倍，有人像你一样大胆地在入狱或者更糟糕下场的边缘自娱自乐，除此以外，这个人还是一个女人。你自己无法证实这一点，但画里存在着某种不同之处，比确凿的证据更管用：轮廓、对暖色调粉笔的偏爱、一种光晕。或许是因为你孤单一人，于是用想象作为补偿；你钦佩她，为她感到害怕，你希望这是唯一的一次，当她再次在你的画旁作画的时候，你几乎暴露了自己，忍不住想笑，想留在画前，仿佛警察都是瞎子或蠢货。

一段不同的时日开始了，它更隐秘，更美丽，同时也更危险。你无心工作，在奇怪的时间点出门，希望能撞见她，你选择作画的那些街道可以沿着一条路线快速走完；你分别在黎明、傍晚和凌晨三点几次往返。那是一段让人无法忍受的矛盾时光，在你的某一幅画旁找到了她的新画而街道上却空无一人的失望，你失望地一无所获，感到街道更加荒凉。一天晚上，你看见了她第一幅单独出现的画：用红色和蓝色的粉笔画在一扇车库门上，正好利用了被虫蚀的木头纹理和钉头。那是前所未有的最像她的作品——那种轮廓，那种颜色——但你还觉得这幅画似乎是一种请求或质问，一种召唤你的方式。你在黎明时返回，此前，巡逻队已安静地逐渐散去，你在那扇门上剩下的地方很快画了一幅有船帆和堤坝的海景图；如果不仔细看的话，人们会以为那是随机的线条游戏，但她肯定会知道该怎么看。那天晚上，你差点没有逃过两名警察的追捕，你在公寓里一杯接一杯地喝杜松子酒，你和她交谈，你把所有涌到嘴边的话都告诉了她，仿佛那是一幅用声音画就的别样的画，另一幅画着泊帆港口的画，你想象她秀发乌黑，沉默寡言，你为她选好了嘴唇和乳房，你有点爱上她了。

你几乎立即想到，她会寻找一个答案，她会回到自己的画前，就像现在你回到自己的画前，虽然在市场的袭击发生之后，形势变得日益危险，但你却敢走近车库，在街区里游荡，在街角的咖啡馆里没完没了地喝啤酒。这很荒谬，因为在看了你的画之后，她并不会驻足，来来往往的女人中，任何一个都可能是她。第二天天亮的时候，你选了一面灰色的高墙，画了一个白色的三角形，周围环绕着类似栎树叶的斑纹；你可以从那间街角的咖啡馆里看见那面高墙（他们已经清理了车库门，暴怒的巡逻队几次折返），天黑时你走远了一些，挑选着不同的观察地点，你从一处转移到另一处，在各家商店里买些小东西，以免太引人注意。夜已经深了，你听见汽笛声，探照灯晃过你的双眼。高墙旁边出现了混乱的人群，你不顾一切地跑过去，一辆汽车凑巧在街角转弯，在看到警车之后猛地刹住车，这个偶然救了你，汽车的轮廓保护了你，你看见了那场战斗，黑色的头发被戴着手套的手拉扯着，踢蹬，哀号，在他们把她扔进车里带走之前，在有限的视野中你瞥见了蓝色的裤子。

过了很久之后（如此颤抖是很可怕的，认为这件事是由你在灰色高墙上的那幅画引起的也很可怕）你混入人群，看见了一幅蓝色的草图，橙色的轮廓像她的名字或她的嘴巴，她曾经站在这幅残缺的画前，警察在把她带走之前擦去了这幅画，剩下的图案足以使人明白，她曾想回应你的三角形，用另一个图案，一个圆圈或一个螺旋，一种饱满而美丽的形式，仿佛是一个"是"，或一个"永远"，或一个"现在"。

你很清楚这些，你有太充足的时间想象正在中央军营里发生的事的细节；在城里，所有这些事都会慢慢传播开来，人们知道了囚犯们的下场，如果人们偶尔重新见到其中一些人，他们会宁愿没有见过，正如大多数人已迷失于这无人敢打破的沉默。你太清楚这些了，那天晚上，杜松子酒也无济于事，你无力地噬咬双手，把彩色粉笔碾成粉末，之后，哭泣着陷入酒醉之中。

是啊，但日子一天天过去，你已经不知道如何用另一种方式生活。你又一次扔下工作，在大街上游荡，偷偷地看向你和她曾作画的门和墙。一切都很干净，一切都很明了：什么都没有，甚至没有天真的小学生偷走教室里的粉笔、忍不住用用它而画的一朵花。但你忍不住，一个月后，你在破晓时起床，回到了那间车库所在的街道。没有巡逻队，墙上干干净净；一只猫在一扇大门前警惕地看着你，而你拿出粉笔，在她曾画过的那个地方，用鲜明的绿色、代表认可和爱意的红色火焰将木门填满，你在画的周围画了一个椭圆，那也是你的嘴、她的嘴还有希望。街角的脚步声让你慌忙地跑了起来，躲在一堆空盒子旁；一个哼着歌的醉汉踉跄着走过来，他想踢那只猫，却脸朝下摔在了画旁。你慢慢地离开，现在安全了，第一缕阳光照向大地的时候，你睡着了，睡得比很久以来都好。

那天上午，你从远处看那幅画：他们还没有把它抹去。你在正午时再去：简直不可思议，它还在那里。郊区的骚乱（你收听了新闻节目）让巡逻队无暇顾及日常工作；天黑的时候，你又回来看那幅在一整天里已被许多人看过的画。你等到凌晨三点才回来，街道上空无一人，漆黑一片。你从远处发现了另一幅画，只有你能认出它来，那么小，在你那幅画的左上方。你带着某种既是渴望又是恐惧的心情走近它，你看见橙色的椭圆和紫色的斑点，从那里仿佛跳出了一张肿胀的脸，一只吊着的眼睛，一张被拳头打裂的嘴。我知道了，知道了，但我还能为你画些什么呢？现在，什么信息才有意义呢？无论如何，我得跟你说再见了，同时我请你继续画下去。在回到藏身处之前，我得给你留点东西，那里已经没有镜子，只有一个可以藏身的洞，我会躲在那里，直到最彻底的黑暗终结，我回忆着许多事，有时，就像我曾想象过你的生活那样，我会想象你在创作其他的画，想象你会在夜里出门，创作其他的画。

我给自己讲的故事

当我一个人睡的时候，当床似乎比往常更大、更冷的时候，我会给自己讲故事；但当尼娅加拉也在床上，像小蜗牛一样蜷缩着，在满足的低语声中先于我入睡，仿佛她也在给自己讲故事时，我也会给自己讲故事。我不止一次想叫醒她，好知道她的故事（她只在睡着后才喃喃低语，这远远算不上一个故事），但尼娅加拉到家时，总因为工作而疲惫不堪，如果在她刚睡着并似乎十分沉醉其中的时候把她叫醒，将十分不合情理，场面也不会太好看，她迷失于香甜的、低语着的小蜗牛壳里，于是，我任由她睡觉，自己给自己讲故事，而当她要上夜班，我在那张突然变得宽大的床上独自一人睡觉的时候，我也会这么做。我给自己讲的故事随心所欲，但主角几乎总是我自己，就像布宜诺斯艾利斯版的沃尔特·米蒂[1]，想象着自己处

---

[1] 短篇小说《沃尔特·米蒂的秘密生活》的主人公,后改编成电影,译作《白日梦想家》。

于不同寻常的、愚蠢的或是精心设计的极具戏剧性的情景之中，好让听者享受讲述者故意设置的或虚情假意或矫揉造作或诙谐幽默的戏剧效果。沃尔特·米蒂还有其双重人格的另一面，因此盎格鲁－撒克逊文学自然毒害了他的潜意识，他讲的故事几乎总是很书生气，仿佛已完全为想象中的印刷出版做好了准备。上午，写下我睡前所讲故事的想法显得不可思议，况且，男人得有自己的隐秘幻想和低调铺张，某种别人会彻底榨干的东西。也有迷信的成分，我一直告诉自己，如果我写下了给自己讲的任何一个故事，那个故事就会变成最后一个，我解释不清原因，但大概与违规或惩罚的概念有关；不行，我无法想象在尼娅加拉身旁或独自一人等待睡意来临，却无法给自己讲故事，只能愚蠢地数绵羊，或者更糟，只能回忆我那些不值得回忆的日常活动。

　　一切都取决于当时的情绪，因为我从来没有想过选择某种特定的故事，我或我们刚关掉电灯，我就进入了我眼皮下美丽的双重黑暗的掩护之中，故事就在那里。开头几乎总是很刺激，可以是一条空荡荡的街道上一辆从远方驶来的汽车，或是马尔塞罗·马西亚斯在得知自己升职时的表情——时至今日，这事都让人觉得不可思议，因为他实在无能——或者只是一个被重复了五遍或十遍的词语或声音，故事的最初画面则从中慢慢浮现。有时，在一段可称作严肃官方的情节之后，第二天晚上会出现色情故事或体育故事，让我大为惊异；毫无疑问，我的想象力非常丰富，尽管这只在我睡前体现出来，但剧目意外地多样且丰富，我为它们惊讶不已。迪莉娅，比如说她，为什么并不适合这种故事的迪莉娅必须出现在这个故事里，而且偏偏是这个故事里呢；为什么是迪莉娅呢。

不过，我早已决定不问自己为什么是迪莉娅、西伯利亚大铁路、穆罕默德·阿里或我给自己讲的故事中其他任何场景。此刻，如果我在故事之外还记得迪莉娅，那是因为曾经和现在都存在于故事之外的其他事物，是因为不再是故事的某种东西，或许正因如此，我不得不在我给自己讲的故事中做那些我本不愿意做或做不了的事情。在那个故事里（我独自一人躺在床上，尼娅加拉早上八点才会从医院回来），山色和山路都让人生畏，让人不得不小心行驶，车头灯照清了每个弯道处可能出现的视觉陷阱，深更半夜，独自一人，开着这辆庞大的、难以驾驭的卡车，行驶在盘山路上。我一直认为卡车司机是令人羡慕的职业，因为我把它想象成自由的最简单形式之一，开着卡车四处游走，卡车既是一个能让司机在林中小路上过夜的带床垫的家，也意味着一盏阅读灯、一只只食品罐头和一听听啤酒，一台可以在纯粹的寂静中收听爵士乐的收音机，此外，还有那种知道自己被全世界忽略的感觉，没人知道我们选择了这条路而不是另外一条，沿途有那么多可能、那么多村庄与冒险，其中包括我总能像沃尔特·米蒂一样平安渡过的袭击和意外。

有时，我会想，为什么是卡车司机而不是飞行员或者远洋轮船的船长，同时我也知道，这符合我简单、朴实的天性，在白天，我不得不越来越多地藏起我这一面；成为卡车司机就是与卡车司机聊天，去卡车司机待的地方活动，因此，当我给自己讲关于自由的故事时，故事常常始于那辆卡车，卡车正驶在草原上或像现在这样的想象中的风景里，意欲翻越安第斯山脉或落基山脉，总而言之，那天晚上，我正沿着一条很难行驶的路爬坡，这时，我看见了迪莉娅纤弱的身影，在车头灯的光束下，突兀地跳脱于荒芜之外，紫色的石壁让她那背着背包走了那么久后向我打手势求助的形象更显得娇小、绝望。

我已经给自己讲过许多次卡车司机的故事，碰到像迪莉娅这样想搭车的女人并不少见，不过，当然了，那些女人出现是因为这种故事几乎总能满足一种幻想——对于篇章告一段落的短暂欢乐来说，夜晚、卡车和孤独是完美的配饰品。有时并非如此，有时那只是一场我都不知道自己是如何摆脱的雪崩，或是下坡时失灵的刹车，一切以千变万化的旋风般的画面告终，让我不得不睁开眼睛，不肯再继续下去，转而带着逃过一劫的解脱感去寻找睡意或尼娅加拉温热的腰肢。当故事把一个女人安排在路边，那总是个陌生女子，故事随机地选择一个红发女孩或穆拉托女孩，我或许在电影或杂志照片上见过她们，又在白天的表面上将她们遗忘，直到故事将她们带到我面前，我却认不出她们。见到迪莉娅不仅是一个意外，还几乎是一场骚乱，因为迪莉娅在此出现毫无意义，而且她带着她那种表情——介于恳求和胁迫之间——在某种程度上正破坏着这个故事。迪莉娅和阿丰索是我和尼娅加拉的朋友，我们只是偶尔见面，他们的生活轨迹与我们的截然不同，将我们维系在一起的只有大学时代起的忠实友谊、相同的品味和偶尔在他家或我们这里吃的晚饭，我们远远地关注着他们那有一个孩子和许多钱的婚姻生活。真见鬼，迪莉娅在那儿究竟是要做什么，在故事的进展中可以出现任何一个想象中的女孩，但绝不应该是迪莉娅，因为如果说在故事中有什么是明确的话，那就是这一回，我会在路上遇见一个女孩，等我们抵达平原、在长时间紧张地翻山越岭后休息片刻时，会发生一些可能会发生的事；从第一个画面开始，一切都十分明朗，入山前和别的卡车司机在乡村小酒馆里吃晚饭，一个毫无新意的故事，但总是因为其变数和未知量而让人觉得愉快，只不过，这次的未知量不同，是迪莉娅，在拐弯处毫无道理地出现的迪莉娅。

　　如果有尼娅加拉在这里低声自语并在梦中甜美地喘息，我可能不会让迪莉娅上车，可能会把她、卡车和故事抹去，我只要睁开眼，对尼娅加拉说："好奇怪啊，我差点跟一个女人上床了，而且这个女人是迪莉娅。"尼娅加拉或许会睁开眼睛，亲吻我的脸颊，叫我傻瓜，或许会谈论起弗洛伊德，或许会问我是否对迪莉娅产生过欲望，她想听我说实话，但这辈子都他妈没有过，虽然她又会说起弗洛伊德或者类似的东西。但是，在故事中我觉得自己是如此孤独，像我那样孤身一人，一名卡车司机在午夜时分翻山越岭，我无法驾车离去：我慢慢地刹车，打开车门，让迪莉娅上车，她勉强低声说了句"谢谢"，满是疲倦和睡意，她把背囊放在脚边，在座位上伸了个懒腰。

　　我给自己讲的故事从第一刻起，一直都遵守着游戏规则。迪莉娅就是迪莉娅，但在故事中，我是卡车司机，对于迪莉娅来说，我也只是个卡车司机，我绝对不会问她深更半夜在那里做什么，也不会叫她的名字。我想，故事的特别之处在于那个女孩拥有迪莉娅的特点，她金色的直发，蓝色的眼睛，她的腿几乎总会让人想起小马驹的腿，对她的身高而言太长了；除此之外，这个故事把她当作其他任何女人一样对待，没有名字也没有交情，一场完美的偶遇。我们交谈了两三句，我递给她一支香烟，自己又点燃了另一支，我们按一辆重型卡车该有的架势开始下坡，与此同时，迪莉娅又长长地伸了伸懒腰，她漫不经心、睡意蒙眬地抽着烟，数小时徒步的劳累，或许还有身处山间的恐惧一扫而空。

我以为她很快就会睡着，想象她一直到下面的平原都会像现在这样让我觉得愉快，我想，邀请她到卡车驾驶室的后部、让她躺在真正的床上也许是一种热情周到的表现，但在故事中绝不允许我这样做，因为任何女孩都会带着介于痛苦和绝望之间的表情看着我，想象着其中的直接意图，几乎总会摸索着门把手，不得不逃。不论是在故事里，还是在所有卡车司机可能的现实中，事情都不可能这样发生，总得说说话，抽根烟，交个朋友，以此获得几乎总是沉默的许可——在森林里或休息站停车，同意之后会发生的事，但那已经不再是痛苦或愤怒，只不过是分享他们从聊天、抽烟和在两个转弯之间喝完的第一瓶啤酒就开始分享的东西。

我让她睡了，然后，故事会慢慢发展，在我给自己讲的故事中我一直都很喜欢这一点，对每件东西和每个动作的细致描写，享受着一场十分缓慢的电影，快感逐渐沿着身体、语言和寂静上升。我还在想为什么那个晚上出现的是迪莉娅，但我马上就不再想了，现在，我觉得这样很自然——迪莉娅在我身旁昏昏欲睡，不时地再接过一支香烟，或者小声地解释着为什么她会出现在山里——故事很善于用哈欠和不完整的句子蒙混过关，因为一切都无法解释为什么夜半时分迪莉娅会出现在人迹罕至的路段。某个时刻，她不再说话，微笑地看着我，是那种小女孩式的、阿丰索会将其评定为"收买人心"的微笑，我告诉她我作为卡车司机的名字，在这些故事中我都叫奥斯卡，她说她叫迪莉娅，像往常那样补充说这是个愚蠢的名字，都怪一个爱读爱情小说的姑妈，我认为她没有认出我，在故事里我是奥斯卡，而她认不出我，这简直难以置信。

接下来是故事向我讲述的内容，而我却无法以它的方式讲述。只有一些不确定的片段，或许虚假的推论，路灯照亮了卡车驾驶室后面的折叠桌，卡车停在了休息站的树木中间，煎鸡蛋的滋滋声，然后是奶酪和甜品，迪莉娅看着我，好似欲言又止，她无须做出任何解释，她可以下车，然后消失在树林中，我差不多给她准备好了咖啡，甚至还有一小杯果渣酒，好让事情简单点儿，迪莉娅的眼睛仿佛要在啜饮和说话间合上了，我随意地把灯拿到了床垫旁的凳子上，添上了一床被子，以防待会儿天气变冷，我告诉她，为了以防万一，我要去前面把车门关好，没人知道在这种荒凉的路段会发生什么，她垂下眼睛，说，你知道吗，你不用去座位上睡觉，这样很蠢，我背过身去，不让她看见我的脸，我的脸或许因为迪莉娅的话而隐约浮现了一丝惊愕，当然事情无论如何都会这样发生，有时候娇小的印度女人会提议睡在地上，吉卜赛女郎则会躲在驾驶室里，我得搂着她的腰，把她往里扯，哪怕她叫喊或是挣扎，我都会把她拖上床，但迪莉娅不是这样，迪莉娅缓缓地从桌子走到床边，她的一只手已经伸向牛仔裤的拉链，尽管我背对着她，在故事里我仍然可以看见这些动作，我走进驾驶室，好留给她时间，好对自己说可以，一切都会像它应该发生的那样再发生一次，一组不中断的香艳镜头，迟缓的移动摄影——从盘山公路转弯处的路灯下静止不动的身影到现在羊毛被下几乎隐形的迪莉娅，接下来是往常一样的剪辑，关灯，只有从后窗进入的夜晚微弱的余烬，以及附近的鸟儿偶尔发出的悲鸣。

这回，故事持续了很久，因为迪莉娅和我都不希望它结束，有一些故事，我想把它们延长，但娇小的日本姑娘或冷漠而不情愿的挪威女游客却不让故事继续，尽管我是故事中掌握决定权的人，但有时我无能为力、甚至无心让某些在快感结束后开始变得无关紧要的情节发展下去，我不得不编造出其他可能性，或意料之外的情节，让故事继续进行，而不是让最后一个漫不经心的吻或几乎徒劳无益的哭泣的残影带我进入梦乡。但是，迪莉娅不想让故事结束，从她的第一个动作（当时我挪到她身边，意外地感觉到她在寻找我的身体），从第一次的相互爱抚，我就知道故事只不过刚刚开始，故事里的夜晚会和我正在讲故事的夜晚一样漫长。只是，现在只有这些，叙述故事的语言：火柴般的语言，呻吟，香烟，笑声，恳求和命令，天亮时的咖啡，满是沉重的体液与夜露、回归与遗弃的梦境，第一缕微弱的阳光从小窗外照进车厢，舔舐着趴在我身上的迪莉娅的背，晃着我的眼睛，我紧紧搂住她，感受着她在尖叫和爱抚中再次将自己敞开。

故事到这里结束了，在路旁出现的第一座村庄里我们没有任何惯常的告别，仿佛这是必然，我从故事滑入梦乡，只剩下最后一声低语后在我身上睡着的迪莉娅身体的重量，醒来的时候，尼娅加拉和我谈论了早餐和晚上的约会。我知道，我差一点就告诉她了，但某样东西把我拉了回来，或许是迪莉娅的手带我回到了那一晚，不让我说出任何会玷污那件事的话。嗯，我睡得很好；当然了，六点钟我们在广场的街角见面，去看望马里尼一家。

那几天，阿丰索告诉我们，迪莉娅的母亲病得很重，迪莉娅去了内科切阿陪她，阿丰索得负责照顾孩子，很辛苦，我们要不要等迪莉娅回来了再去拜访他们。她的母亲几天后去世了，两个月后迪莉娅才愿意见人；我们去她家吃晚餐，给他们带了白兰地，给孩子带了摇铃玩具，现在一切都好，迪莉娅吃完了一盘鲜橙烩鸭，阿丰索整理了桌子准备玩凯纳斯特纸牌。晚餐以它本该有的方式轻松地进行，因为阿丰索和迪莉娅是懂得生活的人，他们先说起了最难过的事，关于迪莉娅母亲的话题很快就结束了，接着他们温柔地把伤痛遮好，回到了当下的现实，我们一贯的游戏，幽默的密语使得与他们一起度过的夜晚如此愉快。已经很晚了，我们在喝白兰地，迪莉娅提到了某次去圣胡安的旅行，她需要忘记她母亲弥留的日子以及与把一切弄得复杂的亲戚们的争执。我觉得她是有意对阿丰索讲的，但阿丰索一定已经知道这件事了，因为他一边给我们倒白兰地一边友善地微笑，汽车在山区抛锚，空无一人的夜晚和路边漫长无尽的等待，每一只夜鸟都是威胁，无法避免地回想起童年的梦魇，卡车车灯，担心卡车司机也因为恐惧而离开，被直射在峭壁上的灯光照得目眩，美妙的刹车声传来，温暖的驾驶室，下山时几乎只有无关紧要的交谈，但这让她的情绪极大地好转。

"她受了很大的刺激，"阿丰索说，"你已经告诉过我了，亲爱的，每次我都能知道关于那个拯救故事的更多细节，你那身穿工作服的圣乔治将你从黑夜的恶龙手里救了出来。"

"忘记这件事很难，"迪莉娅说，"我总是不断回想起来，不知道是为什么。"

她也许不知道，迪莉娅也许不知道原因，但我知道，我不得不一口喝下那杯白兰地，然后又给自己倒了一杯，阿丰索扬起眉毛，惊讶于我这种他从未见过的唐突。另一方面，他的玩笑完全在大家的意料之中，问迪莉娅什么时候才能下定决心讲完这个故事，他太熟悉第一部分的内容了，但他确信会有第二部分，会有许多山谷，许多夜里疾驰的卡车，许多生活中常见的事。

我去卫生间待了一会儿，我努力不去照镜子，努力不在那里惊恐地发现那个给自己讲故事时的自己，我再次感受到了他的存在，但却是在这里，在今晚的此刻，他开始逐渐控制我的身体，在迪莉娅和阿丰索在一起的许多年里，我从来没有想过会发生这样的事，他们是我们聚会、看电影的情侣朋友，我们互相亲吻脸颊。现在事情变了，然后是迪莉娅，欲望再次出现，但它出现在了现实中，我听见迪莉娅的说话声从客厅传来，迪莉娅和尼娅加拉的笑声，她们大概是在取笑阿丰索那典型的妒忌心。已经很晚了，我们还在喝白兰地，而且还冲了最后一杯咖啡，楼上传来孩子的哭声，迪莉娅急忙上楼，把孩子抱在了怀里，孩子拉得到处都是，我去卫生间给他换衣服，阿丰索很高兴，因为这样他就有半个小时的时间和尼娅加拉讨论吉列尔莫·维拉斯和比约恩·博格[1]交锋时可能出现的结果，再来一杯白兰地，姑娘，反正我们都已经喝醉了。

---

[1]二人均为男子职业网球运动员，前者来自阿根廷，后者来自瑞典。

我没有喝醉，我去卫生间陪迪莉娅，她把孩子放在了一张小桌子上，然后在壁橱里找东西。我叫她名字的时候，她仿佛以某种方式明白了，我知道第二部分，我告诉她，我知道这不可能，但你看，我知道了，迪莉娅背过身去，开始脱下孩子的衣服，我看见她弯下腰，不仅是为了给孩子解开别针、脱下尿布，更仿佛有一种她必须摆脱的重量突然压倒了她，她已经在摆脱了，她回头看着我的眼睛，对我说是的，没错，这很蠢，也不重要，但没错，我和卡车司机上床了，如果你想说，你就告诉阿丰索吧，不管怎样，他只会坚信自己的看法，他不会相信的，而他对此确信无疑。

事情就是这样，我什么都不会说，她也不明白为什么会对我说这些话，为什么要告诉我，我什么都没问，相反，我跟她说了一些现实中的她无法理解的话。我感觉到，我的眼睛像手指一样沿着她的嘴、她的脖子向下游走，寻找着她黑色上衣勾勒出的乳房的形状，就像那一晚，在那个故事里，我的手所做的那样。欲望正蓄势待发，化成一种在衣服底下寻找她的乳房、在初次拥抱时把她搂进怀里的绝对权利。我看见她转身，再次弯下腰，但现在她很轻松，从沉默中解脱了出来；她灵巧地脱下尿布，我闻到了孩子排泄后的味道，同时也听到了迪莉娅安抚孩子的低语，让他别哭，我看见她的手拿起棉布，把它塞进孩子抬起的双腿间，我看见她的手清理着孩子身上的污渍，而没有像在我给自己讲述的故事中曾那么多次令我那么受用的卡车的黑暗里那样向我伸来。

莫比乌斯环

纪念 J.M. 和 R.A.

无法解释。她逐渐远离那个地带，
在那里，事物有着固定的形状和边缘，一切都有
特定的、不变的名字。她越来越深入
那个流动的、安静的、深不可测的地区，
朦胧、清凉的雾霭如晨雾般停驻其间。

——克拉丽丝·李斯佩克朵《濒于狂野的心》

为什么不呢，或许只要像她后来全力以赴做的那样，人们就能
清晰地看见她、感受到她，如同她清晰地看见自己、感受自己在依

然清凉的晨间骑车在林中穿行，沿着被蕨类植物的树荫笼罩的小路骑行，在多尔多涅省的某个地方——后来，报纸和电台暂时让这里声名狼藉，直到很快被人遗忘——那片永恒昏暗之地的植物沉默不语，珍娜特经过那里，就像一团金色的斑点，金属叮铃作响（她的旅行水壶没在铝制横梁上系紧），她的长发迎风飞扬，身体仿佛是轻盈的船首雕饰，划破、搅乱了空气，双脚陷入踏板的温顺交替，感受微风之手隔着上衣握住她的乳房，在绿色、半透明的隧道内，在蘑菇、树皮和苔藓的气味中，在假日时光里，感受着两列树干和蕨类植物的双重爱抚。

　　虽然是同一片森林，但对于被一众农场拒绝的罗贝尔来说，却也是另一片森林，他的脸脏兮兮的，在干草床垫上趴了一晚，他对着透过雪松的阳光搓了搓脸，迷糊地想，留在这个地区是否值得，是否应该去平原，那里或许会有一罐牛奶和一些工作在等着他，之后，他将返回大路，或再次迷失于无名的森林中——总是同样的森林，伴随着饥饿和使他嘴唇扭曲的徒劳愤怒。

珍娜特在狭窄的十字路口犹豫地刹车，往右、往左还是继续向前，三条路都同样郁郁葱葱、清新凉爽，像阔土之掌的手指那样伸开。天亮时，她离开了青年客栈，因为房间里充斥着沉重的呼吸、他人梦魇的碎片和极少洗澡之人的气味，欢快的人群烤玉米、唱歌，一直到半夜，之后他们和衣躺在了帆布床上，女孩们在一边，男孩们则在更远的地方，他们对如此多的愚蠢规定感到有些愤怒，在徒劳的嘲讽间昏昏欲睡。她在进入森林前的空旷田野里喝了旅行水壶里的牛奶，白天绝不会再见晚上那些人，她也有自己的愚蠢规定，趁着还有钱和时间，走遍法国，拍照片，写满她橙色封皮的笔记本，十九岁的英国女孩，已经写完了许多笔记本、骑行了数千英里，偏爱空旷的地方，眼睛微微发蓝，金发蓬松，身材高大健美，幼儿园教师，孩子们正愉快地分散在遥远得令人愉快的祖国的沙滩和乡间。或许，往左吧，阴暗处有一道平缓的斜坡，踩一下踏板就能向前滑行。天气开始变得炎热，自行车坐垫艰难地承受着她的重量，稍后，第一阵潮气让她不得不下车，扯一扯衬裙，好让它不再贴着皮肤，抬高手臂，让清凉的微风从上衣底下穿过。刚过十点，森林正显现出自己的面貌，迟缓而深沉；在抵达对面的道路前，在栎树下歇脚、吃三明治或许是个不错的选择，还可以听袖珍收音机，或在旅行日记中再加上一日的行程，日记经常被诗歌的开头和并不总是愉快的想法打断，铅笔将它们写下，然后，羞报又费力地将它们划去。

从小路上并不好看到。他毫不知情，睡在一个废弃的棚子二十米外的地方，现在他觉得睡在潮湿的地上非常愚蠢，因为在满是洞的松木板后面，他看见在一片几乎完整的房顶下有一块铺着干草的地面。他已经不困了，这真是遗憾；他一动不动地看着小棚，骑自行车的女孩沿着小路来到那里，停了车，他对此并不觉得惊讶，而她面对着树林中冒出的建筑物，显得有些惊慌。珍娜特还没看见他，他就已经从如同潜藏的未来般的静止中得知了一切，一场无言的浪潮中关于她与他的一切。现在，她回过头，自行车倾斜着，一只脚踩在地上，她看到了他。他们俩同时眨了眨眼。

在这种并不多见、但总有可能发生的情况下，只能做一件事，说你好①，然后不慌不忙地离开。珍娜特说了你好②，然后推着自行车掉头；她的脚离开地面，在踏板上蹬了第一步，这时罗贝尔挡住了她的去路，用长满黑色指甲的手抓住了车把。一切清晰至极，同时却又模糊不清，自行车被推翻了，第一声惊惧和反抗的尖叫，双腿在空中徒劳地寻找支撑，环绕着她的那双手臂的力量，在小棚破损的木板之间近乎奔跑的步伐，皮革与汗液年轻而野蛮的味道，蓄了三天的深色胡须，灼伤她喉咙的嘴。

他绝不想伤害她，在不可避免的劳教所里，他从来没有为了占有人们给他的少得可怜的东西而伤害任何人，只是这样而已，二十五岁，一切都在同时发生，很缓慢，就像在不得不书写自己名字的时候，他一笔一画地写下了"Robert"，然后是姓，他写得更慢，又很快，有时就像他喝完一瓶牛奶或是在花园的草坪上晾裤子的动作，一切都可以既缓慢又迅速，做出决定后紧随的是让一切变得持久的愿望，但愿那个女孩不要荒唐地反抗，因为他并不想伤害她，但愿她明白她不可能逃脱，也不可能获救，但愿她安静地服从，甚至不用服从，就任她去，就像

①②原文为法语。

他任自己把她平铺在麦秸上，在她耳边大喊着叫她闭嘴，但愿她不要那么蠢，但愿在他找系扣时她能安静地等着，他却遭遇了抗拒的抽搐、劈头盖脸的另一种语言、叫喊，最终会被人听见的叫喊。

事情并非完全如此，面对野兽的袭击，存在着恐惧和厌恶，珍娜特拼命想脱身、逃跑，但现在已经不可能了，恐惧并非完全源于这头胡须浓密的野兽，因为那不是一头野兽，他对她耳语，将她固定而不是把双手掐入她皮肤，他的吻落在她的脸上和脖子上，浓密的胡须让她觉得很痒，但吻还在继续，她的厌恶源于对这个男人的服从，因为他不是毛发粗硬的野兽，而是一个男人，这种厌恶一直暗中等待着，从在学校的一天下午初潮来临开始，墨菲老师和她带有康沃尔口音的对全班的警告，在寄宿学校里总是被秘密讨论的报纸上的警方新闻，跟墨菲老师推荐她们阅读的那些提到或没有提到门德尔松①和米雨②的书里浪漫的暗示不同的禁书内容，对《芬妮·希尔回忆录》中有关初夜的章节的暗中议论，她最好的朋友度蜜月归来后的长久沉默和靠在她身上突然的哭泣，太可怕了，太可怕了，珍娜特，虽然后来第一个儿子的出生带来了喜悦，隐约回想起她们一起散步的一个下午，我做得不对，我说得太夸张了，珍娜特，有一天你会知道的，但已经太迟了，无法动摇的想法，真的太可怕了，珍娜特，下一个生日，

---

①门德尔松创作了《婚礼进行曲》，即《仲夏夜之梦》的第五幕前奏曲。
②指一些西方国家婚礼上的撒米仪式。

自行车，独自旅行的计划，直到——或许……或许慢慢地……十九岁，第二次去法国的假期旅行，八月的多尔多涅。

会被人听见的，虽然知道她听不懂，但他还是冲着她大声叫喊，她疯了似的看着他，用另一种语言哀求着什么，拼命想把双腿挣脱出来，想站起身来，有一刻，他觉得她想跟他说些什么，而不仅仅是叫喊、恳求或是用她的语言骂出的脏话，他摸索着解开了她的上衣，盲目地向下寻找着拉链，他把她固定在麦秸床上，整个身体都横卧在她身上，他求她别再叫了，她不能再继续叫了，会有人来的，给我吧，别再叫了，就给我吧，求你了，别叫了。

如果他听不懂，如果她想用他的语言告诉他的话已支离破碎，夹杂在他胡乱的语言和亲吻之中，那她怎么会不挣扎，他不明白问题不在于那个，那件他想要对她做、准备对她做的可怕的事，问题不是那个，事到如今该怎么向他解释，《芬妮·希尔回忆录》，至少等一下，在她包里有面霜，这样不可以，没有她在她朋友的眼睛里看见的那种东西是不可以的，对某种无法忍受的东西的反胃，太可怕了，珍娜特，真的太可怕了。她感觉到裙子被脱掉了，那双手在内裤下游走，把它扯了下来，她伴着最后一声痛苦的尖叫颤抖了起来，她挣扎着想要解释，想让他悬崖勒马，好让这一切变得不同，她感觉到他紧贴着自己，半张开的大腿之间的撞击，刺痛越来越强烈，直到流血、发烫，她更多是因为恐惧而非痛苦哭嚷，仿佛这还不是全部，而仅仅是折磨的开始，她感到他的手盖住她的脸，捂住了她的嘴，然后向下滑，对着已无法再抵抗的她，对着再没有叫喊和眼泪的她，发起了第二次撞击。

反抗骤然停止，他陷进了她的身体里，此前他不得不一次又一次地撞击她以镇压的那种反抗，那种直到他抵达最深处，感到她所有皮肤都贴着自己才能摧毁的绝望的反抗停止了，他被接纳了，快感如鞭打般汹涌袭来，他浸在感激的胡言中，在盲目的、无尽的怀抱里。他把脸从珍娜特的肩窝里抬起，他寻找着她的眼睛，想告诉她这些，想感谢她最后的沉默；他想不出别的理由来解释她那野蛮的反抗，那逼得他毫不留情地奸污她的挣扎，同样地，他也不明白她的屈服，那突然的沉默。珍娜特看着他，她的一条腿已经慢慢地滑到一边。罗贝尔看着她的眼睛，开始抽身，从她之中。他知道珍娜特没有在看他。

没有眼泪，也没有呼吸，呼吸突然停止，头颅深处红色的浪涌遮住了她的双眼，她已没有了身躯，最后的感知是一次又一次的疼痛，然后在一声未完的尖叫中突然停止了呼吸，耗尽了，不再回来，取而代之的是血淋淋的眼睑般的红色帘幕，滞重的沉默，某种不存在却持续着的东西，某种以另一种方式存在的东西，如此，一切都继续存在着，却是以另一种方式，更贴近感觉和回忆。

她没有在看他，瞪大的眼睛直勾勾地穿过他的脸。他从她身上起身，跪在她身边，一边跟她说话，一边用手笨拙地整理着裤子，不听使唤地摸索着拉链，捋平衬衫，把下摆塞进裤子。他看着微张的、扭曲的嘴，粉色的口水丝滑过她的下巴，手臂交叉，双手紧握，手指一动不动，胸口一动不动，赤裸的腹部一动不动，因沾上了从半张的大腿上缓缓滑下的血水而闪闪发亮。他叫了一声，跳着站了起来，有一秒他以为叫声是珍娜特发出来的，但声音来自上方，他站着，像一只摇摇晃晃的布偶，他看着她喉咙上的掐痕，脖子无法承受的扭曲使珍娜特的头歪到一边，她变成了某种带着倒地的牵线木偶的表情嘲笑他的东西，所有的牵线都被切断了。

以另一种方式，或许从一开始就是，无论如何，她已经不在那里了，变成了某种清澈的东西，融入了一种一切都没有躯体的半透明状态，而其中，她曾经的自我不能以思想或物体的形式追溯，风成为珍娜特，或者珍娜特变成了风或水或空间，但总是明净的，沉默是光或恰恰相反或两者皆是，时间被照亮了，这意味着珍娜特态，某种不可捉摸的东西，没有丝毫回忆的阴影能中断与凝固这一过程，就像在晶体之中，大块玻璃中的气泡，一个无边无际、灯火通明的水族箱里一条透明小鱼的轨迹。

伐木工的儿子在小路上发现了自行车，透过小棚的木板，他隐约看见了仰面朝天的尸体。警察证实，凶手没有碰过珍娜特的行李或提包。

在静止中漂流，没有从前也没有将来，一个透明的现在，没有联系也没有参照，一种容器与被容纳物没有分别的状态，一种在水中流淌的水，直到毫无过渡地出现了一股冲力，剧烈的急流^①将她射出，将她带走，无论如何也无法攫住这种改变，除了居于那令人眩晕的急流^②之中——在随着它的速度而颤抖的空间里横冲直撞。有时，它会脱离无形状态，进入一种精确的固定状态，同样脱离于所有的参照，但可以被感知，在某个时刻，珍娜特停下来成为水之水，或风之风，她第一次有了感觉，她感觉到自己被封闭、被限制住了，立方体的立方体，静止不动的立方性。在脱离半透明性和飓风性的立方态中，确立了某种类似于时间段的东西，没有从前，没有将来，但有一个更容易被感知的现在，时间的开端缩减为厚重、明白的当下，时间中的立方体。如果可以选择的话，她莫名地更倾向于选择立方态，或许是因为在持续的变化之中，那是唯一不变的状态，仿佛她处于既定的界限内，确信有一种持久的立方性，一种暗示了存在的当下，这当下几乎可以被感知，它蕴含着某种东西，或许是时间，也可能是一个一切位移都像画迹一样保留下来的静止空间。但立方态可以让位于其他的眩晕状态，当你正处于另一种状态之中或在此之前与之后，你再一次轰隆作响地滑行于晶体或透明岩石的海洋中，毫无方向的去往虚无的流动，龙卷风漩涡的吸卷，就像在整座丛林的植被的一片片树叶上滑过，被魔鬼涎和现在——没有过去的现在，

---

①②原文为英语。

干巴巴的、既定的现在——的重量撑着，也许立方态又一次在靠近、在停止，现在与彼处的局限在某种意义上是一种休憩。

一九五六年七月末，审判在普瓦捷举行。罗贝尔由马特雷·罗兰辩护，陪审团拒绝因为他幼年失去双亲、在劳教所的经历和失业的状况而从轻发落。被告在一种平静的惊愕中听见了死刑判决，观众鼓起掌来，其中有不少英国游客。

慢慢地（在时间之外的某种状态下慢慢地？一种表达方式而已）出现了其他状态，这些状态或许已经出现过，虽然已经意味着从前，而从前并不存在；现在（也并非现在）风态主宰一切，现在匍匐态主宰一切，在匍匐态中每个现在都是痛苦的，它是风态的完全对立面，因为它只以爬行的形式出现，那是向虚无之地的行进；如果能够思考的话，珍娜特的脑海里会浮现出毛虫在一片悬空的树叶上爬行的画面，它没有任何视觉、触觉和限制地经过树叶的叶面，又再次经过，无限的莫比乌斯环，匍匐至一个叶面的边缘，以便进入或已经待在叶面的反面上，再不停地从一面返回另一面，极度缓慢、痛苦地爬行，在那里没有速度或痛苦的度量，但那是匍匐态，匍匐态意味着缓慢和痛苦。或是另外一种状态（在不存在比较者的情况下的另外一种状态？），发烧态，头晕目眩地走遍类似电子管或系统或电路的地方，走遍可能是数学集合或乐谱的状态，从一点跳到另一点，或从一个音符跳到另一个音符，进出电脑的电路，成为流往自己的集合、乐谱或电路，这就是发烧态，暴怒地走遍无形无声、瞬息万变的符号或音符的集合。某种意义上那就是痛苦，发烧态。现在要成为立方态或浪花态有所不同，它不与发烧态或匍匐态共存，立方态不是发烧态，发烧态不是立方态或浪花态。在立方态中，现在——突然变得更加现在的现在——第一次（刚刚出现第一次征兆的现在），珍娜特不再是立方态，以便存在于立方态之中，后来（因为对现在的第一次区分包含了"后来"这一感觉），在浪花态中，珍娜特不再是浪花态，以便存在于浪花态之中。这一切都包含着一种暂时性的征兆，现在可以辨认出第一次和第二次，在浪花态或发烧态中的情景交替出现，接着是处在风态、植被态或立方态（又一次）中的情景，每次都有越来越多的珍娜特加入，成为时间中的珍娜特，成为并非珍娜特而是从立方态转为发烧态，或回到毛虫态的东西，因为有越来越多的状态确定并稳定了下来，它们不仅以某种方式被圈定在时间里，还被圈定在空间里，从一种状态转变为另一种状态，从立方式平静转变为数学电路式发烧，或赤道丛林的植被，或无数的水晶般的瓶子，或晶莹、悬浮着的纷乱涡旋，或双面或多面体表面上的痛苦爬行。

上诉被驳回，罗贝尔被送到了桑德监狱等候行刑。只有共和国总统的宽恕才可能把他救下断头台。死刑犯成天和看守玩多米诺骨牌，他不停地抽烟，睡得昏天黑地。他一直都在做梦，透过牢房的小窗，看守们看见他在简陋的床铺上翻身，抬起一只手臂，浑身颤抖。

在其中的某个步骤，必然会出现回忆的萌芽，在树叶间或在立方态停止以进入发烧态时滑行，她知道了一些她曾是珍娜特时的事情，毫无关联地，一个回忆试图进入并安身，一旦她得知自己是珍娜特，便回想起了森林中的珍娜特、自行车、康斯坦斯·迈尔斯和镀镍托盘上的几颗巧克力。一切都开始在立方态中聚集，渐渐模糊地勾勒成形，珍娜特和森林，珍娜特和自行车，随着图像的闪现，人的情感逐渐清晰，第一阵慌乱，腐木屋顶的画面，仰面朝天、被一阵抽搐的力量束缚着，对疼痛的恐惧，刺痛她嘴唇和面颊的皮肤的揉擦，有什么令人厌恶的东西靠近，有什么拼命地想解释，想说并不是这样的，并不一定得是这样，在不可能的边缘，回忆停下了，螺旋式地加速奔跑，直到反胃将她拉出立方态，将她浸入浪花态或发烧态中，或者相反，缓慢、黏着的又一次匍匐，置身于匍匐态，此外别无他物，就像置身于浪花态或玻璃态之中也意味着再次只有此种状态，直到发生下一次改变。而当她再次陷入立方态，当她恢复模糊的辨识力，看见小棚、巧克力、钟楼和女同学们一闪而过的身影，她能做的仅仅是拼尽全力想留在立方态里，想留在这个有着中止和界限的状态之中，留在思考与辨识之中，直到最后。她不时抵达终极的感官体验，长满胡须的皮肤刺痛她的嘴唇，那双扯去她的衣服的手掌下的抵抗，然后她很快又一次迷失在轰隆作响的奔跑中，迷失在树叶里，或云朵里，或雨滴里，或飓风里，或电光四射的电路里。在立方态中，她无法越过界限，那里一切皆是恐怖和厌恶，但假设她曾被赋予意愿，那这种意愿就会在感性的珍娜特浮现的地方扎根，在那里有个想要废除回忆的珍娜特。在与把她压在小棚麦秸上的力量的抗争中，她固执地说不，在叫喊声和腐烂的麦秸之间，她说事情不一定得这样，她又一次滑向了动态，在那里一切都在流动，仿佛是在流动中创造出来的，一缕烟雾在自己的茧蛹里旋转，茧蛹开启，自行缠绕，置身在浪花态中，在难以定义的、数次让她保持悬浮的水藻或软木塞或水母的疏导态中。珍娜特感受到了那种不同，它来自某种近似从无梦的睡眠之中醒来的状态，她坠入在肯特郡的某个早晨醒来时的状态，再次成为珍娜特和她的身体，一种关于身体、手臂、背部的概念，头发在透明的环境中飘浮，那是彻底的透明，因为珍娜特无法看见她的身体，那终于再次是她的身体，但她看不见它，那是对在浪花或烟雾间飘浮的身体的意识，看不见自己身体的珍娜特动了动，游泳的冲动让她把一只手臂向前伸，并蹬了蹬腿，她第一次从包围她的起伏中的物质中区分出自己来，在水或烟雾中游泳，是她的身体，享受着手臂的每个划水动作，已不是消极的奔跑，无休止的转移。她游啊游啊，她不需要看见自己游泳，感受自发行动的潇洒以及在这一过程中的手脚运动方向。毫无过渡地坠入立方态意味着小棚又一次出现，再次回忆，再次经受，再一次抵达无法承受之重的边界，刺痛，红潮盖住她的脸庞，她发现自己在另一边，以一种现在她可以测量和憎恶的缓慢爬行着，转入发烧态，飓风急流态，再次进入浪花态，享受她名为珍娜特的身体，当不确定的一切结束时，一切都在立方态中凝固，在另一边的终点等待她的不是恐惧而是欲望，附有立方态中的图像和语言，和她的身体在浪花态中的愉悦。她逐渐明白，她和自己相聚，不可见的珍娜特渴望着罗贝尔，她渴望小棚以另一种方式再次出现，渴望那个把她带去曾经与现在所在的罗贝尔，她懂得了小棚下的疯狂，她渴望罗贝尔，在液状晶体或高处云层间游泳的欢愉中，她呼唤他，将身体向他正面摊开，呼唤他，让他真正地在愉悦中圆满，在小棚里难闻的麦秸上到达笨拙的极点。

对辩护律师来说，很难告诉他的客户从宽的请求已被驳回，马特雷·罗兰在离开牢房时呕吐了起来，牢房里，罗贝尔坐在床边，凝视着虚无。

从纯粹的感觉到理智，从流动的浪潮到坚固的立方体，结合成某种再次成为珍娜特的物体，欲望寻找着归路，循环步骤中的另一个步骤。意志回到了珍娜特身上，起初，记忆和感觉出现了，却无调节的轴心，现在随着欲望的出现，意志回到了珍娜特身上，她身体里的某种东西拉开了一张类似由皮肤、肌腱和内脏组成的弓，将她射向不可能存在的物体，要求享有进出令人眩晕地包裹她又抛弃她的状态的途径，她的意志就是欲望，它在液体、电光四射的集合和极慢的爬行中开路，罗贝尔在某种程度上是一个终点，一个已被勾勒出的、在立方态中有名字、有触感的目标，在将来或过去，目前在波浪和晶体中的愉快游泳里，简化成了一声叫喊，一股爱抚她又让她自生自灭的火焰。她无法看见自己，她感觉到自己；她无法连贯思考，她的欲望是欲望与罗贝尔，是处在某种无法触及的状态中的罗贝尔，但珍娜特意志试图破门而入，珍娜特欲望、珍娜特意志想要进入罗贝尔态，就像它们现在又一次进入了立方态，那是一种凝固和限定，在其中，初级智力的运行越来越有可能实现，零星的词语和回忆，巧克力的味道和双脚加在镀铬踏板上的压力，在反抗的抽搐间发生的强暴，现在那里织起了欲望，在愉悦的泪水、感激的接纳的泪水和罗贝尔的泪水中终于放弃的意愿。

他的冷静如此强大，他的优雅如此极端，以至于他不时被单独留下，他们通过门上的小孔监视他，或者给他递烟，或者提议玩一局多米诺骨牌。他迷失在惊愕之中，它一直以某种方式伴随他，罗贝尔没有感到时间的流逝。他任由别人给他剃须，和他的两名看守一起去淋浴，有一次他问起了天气，多尔多涅是否在下雨。

在浪花态或玻璃态中，激烈的手臂划水动作、绝望的蹬腿将她抛入一个冰冷、封闭的空间，仿佛海洋将她倾吐进阴暗的、充满吉卜赛女郎牌香烟烟雾的洞穴里。罗贝尔坐在小床上，双目失神，被遗忘的烟在指间燃烧。珍娜特并不惊讶，惊讶在那里无法通行，存在或缺席也无立足之地；透明的隔墙，牢房隔间里的钻石体隔绝了她的所有尝试，前方灯光下的罗贝尔被隔开了。由她自身制成的弓张开到了最大限度，弓上既没有弦也没有箭，无法射向钻石体，透明是无法穿越的材料的沉寂，罗贝尔一次也没有向那个方向看去，那里只有牢房内浓稠的空气，烟雾的涡旋。珍娜特叫喊、珍娜特意志能够抵达那里、找到那里，直到在本质的不同中相撞，珍娜特欲望是一只由半透明泡沫组成的、可以变形的老虎，它将烟雾形成的白色爪子伸向装有铁栏的小窗，它逐渐消瘦，在徒劳的扭曲中消散。她在最后的冲击中被掷出，她明白自己随时会变成匍匐态，或植被间的奔跑，或沙粒，或化学式，珍娜特欲望需要罗贝尔的图像，试图触碰他的脸或他的头发，呼唤他来到她身边。她见他看向门，查看了一下小孔上有没有看守的眼睛。罗贝尔以一个爆炸性的动作从床单下取出某样东西，那是一根由扭紧的床单做成的粗糙的绳子。他一下就跳到小窗边，抛出了绳子。珍娜特哭号着呼唤他，她哭号的沉寂撞击着钻石体。调查表明，犯人吊在绳子上全力跳向地面，窒息而死。绳子的拉扯一定让他失去了知觉，让他无法抵御窒息；离看守们最后一次巡视只过了四分钟。已经什么都没有了，在呼号中断裂，过渡向固体的立方态，立方态由于珍娜特进入发烧态而破裂，螺旋式穿过无数的蒸馏瓶，跃入厚实地面的深处，在那里前进意味着顽固地啃噬结实的物质，艰难地上升至隐约呈海绿色的水平线，转化入浪花态，最初的几个手臂划水动作类似一种幸福，现在这种幸福有了名字，螺旋桨反向旋转，绝望变成希望，从一种状态到另一种状态的转换已经不太重要了，植被态或是悦耳的配合旋律态，现在珍娜特欲望引发它们，弯曲桥梁在金属的跳跃中将自身送往另一边以寻找它们。在某种条件下，经历某种状态，或是同时经历所有的状态，罗贝尔。在某个时刻，珍娜特式发烧态或珍娜特式浪花态可能是时间之外的现在中的罗贝尔式浪花态、发烧态或立方态，不是罗贝尔，而是立方态或发烧态，因为所有的现在都慢慢地让他经历发烧态或浪花态，逐渐地将罗贝尔还给他，它们会将他过滤、拖拽，并将他固定在有时会进入后续发展的同步里，珍娜特欲望与每种状态搏斗，以陷入另一些罗贝尔仍然不在的状态之中，又一次没有罗贝尔的发烧态，停滞于没有罗贝尔的立方态，温柔地进入珍娜特在那里初次划水、完整地感受到自己而知道自己是珍娜特的液态中，但在某个时刻，一定会有某个时刻，在晶莹浪花中那温暖摇曳的尽头，一只手会触到珍娜特的手，那终将是罗贝尔的手。

不合时宜

林叶青/译

漂流瓶

故事后记

亲爱的格伦达，这封信不会经由普通的途径寄到您手中，因为我们之间的一切都无法如此寄送，都无法被纳入信封与信件的社交仪式之中。准确地说，我的方式就好比是把信装进瓶子里，然后让它落入旧金山湾的海水，而我从坐落在岸边的房子里给您写信；我的方式就好比是把信系在海鸥的脖颈上，它们宛如一团影子疾速掠过我的窗前，打字机的键盘因而黯淡了片刻。但无论如何，这封信是寄给您的，是寄给身处世间一隅（可能依然是伦敦）的格伦达·杰克逊的；许多信件，许多故事，还有许多信息，它们被塞进了漂流瓶里，落入莎士比亚在《暴风雨》中刻画过的那种缓慢、神奇的海水变幻之中，很久以后，在罗马新教公墓，伤心欲绝的朋友们会把这种变幻刻在石碑之上，而石碑之下沉睡着珀西·比希·雪莱的心脏。

我想，深度交流就是这样发生的，缓慢的瓶子在缓慢的海域里漂流，如同这封信缓慢地为自己开路，寻找着那个拥有真名实姓的您，而不是那个同是您的格伦达·加尔森，但是羞怯和亲密改变了格伦达·加尔森，却没有改变您，正如电影换了一部又一部，而您却没有真正改变。我给那个在众多面具之下呼吸的女人写信，为了不冒犯您，我甚至也为您创造了一副面具，我给您写信，因为现在您也在我的作家面具之下与我交流；既然我刚刚收到了您的回复——这原本是我无法想象的，那么我们已经获得了这样交流的权利，您的漂流瓶在海湾的岩石上碎裂了，我欣喜万分，而欣喜之下涌动着某种类似恐惧的东西，那是一种无法压抑欣喜的恐惧，它让欣喜变得惊恐，它将欣喜置于一切血肉与一切时间之外，毫无疑问，您和我都希望事情变成这样，只是方式不同。

给您写下这些话并不是容易的事，因为您不知道任何关于格伦达·加尔森的事，与此同时，事情却发生了，仿佛我不得不徒劳地跟您解释，而解释的内容在某种意义上正是您回复的理由；一切似乎都在另一个层面上发生，这种复制将所有普通的联系手段都变得虚妄荒诞；我们正在为他人写作或表演，而不是为我们自己，因此这封信使用了会被他人阅读的文本形式，这封信或许永远也不会被您读到，又或许会被您读到，但只会是在某个遥远的日子里，同样地，您的回复已经被他人所知晓，而我三天前碰巧出门的时候才收到。我认为，如果事情是这样发生的，那么尝试直接的联系将是徒劳；我认为，唯一可能的方法就是再次把回复的内容写给那些会把它当成文学作品来阅读的人们，套着另一个故事的故事，这似乎是用来收束最后的完美结局的尾音，我认为，好的故事都应该有这样的结局。倘若我打破了规则，倘若我正在以我的方式给您回信，那么，那个正在强迫我的人，那个也许正在要求我给您写信的人，就是您，而您或许永远都不会读到它。

那么，请由我解释一下您原本并不可能知道而已经知道了的事吧。恰好在两周前，我在墨西哥的编辑吉列尔莫·沙维尔松交给我第一批样书，那是我在最近一段时间里写的一部短篇小说集，以书中一篇小说的名字命名——《我们如此热爱格伦达》。当然了，都是西班牙语小说，几年后它们才会被译成其他语种，这周才开始在墨西哥发行，您不可能在伦敦读到，而且伦敦人几乎不读我的书，更不用说西班牙文版的了。我得跟您聊聊其中的一篇，与此同时，我觉得这样做是毫无用处的（那无处不在的隐约的恐惧因此而存在），因为您以一种只有这个故事本身才能映现的方式，已经听说过这个故事了，这违背了所有的常理，违背了理智本身，我刚刚收到的回复证实了这一点，我不得不做我此刻直面荒谬时所做的事情——格伦达，如果这是荒谬的话——而我觉得这并不是，尽管我和您都无法得知这究竟是什么。

尽管您无法记得您从来没有读过的东西，但您会记起某些文字，纸页上还留有湿润的墨迹，这个故事是关于布宜诺斯艾利斯的一群朋友的，他们之间存在着一种隐秘的友谊，在俱乐部里，他们对您，对在故事里名叫格伦达·加尔森的女演员，饱含热爱和仰慕之情，她的戏剧和电影作品已经闻名遐迩，任何一个有幸欣赏她作品的人都会承认这一点。这个故事很简单：那群朋友如此热爱格伦达，他们满腔热忱，他们要求并且需要她的作品至臻完美，他们无法忍受某些电影不够完美，无法忍受这样的丑事；毫无疑问，拍摄电影的时候，您一定试图达到某种效果，但某些资质平庸的导演把它给搅乱了。正如一切主张洗涤心灵并以净化献祭仪式结尾的故事那样，这个故事肆意地违背事实，旨在寻求更深刻、更终极的真理；于是，俱乐部用尽一切必要的手段，将所有不够完美的电影拷贝都占为己有，对它们进行改动，他们只需要在剪辑时删除一个片段，或是做一个几乎令人无法察觉的修改，就能挽救原版电影中令人无法原谅的拙劣处理方式。我认为，您和他们一样，并不在意那些微不足道的操作困难，故事也没有对此具体描述；只要有忠诚和金钱就够了，总有一天，俱乐部的任务会顺利结束，他们就能度过快乐的第七日。尤其是"快乐"这一点，因为那个时候，您已经宣布退出戏剧圈和电影圈了，您在不知情的情况下，结束并完善了一项工作，而重复和时间原本会玷污它。

在不知情的情况下……啊，我是故事的作者，格伦达，写作的时候我觉得非常清楚的事情，现在我却不敢肯定了。现在，我收到了您的回复，某种与理智无关的东西让我觉得格伦达·加尔森的引退有些蹊跷，几乎有些勉强，这样恰好结束了那个不为人知的、历史久远的俱乐部的任务。尽管现在，故事的结局让我觉得毛骨悚然，但我还是要继续给您讲这个故事，因为我不得不把结局讲给您听，我必须这么做，因为它就在故事之中，因为从十天前开始，在墨西哥的人们已经逐渐知道了这结局，更是因为，您也知道了结局。仅仅一年后，格伦达·加尔森就决定回归电影圈，俱乐部的朋友们读到了这则新闻，他们不堪忍受地断定，他们无法再重复本以为已经彻底终结的处理方法。他们只剩下一种方式去捍卫完美，捍卫那难以企及的幸福顶端：格伦达·加尔森将无法拍摄那部已经广而告之的电影，俱乐部会采取一切必要的手段，直到最后。

所有这一切，您看到了，是一本书里的一篇故事，里面还有一些奇幻的、不同寻常的细节，这篇故事和书里的其他故事有着统一的氛围，我从墨西哥启程前夕，我的编辑把这部故事集交给了我。这本书使用这个书名，只不过是因为其他故事都无法让我产生那种怀旧的、恋爱般的感受。一天下午，在伦敦奥德维奇剧院，我看见您用丝绸般的秀发鞭笞着萨德侯爵赤裸的躯体，从那时起，您的名字和形象就在我的生命中激起了这种情愫；人们无法得知，当我为这本书选中这个书名的时候，在某种意义上，我在把这篇故事和其他故事隔离开，把它所有的分量都放在了封面上，正如现在，三天前，在这里，在旧金山，我看了您最新的电影，有人从中为它挑选了一个名字——"跳房子"，他知道，这个词在西语中被翻译成"Rayuela"。瓶子们已经抵达了目的地，格伦达，但是它们漂流过的可不是军舰和信天翁的海洋。

一切都发生在一瞬间，我本以为，我来旧金山是为了给伯克利分校的学生上短期研修班，我们会因为那部电影恰好和我的一部小说重名而得到某种乐趣，而这部小说是我本次课程的一个主题，这样的想法真是讽刺。于是，格伦达，我看见了女主角的照片，第一次感受到恐惧。我带着一本书从墨西哥来到这里，那本书上有您的名字，然后我发现一部电影里有您的名字，而电影和我的一本书重名，就好像我被卷入了"偶然"的一场精彩游戏，正如之前数次发生过的那样；但这还不是全部，这什么也不是，直到瓶子在黑暗的客厅里变成碎片，我才理解了您的回复，我把这说成是回复，因为我不能，也不想认为这是一场复仇。

　　这不是一场复仇，而是来自人们可知范围之外的一次召唤，是一次旅行的邀请，而这次旅行只能在一切领土之外的领土上进行。那部电影——我觉得它不值一提——是根据一部间谍小说改编的，那部小说和您、和我都没有任何关系，格伦达，正因为如此，我认为在那愚蠢、低俗、恬不知耻的情节背后还隐藏着其他内涵，可我很难想象会有其他内涵，因为您不可能有话跟我说，但又是可能的，因为现在您是格伦达·杰克逊，既然您同意拍摄一部拥有那样的片名的电影，那么我不禁认为，您是以格伦达·加尔森的身份拍摄的，而我从故事开端就已经这样称呼您了。那部电影和这些毫无关系，只是一部勉强算得上有趣的间谍喜剧片，这迫使我思考那些显而易见的事，思考那些在事先安排好的报纸或书籍的纸页上刊登的数字或加密文字，它们对应着一些话语，以此向掌握密码的人传递信息。就是这样，格伦达，确确实实就是这样的。当信息的创造者凌驾于一切考验之上时，我还需要去证实这一切吗？我的话是说给那些会读我的故事和会看您的电影的局外人听的，是说给读者和观众听的，他们会变成我们的信息天真的桥梁：一个刚刚编辑完的故事，一部刚刚上映的电影，现在则是这封信，它以几乎无法言说的方式包含了那个故事、那部电影，为它们画上了句号。

　　我们对梗概已经不太感兴趣了，我会删繁就简。在那部电影里，您爱上了一个间谍，他正着手写一部名为"跳房子"的书，旨在揭露美国中央情报局、美国联邦调查局和克格勃之间的肮脏交易，他曾经为这些可爱的机构工作过，但现在他们正在努力除掉他。温柔滋养了忠诚，您将帮助他策划一场意外，让他的敌人们以为他已经死了；然后，安宁的生活会在世界的某个角落等待你们。您的朋友出版了《跳房子》，尽管这不是我的书，但是，等某位畅销书编辑出版它的西班牙文版时，它的名字必然会是"Rayuela"。电影快结束的时候，有这样一幅画面：那本书的样品出现在玻璃橱窗里，就像几年前万神殿出版社编辑了我的小说后，它的英文版大概也出现在了美国的一些玻璃橱窗里一样。我在刚刚于墨西哥出版的故事里，象征性地把您杀死了，格伦达·杰克逊，而在那部电影里，您也象征性地除掉了《跳房子》的作者。在电影里，您一如既往地年轻美丽，而您的作家朋友却苍老憔悴，就像我一样。通过我的俱乐部伙伴们，我明白了，只有让格伦达·加尔森消失，才能让我们完美的热爱永驻；您也明白，您的爱只有消失了才能完好无损地实现。我对某种莫名的事物产生了同样莫名的恐惧，我带着这种莫名的恐惧写下了这些话。此刻，在这些话快要写完的时候，我清楚地明白，在您的信息里，并没有复仇，只有一种极美的对称，我故事里的人物刚刚和您的电影里的人物相聚了，因为您想让事情这样发生，因为只有两场因爱而生的死亡演习才能让他们相遇。在那里，在那个超越一切方向的地方，您和我正彼此相望，格伦达，当我在这里写这封信的时候，您正在某个地方——我觉得是在伦敦——为了登台表演而化妆，或是在研究下一部电影的角色。

一九八〇年九月二十九日于加州伯克利

阶段的终结

为几栋房子，致谢里丹·勒法努
为几张桌子，致安东尼·塔尔勒

汽车在那里停下了，或许是因为太阳已经很高，大清早开车那机械的愉悦感已经屈服于昏睡和干渴。对迪安娜来说，这个名字平淡无奇的村庄是该省地图上的又一个小标记，离她当晚落脚的城市还很远，悬铃木的树冠让广场免受公路热气的侵袭，广场就像一处歇脚点，她松了口气，驶进广场，在咖啡馆旁刹了车，树下到处都是桌子。

服务员给她端上一杯加了冰块的茴芹酒，问她一会儿想不想吃午饭，不着急，因为他们营业到两点。迪安娜说，她想在村子里转一圈再回来。"没有什么可看的。"服务员告诉她。她原本想回答说，她也不怎么想看，但是她没有这么做，相反，她点了黑橄榄，猛地灌下了高身杯里彩虹般的茴芹酒。她感觉到皮肤上树荫的清凉，教区里的几个居民在打牌，两个男孩在跟小狗玩耍，一个老妇人坐在报摊前，一切似乎都脱离了时间，在炎炎夏日的薄雾里伸着懒腰。她看着其中一名玩家长久地举着纸牌，然后让它带着胜利的噼啪声响落在桌面上。"似乎脱离了时间。"她如此想道。这样的事情她已经没有兴致做了，延长美丽事物存在的时间，感觉自己切实地生活在惬意的绵延之中，这种绵延曾在时间的震动里支撑过她。"生活竟然会变成一种纯粹的妥协，真是奇怪，"她一边想一边看着那只在地上气喘吁吁的小狗，"甚至变成了这种拒绝接受一切的妥协，在快要抵达的时候离开的妥协，我杀死了尚且无法杀死我的一切的妥协。"她把香烟夹在唇间，她明白，香烟最后会烫到嘴唇，她得抽出它，把它掐灭，就像她在这些年里做的那样，她已经失去了所有的理由，无法用香烟、方便的支票夹和自如驾驶的汽车之外的其他事物填补当下了。"迷失了，"她重复道，"艾灵顿公爵极美的主旋律，我竟然不记得了，两度迷失了，女人，在四十岁的年纪，同样迷失的女人，这只是一种在一个词语里哭泣的方式。"

她突然觉得自己非常愚蠢，这迫使她去买单，去村子里溜达一圈，去见那些不会引发欲望和想象的事物。她像被事物观看似的观看它们，那里有间毫无趣味的古董店，现在是美术馆古旧的正墙。那里刊登着一场个人展览的广告，她完全不认识这个名字拗口的画家。迪安娜买了门票，这是一座逼仄的房子，被本省官员勉强改造出了几间连通的房间，她走进了第一间展室。此前，他们递给她一本手册，里面的内容包括画家的艺术生涯（特别是在当地的经历）、几段评论和几句老套的夸奖；她把手册扔在一张边桌上，开始看画，起初她以为是照片，但是图片的尺寸吸引了她的注意力，放得这么大的彩色照片很少见。她辨认出材料，发现了细节上偏执的完美，她兴致盎然起来；事情突然发生了反转，她觉得自己正在看以照片为基础的画作，某种游离于两者之间的艺术形式，虽然展室灯光充足，但是，面对这些油画，她迟疑了很久，这些油画或许是根据照片画出的作品，或许是痴迷于现实主义的结果，这种痴迷将画家带到了危险或模糊的边缘。

第一间展室里挂着四五幅油画，主题要么是光秃秃的桌子，要么是摆着极少物品的桌子，它们被一束强烈的阳光照得透亮。有几幅画里还多了一把椅子，而在其他的画里，桌子形单影只，它的影子在侧光的照射下被拉得很长。她走进第二间展室，看见了新的东西。在一幅画里有一个人像，大门敞开着，将室内和模糊不清的花园连在了一起；那个人背对着观赏者，已经离开了那座房子，房子里的那张避不开的桌子在近景中一再出现，桌子与画中人之间的距离和桌子与迪安娜之间的距离相等。房子一直是同一座房子，这一点并不难理解，也不难想象，现在，另一幅画里多出了一条发绿的长廊，画中的背影看向遥远的门窗。奇怪的是，人物的轮廓并不像空桌子那样显眼，他似乎是偶然路过的访客，无缘无故地在一座废弃的大房子里游荡。然后是一片寂静，这不仅因为迪安娜似乎是这个小博物馆里唯一的游客，还因为这些画都散发着孤独的气息，那个男人黑色的身影更加深了这种孤独。"光线里有什么东西，"迪安娜想，"那束光就像坚硬的材料，它照进来，将所有的物品碾碎。"但是，连颜色都充满了寂静，漆黑的背景、强烈的对比，赋予了阴影如丧事布和缓缓飘动的孝帏一般的质感。

　　刚走进第二间展室她就惊讶地发现，除了一批画有光裸的桌子和人物背影的作品，还有几幅其他主题的油画，一台孤零零的电话，几个人像。她看着它们，这是当然的，但是她看得很粗略，仿佛并没有在看它们，画着房子和形单影只的桌子的系列作品具有极大的力量，让其余画作都变成了佐料，几乎变成了画中那座房子（而不是美术馆）墙上挂着的装饰画。她觉得很可笑，因为她发现自己很容易被催眠，还产生了屈服于想象力和经常出现在正午时分的炎热魔鬼时那种昏睡般的愉悦感。她回到了第一间展室，因为她不确定自己是否准确地记得先前看过的一幅作品，她发现本以为光秃秃的桌子上有一只装着画笔的罐子。相反，空桌子出现在了对面墙上的那幅画里，迪安娜看了一会儿，想仔细研究那幅画的背景，在敞开的大门后面，隐约能看见另一个房间，看见烟囱或第二扇门的局部。她越来越确定的是，所有这些房间都属于同一座房子，就像一幅庞大的自画像，艺术家能够将它精妙地抽象出来，他要么以黑影的方式出现（那个黑影在其中一幅画里穿着长袍），要么就固执地背对着另一个访客，那个花钱进入房子、在空荡荡的房间里走动的闯入者。

　　她回到了第二间展室，然后向通往下一个展室的那扇虚掩的门走去。一个和蔼的、有些拘谨的声音让她回过头来；一名身穿制服的保安——在如此炎热的天气之下，真是个可怜人——走过来告诉她，博物馆中午闭馆，三点半重新开放。

"还有很多可看的东西吗？"迪安娜问道，她突然厌倦了博物馆，感到眼睛被过多的图像喂食之后的一阵恶心。

"没有了，只剩最后一间展室了，小姐。那里只有一幅画，据说画家想让那幅画单独展出。您想在离开前看一眼吗？我可以等一会儿。"

没有接受他的提议真是太愚蠢了，当迪安娜说"不用"的时候，她就明白了这一点，他们俩开玩笑说，如果没有及时赶到的话，午饭就凉了。"要是您回来的话，就不必重新买票了，"保安说，"现在我已经认识您了。"在大街上，她被头顶的阳光照得头晕眼花，她想，自己究竟是怎么了，竟然对超写实主义（或者是这位不知名的画家的随便什么主义）感兴趣到这种地步，而且她突然放弃观赏最后的、也可能是最好的一幅画，真是荒唐。但未必如此，画家希望将这幅画与其他作品隔离，这或许说明那幅画与众不同，它是另一种形式，或属于另一段时间的作品，何必把它纳入毫无漏洞的范围之中，破坏一系列作品的整体连贯性呢。她没有走进最后那间展室，没有屈服于要做一名认真的游客的执念，没有屈服于想要穷尽博物馆的可悲的癖好，这样更好。

她远远地看见了广场上的咖啡馆，想到吃饭时间到了；她没有胃口，不过，她和奥兰多一起旅行的时候，一直都是这样的，对奥兰多来说，中午是关键的时刻，午餐仪式莫名地将从上午到下午的过渡变得神圣了，如果咖啡馆就在几步之遥，奥兰多肯定会拒绝继续在村庄里游荡。但是迪安娜并不饿，渐渐地，回忆奥兰多对她来说变得没那么痛苦了；离开咖啡馆并非仪式性的反抗或背叛。她可以继续自由地回忆很多事，她可以听任自己被旅途中的偶然摆布，任凭自己模糊地回忆起和奥兰多一起在山区度过的某个夏天，回忆起由于后背和后颈上火辣辣的阳光而几乎想要离开的某个沙滩，奥兰多在风大盐咸的海滩上，而迪安娜在空无一人的无名小巷里逐渐迷失方向，她紧贴着灰色的石墙，漫不经心地看着某扇奇怪的、敞开的大门，里面或许有庭院、沾水的井栏、紫藤和石板路上昏昏欲睡的猫咪。她再次觉得，不是她在游览村庄，而是村庄在游览她，铺路石仿佛在传送带上向后滑动，她身处此地，万物却在流动，消失在她身后，一个生命，或者，一个无名的村庄。现在走来的是一个摆着两张小长凳的小广场，一条通往田野的小巷，几个围着不大结实的栅栏的花园，彻头彻尾的正午式孤独，它残忍地戕害阴影，让时间停滞不前。那座有些荒芜的花园里没有树木，老房子那扇敞开的宽门一览无遗。迪安娜在昏暗中隐约看见了一条走廊，那条走廊和博物馆一幅画里的走廊一模一样，她不敢相信，却又无法否认。她觉得自己从另外一边、从房子的外面进入了画中，而不是作为房间里的观察者被纳入其中。此时，要说有什么怪事的话，那就是当她认出这里时并没有任何陌生感，于是她毫不犹豫地走进花园，向大门走去，为什么不呢，毕竟她已经买了门票，而且也没有人反对她出现在花园里，反对她的脚步经由那扇敞开的门，穿过那条通往冷冷清清的第一间展室的走廊，在展室里，黄色光线透过窗户打在侧墙上，勾勒出空桌子和那张孤零零的椅子的轮廓。

她既没有恐惧，也不觉得惊讶，甚至将这一切归结为偶然的想法都被迪安娜抛到了脑后，既然已经有另一扇门通向左边，而在一个砌有烟囱的房间里，那张避不开的桌子舒展成一个又长又细的影子，何必要用假设或者解释来贬低自己呢。迪安娜兴致索然地看了眼那块白色的小桌布和三只杯子，重复的画面变得单调，强烈的光线切割着昏暗。唯一不同的是房间深处的那扇门，它不是虚掩着的，而是紧闭着，将为这顺利进行的游览引入些意料之外的东西。她艰难地停下脚步，她想，门之所以关着，只不过是因为她没有走进博物馆最后的那间展室，而观看那扇门后的事物就好比回到博物馆完成游览。归根结底，一切都极具几何色彩，一切都令人难以置信，却又在意料之中，害怕或惊恐似乎就像突然开始吹口哨或者大声询问房子里是否有人那样欠妥。

连那唯一的不同之处都毫不例外，手推开了门，又是与之前相同的场景，黄色光柱打在一面墙上，和其他桌子相比，这张桌子显得更加光秃，它的影子又长又怪诞，仿佛有人粗暴地扯下一条黑色的桌布然后扔到了地上，为何不以另一种方式看它呢，它就像一具拥有四条腿的僵直的身体，刚刚被剥去了衣服，而衣服则掉进了黑色的阴影里。只需看看四周的墙壁和窗户，就会发现那是同一个冷清的场景，但这一次，连从房子延伸出去、通向新房间的门都不存在了。虽然她已经见过桌子旁边的那把椅子，但一开始并没有认出来，现在，她将这把椅子纳入了已知的事物中，许多类似房间里的许多配椅子或不配椅子的桌子。她隐约有些失望，向桌子走去，坐了下来，她开始抽烟，玩弄沿着水平光柱攀缘的烟雾，烟雾描绘出自己的轮廓，仿佛想违背所有房间及所有画作想要保持冷清的意愿，从迪安娜身后某处传来的短促笑声也是如此，暂时打破了寂静，不过，这或许只是屋外鸟儿短暂的啼鸣，又或者只是枯木的游戏；当然了，回头去看前一个房间是徒劳的，在那里，桌上的三只杯子将它们虚弱的影子投射在墙上，加快脚步是徒劳的，毫不惊慌、头也不回地逃走是徒劳的。

　　窄巷里有一个男孩问她几点了，迪安娜想，如果她还想吃午饭的话，就得抓紧时间了，但是，服务员似乎在悬铃木下等她，向她表示欢迎，指给她最清凉的座位。吃饭并没有意义，但是在迪安娜的世界里，她几乎总是这样吃饭，要么是因为奥兰多说吃饭时间到了，要么是因为在两件事情的间隙没有更好的选择了。她点了一道菜和白葡萄酒，在一个如此冷清的餐馆，她等待的时间算是相当长了；在喝咖啡和买单之前，她已经知道自己要回到博物馆，有些事情最好直接接受，不要分析，也不要抱有好奇，她内心深处最邪恶的一面却促使她去审视这些事，如果她不这么做的话，当这个阶段结束的时候，当一切——博物馆、酒店和历历在目的往事——都回归寻常的时候，她会后悔。尽管实际上，一切都还不明朗，但是她的智慧将在她的内心深处舒展开来，就像一只刚刚确认所有事情都是完全对称的心满意足的小狗一般，博物馆最后那间展室里挂着的那幅画顺从地象征着这座房子最后的房间；如果她和保安谈一谈的话，那么剩下的部分也能变得井然有序，空白也会被填补，归根结底，许多艺术家都精确地复制了他们的模特，这个世界上有许多张桌子最终被留在了卢浮宫或大都会博物馆，复制于化作尘土、被人遗忘的现实。

她不紧不慢地穿过前两间展室（第二间展室里有一对情侣，尽管到那个时候为止，他们是下午唯一的访客，但他们交谈的声音依然很轻）。迪安娜在两三幅画前停了下来，光线的角度第一次也进入了她，这仿佛是在这个冷清的房子里她不愿意承认的不可能的事。她看见那对情侣向出口走去，直到只剩她一人，她才朝最后那间展室的大门走去。那幅画位于左边的墙上，她得走到中间才能看清画中桌子和椅子的表现手法，那把椅子上坐着一个女人。与一些画中背对观赏者的人像一样，那个女人身穿黑色衣服，但是她的脸露出了四分之三，栗色的头发垂到了画面中看不见的那一侧的肩膀上。没有任何细节能把这个女人和之前那些画作中的内容明显地区分开来，她就像在另外几幅画里游荡的那个男人那样，融入了画作，她是系列作品的一部分，是属于相同审美的又一个人像。同时，那里的某种东西或许解释了这幅画被单独留在最后这间展室的原因，现在，从相似的表面衍生出了另外的情愫，观察者会逐渐相信，这个女人与另一个人物的不同之处不仅在于性别，还在于她的态度，她的左臂顺着身体垂落，上身微微倾斜，将自己的重量分散给了支撑在桌面上的、看不见的手肘，它们在跟迪安娜讲述别的事，正在向她展示超越沉思或者昏睡之外的荒芜。那个女人已经死去，她的头发和手臂垂落着，难以解释的是，她的静止之态比其他作品中人和物的定格更为强烈：那里的死亡仿佛是沉默的极致，房子和人物的孤独的极致，每张桌子、每个影子和每条走廊的极致。

她不知自己是如何再次来到大街和广场上的，她上了车，驶上滚烫的公路。起初她全速前进，后来慢慢地降下了速度，直到香烟烫到她的嘴唇,她才开始思考,有这么多被奥兰多喜爱过、之后又被他遗忘的音乐磁带,想想就觉得荒谬。她偶尔会听这些磁带,任由自己被回忆折磨,与孤独和身边空座上影影绰绰的影像相比,她情愿忍受回忆的侵袭。距离那座城市还有一个小时的车程,而距离一切的一切似乎还差几个小时或几个世纪,比如遗忘、旅馆里的热水澡、吧台的威士忌、下午的日报。对她而言,一切都像往常那样对称,一个崭新的阶段如同前一个阶段的复制品那样出现,一家旅馆的出现让旅馆的数目变成偶数,或是变成奇数,将偶数的任务留给下一个阶段;同样的还有床、石油供应商、大教堂或者星期。同样的事情本该在博物馆里发生,在那里,一切都疯狂地重复,一件件东西,一张张桌子,甚至还有那令人无法忍受的最后的诀别,那幅例外的作品让那个完美的约定瞬间破裂,约定的内容无法解释,既不属于理智的范畴,也不属于疯狂的范围。因为最糟糕的,就是在这一开始就显出谵妄与愚蠢重复的端倪的事物中寻找合理性,同样糟糕的还有一种恶心的感觉,只有彻底的实现才能让它再次变得和谐与合理,才能将这种疯狂置于生命中美好的那一边,才能让它与其他的对称和其他的阶段对齐。但这是不可能的,那里有什么东西逃走了,她没法继续前行,也无法接受事实,她的整个身体都在向后舒展,仿佛是在拒绝前进,如果还有什么需要做的话,那就是转身、回去,用所有理智的证据说服自己这很愚蠢,那座房子并不存在,它或许存在,那座房子矗立在那里,而博物馆里的只不过是几幅抽象画或历史画,是她本来甚至不会费心去看的东西。逃避是一种肮脏的方式,她用这种方式来接受难以接受的事情,来为时已晚地毁弃唯一可以想象的生活，毁弃日出时或听广播新闻时那苍白而日常的默许。她看见右边出现了一条空荡荡的人行道，她果断掉头，又回到了公路上，全速行驶，直到看见村庄附近最先出现的几座农场。她驶过广场，记得向左拐就会抵达道路尽头，她可以把车停在那里，步行穿过第一条冷清的小巷，听见悬铃木顶端的蝉鸣声，那座废弃的花园就在那里，大门依然敞开着。

无须在前两间房里浪费时间，那里的光线依然刺眼，无须核实那些桌子是否还在，无须核实她是否在离开时关上了第三间房的门。她明白，只要推开那扇门，就能毫无障碍地走进去，那张桌子和那把椅子就会映入眼帘。她再次坐下来抽烟（前一支烟的灰烬悉数堆在桌角，烟蒂大概是被扔在了街上），她侧着身子，免得被窗外的光线直射。她在口袋里寻找打火机，看见第一缕烟雾绕着光线形成了涡旋。如果那声轻笑归根结底是阵鸟鸣，那么此刻，屋外没有一只鸟儿在鸣唱。不过，她还有许多支烟可以抽，她可以倚着桌子，让自己的视线迷失在背景墙壁的黑暗之中。当然了，她随时可以离开，也可以留下来；或许，看着阳光在墙壁上爬升会是件美好的事，她的影子和桌椅的影子被拖得越来越长，或者，继续这样下去，不做任何改变，光线静止不动，就像其他的一切，就像她，就像烟雾，静止不动。

第二场旅行

把我介绍给西科隆·莫利纳的是矮子华雷斯，这发生在拳击比赛结束后的一个夜晚，没过多久，华雷斯就去科尔多瓦工作了，而我依然不时在玛伊布大街五百号的咖啡馆（这间咖啡馆现在已经不复存在）与西科隆见面，时间几乎总是在周六的拳击比赛结束之后。我们很可能从第一次见面就开始谈论马里奥·普拉达斯，华雷斯是马里奥最狂热的崇拜者之一，却也不如西科隆狂热，因为西科隆是马里奥准备前往美国比赛前的陪练，他记得许多关于马里奥的事情，那进攻的技巧，著名的触地弯腰，漂亮的左手击拳，以及他的沉着和胆识。我们都是马里奥的追随者，奇怪的是，拳击赛结束后，我们在咖啡馆里见面，大家总是想不起与马里奥相关的时刻，那时，餐桌上总是一片安静，男孩们沉默地抽着烟，然后开始讲述比赛的故事和细节，有时他们会因日期、对手和成绩而争论。在那里，西科隆比其他人更有话说，因为他曾经是马里奥·普拉达斯的陪练，并把马里奥当成朋友，他从来没有忘记，马里奥曾经帮他进入月神公园体育场的第一轮预选赛。那时候，拳击台上的选手比政府部门升降梯里的候选人还要多。

"我因为总分劣势输掉了比赛。"在这种时候，西科隆这样说道，我们大家都笑了，他竟然这样糟糕地回报马里奥的人情，这真可笑。但是西科隆不会和我们怄气，尤其不会和我怄气，因为华雷斯跟他说过，我从不错过任何比赛，我就像一本百科全书，熟悉杰克·琼森时代往后的每一位世界冠军。或许因为这个，西科隆喜欢在周六晚上单独和我在咖啡馆见面，我们长久地谈论体育。他喜欢了解弗波的时代，对他而言，那一切仿佛是神话，他就像孩子一样细细品味着，吉本斯和滕尼，卡彭铁尔，我跟他讲述一个又一个片段，我喜欢抓住那些漂浮着的记忆、我的妻子和女儿不感兴趣的那一切，之后你会明白的。此外，西科隆还在参加拳击预选赛，他输赢的次数相当，排名没有提升，属于那种观众熟悉却并不喜爱的拳手，他们偶尔会在令人昏昏欲睡、用来凑数的比赛里给他加油。他无能为力，他自己也明白这一点，他不是进攻型选手，又缺乏当时许多轻量级选手都纯熟掌握着的一切技巧；我把他称作"称职的拳击手"，这个收入微薄的男人全力进攻，不论是输是赢，他的情绪都不会太受影响，当然了，我是不会告诉他这些的；他就像是酒吧里的钢琴师或者歌剧里的配角，你看啊，他似乎心不在焉地做着自己的事情，我从来没见他在比赛结束之后发生什么变化，如果没有被打得很惨的话，他会来咖啡馆，我们一块儿喝几杯啤酒，他带着温和的微笑期待听到我的评论，跟我讲述拳台上发生的事，有时候，他说的和我在台下看到的很不一样，有时候我们兴高采烈，有时候我们沉默不语，一切视情况而定，啤酒既是庆功酒，也是良药，太漂亮了，西科隆，太漂亮了，朋友。他恰巧必须经历这些，但那又怎么样呢，那是让人将信将疑的那种事，西科隆或许经历了那件事，但他永远都无法明白，在他因为总分劣势输掉一场比赛又正好取得一场平局之后，那件事毫无预兆地开始了，这发生在某一年的秋天，具体哪年我记不清了，已经过去太久了。

我只知道，在那件事开始之前，我们又重新开始谈论马里奥·普拉达斯了，而当我们谈论马里奥的时候，西科隆总是更胜一筹，他比任何人都更了解马里奥，他没能陪马里奥去美国参加世界锦标赛，教练只挑选了一名陪练，因为那边的陪练多得是，何塞·卡塔拉诺被选上了，但西科隆还是通过其他朋友和报纸了解了所有信息，了解了冠军之夜前马里奥获胜的每场比赛以及之后发生的事，那是我们每个人都无法忘记的事，但是西科隆的情况还要更糟糕，每当他回想起这件事，他的声音和眼神里都透露出伤痛。

"托尼·吉阿尔德约，"他说，"托尼·吉阿尔德约，婊子养的。"

我从来没有听他骂过打赢他自己的那些人，不管怎么样也没有这样骂过，就好像他们侮辱了他妈一样。他从来没有想过吉阿尔德约能打赢马里奥·普拉达斯，从他了解那场比赛（通过阅读新闻和向别人打听以拼凑出每个细节）的样子可以看出，实际上，他从心底里无法接受，他一声不响地寻找能够改变他记忆中那场失败的理由，尤其是能够改变另一件事的理由，马里奥无法从被击倒的阴影中恢复过来，然后那件事就发生了。那次倒地在十秒钟内颠覆了他的生活，他的职业生涯一落千丈，他和过去无法跟他打四个回合的对手比赛，在那两三场比赛中，要么勉强获胜，要么打成平局。最后，在短短几个月内，他被人遗忘，丢了性命，在连医生们都无法理解的一次发作结束后，他就像一条丧家犬那样死在了门多萨，在那里既没有崇拜者也没有朋友。

"托尼·吉阿尔德约，"西科隆一边看着啤酒一边说，"真是个婊子养的。"

只有一回，我鼓起勇气告诉他，没人质疑吉阿尔德约击败马里奥的方式，两年后他仍旧是世界冠军，此后，他还三次捍卫了自己的宝座，这就是最好的证明。西科隆沉默地听着，但我再也没有提起这件事，而他也好像明白了过来，没有再继续骂吉阿尔德约。我有点记不清时间了，但那场比赛应该正是在那时发生——那是当天的倒数第二场拳击赛[①]，因为那天晚上没有更精彩的看点了——他的对手是左撇子阿吉纳加，前三个回合西科隆的表现和往常一样，但到了第四回合，他就像是骑上了自行车，在四十秒内把左撇子撂在了围绳上。那天晚上，我以为会在咖啡馆里碰见他，但是他要么和其他朋友出去庆祝了，要么回自己的公寓了（他和一个来自卢汉的女孩结婚了，他很爱她），因此我没法发表评论。这场比赛过后，月神公园体育场的负责人给他安排了一场压轴赛，对此我丝毫不觉得奇怪，对手是罗赫利奥·科希奥，他在圣塔菲名气很大，虽然我

[①]一般来说，在拳击比赛中，被安排得越靠后的比赛越重要。

非常担心西科隆，但我还是去给他加油了，我敢向你保证，我几乎无法相信那天发生的事情，我想说的是，一开始什么都没有发生，从第四回合起，科希奥获胜的势头就很明显了，这让我觉得之前西科隆战胜左撇子纯属偶然，这时他几乎在没有任何防备的情况下发起进攻，突然，科希奥就像被挂在了衣架上，站着的观众还完全没有反应过来，西科隆已经用一记一二连击让对手跪坐了八秒，紧接着，他使出一记勾拳将对手打倒在地，余音很可能传到了五月广场。"我欠你的。"就像那时人们常说的。

那天晚上，西科隆和一群总是簇拥在胜利者身旁的马屁精来到了咖啡馆。但是，他和他们庆祝了一会儿、拍完照后就来到我的桌子旁，他坐了下来，似乎希望他们别再打搅他。虽然科希奥把他一侧的眉毛打得惨不忍睹，但是他看起来并不累，最让我觉得奇怪的是，他看我的眼神很不一样，仿佛是在询问我什么，或是在思考什么；他偶尔会揉一揉右手手腕，然后重新用奇怪的眼神看着我。我能告诉你什么呢，看完那场比赛后，我吃惊极了，虽然最后我还是得告诉他我对那场比赛的看法，但我更希望他先开口，我觉得西科隆很清楚，我并不会相信他说的话，在不到两个月的时间里，他以这种方式打败左撇子和科希奥，我无话可说。

我记得，尽管店主拉下了铁门，让我们随意活动，但咖啡馆还是越来越冷清。西科隆几乎一口闷下了一杯啤酒，然后又开始揉搓那只让他不适的手腕。

"应该是阿莱西奥的功劳，"他说，"你可能还没发现，但肯定是阿莱西奥的建议起了作用。"

他说这句话似乎是为了掩饰什么，他并不相信自己说的。我没有听说他换教练了，不过，当然了，看起来这也是有可能的，但今天，我重新思考了这件事，我觉得，当时他也不确定。像阿莱西奥那样的人当然会为西科隆做很多事，但是他击倒对手的那一拳不可能是奇迹的功劳。西科隆看着自己的双手，揉搓起手腕。

"我不知道我到底怎么了，"他说话的语气仿佛充满了羞愧，"突然间我就这样了，两次都一样，伙计。"

"你训练得很棒，"我对他说，"差别很明显。"

"没错，但是突然就这样了……阿莱西奥是巫师吗？"

"你继续加油，"发现他有些恍惚，我跟他开起玩笑，想让他从这种状态中解脱出来，"我觉得已经没有人能阻挡你了，西科隆。"

如此，在与"猫人"费尔南德斯的比赛结束之后，所有人都相信他的拳击之路已经畅通无阻，而这正是两年前马里奥·普拉达斯的拳击之路的翻版，一艘船，两三场测试赛，向世界冠军发起挑战。对我来说，那是一段操蛋的时光，如果可以陪着西科隆，我愿意付出一切，但我不能离开布宜诺斯艾利斯，我尽量和他待在一起，虽然现在阿莱西奥在照顾他，并且限制他喝啤酒之类，我们还是经常在咖啡馆见面。我们最后一次见面是在他与"猫人"的比赛结束之后；我不会忘记西科隆在咖啡馆的人群中寻找我的情景，他跟我提议去港口散一会儿步。他坐进车里，不让阿莱西奥跟着我们，我们在一个码头下了车，在那里转了一圈，看着码头的船只。从一开始，我就觉得西科隆想跟我说点什么；我跟他聊了聊比赛，谈到了"猫人"是如何撑到比赛结束的，西科隆似乎又在掩饰着什么，因为他看着我，却没有认真听我说话，他要么赞同，要么沉默，"猫人"，没错，"猫人"不好对付。

"开始的时候，你吓了我一跳，"我说，"你热身了好一阵子，这样很危险。"

"我知道，去他妈的。阿莱西奥越来越凶了，他觉得我要么是故意的，要么是纯粹为了炫耀。"

"这样不好，朋友，别人可能会领先你一步。而且现在……"

"是啊，"西科隆一边说，一边坐在了一卷绳子上，"现在是托尼·吉阿尔德约。"

"你说得没错，朋友。"

"你想怎么样，阿莱西奥说得对，你说得也没错。他们没法明白，你发现没有。我自己也不明白，为什么我必须等呢。"

"等什么？"

"我也不知道，随它去吧。"西科隆说完，别过了脑袋。

你不会相信的，不知怎的，我并没有很惊讶，但还是有些茫然。但西科隆没有给我时间摆脱窘态，他专注地看着我的眼睛，似乎想要下定决心。

"你明白吗，"他说，"我没法跟阿莱西奥和其他人聊太多，因为我会忍不住往他们脸上打一拳，我不喜欢别人把我当疯子。"

我又摆出了那个老套的姿势，当你没有别的选择时，你就会这么做，我把手搭在他的肩膀上按了按。

"我他妈一点儿也不明白，"我对他说，"但是我很感激你，西科隆。"

"至少我能和你聊天，"西科隆说，"就像和科希奥比赛的那天晚上，你记得吧。你发现了，你跟我说：'继续这样下去吧。'"

"好吧，我不知道自己发现了什么，只是觉得这样挺好的，所以就告诉你了，我肯定不是唯一一个这么说的人。"

他看着我，似乎是想让我明白，并不仅仅如此而已，然后他笑了起来。我们俩都笑了，神经也放松下来。

"给我支烟吧，"西科隆说，"难得阿莱西奥没有像看孩子那样看着我。"

我们迎着夏日午夜里潮湿的风，对着流过的河水抽烟。

"你明白了吧，就是这样，"西科隆说，他现在说话似乎没那么费劲了，"我什么都做不了，我得一边比赛，一边等待那个时刻到来。我早晚会被对手迅速地击倒在地，我敢向你保证，这让我害怕。"

"你热身的时间太长了，就是这么回事。"

"不，"西科隆说，"你很清楚，不是这么回事。再给我一支烟吧。"

不知道为什么，我停顿了一会儿，他看着河流抽烟，拳击比赛结束后的疲倦慢慢向他袭来，他得回到市中心去。说出每个字都让我费尽了力气，我敢向你保证，但是，归根结底，我得问问他，我们不能这样下去，因为事情会变得更糟，西科隆把我带到港口是为了告诉我一些事，我们不能一直这样，你明白吗。

"我不是很明白你的意思，"我回答他，"但或许我和你想的一样，如果不是这样的话，发生的这一切就变得无法理解了。"

"你很清楚发生的一切，"西科隆说，"告诉我，你希望我怎么想呢。"

"我不知道。"我费劲地回答他。

"每次都一样，就在休息的时候发生，我对一切都毫无知觉，天晓得阿莱西奥在我耳边喊了些什么，然后铃声响了。等到我上场的时候，比赛似乎刚刚开始，我没法跟你解释，但是情况已经完全不同了。如果不是因为对手还是同一个人的话——左撇子或者'猫人'——我会以为我是在做梦，然后我就不太清楚究竟发生了什么，比赛很快就结束了。"

"你是想说，你的对手不太清楚究竟发生了什么吧。"我玩笑道。

"没错，但我也一样，他们举起我的手臂的时候，我什么感觉都没有，我回过神，但并不明白，我得慢慢地说服自己。"

"你就假设，"我不知道该说些什么，"假设事情就是这样的，谁知道呢。关键是你得坚持到最后，不能为了寻找解释而苦恼。我觉得，推动你的就是你想要的东西，这样很好，别再继续多想了。"

"没错，"西科隆说，"应该就是这样，我想要的东西。"

"尽管你并不相信。"

"你也不信，因为你不敢相信。"

"别想了，西科隆。你想要的就是击倒托尼·吉阿尔德约，我觉得这一点很明确。"

"是很明确，但是……"

"我觉得你想做这件事并不仅仅是为了你自己。"

"没错。"

"所以，你应该觉得好一些了吧。"

我们回到车上。我觉得西科隆默默地接受了我们一直说不出口的那件事。毕竟，这是说出它的另一种方式，这样我们不会陷入恐惧之中，但愿你能明白。西科隆把我留在了公交车站；他开得很慢，靠着方向盘半睡半醒。他到家之前可能会出事；我开始觉得不安，但是第二天我看到一篇报道上的几张照片，是他们那天早上给他拍的。那篇报道谈到了他的计划，当然还谈到了他的北美之行，以及越来越近的伟大之夜。

我已经告诉过你，我没法陪西科隆，但是我和拳迷们一起搜集信息，我们没有错过任何一处细节。和马里奥·普拉达斯的行程一样，马里奥在新泽西训练，跟格罗斯曼打了一场比赛，在迈阿密休息，这些是我们最早听说的消息，马里奥在寄给《体育画报》的明信片里讲述了钓鲨鱼之类的经历，接着，他跟阿特金斯打了比赛，签了世锦赛的合同，美国人的评论热情越来越高涨，最后（你看，这是不是很悲伤，我说了"最后"，而且我说得完全没错，去他妈的）是他与吉阿尔德约的比赛，我们听着广播，前五个回合两人势均力敌，第六回合马里奥获胜，第七回合两人打成平局，第八回合快结束的时候，解说员的声音就像是喘不过气来，他多次倒数计时，他大声说，马里奥站起来了，马里奥又倒下了，他又在倒数计时，一直数到了零，马里奥被击倒了，后来的照片似乎重现了那场极其不幸的比赛，马里奥在角落里，吉阿尔德约正一拳向他头上打去，结束了，我告诉你，我们曾经梦想的关于马里奥的一切、我们站在马里奥的立场上曾经幻想的一切都结束了。不止一名布宜诺斯艾利斯的记者将西科隆的这次旅行解读成一场充满象征意义的复仇——这是他们的原话，对此我丝毫不觉得奇怪。冠军依然在那里等待对手的到来，然后消灭他们，西科隆仿佛踏着另一场旅行的轨迹，他不得不经历同样的事，那些美国佬给所有试图踏上冠军之路的对手设立了障碍，如果对手不是本国人的话，他们更有理由这么做。每当读到这些文章，我都会想，如果西科隆和我在一起的话，我们只会面面相觑，用一种与别人完全不同的方式来理解这些评论。但是，西科隆不需要读报纸也能想到这些，想必对他来说，每过一天都意味着重复某种让他感受胃部压迫的折磨，他不愿意像与我聊天那样跟别人倾诉，而我们没有讲出口的事才是最要紧的。当他在第四个回合拿下第一个对手（某个叫作多克·品特的拳手）的时候，我给他发了一封祝贺的电报，他回复说：继续努力，拥抱。接下来，他对战汤米·巴尔德。一年前，汤米对战吉阿尔德约的时候坚持了十五个回合，而西科隆在第七回合就把他击倒在地，这场胜利在布宜诺斯艾利斯造成了巨大的混乱，你当时还很小，肯定不记得了，有人旷工，有人在工厂里捣乱，我想，当时所有的啤酒肯定都被喝完了。拳迷们坚信下一场比赛势在必得，他们说得没错，因为贡纳·威廉姆斯只坚持了四个回合。现在，最糟糕的部分开始了，我们得绝望地等到四月十二号，还剩一个星期的时候，我们每天晚上都带着报纸、照片和预测分析，在玛伊布大街的那家咖啡馆聚会，但比赛的那天我留在了家里，总会有时间和拳迷们庆祝的，而现在，西科隆和我得通过收音机并肩作战，我喉咙发紧，不得不开始喝酒抽烟，不得不对西科隆说一些蠢话，我在沙发上、在厨房里和他说话，我像一条狗一样窜来窜去，思考着西科隆可能会思考的事情，与此同时，他的手被缠上了绷带，裁判宣布了选手的体重，播音员反复播送着许多我们已经烂熟于心的话，关于马里奥·普拉达斯的回忆从那个无法重来的夜晚向所有人袭来，我们从未接受那个夜晚，我们想忘记它，想痛快淋漓地喝酒，以此忘却最苦涩的往事。

你很清楚接下来发生的事情，我何必再跟你说一遍呢，前三个回合，吉阿尔德约表现得前所未有地敏捷，技术前所未有地高超，第四个回合，西科隆经受住了对打，并在回合末将对方拖入困境，第五个回合，体育馆里的所有人都站了起来，播音员没法说清楚拳击台上的战况，他跟不上双方出拳的速度，只能大喊着零碎的词语，差不多在第五回合进行到一半的时候，吉阿尔德约打出一记直拳，西科隆闪到一边，但他没有看见从背后狠狠打向他的一记勾拳，播音员边哭边喊，先是杯子在墙上破碎的声音响起，我用酒瓶把收音机的正面敲得粉碎，西科隆被击倒了，第二次旅行和第一次一模一样，安眠药，我什么都不知道了，早晨四点，我坐在某座广场的长凳上。去他妈的，兄弟。

没错，你可能会说，没什么可评论的，这就是拳击台的铁律，你可能还会说些别的废话，总之，你并不认识西科隆，你有什么可苦恼的呢。我们哭了，你知道吗，我们人数众多，要么独自饮泣，要么和拳迷们一起号啕痛哭，很多人都想，很多人都说，其实这样更好，因为西科隆绝不会接受失败，这样结束更好，他在医院里昏迷了八个小时，然后就结束了。我记得，有一本杂志这样写道：他是唯一一个什么都不知道的人。你看，这样可真好，一群婊子养的。

更别提他的尸体被运回来之后人们为他举办的葬礼了，那是继卡洛斯·加德尔之后，布宜诺斯艾利斯举行的最盛大的葬礼。我和咖啡馆的拳迷们分道扬镳了，因为我觉得自己一个人更好，不知过了多久我才在拳击赛场上偶然遇见了阿莱西奥。当时，阿莱西奥正在指导卡洛斯·维戈，你已经知道这个年轻人取得的成绩了，我们去喝啤酒的时候，他想起我曾经是西科隆很好的朋友，于是跟我讲了那些事，他讲那些事的方式很奇怪，他看着我，似乎不是很明白自己是不是必须这么做，自己是不是正在这么做，因为后来，他想告诉我另一件事，那件事折磨着他的内心。阿莱西奥出了名地不爱说话，我又想起了西科隆，我情愿一支接一支地抽烟，情愿点更多的啤酒，情愿待在西科隆曾经的好朋友身边——他为西科隆做了他能做的一切——任由时间流逝。

"他很爱你，"我突然说，因为我能够感觉到这一点，尽管他可能是知道的，但我也应该告诉他，"他走之前，每次提到你，那种感觉就好像你是他的父亲。我记得，有一天晚上，我们一起出去，他问我要了一支烟，然后对我说：'趁这会儿阿莱西奥不在，他好像把我当成孩子一样照顾。'"

阿莱西奥低头沉思。

"我明白，"他对我说，"他是一个正直的年轻人，我跟他从来没有发生过矛盾，那次他开溜了一会儿，回来的时候一句话也不说，他总是觉得我说得对，我真是个讨厌鬼，所有人都这么说。"

"西科隆，真该死。"

我永远不会忘记那个瞬间，阿莱西奥抬起头，看着我，仿佛突然做出了决定，仿佛他等待已久的时刻已经到来。

"我不在乎你究竟是怎么想的，"他操着一点还未完全消失的意大利口音，一字一顿地说，"我之所以把这件事告诉你，是因为你是他的朋友。我只求你一件事，如果你觉得我是在胡言乱语，你不用回答，只管离开这里，我知道，无论如何，你绝不会说出去的。"

我看着他，突然，港口之夜重现了，一阵潮湿的晚风润湿了西科隆和我的脸庞。

"他被送到了医院，你知道吗，他们给他做了开颅手术，因为医生说很严重，但还有救。你看啊，那不是单纯的一拳，那一拳打在了他的后颈，他重重地倒在了拳台上，我看得很清楚，我听见了他倒地的声音，尽管四处都是叫喊声，但我还是听见了那个声音，朋友。"

"你觉得，他本来真的有救吗？"

"我也不知道，但总而言之，我见过比这更严重的击倒。事情是这样的，凌晨两点，医生已经给他做完了手术，我在走廊里等着，但他们不让我们见他，我们一行有两三个阿根廷人，还有几个美国佬，但是慢慢地，只剩我一个人了，此外还有医院的几个工作人员。大约五点的时候，有一个人来找我，我不太听得懂英文，但是我明白已经无济于事了。他似乎很害怕，那是一位年迈的护工，是一个黑人。当我看见西科隆的时候……"

我以为他不会继续说下去了，他的嘴唇颤抖着，他喝了口啤酒，酒都洒在了衬衣上。

"我从没见过这样的事，兄弟。那场景就像是有人在折磨他，就像是有人想要为了什么事而报复他。我没法跟你解释，他的身体好像是空的，好像被吸走了，好像他所有的血都干了，请原谅我跟你说的这些话，但我不知道该怎么说，好像他自己想要离开他的身体，剥离他的身体，你明白吗。他就像一个干瘪的水泡，一个破裂的玩具娃娃，但他是为谁破裂的呢，为什么要破裂呢。好吧，你想走就走吧，别让我继续说下去了。"

我把手搭在了他的肩膀上，我想起，那个码头之夜，我也曾经这样和西科隆在一起，我的手也曾经搭在西科隆的肩膀上。

"你想怎么做就怎么做吧，"我对他说，"你和我都没法明白，我能知道什么呢，或许我们明白了，但我们不会相信的。而我知道，吉阿尔德约没有杀死西科隆，吉阿尔德约可以安心地入睡了，因为不是他的错，阿莱西奥。"

他当然不明白了，就像你也不明白，从你现在的表情里就看得出来。

"这种事很正常，"阿莱西奥说，"当然不是吉阿尔德约的错，伙计，你不需要告诉我这一点。"

"我明白，但你相信我、跟我讲了你看见的事情，我感谢你是应该的。我很感激你，所以临走前，我还想跟你说一句话。尽管我们为西科隆感到痛心，但另一个人比他更值得我们同情，阿莱西奥。"

相信我，我双倍地同情另一个人，但何必继续下去呢，你不觉得吗，阿莱西奥不明白，现在你也不明白。而我呢，好吧，关于我领悟到的事情我又知道些什么呢，我把这件事情告诉你是为了以防万一，这种事谁知道呢，其实我也不明白我为什么会把这件事说给你听，或许是因为我已经老了，话太多了。

萨塔尔萨

亚当与种族，偶然与虚无。[①]

　　这种东西是用来确定方向的，比如现在的这句"抓老鼠[②]"，这是一句粗俗的、让人过耳难忘的回文，洛萨诺总是痴迷于这种文字游戏，但他自己并不这么认为，因为对他来说，一切都以镜子的形式呈现，那面镜子在撒谎的同时又会说出真相，它告诉洛萨诺真相，因为镜子的右边照出了他的右耳，与此同时，它又欺骗了洛萨诺，因为如果是劳拉或其他人看着他，虽然会把洛萨诺的右耳当成他的左耳，但他们马上就能判断出那其实是他的右耳；他们仅凭那只耳朵位于自己的左侧就能做出这样的判断，这是任何一

---

①西语原文为一句回文：Adán y raza, azar y nada.
②西语原文为 atar a la rata.

面镜子都无法做到的事，因为它无法调整自己的思维，因此，镜子既告诉了洛萨诺真相，也对他撒了谎，这导致他长久以来就像是在镜子面前思考；如果"抓老鼠"仅仅引发了这样的结果，那么这句回文的不同版本就值得人思考了，于是，洛萨诺盯着地板，任由文字自行游戏，而他等着它们，就像卡拉加斯塔的猎人们等着活捉大老鼠那样。

　　尽管在这种时候，关于老鼠的具体问题让他没有太多时间沉浸在其他可能的版本当中，但他仍然可以这样思考好几个小时。一切都很疯狂，而这种疯狂几乎是蓄意的，对此他并不觉得奇怪，他偶尔会耸耸肩，仿佛这样就可以摆脱那些他无法解释的事情，他已经习惯和劳拉谈论老鼠的事了，仿佛这是一件再平常不过的事，事实上也的确如此，在卡拉加斯塔捉老鼠、同混血儿伊利亚和雅拉腊一起去捉老鼠变成了一件平常事。那天下午，他们得再次前往北边的山丘，因为很快又会有一批老鼠被装船，他们得尽可能地利用这次机会，卡拉加斯塔人很清楚这一点，还没抵达北边的那几座山丘，他们就已经开始哄赶猎物了，当然，老鼠们也很清楚这一点，它们变得越来越难找，要活捉它们就更难了。

　　卡拉加斯塔人现在几乎专门以捕猎大老鼠为生，但基于上述原因，洛萨诺完全不觉得这是件荒唐事。此时，他正在准备绳套，这些绳套由极薄的皮革制成，他想起了"抓老鼠"那句回文，他安静地握着一个绳套，看着劳拉一边做饭一边哼歌，他觉得，回文就像所有的镜子那样，既会撒谎又会说实话，他当然得抓老鼠了，因为只有这样才能把它（们）活着关进笼子里，然后交给波尔塞纳，他会把这些笼子装上卡车，每周四，卡车都会开往海边，那里会有船只在等待。但这也是一个谎言，因为从来没有人真正抓到过大老鼠，用叉子卡住它的脖子，套住它，然后把它关进笼子，双手必须离它的血盆大口和它在空中蹬来蹬去、如玻璃般锋利的爪子远远的。绝对没有人能抓住老鼠，而且自从上个月伊利亚、雅拉腊和其他人发现老鼠们开始施展新策略以后，这件事就更不可能了，老鼠们越来越危险，因为它们有了新的藏身点，躲在那里人们根本看不见，捕捉老鼠变得越来越难，因为老鼠们已经认识他们，甚至开始挑战他们。

"还有三四个月，"洛萨诺对劳拉说，她正在把盘子放到农庄屋檐下的桌子上，"然后，我们就去另一边，那里好像更平静一些。"

"也许吧，"劳拉说，"总之，最好别想了，我们都弄错好几回了。"

"没错。但是我们不能永远留在这里抓老鼠。"

"这也比我们挑个错误的时间到那边去要好啊，对他们来说，我们就是老鼠。"

洛萨诺笑了，又系好了一个绳套。没错，他们的处境也没那么糟糕，波尔塞纳用现金买老鼠，所有人都靠这个谋生，只要能抓到老鼠，卡拉加斯塔人就会有饭吃，那家把船开到岸边的丹麦公司需要把更多的老鼠运到哥本哈根，波尔塞纳觉得，他们想把这些老鼠送到实验室做基因实验。但愿它们至少能派上这种用场，劳拉偶尔会这么说。

从洛萨诺用啤酒箱做的摇篮里传出了小劳拉的第一声抗议。洛萨诺叫她"计时器"，因为她会在劳拉快要做完饭、刚好拿起奶瓶的时候开始啼哭。因为有了小劳拉，他们几乎不需要钟表，她比收音机发出的"哔哔"声还要准时，劳拉笑着说，此时，她把小劳拉抱在怀里，给她看手里的奶瓶，小劳拉微笑着，她的眼睛是绿色的，她的残肢拍打着她的左手手掌，就像在打鼓，小小的粉色前臂末端是皮肤形成的一个光滑半圆；富恩特斯医生（他并不是医生，但这在卡拉加斯塔没有什么区别）完美地完成了他的工作，几乎没有留下疤痕，仿佛小劳拉从未拥有过那只手，那只被老鼠们吃掉了的手，当时，卡拉加斯塔人已经开始捕猎老鼠了，他们把老鼠卖给丹麦人，而老鼠们开始有序地撤退，直到有一天，它们发起反攻，那场夜间的疯狂入侵引发了卡拉加斯塔人的迅速撤离，那是一场公开的战争，很多人放弃了捕捉老鼠，他们使用陷阱和猎枪只是为了保护自己，有很大一部分人又开始种起了木薯，或者去山里的其他村子工作。但其他人仍然在捕捉它们，波尔塞纳会付现金购买，每周四卡车都会开向海岸，洛萨诺是第一个跟他说自己会继续捕捉老鼠的人，他就是在这个农庄里这么跟他说的，当时波尔塞纳看着那只被洛萨诺踩死的老鼠，而劳拉带着小劳拉往富恩特斯医生那儿跑，已经没办法了，只能把摇摇欲坠的那部分割掉，留下一个完美的疤痕，这样小劳拉就可以发明她的小鼓，她安静的游戏。

混血儿伊利亚并不介意洛萨诺经常玩文字游戏，每个人在某种程度上都是疯子，混血儿这样想道，但他不太喜欢洛萨诺过于投入，洛萨诺希望事情能按照他的游戏来发展，希望伊利亚、雅拉腊和劳拉能在这条路上追随他的脚步，就如同大屠杀结束后的这些年，他们一直追随着洛萨诺的脚步，在北部的峡谷里流亡。伊利亚想，这些年我们已经不会计算时间了，一切都是新鲜而连续的，森林有自己的时间，既没有太阳也没有星辰，然后是峡谷，一段泛红的时光，充斥着石块、激流和饥饿的时光，尤其是饥饿，如果有人想要计算日子或者星期的话，只会越发感到饥饿，当时有四个人，起初是五个人，但是里奥斯跳崖自杀了，劳拉也差点冻死在山里，当时她已经怀孕六个月，很容易疲劳，他们不得不停下来，用干草生火给她取暖，不知道过了多久她才能走路，有时候，混血儿伊利亚看见洛萨诺把劳拉抱在怀里，但是劳拉不愿意，她说她已经没事了，可以自己走，他们继续向北，直到那天晚上，他们四个看到了卡拉加斯塔的灯火，他们知道，眼下，一切都会好的，就算之后有人会揭发他们，就算射杀他们的第一架直升机随后就会赶到，至少那天晚上他们能在农庄里吃上饭。但是没有人揭发他们，那里的人们根本没有揭发他们的理由，那里的所有人都像他们一样快要饿死了，直到有人在那片山丘附近发现了那些大老鼠，直到波尔塞纳想出了把一只老鼠样本送到海边去的主意。

"抓老鼠就是抓老鼠，"洛萨诺说，"这件事完全不重要，因为它不会教给你新的本领，因为没有人能抓住老鼠。你会像开头那样一无所获，这是回文搞的鬼。"

"没错。"混血儿伊利亚说。

"但是，如果你把这句话改成复数，一切都变了。'抓住老鼠'

和'抓住老鼠们'①是不一样的。"

"没什么太大的区别。"

"因为这样就不是回文了,"洛萨诺说,"只要把这句话改成复数,一切就都变了,新的事物已经诞生,它不再是镜子,或者说,它变成了一面不同的镜子,照出了过去你并不了解的东西。"

"有什么不同吗?"

"'抓老鼠们'对应的应该是'老鼠萨塔尔萨'②。"

"萨塔尔萨?"

"这是个名字,但所有的名字都是孤立的、确定的。现在你知道了,有一只老鼠叫萨塔尔萨。那么,所有的老鼠都有名字,只不过现在可以确定其中一只叫作萨塔尔萨。"

"知道这件事情对你有什么好处吗?"

"我也不知道,但是你听我说完。昨晚,我打算从另一个角度思考这件事:不是抓住它们,而是放掉它们。当我开始考虑放掉它们的时候,我发现这个单词反过来念变成了'盐''老鼠''渴'③。你看,出现了新的东西,'盐'和'渴'。"

"也没那么新,"雅拉腊从远处听见了他们的对话,他说,"而且,这两件事总是相伴而生的。"

"没错,"洛萨诺说,"但是它们指出了一条路,或许这是消灭

---

① Atar a la rata 中的老鼠一词变成复数之后,即 Atar a las ratas,句子就不构成回文了。
②"老鼠萨塔尔萨"(Satarsa la rata)是"抓住老鼠们"(Atar a las ratas)的回读形式。
③"放掉它们"的西语单词是 desatarlas,这个单词反过来念就变成了 sal(盐)、rata(老鼠)和 sed(渴)的组合。

老鼠们唯一的方法。"

"我们可不能太快消灭它们，"伊利亚笑了，"如果它们都灭绝了，我们靠什么生活啊。"

劳拉端来了第一杯马黛茶，她轻轻靠在洛萨诺的肩上，等待着。混血儿伊利亚又开始想，洛萨诺太喜欢玩文字游戏了，他早晚会糊涂的，一切都会玩完。

洛萨诺一面做皮革绳套，一面思考这件事。和劳拉、小劳拉单独在一起的时候，他会和她们讲这些事，他会和她们俩讲这些事，就好像小劳拉能听懂似的，洛萨诺跟她们讲萨塔尔萨的事，讲如何把水变咸以消灭老鼠，这种时候，劳拉喜欢他让自己的女儿也参与其中，喜欢他们三个的关系变得更加紧密。

"这样能真正抓住它们，"洛萨诺笑了，"你看这奇不奇怪，我这辈子学会的第一句回文也是关于抓住某个人的，我不知道到底是谁，但或许就是萨塔尔萨。我是在一篇故事里读到的，那篇故事里还有很多回文，但我只记住了这一句。"

"在门多萨的时候，你跟我说过一回，不过我给忘了。"

"抓住他，魔鬼般的该隐，不然他会告发我。[①]"洛萨诺说道，节奏感十足，甚至像是在吟诗，小劳拉在摇篮里一边笑一边把玩她白色的小斗篷。

劳拉表示赞同，在那句回文中，他们确实想要抓住某个人，但为了抓住他，他们居然去求该隐。更何况，他们还说他跟魔鬼一样。

---

① 这句话的西语原文是：Atale, demoníaco Caín, o me delata.

"咳，"洛萨诺说，"这是约定俗成的惯例，从天地之初开始，良心好的人就得卑躬屈膝，就像是西部牛仔老电影里演的那样，好人亚伯和坏人该隐。"

"男孩和坏蛋。"劳拉带着些许怀念之情回忆道。

"当然了，如果这句回文的作者是波德莱尔的话，'魔鬼般'这种说法就不是贬义，而是完全相反的意思了。你记得吗？"

"记得一些，"劳拉说，"亚伯的种，你吃，喝，睡；上帝向着你微笑亲切。①"

"该隐的种，在污泥水，爬着，又可怜地灭绝。②"

"没错，还有一句大概是这么说的：亚伯的种，你的腐尸，会壅肥你的良田。③还有一句说：该隐的种，在大路上，牵曳你途穷的一家。④诸如此类。"

"直到老鼠们吃掉你的孩子。"洛萨诺低声说。

劳拉把脸埋进了手里，早在很久以前，她就学会了沉默地哭泣，她知道洛萨诺不会来安慰自己，但小劳拉会，她觉得劳拉的姿势很有趣，大笑了起来，直到劳拉把手从脸上挪开，冲她做了个心领神会的鬼脸。喝马黛茶的时间马上就到了。

雅拉腊觉得混血儿伊利亚说得对，洛萨诺的怪癖早晚会终结这场休战，在这场休战中，他们至少可以保全自己，至少可以和卡拉加斯塔人一起生活，留在这里是因为没有别的选择，他们期待时间

①②③④出自波德莱尔诗集《恶之花》中《亚伯和该隐》一诗。此处引用戴望舒的译文。

能够冲淡在那边的回忆，期待那边的人们逐渐忘记没有抓住他们的事实，忘记他们还活在某个被遗忘的地方，正因为如此，他们有罪，正因为如此，人们悬赏他们的头颅，连很久以前跳崖身亡的可怜的鲁伊斯都包括在内。

"不能再听他的了，"伊利亚大声说出自己的想法，"怎么说呢，对我来说，他永远都是首领，他有这种气质，你明白吗，不知道为什么，但是他有这种气质，我已经受够了。"

"学问毁了他，"雅拉腊说，"他把时间都花在了思考和读书上，这很糟糕。"

"也许吧。我觉得不是这个原因，劳拉也上过学，但你也看到了，从她身上可看不出来这一点。我觉得不是因为学问，被困在这个破地方才让他发疯，还有就是小劳拉的事，可怜的小姑娘。"

"报仇，"雅拉腊说，"他想报仇。"

"我们大家都想报仇，有些人想报复官兵，有些人想报复老鼠，这样很难让大脑保持清醒。"

伊利亚觉得，洛萨诺的疯狂没有改变任何事，老鼠们依然在那里，很难抓住它们，卡拉加斯塔人不敢走得太远，因为他们记得那些故事，记得米兰老头的骨架，记得小劳拉的手。但是他们也疯了，尤其是波尔塞纳，他带来了卡车和笼子，海边的人和丹麦人更加疯狂，天晓得他们为什么要花钱买老鼠。这种事情不会持续很久的，有些疯狂的爱好突然就会夭折，然后又是新一轮饥荒，有木薯的时候就吃木薯，年轻人顶着肿胀的肚子死去。归根结底，还是疯了好。

"还是疯了好。"伊利亚说。雅拉腊吃惊地看着他，然后笑了，他差不多也表示赞同。

"他一旦开始说萨塔尔萨、盐之类的东西，我们就别理他，反正什么也改变不了，他永远都是最好的猎手。"

"八十二只老鼠，"伊利亚说，"他打破了胡安·洛佩兹的记录，胡安抓了七十八只。"

"别惹我生气，"雅拉腊说，"我只抓住了三十五只。"

"你明白了吧，"伊利亚说，"你明白了吧，不管你想怎么样，他永远都是首领。"

人们一直都不是很清楚那些消息是怎么传开的，突然有人知道了土耳其人阿达卜仓库里的事，他们几乎从来都不提消息的来源，但人们相互住得那么远，那些消息如一阵西风般传来，它是唯一能够带来一丝清凉、偶尔还能带来一些雨水的东西。如消息般奇怪，如雨水般短暂。雨水或许能救活那些总是枯黄、病快快的庄稼。哪怕是坏消息也能帮助人们勉强继续生活下去。

劳拉从阿达卜的妻子那里听说了这件事，她回到农庄，低声说明了情况，仿佛小劳拉能听懂似的，她又递给洛萨诺一杯马黛茶，他一边呷茶，一边看着地上的一只虫子慢慢爬向炉灶。他稍稍伸一伸腿就把虫子踩死了，他喝完了马黛茶，把茶杯还给劳拉，没有看她就把茶杯递到了她手里，就像他们曾经无数次做过的那样，就像曾经递过的无数种东西那样。

"我们得离开这里，"洛萨诺说，"如果这是真的，他们很快就会来到这里。"

"去哪儿呢？"

"我不知道，而且这里没人会知道，他们就像第一批和最后一批人类那样生活着。我想，还是坐卡车去海边吧，波尔塞纳也会同意的。"

"这就像是个笑话，"雅拉腊一边说，一边慢条斯理地卷烟，"别忘了，我们得带着鼠笼一起走。然后呢？"

"之后的事情不是问题，"洛萨诺说，"但是，我们得把钱提前准备好。海边可不像卡拉加斯塔，我们得付钱，别人才会放我们去北边。"

"付钱，"雅拉腊说，"我们竟然会落到这种下场，得用老鼠来换自由。"

"更悲惨的是那些用自由来换老鼠的人。"洛萨诺说。

伊利亚在角落里固执地修补一只没法修的靴子，他笑了，仿佛是在咳嗽。又是文字游戏，但是洛萨诺歪打正着了很多次，所以看起来他说得似乎很有道理，他不停地把手套翻面，执意从相反的角度看待一切。可怜人的猜想，有一回洛萨诺如此说道。

"问题是小姑娘该怎么办，"雅拉腊说，"我们不能带她进山。"

"没错，"洛萨诺说，"但是，我们或许会在海边找到一艘能把我们带去北边的渔船，这就是运气和钱的问题了。"

劳拉递给他一杯马黛茶，她等了一会儿，但是谁都没有说话。

"我觉得你们俩现在就该走了，"劳拉说，她谁都没有看，"我和洛萨诺之后再看，没必要再耽搁了，你们赶紧进山吧。"

雅拉腊点燃了一支烟，他的脸被蒙上了一层烟雾。卡拉加斯塔的烟草质量不好，会让所有人咳嗽流泪。

"你见过比她更疯的女人吗？"他问伊利亚。

"没有，伙计。她可能想摆脱咱们吧。"

"去你们的。"劳拉一边说，一边背过身去，不让自己流泪。

"如果我们能抓到足够多的老鼠，"洛萨诺说，"就能攒够钱。"

"如果我们抓得到的话。"

"能抓到的，"洛萨诺坚持说，"我们今天就出发去找老鼠吧。波尔塞纳会付给我们钱，会让我们坐卡车离开这里。"

"行，"雅拉腊说，"但是说到不一定就能做到。"

劳拉等待着，她看着洛萨诺的嘴唇，仿佛这样就可以不看他那双盯着虚无的远方的眼睛。

"我们得去洞里，"洛萨诺说，"不能告诉任何人，我们得用土著人古斯曼的马车把所有笼子都运走。如果我们把事情说出去，他们就会说起米兰老头的事，不会让我们走的，你知道他们有多欣赏我们。不过，米兰老头那回什么也没跟他们说，那是他自己的问题。"

"这可不是个好例子。"雅拉腊说。

"因为他单枪匹马，因为过程并不顺利，因为一些随便你怎么想的原因。我们一共是三个人，而且我们都不老。如果我们把老鼠们困在那个洞里——我觉得只有一个洞，不会有很多个的——我们就用烟雾熏它们，逼它们出洞。劳拉会帮我们把这张牛皮割成几块，我们就用它把靴子以上的部分包好。有了钱，我们就能去北边了。"

"为了以防万一，我们得带上所有子弹，"伊利亚对劳拉说，"如果你丈夫说得没错，填满十只笼子绰绰有余，剩下的老鼠用子弹就能干净利落地解决，去他妈的。"

"米兰老头也带了猎枪，"雅拉腊说，"不过当然了，他是个老头，而且单枪匹马。"

他拿出刀，在手指上试了试，他把那块牛皮取下来，割成规则的长条。他比劳拉做得好，女人不会用刀。

虽然花斑马忍耐着不偏离方向，栗色马总是往左边拉，马车还是不断划出浅浅的车辙，在草原上一路向北而行；雅拉腊把缰绳松开了一些，他朝那只栗色马大喊，马儿摇晃着脑袋，似乎在抗议。他们抵达那块大岩石脚下的时候，几乎已经没有阳光了，但是他们依然远远地看见了白色石头上露出的洞穴入口；两三只老鼠闻到了他们的气息，躲进了洞穴，他们则搬下柳条笼，在靠近入口的地方把它们摆成一个半圆。混血儿伊利亚用砍刀劈砍干草，他们从马车上卸下麻屑和煤油，洛萨诺走到洞口，发现只要稍稍弯腰就能走进去。另外两个同伴朝他大喊，让他别发疯，让他待在外面；可是手电筒已经照在墙上，他寻找着那条他无法通过的最深的隧道，寻找着黑魆魆的洞口和手电筒的光束摇摇晃晃、相互交叠形成的不停移动的红点。

"你在那里干吗？"传来了雅拉腊的声音，"快出来，他妈的！"

"萨塔尔萨，"洛萨诺低声朝着洞口说，洞穴里的一双双眼睛盯着他，眼底波涛汹涌，"你快出来，萨塔尔萨，鼠王快出来，就我们俩，我和你，还有小劳拉，婊子养的。"

"洛萨诺！"

"我马上就来，小伙子。"洛萨诺不紧不慢地说。他选中了一双最靠前的眼睛，用光束锁定它们，他拿出左轮手枪，射击。出现了一团红色的火花，突然什么都没有了，可能他根本就没有打中。现在只能用烟熏了，他走出洞穴，帮伊利亚堆叠干草和麻屑，风会助他们一臂之力；雅拉腊掏出一根火柴，他们三个在笼子旁等着；伊利亚留下了一条非常明显的通道，让老鼠们可以逃出陷阱，避免烧伤，然后他们就会在敞开的笼子前迎接它们。

　　"卡拉加斯塔人竟然害怕这种东西？"雅拉腊说，"或许米兰老头死于别的原因，然后老鼠们吃掉了他的尸体。"

　　"你别自以为是。"伊利亚说。

　　一只老鼠跳了出来，洛萨诺用叉子叉住它的脖子，然后用绳套把它抛到空中，扔进了笼子里；雅拉腊放走了下一只老鼠，但是现在它们三五成群地出动，洞穴里传出了尖叫声，他们抓住一只老鼠的时候，另外的五六只已经像蝰蛇一样滑出，它们努力地避开笼子，消失在草原上。逃窜而出的老鼠汇成一条红色呕吐物般的河流，他们只要把叉子往下扎就能抓住一只猎物，笼子逐渐被不停颤抖的老鼠们填满了，他们的大腿能够感受到那种震动，老鼠们依然源源不断地逃出洞穴，它们互相撕咬，争着逃离最后那段滚烫的路程，在黑暗中四处逃窜。跟往常一样，洛萨诺依然是最敏捷的那一个，他已经装满了一只笼子，另一只笼子也装了将近一半，伊利亚闷哼一声，抬起一条腿，将靴子踩进蠕动的鼠群中，那只老鼠不肯松口，雅拉腊用叉子叉住它，然后把它套了起来，伊利亚咒骂着，看着那张牛皮，仿佛那只老鼠还在咬他。体型最大的老鼠们最后才出来，它们已经不像老鼠了，很难把叉子扎进它们的脖子，再把它们举到空中；雅拉腊的绳套断了，有一只老鼠逃窜的时候蹭掉了一块皮革，但是洛萨诺大喊说，没关系，只差一只笼子了，他和伊利亚就能把它填满，他们用叉子抽打着，关上笼子的门，推上插销，然后用柳条钩把笼子抬起来，装上马车，两匹马受到了惊吓，雅拉腊不得不用马嚼子控制它们，跟它们说话，与此同时，另外两人也爬上了座椅。夜深了，灯火已经开始熄灭了。

马儿们嗅到了老鼠的味道，起初，雅拉腊得松开缰绳，马儿们向前狂奔，仿佛想把马车撕扯成碎片，雅拉腊不得不勒住它们，甚至连伊利亚都得帮忙，四只手抓在缰绳上，直到马儿们停止飞奔，重新断断续续地小跑起来，马车偏离了路线，车轮陷进了石堆和灌木丛里，后面的老鼠们大声尖叫、互相撕咬，从笼子里传出油脂和液体污秽的气味，马儿们嗅到以后开始嘶鸣，它们抗拒着马嚼子，试图挣脱逃走，洛萨诺也来帮忙，双手抓住缰绳，他们慢慢地调整路线，登上了光秃秃的山顶，隐约看到了山谷，卡拉加斯塔只有三四盏灯还亮着，没有星辰的夜晚，左边是来自农庄的微弱灯光，它位于空荡荡的田野中央，随着马车的摇晃上上下下，只前进了五百米，马车钻进灌木丛后那灯光就消失不见了，路边长满了带刺的植物，打得脸生疼，只能勉强看到车辙，马儿们的状态好一些了，六只手慢慢地松开缰绳，每当马车颠簸，老鼠们就会一边翻滚一边号叫，马儿们忍耐着，但是它们拉车的样子似乎是想要赶紧抵达终点，到了那里就能摆脱这种气味和叫声，就能回到山里，度过它们的夜晚，远离那紧随它们、追赶它们、逼疯它们的一切。

"你赶紧去找波尔塞纳，"洛萨诺对雅拉腊说，"让他马上过来清点老鼠，把钱付清，我们得把这件事处理完，才能坐上清晨的卡车。"

第一声枪响几乎像个玩笑，那声音微弱而孤绝，雅拉腊还没来得及回答洛萨诺，就传来了扫射声，干枯的茎秆在地面上碎成了成千上万段，发出噼里啪啦的声音，这声音只比笼子里的尖叫声强烈一点点，打到侧面的一枪使马车偏离小路、冲进了灌木丛，左边的栗色马想要挣脱缰绳，洛萨诺和雅拉腊松开手，同时跳下马车，伊利亚也从另外一边跳下去，他们摔进了灌木丛，与此同时，马车载着老鼠们继续前进，在三米外的地方停了下来，栗色马在地上蹬着腿，它依然被车轴半卡着，花斑马一边嘶吼一边挣扎，却完全动不了。

"你从那边走。"洛萨诺对雅拉腊说。

"还有他妈的必要吗，"雅拉腊说，"他们提早到了，已经没用了。"

伊利亚把他们召集起来，他举起手枪，盯着灌木丛，似乎在寻找目标。已经看不见农庄的灯光了，但他们知道它就在那里，就在灌木丛后面，在一百米外的地方。他们听到了声音，有一个人在高声下达命令，沉寂，然后又是一阵扫射，子弹落在灌木丛里，听起来就像皮鞭的声音，还有一个人在更低的地方漫无目的地寻找他们，这些人多的是子弹，婊子养的，他们能打到打累了为止。洛萨诺他们被马车和笼子保护着，被那匹死马和另一匹不停挣扎的马保护着，它就像一堵移动的、坚实的墙，嘶吼着，直到雅拉腊用枪指着它的脑袋，了结了它的性命，可怜的花斑马，多么美丽，多么忠诚，老鼠们沿着车辙滑落，落在栗色马的臀部，栗色马的身体依然不时地颤抖着，老鼠们的尖叫声刺破了黑夜，他们暴露了，已经没有人能让它们安静下来，他们得往左边开路，在荆棘丛生的灌木丛里匍匐前进，他们把猎枪往前推，然后抓住枪前进了半米，远离那辆被扫射的马车，那里的老鼠们号叫着，哀求着，它们似乎明白了，似乎正在以此复仇，没法抓住老鼠们，伊利亚想，我的首领说得没错，我他妈被你的游戏害死了，但是你说得没错，你的萨塔尔萨是个婊子养的，你都说对了，操他妈的。

他充分利用当下的地势，灌木丛变得稀疏，有十米的范围几乎全是草地，还有一个小洞，他可以侧身翻滚着穿过那里，这是他惯用的技巧，他滚啊滚，直到滚入另一片浓密的草地，他猛地抬起头，快速环视四周的一切，然后又藏了起来，农庄的灯光，移动的侧影，步枪转瞬即逝的映像，高声下达命令的人声，射向马车的枪林弹雨，草丛中叫喊、哭号着的马车。洛萨诺既没有看向两边，也没有向后看，那里一片宁静，伊利亚和雅拉腊可能已经死了，也可能像他一样，依然在灌木丛里匍匐前进，寻找着庇护所，用自己的身体开路，被荆棘刺破了的脸烧得滚烫，瞎眼的、浑身是血的鼹鼠正在远离老鼠，因为那些东西的确是老鼠，洛萨诺在重新钻进灌木丛之前看清了它们，从马车那里传来的尖叫声越来越疯狂，但其他的老鼠不在那里，其他的老鼠封住了灌木丛和农庄之间的路，虽然农庄的灯依然亮着，但洛萨诺知道，劳拉和小劳拉已经不在那里了，也许还在那里，但已经不是劳拉和小劳拉了，因为老鼠们已经进入农庄，它们有充足的时间完成早就想做的事，它们在等他，就像它们在农庄和马车之间等他，扫射声一阵接一阵地传来，命令声，服从声，射击声，现在已经没必要回到农庄了，然而，他又前进了一米，又翻了一次身，手上扎满了滚烫的荆棘，他露出脑袋，想要看一看，想要见一见萨塔尔萨，想知道那个高声下令的是否就是萨塔尔萨，剩下的人是否都是萨塔尔萨，他挺直身体，徒劳地朝萨塔尔萨开了几枪，萨塔尔萨突然转向他，用双手捂住自己的脸，向后倒下了，霰弹击中了他的眼睛，炸碎了他的嘴，洛萨诺又朝那个用机关枪对着自己的人打了一枪，猎枪微弱的响声淹没在扫射声中，洛萨诺俯身倒在荆棘丛里，压弯了他身下的灌木，荆棘刺进了他的脸庞，刺进了他睁着的眼睛。

夜晚的学校

关于尼托，我已经一无所知，我也不想知道。经过这么多年，发生了这么多事，也许他还在那里，也许他已经死了，也许他在外游荡。最好还是别想他的事了，只是我偶尔会梦见三十年代的布宜诺斯艾利斯，师范学院的时光，当然了，我会突然梦见和尼托溜进学校的那个夜晚，后来我记不太清梦里的事了，但是尼托的印记永远都在，就像浮在空中一般，我极力想要忘记，虽然无济于事，但最好还是任由记忆慢慢消失，直到他出现在下一个梦里，有时事情就是这样，有时一切都会变得像现在这样。

晚上溜进变态①学校（我们这么说是为了捣乱，也有其他更充分的理由）的主意是尼托想出来的，我记得很清楚，当时我们在

---

① "师范"的西语单词 normal 也有"正常"的意思，其反义词 anormal 则是"变态"的意思。

十一区的珍珠咖啡馆，喝着兑了比特酒的仙山露。我的第一反应就是告诉他，他真是彻底疯了，尽管如泚（当时我们就是这么写字的，我们想要报复，所以故意扭曲语言，而这种报复的欲望也跟学校有关），尼托依然坚持自己的想法，他总是提到夜晚的学校，如果我们能溜进去探险的话该多棒啊，但我们对学校已经非常熟悉了，你还能有什么发现呢，尼托，不过，我喜欢这个主意，我和他讨论这件事纯粹是为了跟他吵架，而他渐渐占了上风。

突然，我开始优雅地让步，因为尽管我们戴着枷锁在那里度过了六年半的时光，但我对学校并没有那么熟悉，我们花了四年时间接受教师培训，并在之后将近三年的时间里专攻文学教育，我们忍受着那些不可思议的学科，比如神经系统、营养学、西班牙文学。最后那门课程是最不可思议的，因为到了最后那个学年的第三个学期，我们竟然还没有学完（也学不完）《卢卡诺伯爵》。也许正因为如此，也许正因为我们总是在这样浪费时间，所以对我和尼托来说，学校有些古怪，它给我们留下了这样的印象：它缺少一些让我们想仔细了解的东西。怎么说呢，我觉得还有别的东西，至少对我来说，学校并不像它的名字那样"正常"，我知道尼托跟我想的一样，我们刚成为朋友的时候，他就这样告诉过我，那是很久以前的事了，那充满羞怯、笔记本和规矩的第一学年。多年后，我们已经不再谈论这件事，但在珍珠咖啡馆的那个上午，我觉得尼托的计划似乎就是由此衍生的，因此我慢慢地被说服了；似乎在这一年结束之前，在我们永远地跟学校说再见之前，我们还得和它算一笔账，我们得弄懂那些过去我们不懂的事情，在庭院里和楼梯上，我和尼托时常会感觉不适，尤其是每天上午，当我看见入口处的栅栏时，那种不适感就会加剧，从第一天起，每当我穿过带刺的栅栏，都会感受到胃部轻微的痉挛，而在栅栏后面，庄严的列柱依次排开，黄色的走廊和双向楼梯延伸开来。

"说到栅栏，关键是得等到半夜，"尼托说，"我知道有一处的两道尖刺是弯的，我们可以从那里爬过去，只要披上一件斗篷就够了。"

"这也太简单了吧，"我说，"要是正好在那个时候，角落里出现了警察，或是对面的某个老太太大叫了一声。"

"你电影看多了，托托。在那个时间，在那个地点，你什么时候见到过人？身体是需要休息的，老兄。"

我任由自己被一点一点地引诱，我的确很愚蠢，不管在校内还是校外，都不会出事的，学校还是上午的那个学校，如果硬要说出区别的话，在黑暗中，学校有些弗兰肯斯坦故事里的氛围，但也仅此而已，除了凳子、黑板和某只捉老鼠的猫咪（这些确实是有的），夜晚的学校还会有什么呢。但尼托还是坚持要带上斗篷和手电筒，不得不说，那个时候我们非常无聊，很多女孩子仍然被父母反锁在家里，那是个人人都被迫禁欲的时代，我们不太喜欢舞会和足球，白天我们疯狂地阅读，到了晚上就四处游荡（有时候我们会和费尔南德斯·洛佩兹一起，可惜他英年早逝），我们熟悉了布宜诺斯艾利斯、巴霍区的咖啡馆和南部的码头，熟读了埃利亚斯·卡斯泰尔诺沃的书，总之，我们想在晚上溜进学校的想法似乎并非那么不合情理，这就像是填补缺漏，我们会把这件事深藏于心，早晨见到其他少年的时候便能胜过他们，他们真是可怜人，恪守时间，从八点钟直到中午都在学习《卢卡诺伯爵》。

尼托下定了决心，如果我不愿意陪他的话，他就自己一个人在某个周六的晚上翻越栅栏，他跟我解释说，他之所以选择周六去，是因为如果万一出了什么事，他被困在里面的话，还能有时间找到其他出口。这个想法已经在他的脑海里盘旋了好几年，也许从他到校的第一天就开始了，当时学校还是一个陌生的世界，我们这些一年级的新生被留在楼下的庭院里，像小鸡一样围在教室附近。慢慢地，我们在走廊和楼梯上不断前行，开始觉得那里就像一只巨大的黄色鞋盒，盒子里有柱子和大理石，还有肥皂的气味，其中混杂着课间的嘈杂声和课上的呼噜声，但这种熟悉感并没有让我们忘记那一切，尽管我们已经习惯了，尽管有同伴和数学，但学校依然是个奇怪的地方。尼托记得那些噩梦，梦境里的故事发生在学校的游廊上，发生在三年级的教室里，发生在大理石楼梯上，这些故事在他惊醒的瞬间就被遗忘了；当然了，这些故事总是发生在晚上，他总是一个人出现在夜晚静止的学校里，上午时分，在成百上千名同学之间，在鼎沸的人声中，尼托怎么都忘不了那个场景。我倒是从来没梦见过学校，但我也发现自己会想象月圆时的学校、楼下的庭院、高处的游廊，想象着空荡荡的庭院宛如水银般明亮，廊柱的影子冰冷无情。我偶尔发现尼托会在课间时远离所有人，望着高处游廊的栏杆，透过栏杆可以看见被截断的身体，脑袋和躯干走来走去，下面是裤子和鞋子，它们似乎并不总是属于同一个学生。如果轮到我独自攀爬宽敞的大理石楼梯，而其他人都在上课，我会有一种被抛弃的感觉，我会两级并作一级地上下台阶，我觉得也是因为同样的理由，几天后，我又在获得批准之后离开了课堂，假装去找盒装粉笔或是去上卫生间，趁机重新走一遍那条路线。这就像电影里一个愚蠢的悬念所带来的喜悦，我觉得正是出于这个原因，我没有正经地反对尼托的计划，反对他想去直面学校的主意；我从来没想过夜闯学校，但尼托已经替我们俩想好了，而且很可行，我们完全应该再喝一杯仙山露，但我们的钱不够了。

准备工作很简单，我找到了一只手电筒，尼托在十一区等我，胳膊下夹了一件斗篷；那个周末，天气已经开始热起来，但是广场上人不多，我们拐进乌尔基萨将军路，几乎没有说话，等走到学校所在的街区，我往后看了看，尼托说得没错，连只猫都没有。那时我才发现天上有月亮，我们并没有刻意追求这一点，这样确实有好的一面，我们在游廊上走动的时候就不需要用手电筒了，尽管如此，我并不确定我们是不是真的喜欢这样。

以防万一，我们绕着街区走了一圈，因为校长就住在紧挨着学校的房子里，房子和学校通过高处的走廊相连，这样他就能从家里直接走到自己的办公室。看门人并不住在那里，而且我们敢肯定不会有人巡夜，这个没有任何贵重物品的校园里哪有什么可照看的东西，只有半坏的骨架标本、破烂的地图、秘书处里形似翼指龙的两三台打字机。尼托觉得校长办公室里可能会有什么值钱的东西，因为有一回，校长准备去上数学课时，我们看见他把办公室锁上了，可能是因为学校里到处都是人，也可能恰好就是出于那个原因。尼托和我都不喜欢校长，没人喜欢他，大家都叫他"瘫子"；他很严肃，会因为各种理由训斥我们、开除我们，但他最不招人喜欢的是他那张木乃伊鸟脸上的某种东西，他那神出鬼没的登场方式，他探进教室的模样似乎是在提前宣布判决。有一两位跟我们关系比较好的老师——音乐老师（他会给我们讲黄段子）和神经系统老师（他明白给文科专业的学生上这门课简直愚蠢透顶）——曾经告诉我们，"瘸子"不但是个彻头彻尾的单身汉，而且极端厌恶女性，因为这个原因，学校里从来都没有过女老师。但恰好在那一年，教育局大概让他明白了一切都是有限度的，因为他们给我们送来了麦吉小姐，她给理科生讲授有机化学。可怜的麦吉小姐每次来学校时都战战兢兢的，我和尼托想象着"瘸子"在教师办公大厅遇见她时会露出的表情。可怜的麦吉小姐在上百名男性中间，给七年级的理科囚徒讲解丙三醇的化学式。

"就是现在。"尼托说。

我的手差点扎进钉子里，但我跳得很成功，首先得弯腰，以免被人从对面房子的窗户里看见，然后爬到一处著名的藏身点——创办学校的荷兰人范格尔德伦的半身像基座。抵达列柱廊的时候，我们因为翻墙闯入而心有余悸，紧张地笑了一会儿。尼托把那件用来伪装自己的斗篷放在柱子旁边，我们向右拐，沿着那条走廊一直走到第一个拐角，楼梯便是从那里开始的。学校的气息在暑气中愈发浓郁，我们看着紧闭的教室，产生了异样的感觉，试着推了推其中一扇门；当然了，那几个西班牙看门人是不会给门上锁的，我们走进一间教室待了一会儿，六年前，我们就是在那里开始了学习生涯。

"当时我坐在那里。"

"我坐在后面，我记不清是在那里还是更靠右。"

"你看，他们留下了一个地球仪。"

"你还记得加扎诺吗？他从来都找不到非洲在哪里。"

我们想用粉笔在黑板上画画，但尼托觉得我们不是来这里玩儿的，或者他觉得我们想利用玩耍来否认自己被寂静紧紧包围的事实。我们回到走廊上，向楼梯走去；远处似乎传来音乐的回声，在盒子般的楼梯上低低回响；我们还听见电车刹车的声音，然后一切又陷入沉寂。上楼的时候我们不需要手电筒，尽管高处的楼层挡住了月亮，但月光似乎依然直射着大理石。尼托站在楼梯中央，递给我一支烟，自己点燃了另一支；他总是选择在最荒谬的时刻抽烟。

我们从楼上看着底层的庭院，它跟校园里几乎所有东西一样都是方形的，在这里，连课程都是方形的。我们沿着庭院四周的走廊走动，进入一两间教室，然后来到第一个拐角，实验室就在那里；那几个西班牙人倒是把实验室给锁上了，就好像会有人来偷破试管和伽利略时代的显微镜似的。在第二条走廊上，我们看到月光倾泻在对面的走廊，秘书处就在那里，那也是教师办公大厅和"瘸子"办公室的所在。我率先趴到了地上，尼托紧随在后，因为我们俩同时看到了教师办公大厅里的光线。

"去他妈的，那里有人。"

"咱们放弃吧，尼托。"

"等等，或许是给西班牙人留的灯。"

我不知道过了多久，但是现在我们发现，音乐声是从那里传来的，我们在楼梯上的时候，觉得那音乐来自非常遥远的地方，但现在我们发现它就是从对面走廊传来的，听起来像是所有乐器都被消了音的室内乐。不可思议的是，我们竟然忘记了恐惧，或者说，恐惧忘记了我们，我们突然找到了身处此地的理由，而不完全是出于尼托的浪漫主义情怀。我们相对无言，他开始贴着栏杆蹑手蹑脚地挪到第三条走廊的拐角。西班牙人和阿卡罗伊纳消毒剂的共同努力总是不敌旁边厕所的尿骚味。我们爬到教室门边，尼托回过头，示意我再靠近一些：

"我们要看吗？"

我同意了，因为疯狂似乎是当时唯一合理的选择，我们继续轻手轻脚地往前走，月光逐渐将我们暴露。在离最后那条走廊不到五米的地方，尼托直起身子，一副听天由命的样子，对此我几乎并不觉得惊讶，秘书处和教师办公大厅的大门虚掩着，光线从那里透了出来。音乐声骤然升高，也可能是因为距离更近了；我们听见了人声、笑声和碰杯的声音。我们看见的第一个人是拉古奇，他是七年级理科生、田径冠军，还是个大混蛋，他属于那种用肌肉和傲慢给自己开路的人。他背对我们，几乎贴在门上，但他突然走开了，光线就像一条被移动的影子切割成段的鞭子那般向我们袭来，马奇恰舞的节拍，两对舞伴翩翩起舞。戈麦斯（我和他不怎么熟）正在和一个身穿绿色衣服的女人跳舞，另一个人可能是五年级文科生库尔钦，他身材矮小，长了张猪脸，戴着眼镜，贴着一个身材高大的女人，那女人头发乌黑，身着长裙，戴着珍珠项链。这一切都在那里发生，我们看着、听着，可是，这自然是不可能的，这几乎是不可能的，我们感觉到有一只手慢慢放在了我们的肩上，但它没有用力。

"泥们没侑被邀请，"西班牙人马诺洛说，"不过你们赖都来了，就别装疯卖傻了。"

他把我们俩推了进去，差点撞到正在跳舞的另一对舞伴，我们猛地停下来，第一次看清了所有人，一共有八到十个人，矮子拉腊涅加在维克多牌留声机旁掌管唱片，桌子变成了吧台，低矮的灯光，那几张脸毫不惊讶地认出了我们，大概所有人都以为我们是被邀请来的客人，拉腊涅加还对我们表示欢迎。和往常一样，尼托总是更快的那个，他迈了三步，靠在墙边，我也照做了，我们就像蟑螂一样靠着墙，开始真正地观看和接受这里发生的事。由于灯光和人的缘故，教师办公厅显得比原来大了两倍，这里还有绿色的窗帘，我每天上午经过这里的时候，总会看一眼大厅，想看一看米戈雅有没有来，他是我们逻辑课的噩梦，那时我可从没想过还有这些窗帘。一切都有着俱乐部一般的氛围，一切都像是专为周六的夜晚而组织的活动，杯子和烟灰缸，留声机和电灯，光线的亮度只能满足基本需求，阴暗的区域在大厅里不断扩大。

天知道过了多久我才能用米戈雅教给我们的逻辑学知识解释正在发生的事，但尼托总是更快的那个，他只看了一眼，就认出那些同学和伊利亚尔特老师，发现那些女人都是男孩子扮的，佩隆、马西亚斯还有一个七年级理科生，他不记得他的名字了。有两三个人戴着面具，其中一个身穿夏威夷式服装，正对着伊利亚尔特扭动身体，看得出他喜欢伊利亚尔特。西班牙人费尔南多掌管着吧台，几乎每个人手里都拿着酒杯，此时播放的是弗朗西斯科·洛穆托[1]乐

---

① 弗朗西斯科·洛穆托（Francisco Lomuto, 1893－1950），阿根廷指挥家、作曲家、钢琴家，是探戈领域的重要人物。

队的探戈曲，人们开始结伴跳舞，剩下的男孩们也一块跳了起来，尼托搂住我的腰，把我推到舞池中间，对此我也没觉得有多惊讶。

"要是我们一直站着的话，他们会警觉起来的，"他对我说，"你别踩我的脚，真讨厌。"

"我不会跳舞。"我对他说，不过他跳得比我还差劲。探戈舞曲播了一半，尼托不时望向那扇虚掩的门，他慢慢带着我，想要利用第一次交换舞伴的机会，但他发现西班牙人马诺洛还在那里，我们回到舞池中间，甚至跟一起跳舞的库尔钦和戈麦斯讲起了笑话。没人注意到通向"瘸子"办公室前厅的那扇双开门正在打开，但矮子拉腊涅加突然关掉了唱片机，我们面面相觑，尼托的手臂倏地松开，在此之前，我能感觉到它在我的腰上颤抖。

我对所有事情都反应迟钝，等我意识到那两个牵着手站在门口的女人是"瘸子"和麦吉小姐时，尼托早就已经发现了。"瘸子"的装扮极其夸张，有两三个人甚至羞涩地鼓起掌来，可是后来只留下冷汤般的沉默，这沉默就跟时间的空洞似的。我曾经在巴霍区的夜场酒吧里见过异装癖者，但从来没见过这样的装扮：红色假发，五厘米长的睫毛，鲑鱼粉的上衣底下一对颤抖着的橡胶乳房，百褶裙，高跷般的鞋跟。他的手臂上戴满了手镯，手臂不但脱了毛，还做了美白，那几只戒指仿佛在他弯曲的手指上来回踱步，这会儿他已经松开了麦吉小姐的手，女里女气地弯腰介绍麦吉小姐，还给她让出了一条路。尼托想，尽管麦吉小姐戴着金色假发，发丝向后飞扬，身体也被束进了白色的长裙里，可为什么她依然是她自己呢。她的脸几乎没有上妆，可能眉毛比原来浓了一些，但那张脸依然是麦吉小姐的脸，而不是"瘸子"那样的水果蛋糕脸，上面有睫毛膏、口红和红色刘海。他们俩一边往前走，一边跟大家打招呼，他们态度冷淡，仿佛是在屈尊迁就似的，"瘸子"看了我们一眼，他可能有些惊讶，但似乎漫不经心地接受了这件事，就好像已经有人提醒过他了。

"他没发现，老兄。"我尽可能地压低声音对尼托说。

"去你奶奶的，"尼托说，"在这种情况下，你以为他看不出我们穿得跟囚犯一样吗。"

他说得对，为了翻栅栏，我们穿上了旧裤子，我穿着长袖上衣，尼托穿着轻便的套头衫，一只手肘上还破了一个洞。而"瘸子"让人给他递上一小杯偏温和的酒，一脸轻浮地让西班牙人费尔南多给他倒酒，麦吉小姐则要求换一杯甜度更低的威士忌，她向费尔南多点酒的声音比那威士忌更加苦涩。又响起了一支探戈曲，所有人都开始跳起舞来，我们这些先来的人惊恐万分地跳着，刚来的和其他人也在跳，麦吉小姐带着"瘸子"肆意飞舞。尼托本想接近库尔钦，好从他那里套出些什么，因为我们跟库尔钦的接触比跟其他人多，但是很难，因为当时所有的舞伴都在舞池里穿梭，彼此之间毫无交集，而且绝不会长时间地逗留。通往"瘸子"办公室的等候室的门还开着，有一次转弯时我们离那儿很近，尼托看见办公室的门也敞开着，里面有人在说话，在喝酒。我们远远地认出了菲奥里，他是个胖子，六年级文科生，扮成了军人的模样，而那个肤色黝黑、发丝低垂至脸颊、胯部曲线妖娆的女人或许是莫雷拉，他是五年级文科生，正是因为我告诉你的这些特点而颇有名气。

我们还没能确定他的身份，菲奥里就已经向我们走来了，他穿着比他身材大了一圈的制服，尼托觉得他那精心烫平的头发里似乎有几缕白发，他肯定在头发上抹了滑石粉，好让自己看起来像模像样。

　　"新来的吧，"菲奥里说，"你们去过眼科了吗？"

　　我们的答案应该已经写在脸上了，菲奥里看了我们一会儿，我们俩愈发觉得自己就像是两个新兵，面对着眼前傲慢的中尉。

　　"在那边，"菲奥里一边说，一边扬起脑袋，示意向一道虚掩的侧门，"下次聚会的时候，你们把证明给我带来。"

　　"好的，先生。"尼托一边说，一边野蛮地推了推我。我本来想骂他"好的，走狗先生"，但我们还没走到门口，莫雷拉（现在可以肯定，现在可以肯定他是莫雷拉）就走到了我们中间，他抓住了我的手。

　　"去另一间房间跳舞吧，金发少年，这里的人无聊极了。"

　　"再说吧，"尼托代替我回答说，"我们马上回来。"

　　"唉，今天晚上所有人都抛下了我。"

　　我率先进了门，是溜进去的，不知道为什么，我没有把门彻底敞开。但在这种时候，我们想弄清楚原因，尼托沉默地跟着我，他看着阴影中长长的门厅，这又是他做的一个与学校有关的噩梦，在梦里，永远都不会有原因，在梦里，只能继续前行，而唯一可能的原因便是菲奥里的命令，这个身穿军服的蠢货让一切变得更加糟糕了，他给我们下达命令，好像我们真的就应该服从似的，一个军官下令，你怎么可能去问原因。但这并不是一场噩梦，我就在他旁边，噩梦不可能两个人一起做。

"我们快逃走吧，尼托，"我站在门厅中间，对他说，"肯定会有出口的，不可能逃不出去。"

"好的，不过等等，我感觉他们正在监视我们。"

"这里没有人，尼托。"

"就是因为没有人，笨蛋。"

"但是尼托，等等，我们先留在这里。我得弄清楚这究竟是怎么回事，你没发现……"

"你看。"尼托说。没错，我们经过的那扇门现在完全敞着，我们可以清楚地看见菲奥里的制服。我们没有任何理由服从菲奥里，我们只要走回去、推开他，就像他经常在课间有意无意地推搡我们那样。我们也没有任何理由继续往前走，直到看见两扇紧闭的大门，一扇是侧门，另一扇是正门，尼托钻进了其中一扇，过了很久他才意识到我没有和他在一块，我愚蠢地选择了另一扇门，我这么做可能是因为失误，也可能纯粹出于恼怒。他没法回头找我，大厅里的紫色灯光和盯着他的一张张面孔突然把他钉在了这个他一眼便能望到头的地方，大厅中间有一个巨大的水族箱，这个透明的立方体高耸至光滑的天花板，只给那些贴着玻璃观看绿水的人们留出逼仄的空间，鱼儿缓缓游动，一切寂静无声，这寂静仿佛是另一个水族箱，静止的当下，男人们和女人们（扮成女人的男人们）贴着玻璃，尼托想，马上，马上就回去，托托，你这个白痴去哪儿了，混蛋，他想转身逃走，可是，既然什么都没有发生，既然他逐渐变得像他们那样一动不动地欣赏鱼儿，又何必逃跑呢，他认出了穆蒂斯、"母猪"

德卢西亚还有其他几个六年级文科生，他想，为什么是他们呢，为什么不是别人呢，就像他已经思考过的其他问题，为什么是拉古奇、菲奥里和莫雷拉这样的人呢，为什么偏偏不是我们上午班里的朋友呢，为什么尽是些怪人和浑蛋呢，为什么是他们呢，为什么不是莱伊内斯、德利奇，或是其他跟他们一起聊天、偷懒、写作业的同学呢，为什么和这些人在一起的偏偏是托托和他呢，尽管这是他们的错，他们在晚上闯进了学校，这个错误让他们跟白天时他们无法忍受的人聚在了一起，他们是学校里最可恶的浑蛋，更别提"瘸子"和马屁精伊利亚尔特了，甚至连麦吉小姐都出现在这里，谁想得到呢，但是她也在，她是这群娘娘腔和卑鄙小人中唯一真正的女人。

　　此时传来了犬吠声，声音不大，但打破了宁静，所有人都转身望向大厅朦胧的深处，尼托看见卡莱蒂从紫色烟雾中出现，他是五年级理科生，高举着双臂，从房间深处走来，走路的模样就像是在人群中滑行，他举着一只白色的小狗，小狗挣扎着再次叫了起来，它的腿由红色的带子捆住，带子上似乎还挂着类似铅块的东西，卡莱蒂用力把它扔进水族箱，那块重物让小狗慢慢沉进水里，尼托看见那只狗抽搐着，一点点地往下沉，它试图摆脱腿上的束缚，浮出水面，他看见那只狗逐渐被淹死，它张着嘴，吐着气泡，但是在它淹死前，鱼儿们已经开始撕咬它，它们撕裂它的毛皮，染红了水族箱里的水，小狗周围聚集的鱼儿越来越多，而它依然在沸腾的鱼群和鲜血里挣扎。

　　我无法看见这一切，因为在那扇自动关闭的门后面只有一片黑暗，我一动不动，不知该怎么办，门后没有任何气味，所以尼托呢，尼托在哪里。在黑暗中前进一步和留在原地都让我觉得害怕，突然间我闻到一种气味，那是消毒水的味道，医院的味道，阑尾炎手术的味道，我差点没有意识到，我的眼睛正在逐渐适应黑暗，而那不是黑暗，深处有一两盏灯，有一盏是绿色的，还有一盏黄色的，衣柜和扶手椅的轮廓，一个身影若隐若现，从更深处向前移动。

"来吧，亲爱的，"那个声音说，"到这儿来，别害怕。"

我不知道自己是怎么走过去的，空气和地板仿佛是同一张松软的地毯，装有镀铬旋转杆的扶手椅，玻璃仪器，灯光；麦吉小姐金色的直发和白色裙子幽幽地发着光。一只手搭上我的肩膀，把我往前推，另一只手按住我的后颈，强迫我坐在扶手椅上，我的额上感觉到了玻璃冰冷的质感，与此同时，麦吉小姐在两个支架间调整着我的脑袋。我在几乎贴着眼睛的地方看到一只发光的白色球体，球体中间有一个小小的红点，我感觉到麦吉小姐的膝盖碰到了我的身体，她坐在摆满玻璃物品的架子对面的扶手椅上。她开始操控旋转杆和轮子，又调整了我的脑袋，光线逐渐变成绿色，然后又变回白色，红点不断扩大，来回移动，我唯一能看清的就是视野上方麦吉小姐金色头发的光晕，我们的脸被光线四溢的玻璃隔开，她大概正通过某根管道看着我。

"别动，仔细看那个红点，"麦吉小姐说，"你能看清吗？"

"能，但是……"

"别说话，别动，就这样。现在告诉我，你什么时候看不见那个红点。"

我怎么知道能不能看见它，我沉默不语，而她继续从另一边看着我，突然我意识到，除了中间的那束光之外，我还在盯着仪器玻璃后面麦吉小姐的眼睛，她有一双栗色的眼睛，我的视野上方依然浮动着金色假发朦胧的镜像。短暂的一瞬却仿佛过了千年，我似乎听到了喘气声，我以为这是我发出的声音，随着光线逐渐变幻，随着它们逐渐合成一个紫边的红色三角形，我的思绪变得混乱，但是，或许，那个大声呼吸的人并不是我。

"你还能看见红光吗？"

"看不见了，但我觉得……"

"别动，别说话。现在，看清楚了。"

我感受到了来自另一边的呼吸，一股温热的香气断断续续地传来，三角形开始变成一系列的平行光线，白色的，蓝色的，我的下巴被固定在橡胶支架上，我觉得很疼，本想抬起脑袋，逃离这个困住我的笼子，可大腿处的爱抚仿佛来自远方，那只手在我的腿间向上移动，逐一寻找裤子上的纽扣，两根手指伸了出来，解开我的扣子，寻找着某种攥不住的东西，而那东西却成了令人惋惜的虚无，那两根手指裹住它，轻轻地把它从裤子里掏了出来，缓慢地抚摸它，与此同时，光线变得越来越白，中间的红点再次出现了。我大概挣扎了，因为感觉到了额头和下巴的疼痛，我无法逃出这个妥帖的牢笼，或许我身后还上了锁，香气再次伴随着喘息声传来，光线在我眼前飞舞，一切都在来回移动，正如麦吉小姐的那只手，它用缓慢而无尽的遗忘将我填满。

"放纵自己吧，"这声音从喘息声那儿传来，就是那喘息声在与我交谈，"好好享受吧，小伙子，你至少得给我几滴化验用的东西，就是现在，就是这样，就是这样。"

在那充满快感和体液的地方，我感受到容器的摩擦，那只手托着那里，来回移动，轻轻挤压，我几乎没有意识到，我的眼前只剩下黑色的玻璃，时间不断流逝，现在麦吉小姐站在我身后，松开了我脑袋上的皮带。我直起身子，系好扣子，与此同时，一束黄色的强光猛地射向我，房间深处有一扇门，麦吉小姐向我示意了出口，她面无表情地看着我，一脸傲慢与满足，黄光下，她的假发亮得刺眼。如果换作别人，如果换做菲奥里或者拉古奇，他们会扑倒她，抱住她，因为没有任何理由不抱她，不吻她，不打她，但或许没有人会这么做，那扇门会在他们身后无情地关闭，就像现在她砰的一声把我关在门外，把我留在了另一条走廊上，远处有一个拐角，我迷失在走廊的曲线中，迷失在失去尼托的孤单里，觉得尼托的缺席无法忍受，我向拐角跑去，看见了唯一的一扇门，我扑上去，但那扇门上了锁，我不停地敲门，听见自己的敲门声就像是一阵阵尖叫，我靠在门上，慢慢向下滑，直到跪在了地上，这或许是麦吉小姐那件事之后的虚弱感、眩晕感。从门的另一边传来尖叫声和笑声。

由于那里的笑声和尖叫声很刺耳，有人推搡着尼托，让他不得不往水族箱和左边墙壁之间的那条路走去，所有人都在那条路上走动，试图离开那里，加莱蒂高举手臂指明路线，跟他进来时展示小狗的动作一模一样，其他人一边尖叫一边互相推搡，同时遵从他的指挥，尼托身后的人也在推他，那人好像觉得他懒洋洋地睡着了，游戏开始的时候，尼托还没有穿过那扇门，他认出了从另一边进来的"瘸子"，"瘸子"被蒙住了眼睛，被西班牙人费尔南多和拉古奇搀扶着，以免他磕着碰着，其他人已经藏在了扶手椅后面，躲进了衣柜里，钻到了床底下，库尔钦爬上一把椅子，然后从那里爬到了书架的顶端，而其他人分散在这个巨大厅堂的各个角落，等待"瘸子"的下一步行动，他们准备踮着脚尖避开他，或者用假声叫他、欺骗他，"瘸子"大摇大摆地走着路，他张着手臂，发出细细的尖叫声，试图抓住谁，尼托不得不向墙壁跑去，躲在一张摆放着花瓶和书籍的桌子后面，与此同时，"瘸子"捉住了矮子拉腊涅加，发出胜利的尖叫声，其他人一边鼓掌一边从藏身处离开，"瘸子"取下绷带，给拉腊涅加系上，尽管矮子不停地抗议，指责他让自己变成了追捕者，但"瘸子"依然把绷带系得很紧，紧紧地勒着他的眼睛，"瞎眼母鸡"[①]被无情的力量束缚了起来，同样的力量也曾绑住那只白色小狗的四肢。人们又一次在笑声和窃窃私语声中四散而去，伊利亚尔特老师小跳着，菲奥里不失冷静与高傲地寻找着藏身处，拉古奇挺起胸膛，朝着两米外的矮子拉腊涅加大喊，拉腊涅加向他扑过去，却扑了个空，拉古奇一下子就跳到了拉腊涅加可触及的范围之外，并对他大喊："我是泰山，你是珍妮，傻瓜！"困惑的矮子四处摸索，处处扑空，麦吉小姐重新出现了，她拥抱了"瘸子"，然后开始嘲笑拉腊涅加，矮子扑向他们的时候，他们俩都害怕到尖叫了起来，他们惊险地逃脱了矮子张开的双手，尼托往后跳了一下，他看见矮子抓住心不在焉的库尔钦的头发，库尔钦发出一声哀叫，拉腊涅加摘下绷带，但没有松开他的猎物，一片掌声和尖叫声，人们突然沉

---

① "瞎眼母鸡"是一种阿根廷儿童游戏，与捉迷藏类似。被蒙住眼睛、负责追捕的那个人被叫作"瞎眼母鸡"。

默下来，因为"瘸子"举起了一只手，他身旁的菲奥里摆出立正的姿势，发出了一道没人听得懂的命令，但没有关系，菲奥里的制服就像是命令本身，没有人动，连泪水涟涟的库尔钦都没动，拉腊涅加几乎就要扯下他的头发了，库尔钦也一直保持着这个姿势，没有挣脱。

"图萨，""瘸子"命令道，"现在玩'图萨和卡里卡图萨'游戏。把他安排好。"

拉腊涅加没听明白，但是菲奥里冷漠地向他指了指库尔钦，于是矮子扯了扯他的头发，他的腰不得不弯得越来越低，而其他人逐渐排成一列，女人们一面细声尖叫，一面拢起自己的裙子，佩龙排在第一个，然后是伊利亚尔特老师、扭捏作态的莫雷拉、卡莱蒂和"母猪"德卢西亚，队列延伸到大厅深处，拉腊涅加抓着低头弯腰的库尔钦，等到"瘸子"伸手示意，菲奥里下达"跳马别打马"的命令时，拉腊涅加突然松开了库尔钦，佩龙站在最前面，身后是一整列队伍，库尔钦就像一只小猪，弯成了一张弓，大家把手支在他的背上，从他身上跳过去，起跳的时候大家喊"图萨"，跳过库尔钦后背的时候喊"卡里卡图萨"，完成后，大家先在大厅里绕一圈，然后走到队伍的另一头重新排队，再开始新的一轮，尼托几乎是最后一个上场的，他尽可能轻地起跳，以免压到库尔钦，接着是马西亚斯，他任由自己像一只口袋似的重重摔在库尔钦的背上，大家听见"瘸子"大喊一声"跳马并打马"，于是整个队伍再次从库尔钦身上跳过去，只是现在他们一边跳一边踢他、打他，队形已经被破坏，大家围着库尔钦，使劲打他的脑袋和后背，尼托刚抬起手臂就看见拉古奇在库尔钦的屁股上踹了一脚，库尔钦缩了缩身子，大叫一声，佩龙和穆蒂斯不停地踹他的腿，女人们则残忍地对着他的脊背又挠又抓，库尔钦号叫着，想起身逃走，但菲奥里走了过来，摁住他的脖子，大叫道："图萨！卡里卡图萨！打啊！打啊！"有几只手已经捏成拳头，落在库尔钦的肋骨和脑袋上，库尔钦哀号着请求原谅，他无法摆脱菲奥里，无法摆脱将他包围的雨点般落下的拳打和脚踢。"瘸子"和麦吉小姐同时高声下达了命令，菲奥里松开库尔钦，库尔钦侧身倒下了，嘴角淌着鲜血，西班牙人马诺洛从大厅深处跑了过来，像抬沙袋似的抬起库尔钦，把他带走了，与此同时，所有人都在疯狂地鼓掌，菲奥里向"瘸子"和麦吉小姐走去，仿佛是要向他们讨教。

尼托退到圈子的边缘，圈子里的人们渐渐兴致索然地散开了，他们似乎想继续玩这个游戏，或是玩别的游戏，他从那里看见"瘸子"朝伊利亚尔特老师竖起手指，之后又向菲奥里走去，与之交谈，接着他严厉地下达了命令，所有人都站成一个方阵，排成四路纵队，女人们站在后面，而拉古奇则是这支队伍的首领，他愤怒地看着尼托，因为尼托花了很长时间才在第二排找到位置。所有这一切我都看得清清楚楚，当时西班牙人费尔南多正拖着我的手臂带我往那里走，他在那扇上了锁的门后面找到了我，打开门后一把将我推了进去，我看见"瘸子"和麦吉小姐坐在靠墙的沙发上，其他人都在方阵里，菲奥里和拉古奇站在方阵前面，尼托脸色苍白地站在第二排，伊利亚尔特老师跟上课似的对着方阵讲话，然后大家向"瘸子"和麦吉小姐致以礼貌的问候，我尽可能混进方阵后排的疯女人中间，她们满脸嘲笑地看着我，窃窃私语，直到伊利亚尔特老师开始清嗓子才作罢，接着便是一阵不知持续了多久的沉默。

"接下来背诵十条戒律，"伊利亚尔特老师说，"信仰宣认第一条。"

我看着尼托，就好像他还会帮我一样，我愚蠢地期待他能指给我一个出口，随便哪扇门，这样我们就可以逃出去了，但是尼托似乎没有发现我在后排，他像所有人一样盯着眼前的空气，像此时的所有人一样，纹丝不动。

方阵单调地、一字一句地背诵：

"力量源于秩序，秩序源于力量。"

"推论是！"伊利亚尔特命令道。

"服从是为了命令，命令是为了服从。"方阵背诵道。

期待尼托回头是无济于事的，我甚至觉得自己看见他蠕动着嘴唇，似乎是在附和其他人。我倚在墙上，木板发出了嘎吱声，其中一个女疯子——我觉得是莫雷拉——用警告的眼神看着我。"第二条。"伊利亚尔特正在下命令，此时此刻，我发现那不是木板而是一扇门，我感觉那扇门在慢慢打开，而我任由自己滑入那几乎令人愉悦的晕眩感之中。"哎呀，你怎么回事，亲爱的。"莫雷拉低声说，而整个方阵正在背诵一句我没听懂的话，我侧过身，来到门的另一边，锁上门，我感觉到莫雷拉和马西亚斯双手的推力，他们在试图把门打开，我按下在黑暗中闪闪发光的门闩，开始在走廊上奔跑，拐角，两间空荡荡的教室，最后，在黑暗中，我来到了另一条走廊，它直接通往教师办公大厅对面庭院上方的走廊。关于这一切我记不太清了，我只是我自己的逃亡，我只是在阴影里奔跑的某种东西，我尽量不出声，在地砖上滑行，最终抵达了大理石楼梯，下楼时我一次跨越三级台阶，觉得自己被一股下坠的力量推到了列柱廊，斗篷就在那里，西班牙人马诺洛也在那里，张着手臂挡住我的去路。我已经说过，关于这一切我记不太清了，我可能用脑袋撞了他的肚子，也可能一脚踢中了他的腹部，斗篷被栅栏上的尖刺缠住了，但我还是爬上去、跳了下来，人行道上弥漫着一层凌晨的暗灰，一位老者缓步前行，灰霾的破晓，盯着我的老者，他长着一张鱼脸，张着嘴，想叫喊却发不出声音。

整个周日我都没有离开家，幸好我家人都很了解我的作风，没有人问我回答不上来的问题，中午，我给尼托家打了电话，但是他妈妈告诉我他不在家，下午，我得知尼托回过家，但那会儿他又在外面了，晚上十点我又给他打电话，他的某个兄弟告诉我他不知道尼托在哪儿。我很奇怪他竟然没来找我，更让我觉得奇怪的是，周一我到学校的时候，在门口碰见了他，他可是打破迟到纪录的人。他正在和德利奇聊天，但他从后者身边走开了，朝我走过来，向我伸出手，尽管这样很奇怪，尽管刚到校就握手是如此奇怪，但我还是握住了他的手。而这有什么关系呢，我的脑海里已经冒出了许多别的事儿，在上课铃响前的五分钟里，我们有太多的事要跟对方说，所以……你都干了些什么，你是怎么逃出来的，西班牙人把我截住了，所以……没错，我知道，尼托对我说，你别太激动，托托，让我说会儿。老兄，问题是……是的，没错，这确实挺严重的。挺严重的？尼托，你明白我的意思吗？现在我们得上去，揭发"瘸子"。等等，等等，你别这么生气，托托。

这场聊天还在继续，可这就像两人自顾自的独白，不知怎的，我开始觉得不太对劲，尼托似乎心不在焉。莫雷拉挤眉弄眼地经过，跟大家问好，我远远地看见"母猪"德卢西亚跑着进了学校，拉古奇穿着他的运动夹克，所有浑蛋都陆续来了，他们和我的朋友们混在一起，和莱伊内斯、阿莱尔弥混在一起，他们也在跟大家问好，你看到河床队是怎么拿下比赛了吗，我早就跟你说了吧，年轻人，尼托看着我，反复说，这里不行，现在不行，托托，放学后我们去咖啡馆谈。但是，你看，你看，尼托，你看库尔钦的头上缠着绷带，我不能保持沉默，我们一起上去，尼托，要么我自己去，我敢跟你保证，我现在就去。不行，尼托说，这个词里似乎藏着另一个声音，你现在别上去，托托，我们俩先聊一聊。

眼前的人的确是他，但我好像突然不认识他了。他跟我说"不行"，菲奥里也会这样跟我说话，这会儿他正吹着口哨走来，当然了，他穿着便服，脸上洋溢着我从未见过的夸张的微笑，跟大家打招呼。我觉得，一切都突然浓缩在其中，浓缩在尼托的那句"不行"之中，浓缩在菲奥里令人难以想象的微笑之中；逃亡那一晚的恐惧心情再次出现了，楼梯上的飞奔的恐惧，廊柱间马诺洛张开的手臂的恐惧。

"我为什么不能上去？"我觉得很可笑，"为什么不能揭发'瘸子'、伊利亚尔特和其他人？"

"因为这很危险，"尼托说，"现在我们没法在这里谈，到了咖啡馆我解释给你听。我待的时间比你久，你明白吗。"

"但最后你也逃出来了。"我似乎还抱有一丝希望，我在寻找他，仿佛他并不在我眼前。

"不，我没必要逃跑，托托。所以我才告诉你，你现在别说了。"

"为什么我要听你的？"我冲他大喊，我觉得自己差一点就要哭了，差一点就会打他，差一点就会抱住他。

"因为这样对你更好，"尼托的另一个声音说道，"因为你没那么蠢，你明白的，要是你开口了，你会付出沉重的代价。现在你没法明白，我们得去上课了。但是，我再跟你重复一遍，只要你说出一个字，你就会后悔一辈子的，不过前提是你还能活着。"

他肯定是在捉弄我，他不可能跟我说这种话，但是那个声音，他说话的语气，那种自信，还有那张紧闭的嘴。一如拉古奇，一如菲奥里，那种自信和那紧闭的嘴。我永远都不会知道，那天老师们都说了些什么，我感觉到尼托的眼神一直盯着我的后背。尼托也没有听课，现在课业对他来说根本不重要，"瘸子"和麦吉小姐的"烟雾窗帘①"，它的存在让其他事物，让真正重要的事物，一点点地实现，正如他们一点点地向他灌输十条戒律，一条接着一条，服从十条戒律，在未来执行十条戒律，这两者逐渐促成了这一切，那天晚上他学到的这一切，承诺的这一切，保证的这一切，等到时机成熟的时候，为了祖国的利益，这一切都会变成现实，"瘸子"和麦吉小姐会下令让这一切都变成现实。

---

① 原文"Cortinas de humo"直译为烟雾窗帘，是烟雾弹的意思。但这里的"窗帘"一语双关，对应了前文出现过的绿色窗帘。

不合时宜

　　我已经没有任何记住这一切的理由了，虽然我喜欢季节性地写一些东西，一些朋友也对我写的诗句和文章表示认可，但我时常会想，这些童年回忆是否真的值得被记录下来，它们之所以存在，是否只因为我一厢情愿地认为记录会让事情变得更真实，这样我就能以自己的方式把它固定下来，并拥有它，就像拥有衣柜里的领带和夜里菲莉莎的身体，往事无法重来，却变得越来越鲜活，仿佛在记忆中打开了第三个维度，那种身临其境的感觉几乎总是苦涩的，可我非常向往。我一直都不太明白为什么，我一次又一次地回忆起那些往事，而其他人已经学会了遗忘，不再被往事折磨。书写多罗的故事时，多罗几乎从来不是促使我写作的原因，原因另有其他，但我敢肯定，在我的朋友中，很少有人像我记得多罗那样记得童年的伙伴，多罗只不过是引导他姐姐出场的借口，我和多罗在院子里玩耍，在多罗家的客厅里画画，而萨拉就在这个时候出现了。

六年级的时候，我们十二三岁，两个人形影不离，我并不觉得自己是在单独记录多罗的事，我也无法接受自己像旁观者那样写下多罗的故事。看见多罗意味着同时看见了我自己，对阿尼瓦尔来说也是如此，要是当时我没有发现阿尼瓦尔也在那里的话，我可能就完全不记得多罗了，一个夏天的下午，阿尼瓦尔踢了一球，打破了多罗家的一面玻璃，他吓坏了，想躲起来，想否认自己做的错事，萨拉出现了，她叫他们"坏蛋"，让他们去街角的空地踢球。这一切自然会让人回想起班菲尔德，因为一切都在那里发生，不论是多罗还是阿尼瓦尔都无法想象这些事会发生在另一个村庄，当时，班菲尔德的房子和玩耍的空地比世界还大。

班菲尔德是一座村庄，它的街道全是土路，村里有南方铁路的火车站，夏天的午睡时刻，荒地里会爬满五颜六色的蝗虫，到了晚上，村子战战兢兢地躲在街角为数不多的路灯四周，骑马的守夜人不时吹响哨子，每盏路灯周围都有飞舞的小虫，形成让人眼花缭乱的光晕。多罗家和阿尼瓦尔家离得非常近，街道就像一条走廊，将他们日夜联系在一起，他们午睡时分在空地上踢球，在街角路灯下观察蟾蜍如何围成一圈吃虫子，一些小飞虫绕着黄色的灯光飞得晕头转向，成为蟾蜍的食物。夏天，永远放假的夏天，他们自由地游戏，时间只属于他们，只为他们而存在，既没有课程表，也没有上课铃，午后与夜晚的炎热空气里和汗水涟涟的脸上都散发着夏天的气息，他们打架，跑步，争夺输赢，他们大声欢笑，偶尔哭泣，永远都在一起，永远都是自由的，他们是自己的风筝、足球、街角和小路的世界的主人。

　　阿尼瓦尔脑海中有关萨拉的画面并不多，但她的每个身影都像是太阳升到最高时的彩色玻璃窗，蓝色、红色和绿色的光线照射进来，甚至能将他灼伤，有时，阿尼瓦尔会特别注意她落在肩头的金发，那仿佛是一种他希望能在自己的脸庞上感受到的爱抚，有时，他会特别注意她雪白的肌肤，因为萨拉几乎从不出门晒太阳，她专心做家务，她母亲病了，多罗每天下午回家的时候衣服都脏兮兮的，膝盖也磕破了，鞋子上都是泥。他从来都不知道萨拉那时的年龄，他只知道那会儿她已经是个小姐了，已经是弟弟年轻的妈妈了，每当她和弟弟说话的时候，每当她摸摸弟弟的脑袋，差他去买东西，或是让他们俩别在院子里大喊大叫的时候，弟弟就会变得更加孩子气。阿尼瓦尔总是羞涩地跟她打招呼，向她伸出手，萨拉也总是友好地握住他的手，她基本不看他，但把他当成半个多罗，因为他几乎每天都来家里读书或玩耍。五点的时候，她会叫他们喝牛奶咖啡、吃海绵蛋糕，用餐地点几乎总是院子里的小桌或阴凉的客厅；阿尼瓦尔只见过多罗的妈妈两三回，她坐在轮椅上温柔地跟他们说"小伙子们好"，虽然在班菲尔德很少会有汽车，但她还是会跟他们说"当心汽车"，而他们微笑着，坚信街上的汽车肯定会避开自己，坚信他们是足球运动员和赛跑者，是刀枪不入的。多罗从来不提自己的母亲，她几乎总是躺在床上，或是在客厅里听广播，家意味着院子和萨拉，有时某个舅舅会来做客，考他们在学校里学过的知识，奖励他们五十分钱。对于阿尼瓦尔来说，永远只有夏天，他几乎没有任何关于冬天的回忆，每到冬天，他的家就会变成灰霾的牢房，在家里，只有书籍在讲述，家人都在做自己的事情，而所有的事物都坚守着自己的阵地，需要他照顾的母鸡，需要通过长期忌食来控制的病情，茶水以及偶尔才能见到的多罗，因为多罗不喜欢在不让他们玩耍的房子里待太久。

在患支气管炎的那十五天里，阿尼瓦尔开始感觉到萨拉的缺席，多罗来看他的时候，他向多罗问起了她，只得到一个心不在焉的回答，说她很好，多罗只在意那周他们能不能再次上街玩耍。阿尼瓦尔原本想打听更多萨拉的事，但他不敢问太多，要是多罗知道他担心一个不像他们那样玩耍的人，一个与他们所做所想的一切完全搭不上边的人，肯定会觉得他愚蠢极了。等他再去多罗家的时候，他依然有些虚弱，萨拉向他伸出手，问他怎么样了，还说他不能踢球，免得累着，最好还是在客厅里画画看书；她的声音很严肃，说话的语气和她跟多罗说话时一样，亲切而疏远，她是周到而严肃的姐姐。那天晚上睡觉前，阿尼瓦尔感觉有什么东西来到了他的眼前，他的枕头变成了萨拉，他觉得自己需要把她按进怀里，需要把脸贴着萨拉和萨拉的头发哭泣，他希望她在那里，坐在他的床边，给他送药、量体温。早晨，他妈妈来到他身边，用闻起来像酒精和薄荷醇的东西擦拭他的胸口，阿尼瓦尔闭上了眼睛，萨拉的手抬起了他的上衣，轻轻地抚摸他，治疗他。

又到了夏天，在多罗家的院子，假期意味着小说、模型、集邮、收集足球明星的照片然后贴进相册里。那天下午,他们聊起了长裤,用不了多久他们就得穿长裤了,谁会穿着短裤进中学呢。萨拉叫他们喝牛奶咖啡,阿尼瓦尔觉得自己听见了他们的谈话,她的嘴角还留着一丝微笑,或许她喜欢听他们谈论这些事,还取笑了他们一下。多罗已经告诉过他,萨拉有男朋友了,那是一位大块头先生,他每周六会来看萨拉,不过多罗还没见过他。阿尼瓦尔想象他会给萨拉送夹心巧克力,会在客厅里和她聊天,就像他堂姐罗拉的男朋友一样,他的支气管炎很快就好了,他又可以和多罗还有其他朋友一块儿在空地上玩耍了。但是到了晚上,一切都变得悲伤而美丽,睡觉前他独自待在自己的房间里,他想,萨拉不在这里,不论他健康还是生病,她永远都不会进来看他,恰好在这个时候,他觉得她是那么近,他闭着眼睛看她,没有了多罗的声音和其他男孩的叫声,萨拉只为他独自出现在那里,出现在他身边,他哭了,因为他想全心全意地付出,想变成萨拉手心里的多罗,他希望萨拉的头发摩擦他的额头,希望她对他说"晚安",希望萨拉在离开前给他盖上被子。

他鼓起勇气,假装随意地问起多罗,他生病的时候谁来照顾他,因为之前多罗得了肠道感染,在床上躺了五天。他询问的语气就好像多罗会告诉他,是妈妈照顾他的,但阿尼瓦尔明白这是不可能的,于是,萨拉,药方,还有其他细节。多罗告诉他,他姐姐为他做了所有的事,他换了话题,聊起电影。但是阿尼瓦尔想知道更多的事,萨拉是不是从他小时候就开始照顾他了,当然,因为他妈妈几乎残疾已经有八年了,萨拉负责照顾他们俩。那么,你小时候是萨拉给你洗澡的吗? 当然,你为什么要问我这些蠢事? 不为什么,只是想知道而已，有一个会给你洗澡的姐姐应该是一件挺奇怪的事。没什么奇怪的，朋友。你小时候，要是你生病了，她也会照顾你，为你做所有的事吗？当然了。你不觉得羞耻吗？你姐姐看了你的身体，还为你做了所有的事情。不觉得，我有什么可觉得羞耻的，当时我还小。现在呢？好吧，现在也无所谓，我都病了，我为什么要觉得羞耻呢。

　　为什么要觉得羞耻呢，没错。闭上眼睛的时候，他会想象萨拉在夜里走进他的房间，走近他的床，他希望她问他怎么样了，希望她把手放在他的额头上，然后掀开床单，检查他腿肚子上的伤口，给他换绷带，叫他"傻瓜"，因为他竟然被玻璃割伤了。他感觉她掀开了自己的上衣，看着他的裸体，抚摸他的小腹，看有没有发炎，然后重新给他盖好被子，让他安然入睡。他抱着枕头，突然觉得自己无比孤独，他睁开眼睛，房间里已经没有了萨拉的身影，那就像是一股痛苦而愉悦的潮水，因为没有人，没有人会知道他的爱恋，连萨拉都不会知道，没有人能理解那种遗憾，那种想为萨拉而死的愿望，他想救她出虎穴，想救她于火海，不然的话，他想为她而死，那样她就会感激他，就会哭着亲吻他。他的双手向下移动，他开始像多罗，像所有的男孩那样，抚摸自己，这种时候，萨拉不会出现在他的想象里，出现的会是仓库主的女儿，或者约兰达表姐，这种事情不可能发生在萨拉身上，她是夜里来照顾他的人，就像她照顾多罗那样，他只要想象萨拉俯身轻抚自己的模样就会觉得开心，这才是爱情，尽管阿尼瓦尔已经知道爱情应该是怎样的，尽管他曾经想象过和约兰达在一起的样子，想象过他可以对约兰达和仓库主的女儿所做的一切。

　　去大水沟的那一天差不多是夏末了，去那儿之前，他们在空地上玩耍，然后他们告别了同伴，沿着一条只有他们认识的、被他们叫作"桑德坎"的小路走，消失在荆棘丛生的灌木丛中，他们曾经在那里发现过一只吊死在树上的狗，然后带着恐惧逃走了。他们用手拨开灌木，一直走到植物最茂盛的地方，低垂的柳枝遮住了他们的脸庞，他们一直走到大水沟沿，沟水浑浊，他们总想着能在那里钓到银鲈鱼，但是永远一无所获。他们喜欢坐在沟沿，抽多罗用玉米苞叶做成的香烟，谈论埃米里奥·萨尔加里①的小说，制订旅行计划，等等。但那天他们运气不好，阿尼瓦尔的一只鞋子被树根勾住了，他的身子往前倾，他抓住多罗，两人沿着大水沟的坡面往下滑，水没过了他们的腰，虽然看起来挺吓人，但其实并不危险，他们绝望地拍打河水，直到抓住了一根柳树枝，他们一边往上爬，一边咒骂着上了岸，浑身是泥，污泥从他们的衣服里、裤子里不断地往下滴，还散发着一股腐烂的气味，死老鼠的气味。

　　回来的路上他们几乎没有说话，他们从多罗家花园的深处溜了进去，希望院子里没有人，这样他们就能偷偷把自己洗干净。萨拉在鸡舍旁边晾衣服，看见他们过来了，多罗似乎很害怕，阿尼瓦尔跟在后面，他羞愧万分，恨不得真的死去，恨不得离萨拉千万里，此刻，她抿紧嘴唇看着他们，可笑而困惑的他们沉默地站在阳光下

---

①埃米里奥·萨尔加里（Emilio Salgari, 1862－1911），意大利科幻作家。上文提到的"桑德坎"是他的系列小说《马来西亚的海盗》中的主人公。

的院子里。

"你就差没干这个了。"萨拉只说了这一句话。这句话是对多罗说的,仿佛也是对阿尼瓦尔说的,他开始结结巴巴地承认错误,都是他的错,他的鞋子被勾住了,所以不是多罗的错,事情是这样的,地面太滑了。

"你们现在就去洗澡,"萨拉说,仿佛没有听见他说的话,"进门前把鞋子脱了,然后去鸡舍那边的水池把衣服洗干净。"

他们在浴室里面面相觑,多罗先笑了,但他的笑声没有说服力,他们脱光衣服,打开喷头,在水下他们才能开怀大笑,他们开始抢肥皂,从上到下观察对方,给对方挠痒痒。一条泥河流进了排水管,慢慢被稀释了,肥皂开始起泡,他们玩得忘乎所以,都没发现门被打开了,萨拉就站在那里看着他们,她走到多罗身边,拿走了他手上的肥皂,在他依然满布泥点的背上使劲揉搓。阿尼瓦尔不知道该怎么办,他站在浴缸里,把手放在肚子上,然后他突然背过身去,不让萨拉看见他,可是这样更糟,他转了四分之三圈,水流到了他的脸上,他换到另一边,再次背对她,直到萨拉把肥皂递给他,对他说:"好好洗洗耳朵,你浑身上下都是泥。"

那天晚上,不像之前的那些夜晚,他没能见到萨拉,尽管他用力地闭上眼睛,但唯一能看见的是浴缸里的自己、多罗还有向他们走来的萨拉,萨拉从头到脚检查他们,然后,他们手臂上搭着脏衣服,走出了浴室,萨拉大方地走到水池边,一边洗他们的衣服,一边大声让他们裹好浴巾,直到身体干透了为止,她一言不发地递给他们牛奶咖啡,既不生气也不客气,把熨衣板放在紫藤树下,慢慢熨干裤子和上衣。最后，她让他们去穿衣服，他怎么能不对她说些什么呢，就说一句"谢谢，萨拉，您真好，真的谢谢您，萨拉"。可他连这句话都没说出口，多罗也什么都没说，他们一声不吭地穿衣服去了，然后开始研究邮票，玩飞机模型，萨拉没再出现了，傍晚的时候她总是要照顾妈妈，准备晚饭，偶尔也会在锅碗瓢盆叮铃哐啷的响声中哼一支探戈曲，就像现在，她没有出现在他紧闭的眼皮下，他已经无法用这种方式让她出现了，他无法让她知道自己是多么爱她，让她知道在她看过他们洗澡之后，他又是多么希望能真的死去。

那应该是他进国立学校前的最后一个假期，多罗不跟他一起去，因为多罗要去师范学校，但是他们俩已经约好了，就算去不同的学校，他们也依然要每天都见面，去不同的学校有什么关系呢，反正每天下午还会跟平常那样一起玩，他们不知道事情并非如此，他们不知道，二月或三月的某一天会是他们最后一次在多罗家的院子里玩耍，因为阿尼瓦尔一家要搬去布宜诺斯艾利斯，他们只能在周末见面，这是他们不愿意接受的改变，大人们强迫他们做各种各样的事，强迫他们分别，大人们并不在意他们，也不会征求他们的意见，他们对此感到悲愤不已。

突然间，一切变得飞快，他们换上了第一条长裤，多罗告诉他，三月初萨拉就要结婚了，他说话的语气就像那是一件无关紧要的事，阿尼瓦尔甚至没有发表任何评论，过了几天他才鼓起勇气问多罗，萨拉结婚以后会不会继续和他住在一起，你真是个傻瓜，他们怎么会留在这里呢，那个男人很有钱，会把她带到布宜诺斯艾利斯去，他在坦迪尔还有一套房子，我会和我妈妈还有福斯蒂娜姨妈一起生活，福斯蒂娜姨妈负责照顾我妈妈。

在那个假期的最后一个星期六，他看见萨拉的未婚夫开车来了，他看见他穿着蓝色的西服，身材很胖，戴着眼镜，下车时，手里拿着一盒点心和一束百合花。家里人吩咐阿尼瓦尔打包自己的东西，他们周一就要搬家了，他还什么都没准备。他本来想去多罗家的，说不清原因，他只是想去那里，但是妈妈强迫他打包自己的书、地球仪还有他搜集的昆虫标本。他们跟他说，他会有一间单独的、可以看到街景的大房间，他们还跟他说，他可以走路去上学。一切都会是崭新的，一切都会以全新的方式开始，一切都在慢慢地转动，现在，萨拉大概在和那个穿着蓝色西装的胖男人一起坐在客厅里喝茶，吃他带来的点心，她离院子是那样远，离多罗和他是那样远，她再也不会叫他们到紫藤树下喝牛奶咖啡了。

搬到布宜诺斯艾利斯的第一个周末（没错，他有了一间单独的大房间，整个地段到处都是商店，两个街区外有一家电影院），他坐上火车，回到班菲尔德去见多罗。他认识了福斯蒂娜姨妈，他们在院子里玩耍过后，她什么都没给他们准备，他们在村子里散步，阿尼瓦尔过了一会儿才问起萨拉。好吧，他们办的是世俗婚礼，现在已经在坦迪尔的房子里度蜜月了，萨拉每隔十五天就会回来看望母亲。你不想她吗？想啊，但是能怎么办呢。当然了，现在她已经结婚了。多罗心不在焉，开始转换话题，阿尼瓦尔没办法继续和他聊萨拉的事了，也许他求了多罗给他讲讲结婚的事，多罗笑了，我怎么知道呢，大概没什么特别的吧，婚礼结束以后他们去了旅馆，然后就是新婚之夜，他们睡在一起，然后那个男人……阿尼瓦尔一边听，一边看着栅栏和地砖，他不希望多罗看见自己的脸，多罗察觉到了，我敢肯定，你不知道新婚之夜会发生什么。去你的，我当然知道。就算你知道，但第一次是不一样的，拉米雷斯是这么告诉我的，是他哥哥告诉他的，他哥哥是律师，去年结婚了，他哥哥什么都跟他说。广场上有一条空空的长凳，多罗买了香烟，继续跟阿尼瓦尔解释，继续抽烟，阿尼瓦尔同意了，他咽下一口烟雾，开始觉得头晕，他不需要闭上眼睛就能看见树叶衬托下的萨拉的身体，过去他从来没有把它想象成一具身体，通过拉米雷斯哥哥的话，通过多罗仍在跟他讲述的声音，他看见了新婚之夜。

那天他没敢问多罗要萨拉在布宜诺斯艾利斯的地址，他打算下次来的时候再问，因为他害怕那时的多罗，可是他没能再去看他，开学了，他有了新朋友，布宜诺斯艾利斯慢慢地将背着数学课本的阿尼瓦尔吞噬，市中心的电影院，河床队的球场，他开始和贝托这个地地道道的布宜诺斯艾利斯人一起夜游。多罗在拉普拉塔的情况大概也是如此，阿尼瓦尔时常想给他写信，因为多罗没有电话，可是后来，要么贝托来了，要么他得写作业，几个月过去了，第一年过去了，他去萨拉迪略度假，萨拉在他的脑海里逐渐只剩下一幅孤立的画面，有时，玛利亚或菲莉莎会让他在某一瞬间想起萨拉，这种时候，萨拉的模样会一闪而过。第二年的某一天，当他快要从梦里醒来的时候，他清楚地看见了她，一阵灼热的疼痛让他痛苦不已，归根结底，他没有那么爱她，无论如何，过去他是个孩子，萨拉从没有像现在的菲莉莎或药房的金发女孩那样关注过他，从来没有像贝芭表姐或菲莉莎那样，为了庆祝他来布宜诺斯艾利斯的第四年而跟他跳舞，从来没有像玛利亚那样任由自己抚摸她的头发，跟他去圣伊西德罗市跳舞，消失在午夜海边的树林中，他不顾菲莉莎的抗议和笑声亲吻她的嘴，把她抵在树干上，抚摸她的胸，他的手往下移动，直到迷失在那游离的温暖当中，在又一场舞会结束后，在看了许多场电影后，他在菲莉莎花园的深处找到了庇护，和她一起滑落到地上，他在她的嘴里尝到了咸咸的味道，放任自己的那只手四处摸索，他当然不会告诉她，这是第一次，他觉得害怕，他已经是工程学一年级的学生了，他不能告诉菲莉莎这些事，之后就更不需要了，因为他跟菲莉莎（偶尔跟贝芭表姐）学得很快。

他再也没有多罗的消息了，但他并不在意，他也忘了现在在省内的某个村子里教历史的贝托，跟所有人一样，事情毫无意外地接连发生在他身上，阿尼瓦尔接受了，却又没有接受，大概是生活替他接受的吧，学位证书，重度肝炎，巴西之旅，与两三个人合伙开的工作室接下一个重大工程项目。他在门口和其中一位合伙人道别，打算下班后去喝啤酒，这时，他在对面的人行道上看见萨拉向他走来。他突然想起来，前一天晚上他梦见过萨拉，地点依然是多罗家的院子，不过什么都没有发生，萨拉只是在那里晾衣服，喊他们喝牛奶咖啡，那个梦就这样几乎还没开始就已经结束了。或许正是因为什么都没有发生，那些画面在班菲尔德夏日的阳光下显得格外清晰，在梦境里，班菲尔德的夏天跟布宜诺斯艾利斯的夏天是不同的；或许还是因为这个，又或许是因为没有更好的选择，在被他遗忘了多年之后（但那并不是遗忘，他一整天都忧伤地反复跟自己说明这一点），他又想起了萨拉，现在，他看着她从街上走来，看见她穿着白色的衣服，每走一步，金色的发丝就在肩上飞舞，她和过去一模一样，她和梦境里的画面连在了一起，他对这种延续丝毫不觉得奇怪，似乎这是必然的，是预料之中的，他穿过街道，走到她面前，告诉她自己是谁，她惊讶地看着他，她没认出他，可是，她突然认出他了，她突然笑了，向他伸出手，她紧紧握住了他的手，继续对他微笑。

"太不可思议了，"萨拉说，"这么多年过去了，我怎么可能认出你呢。"

"您当然认不出我了，"阿尼瓦尔说，"但您看到了，我可马上就认出您了。"

"这是理所当然的，"萨拉理所当然地说，"那会儿你还没穿上长裤呢。我肯定也变了很多，应该是因为你更善于记住别人的样貌。"

他迟疑了一瞬间才意识到继续用"您"称呼她很愚蠢。

"不，你没变，你连发型都没变。你还是你。"

"虽然善于记住别人的样貌，但你可有些近视啊。"还是同样的声音，声音里透露出善意的嘲讽。

阳光照在他们的脸上，他们没法在往来的车流和人群中交谈。萨拉说她没有急事，愿意去咖啡馆喝点东西。他们开始抽第一支烟，泛泛的问题，拐弯抹角的回答，多罗在阿德罗格市当老师，妈妈在读报纸的时候像一只小鸟那样死去了，他和其他几个年轻工程师合伙工作，虽然现在危机正酣，但他们干得还不错。抽第二支烟的时候，阿尼瓦尔提了一个问题，这个问题灼伤了他的双唇。

"你丈夫呢？"

萨拉从鼻子里呼出烟雾，她慢慢盯着他的眼睛。

"他酗酒。"她说。

既没有痛苦，也没有遗憾，只有这个简单的信息，然后，她又变成了班菲尔德的萨拉，那时候，这一切都还没发生，还不存在距离和遗忘，也不存在前一晚的梦境，梦境里的地方正是多罗家的院子，她跟往常一样，一言不发地接过第二杯威士忌，让他继续说下去，让他讲给她听，因为他还有很多事情要告诉她，对他而言，岁月里充满了故事，而她却仿佛没有太多经历，个中原因也不值一提。或许是因为，她刚刚已经用一句话说明了原因。

不知从什么时候开始，一切都变得没那么艰难了，问答游戏，阿尼瓦尔伸出手，放在桌布上，萨拉的手没有躲避它的重量，她让那只手留在那里，与此同时，他低下了头，因为他没法看着她的脸，与此同时，他滔滔不绝地跟她说起了院子和多罗，跟她讲述房间里的那些夜晚，温度计，搂着枕头的哭泣。他用平缓而单调的声音跟她讲述这些事，各种瞬间和往事逐渐堆积，但这一切并不重要，我深深地爱上了你，我深深地陷入了爱河，但我却不能告诉你，你从夜里来，你照顾我，你是我不曾拥有的年轻的母亲，你给我量体温，轻抚我，哄我入睡，你把牛奶咖啡给我们端到院子里，你记得吗，我们要是做了傻事，你会骂我们，我原本希望你会跟我说很多事，只跟我说，但你却高高在上地看着我，在远处冲我微笑，我们之间隔着一面巨大的玻璃，你无法打碎它，因此，我在夜里呼唤你，你来照顾我，和我在一起，就像我爱你那样地爱我，你抚摸我的脑袋，像对待多罗那样对待我，做一切你对多罗做过的事，但我不是多罗，只有一回，萨拉，只有一回，而且结果很糟糕，我永远都不会忘记的，因为我情愿一死了之，但是我不能死，或者说我不知道该怎么办，我当然不想死了，但这就是爱，可我又想死，因为你像看一个孩子那样看了我的全身，你走进浴室，看了那个爱你的人一眼，你就像看多罗那样看着我，你已经是别人的未婚妻了，你快结婚了，而我却站在那里，你递给我肥皂，让我把耳朵洗干净，你像看着一个孩子那样看着我的裸体，你完全不在意我，你甚至都没有在看我，因为在你眼前的只是一个孩子，然后你走了，仿佛从来没有看过我，仿佛我没在那里，没在你看着我的时候不知所措。

"我记得很清楚，"萨拉说，"我记得跟你一样清楚，阿尼瓦尔。"

"是的，但这不是一回事。"

"谁知道这是不是一回事。当时你不可能知道，但我已经感觉到了，你以那种方式爱着我，我让你受折磨，正是因为这个原因，我像对待多罗那样对你。那时你还是个孩子，可有时候，我多么遗憾你是个孩子，我觉得不公平。如果当时的你再大五岁……我会把事情告诉你的，因为现在我可以这么做了，因为这样做是公平的，那天下午我是故意走进浴室的，我不需要进去看你们有没有在洗澡，我之所以走进去，是因为这样就可以了结这件事，就可以治愈你的痴梦，就可以让你明白，你永远都不能那样看我，而我却有权利像看一个孩子那样看遍你的全身。所以，阿尼瓦尔，那是为了彻底治愈你的痴梦，是为了让你不要再继续那样看我，还以为我不知道。

384

现在我们可以再喝一杯威士忌，反正我们俩都是大人了。"

从傍晚到深夜，他们不知疲倦地聊天，两人的手在桌布上触碰的瞬间，他们笑了，又抽了几支烟，然后他们会坐上出租车，去某个她或他熟悉的地方，一个房间，一切似乎都融进了转瞬即逝的画面中，那画面变成了白色的床单，两具身体迅速产生激烈的抽搐，一场漫长的相遇，破碎、弥合又溃散的停顿，越来越不可靠的停顿，每一次爆发都将他们扼杀，将他们淹没，将他们焚毁，直到他们沉沉睡去，直到破晓的香烟燃尽最后的火焰。我关掉了写字台上的台灯，看着空杯子的杯底，一切似乎都还在拒绝接受此时是晚上九点的事实，还在拒绝接受工作日下班后的疲倦。文字在拒绝现实，它们已经在纸上滑动了一个小时，已经在纸上展示出自己的模样，那纯粹是缺少依据的私人涂鸦，既然如此，何必再继续写下去呢？在某个时刻到来之前，它们一直在书写事实，那里充满了阳光和夏天，班菲尔德的院子般的语言，多罗般的语言，游戏和大水沟般的语言，真实记忆的蜂箱嗡嗡鸣响。只有当某个时刻来临的时候，只有当萨拉和班菲尔德不再出现的时候，故事才会变得日常，才会变成没有回忆、没有梦想的实际的当下，才会变成纯粹的生活。我原本希望继续生活，原本希望文字能够继续书写现实，书写我们的当下，书写工程工作室里枯燥的日程，可是，那时，我想起了前一晚的梦，想起我又梦见了萨拉，梦见萨拉从遥远的地方、从遥远的过去回来了，我无法留在这个当下，在这里，下午的时候，我会再一次离开工作室，去街角的咖啡馆喝啤酒，文字再次充满了生命力，虽然它们在撒谎，虽然没有一句话是真的，可我依然继续将它们写下，因为它们提到了萨拉的名字，提到了萨拉从街上走来，尽管这很荒谬，但继续写下去是多么美好，我写到自己穿过街道，写到自己与萨拉相遇，她认出了我，这是我与她重逢的唯一方法，我会告诉她真相，触碰她的手，亲吻她，倾听她的声音，看着她的头发在肩上飞舞，我会和她一起走向黑夜，走向一个文字逐渐用床单和爱抚充盈的夜晚，可我该如何继续写下去呢，该如何书写从那一晚开始的与萨拉在一起的生活呢，而身边传来菲莉莎的声音，她带着孩子们走了进来，告诉我晚餐已经准备好了，让我们马上去吃饭，因为已经很晚了，而孩子们想看十点二十分电视上播出的唐老鸭。

噩梦

等待，所有人都这么说，必须等待，因为在这种情况下，人们永远不知道结果如何，拉伊蒙迪医生也一样，他也得等待，病人有时会有反应，尤其是梅察这个年纪的病人，必须等待，博托先生，好的，医生，可是已经过了两周了，她还没有醒过来，两周了，她就跟死了一样，我明白，路易莎女士，这是典型的昏迷状态，只能等待。劳罗也在等待，每次从学校回家，开门前他都会在街上等一会儿，他会想，就是今天，今天她肯定醒了，她肯定已经睁开了眼睛，在和妈妈说话，不可能持续这么久的，她不可能二十岁就死去，她肯定已经坐在床上，在和妈妈说话了，可是，还得继续等待，永远都是同一句："亲爱的，医生下午还会再来，大家都说什么都做不了。"过来吃点东西吧，朋友，您的母亲会照看梅察的，您得吃东西，别忘了还有考试，我们顺便看点新闻吧。可是，一切都在消逝，唯一长久不变的，唯一日复一日保持原样的是梅察，那张床上梅察身体的重量，瘦小单薄的梅察，摇滚舞者，网球运动员，从几周前开始她就被压垮了，她也压垮了所有人，复杂的病毒感染，昏迷状态，博托先生，结果无法预测，路易莎女士，您只要维系她的生命，给她一切机会，她这个年龄有极强的力量和求生欲望。可是她什么忙都帮不上，医生，她什么都理解不了，她就像是，啊，对不起，我的上帝啊，我都不知道自己究竟在说什么。

劳罗也不能完全相信这件事，这就像是梅察开的一个玩笑，她总是跟他开恶劣至极的玩笑，在楼梯上装神弄鬼，把鸡毛掸子藏在床铺的最里面，他们俩开怀大笑，他们设计陷阱，假装自己还是孩子。复杂的病毒感染，一天下午，她开始发烧，浑身疼痛，她的生命忽然断了电，突然的沉寂，灰色的皮肤，遥远而安静的呼吸。医生、仪器、化验、会诊，她是那里唯一安静的事物，梅察的恶劣玩笑变得越来越强大，无时无刻不在掌控着所有人，路易莎女士发出绝望的叫喊，然后她开始偷偷哭泣，在厨房和卫生间里暗自悲痛，博托先生的咒骂只会因新闻播报和看报的时间停顿，劳罗愤怒的将信将疑总是被通勤、课业、会议还有每次从市中心回家时的一丝希望打断，你会为此付出代价的，梅察，这种事情是不能做的，可恶的人，我会让你付出代价的，你等着瞧。除了那唯一安静的事物之外，织毛衣的看护也安静极了，他们把狗送去舅舅家，拉伊蒙迪医生已经不带同事来了，他傍晚过来，几乎从不久留，他似乎也感觉到了，梅察身体的重量每天都在多压垮他们一些，他们习惯了等待，习惯了这唯一能做的事。

噩梦出现的那个下午，路易莎女士没有找到体温计，看护惊讶不已，跑去街角的药店买了一支新的。当时她们正在谈论这件事，因为温度计不可能就这样凭空消失，她们一天就用它三回，她们已经习惯了在梅察床边大声说话，一开始的窃窃私语毫无必要，因为梅察根本听不见，拉伊蒙迪医生十分肯定，昏迷状态让她失去了所有知觉，不论她们说些什么，梅察的冷漠表情都不会发生任何改变。街角的枪声传来时，她们还在谈论温度计的事，枪声或许来自更远的地方，可能来自高纳街那边。她们对视了一眼，看护耸了耸肩膀，因为不管是在这个街区还是在其他地方，枪响都没有什么新鲜，路易莎女士原本还想继续谈论温度计的事，可她看见梅察的双手颤抖了起来。整个过程只持续了一瞬间，但她们俩都发现了，路易莎女士发出尖叫，看护捂住她的嘴，博托先生从客厅赶过来，他们三个看见梅察全身都在颤动，仿佛有一条蛇迅速从她的脖子穿梭至脚底，她的眼球在眼睑下转动，一阵轻微的抽搐扭曲了她的五官，她似乎想要说话，想要呻吟，脉搏快速跳动，过了好一会儿她才恢复平静。电话，拉伊蒙迪，实际上没有什么新情况，虽然拉伊蒙迪不愿这么说，但或许多了一丝希望，圣母玛利亚，但愿这是真的，但愿我的女儿能醒来，但愿这场劫难能够结束，我的上帝啊。但这场劫难并没有结束，一小时后，同样的情况又出现了，而且之后变得越来越频繁，梅察仿佛是在做梦，她的梦似乎很痛苦、很绝望，噩梦周而复始，她却无力反抗，他们在她身边，看着她，跟她说话，可她根本感受不到外界的一切，她被别的事物入侵，那东西在某种程度上延长了他们所有人的噩梦，他们在那里，却无法跟她沟通，救救她吧，我的上帝，别让她这样，劳罗下课回来，他也待在床边，母亲正在祷告，他把手搭在了她的肩膀上。

那天晚上还有一次会诊，他们搬来了新的仪器，仪器上带有吸杯和电极，他们把这两样东西固定在梅察的头上和大腿上，拉伊蒙迪的两位医生朋友在客厅里讨论了很长时间，你们得继续等待，博托先生，她的临床表现并没有发生改变，把这件事当成她开始好转的迹象是很不谨慎的做法。但是，她在做梦，医生，她在做噩梦，您也亲眼看到了，她还会再做噩梦的，她感觉到了什么，她非常痛苦，医生。一切都是无意识的生理反应，路易莎女士，她并没有意识，我向您保证，您得耐心等待，别因为这件事影响了情绪，您女儿并没有受苦，我知道这样很难受，最好还是让看护单独照看她，等有进展了再说，尽量好好休息吧，女士，请您服用我给您开的药。

劳罗在梅察身边一直守到半夜，不时地阅读着考试用的笔记。警报声传来的时候，他觉得应该往卢塞罗给他的那个号码打电话，但不应该从家里打，也不应该在警报声刚响完的时候上街。他看着梅察左手的手指缓慢地移动，她的眼睛似乎又在眼睑下转动。看护建议他离开房间，没有什么能做的了，只能等待。"可她在做梦，"劳罗说，"她又在做梦了，您看她。"她的噩梦和外面的警报声一样持续了很久，她的双手似乎在找什么东西，手指试图在床单上找到抓手。现在，路易莎女士再次出现在那里，她无法入睡。"怎么回事，"看护几乎有些生气地说，"您没有吃拉伊蒙迪医生开的药吗？""我没找到药，"路易莎女士似乎有些迷糊，"它们本来在床头柜上，但现在我找不到了。"看护找药片去了，劳罗和他的母亲面面相觑，梅察艰难地移动着手指，他们觉得噩梦依然在那里，绵绵不绝，它似乎拒绝施舍同情和最后的怜悯，拒绝让她像其他人那样醒过来，拒绝把她从恐惧中拯救出来。她还在做梦，时不时地移动手指。"我到处都找不到药片，女士，"看护说，"我们大家都迷糊了，都不知道这个家里的东西到底去哪儿了。"

第二天晚上，劳罗很晚才回来，博托先生敷衍地问他原因，甚至眼睛都没从电视上移开，电视上正在转播世界杯比赛的实况解说。"和几个朋友聚了聚。"劳罗一边说，一边寻找做三明治的材料。"这个球进得太有美感了，"博托先生说，"幸好他们转播了球赛，我才能好好欣赏这几场冠军赛。"劳罗似乎对进球并不感兴趣，他一边吃，一边看着地面。"你知道自己在做什么，年轻人，"博托先生说出这句话的时候，眼睛依然盯着足球，"但你可得多加小心。"劳罗抬起头，几乎有些惊讶地看了他一眼，父亲第一次做出如此私人的评论。"您别担心，老爸。"他边说边站了起来，结束了这场对话。

看护调暗了床头灯的灯光，勉强才能看见梅察。沙发上，路易莎女士把手从脸上挪开，劳罗在她额头上亲了一口。

"还是老样子，"路易莎女士说，"一直都是老样子，儿子。你看，你看她的嘴巴颤得多厉害，小可怜，她都看见了什么啊，我的上帝啊，这种情况怎么会一直持续呢，这怎么会……"

"妈妈。"

"可是，这是不可能的啊，劳罗，没人比我更明白，没人理解她一直都在做噩梦，但一直醒不过来……"

"我知道，妈妈，我也明白。如果还能做些什么的话，拉伊蒙迪早就做了。你留在这里也帮不了她，你得去休息，吃一片镇静剂吧，然后去睡觉。"

他扶她起来，陪她走到门口。"发生了什么，劳罗？"她突然停下了脚步。"没什么，妈妈，是远处的枪声，你早就知道了。"但是，路易莎女士实际上知道什么呢，何必再多说呢。现在的确已经很晚了，把她送回房间后，他得下到仓库，在那里给卢塞罗打电话。

他没找到他晚上喜欢穿的那件蓝色羽绒服，他在走廊的衣柜里东张西望，也许母亲把羽绒服挂在里面了，最终，他随便套了一件外套，因为外面很凉。出门前，他走进梅察的房间待了一会儿，在黑暗里看到她之前，他就几乎已经感觉到了噩梦的存在，双手的颤抖，栖息于皮肤之下、不断滑动的秘密客人。外面的警报声再次响起，应该过一会儿再出去，但到那个时候仓库的门就关了，他没法打电话。梅察的眼睛在眼睑下不停地转动，它们似乎想要睁开，想要看他，想要回到他的身边。他用一根手指轻抚她的额头，他害怕触碰她，害怕外界的任何刺激都会变成噩梦的一部分。她的眼睛依然在眼窝里转动，劳罗躲开了，不知道为什么，但他越来越害怕，一想到梅察可能会睁开眼睛看着他，他就愈发往后躲。如果他父亲已经睡下的话，他就能在客厅里压低声音打电话，但博托先生还在听足球解说。"没错，关于足球人们总有很多话说。"劳罗想。他打算早点起床，赶在去学校前给卢塞罗打电话。他远远地看见看护从她的房间里出来，身上带着某种发光的东西，可能是注射器，或是一只勺子。

在这场漫长的等待中，连时间都变得混乱，甚至消失了，他们晚上熬夜，白天补觉，亲朋好友随时会出现，他们轮流分散路易莎女士的注意力，和博托先生玩多米诺骨牌，来了一位临时看护，因为原来的那位得去布宜诺斯艾利斯一周，没人能找到咖啡杯，因为每个房间里都四处散落着咖啡杯，劳罗偶尔会回来转一圈，但他随时都会走，拉伊蒙迪依然会来家里做例行检查，但他进门前已经不按门铃了，我没有发现任何不良变化，博托先生，在这个过程中，我们只能维系她的生命，我在给她增加营养液的输入量，我们只能继续等待。可她一直在做梦，医生，您看她，她几乎没法休息。不是这样的，路易莎女士，您觉得她在做梦，但这些只是生理反应，我很难跟您解释，因为在这种情况下，还有其他因素在起作用，总之，您可别以为她能意识到类似于梦境的东西，或许如此旺盛的生命力和这些反应是良好的征兆，请您相信我，我在持续关注她，您需要好好休息，路易莎女士，您过来，我给您测一下血压。

从市中心回家的路途和系里发生的一切让劳罗觉得回家越来越艰难，他随时会出现在家里，待一段时间，了解一成不变的情况，他会和父母说说话，制造聊天的话题，把他们从黑洞里拉出来一会儿，但他这么做主要是为了母亲，而不是为了梅察。每当靠近梅察的床边，他都能感受到一种难以置信的联系，梅察离他那么近，似乎是在呼唤他，手指暧昧的信号，眼睑之下试图突破重围的眼神，某种东西持续不断地出现，那是囚徒发出的穿透皮肤高墙的信息，是她令人难以忍受的无济于事的呼唤。歇斯底里的情绪时常会把他打败，他敢肯定，跟他母亲和看护相比，梅察更能认出他来，他敢肯定，每当他在那里看着她，噩梦最可怕的时刻便会到来，他敢肯定，他最好马上离开，因为他什么也做不了，他敢肯定，跟她说话是毫无用处的，傻瓜，亲爱的，你别再闹了，你也想的，睁开眼睛吧，结束这个恶劣的玩笑吧，愚蠢的梅察，亲爱的妹妹，亲爱的妹妹，你要捉弄我们到什么时候，可恶的疯子，狡猾的家伙，快结束这场喜剧表演，让它见鬼去吧，你快回来，我有很多事情要告诉你，亲爱的妹妹，你根本不知道究竟发生了什么，但这不重要，我都会讲给你听的，梅察，因为你什么都不懂，所以我会把事情都讲给你听。他思考着这一切，与此同时，恐惧感席卷而来，他想紧紧抓住梅察，但他没法大声说出一个字，因为看护和路易莎女士绝不会让梅察独自待着，他需要跟她说好多事，如同梅察或许也在以自己的方式与他交谈，通过紧闭的双眼与他交谈，通过在床单上画出无用字母的手指与他交谈。

那天是周四，并不是因为他们知道那天是周几，他们对此并不关心，但是看护在厨房喝咖啡的时候提到了这件事，博托先生突然想起来，那天有一档新闻特别节目，路易莎女士则想起她妹妹曾从罗萨里奥打电话给她，说她周四或周五过来。劳罗的考试肯定已经开始了，他八点就出门了，甚至没有跟父母告别，只在客厅里留了一张字条，说他不一定回家吃晚饭，让他们别等他。他没回来吃晚饭，看护终于说服路易莎女士早点休息，博托先生看完了有奖答题节目，他将头探出客厅的窗户，从爱尔兰广场那边传来机关枪的扫射声，然后一切突然平静了下来，太平静了，连巡逻的警察都没出现，还是睡觉去吧，在十点播放的有奖答题节目上答对所有问题的那个女人可真是个奇才，她熟悉古代的历史，她几乎像是生活在尤利乌斯·恺撒的时代，有文化的人竟然比拍卖商挣的钱还多。没人发现大门整晚都没被打开，劳罗也没有回到自己的房间，早上，他们以为他考完试以后需要多睡一会儿，或是需要在吃早饭前复习功课，到了十点钟他们才发现他不在。"你别担心，"博托先生说，"他肯定和朋友们庆祝去了。"对路易莎女士来说，协助看护给梅察洗澡更衣的时间到了，适宜的水温，古龙水，棉花还有床单，到了正午，劳罗还没有回来，多奇怪呀，爱德华多，他至少也得打个电话回来呀，他从来没做过这样的事，上次他参加期末派对的时候，晚上九点就往家里打电话了，你记得吗，他怕我们担心，他当时年纪还小。"这孩子肯定是被考试折磨疯了，"博托先生说，"你看看吧，很快就会回来的，他总是在一点钟的新闻节目播出的时候出现。"但是，到了一点钟，劳罗依然没有出现，他错过了体育新闻和关于一场破坏性袭击的简讯，那场袭击由于政府武装力量的介入很快就失败了，没有什么新鲜事，气温缓慢上升，山区有雨。

　　路易莎女士一直在给熟人们打电话，看护来找她的时候已经七点多了，博托先生在等警察局的朋友给他回电话，看看有没有消息，每隔一分钟他就让路易莎女士腾出电话线，但她一直在电话簿里找号码，给熟人打电话，劳罗有可能在费尔南多叔叔家，或者又回到系里准备下一场考试了。"请你别再打电话了，"博托先生再次请求道，"你不明白吗，孩子这会儿可能刚好打电话回来，但是家里一直占线，你想让他在公共电话旁边做什么啊，如果电话没坏的话，他可得让给其他人用。"看护一直坚持，于是路易莎女士就去照看梅察了，梅察的脑袋突然开始动了，她不时把脑袋从一边转到另一边，得帮她整理额头的发丝。他们马上通知了拉伊蒙迪医生，很难在傍晚时分找到他，但九点的时候，他妻子打电话来，说他马上就到。"他很难过来，"看护说，她刚刚带着一盒注射剂从药店回来，"不知道为什么，整个街区都被封锁了，你们听那警报声。"梅察一直在摇头，她似乎在缓慢而固执地拒绝什么，路易莎女士刚从梅察身边走开，就开始叫博托先生，不可能的，没人有消息，孩子肯定也过不来，但他们会放拉伊蒙迪过来的，因为他是医生。

"不可能的，爱德华多，不可能的，他肯定出了什么事，我们不可能到现在都没有消息，劳罗总是……"

"你看，路易莎，"博托先生说，"你看，她的手动了，手臂也动了，她第一次动手臂，路易莎，或许……"

"但是她比之前还糟糕，爱德华多，你没发现她还在经受幻觉吗，她好像是在抗拒……您做点什么吧，罗萨，让她别这样，我去给罗梅洛一家打电话，或许他们会有消息，那个和劳罗一起读书的女孩，请您给她打一针吧，罗萨，我马上回来，或者，爱德华多，还是你去打电话吧，问问他们，快去。"

博托先生开始在客厅里拨号码，他突然停住了，挂上了电话手柄。劳罗可能会打电话来，罗梅洛一家怎么可能知道劳罗的事，还是再等一会吧。拉伊蒙迪没有来，他大概被人堵在了街角，在忙着和他们解释吧，罗萨没法再给梅察打一针，那是一种极强的镇静剂，还是等医生来吧。路易莎女士弯着腰，拨开挡住了梅察那双毫无用处的眼睛的头发，路易莎女士的身体开始摇晃，罗萨及时给她搬来了凳子，扶她坐下，而她就像是一具死尸。从高纳街那边传来的警报声越来越响，与此同时，梅察睁开了眼皮，她的眼睛蒙上了一层沉积了几周的薄膜，她盯着光秃秃的天花板上的一点，慢慢转向路易莎女士的脸，路易莎女士大声尖叫，她用双手捂住胸口，大声尖叫。罗萨想要远离她，绝望地呼唤着博托先生，现在，博托先生赶来了，他站在床边一动不动地看着梅察，一切似乎都聚集在梅察的眼睛里了，它们慢慢地从路易莎女士那里转移到博托先生身上，从看护那里转移到天花板上，梅察的双手沿着她的腰线慢慢地往上移动，在身上合拢，她的身体因为痉挛而颤抖，或许是因为现在她听见了越来越响的警报声，撼动屋子的敲门声，命令声，机关枪扫射后木头碎裂的嘎吱声，路易莎女士的哀号声，人们破门而入的声音，所有的一切似乎都为了唤醒梅察而及时出现了，所有的一切及时地终止了噩梦，梅察终于能回归现实，回归美好的生活。

写故事的日记

1982 年 2 月 2 日

　　有时候，写故事的欲望会让我心痒难耐，那种隐秘的、愈发强烈的召唤让我不断走向那台"奥林匹亚奢华旅行家"打字机，我一边走，一边抱怨这台机器

　　　　（这台可怜的打字机一点也不奢华，但它的确和裤子、朗姆酒瓶还有书一起被装进了旅行箱，经受了各种或直接或间接的打击，穿过七片蔚蓝的深海），

　　有时候，夜晚降临，我把白纸放在滚轴上，点燃一支吉卜赛女郎牌香烟，叫自己傻瓜，

（为什么要写故事呢？毕竟，我为什么不打开一本其他小说家的书，或是听一张唱片呢？）

但是，有时候，除了着手写故事之外，我做不了别的事，就像我想写下这个故事的时候一样，恰巧在那个时候，我想成为阿道夫·比奥伊·卡萨雷斯。

我想成为比奥伊，因为我一直都钦佩他的写作水平，也欣赏他的为人，但是我们都很腼腆，所以无法成为朋友，此外还有其他重要的原因，其中之一就是我们俩过早地被一片大洋隔开了。要是仔细算一算，我认为，这一生我和比奥伊只见过三回。第一回是在阿根廷书会的晚宴上，那是我不得不参加的一次活动，因为在四十年代，我是那个协会的经理，至于他，天晓得他为什么会来，在晚宴上，我们在一大盘意大利饺子上方做自我介绍，友善地向对方微笑，突然，他让我把盐瓶递给他，我们的对话便到此为止。第二回，比奥伊来到我在巴黎的家，给我拍了几张照片，我不记得他为什么这么做了，但是我记得，我们聊了很长时间的康拉德。最后一回和前一回恰好对称，我去了他在布宜诺斯艾利斯的家吃晚餐，那天晚上我们聊了很多关于吸血鬼的事。当然了，在这三次见面中，我们从来没有提到过安娜贝尔，但这并不是我想成为比奥伊的原因，真正的原因是，我是那么希望能像他一样写作，如果他认识安娜贝尔的话，如果他写了一则有关她的故事的话。在这种情况下，比奥伊谈论安娜贝尔的方式将是我无法做到的，他会从近处深刻地描绘她，同时还能保持一定的距离，他会决定（我没法不认为这是他的决定）在一些人物和叙述者之间设置疏离感。对我来说，这是不可能的，并不是因为我认识安娜贝尔，而是因为我在创造人物的时候，并不会试图疏远他们，尽管有时候我觉得这很有必要，就像画家那样，只有远离画架，才更能看清画面的全貌，才能知道在何处落下关键的几笔。这对我来说是不可能的，因为我觉得安娜贝尔从一开始就会将我俘获，就像四十年代末我在布宜诺斯艾利斯认识她的时候那样，尽管她大概无法想象这个故事——如果她还活着，如果她还在某处游荡，如果她像我一样苍老的话，但她肯定会竭尽全力阻止我按照我的喜好写下这个故事，我想说的是，我会带上些许比奥伊的风格写下这个故事。就像如果比奥伊认识安娜贝尔的话，他会知道该如何写下这个故事。

2 月 3 日

　　因此我才写下了这些含糊其辞的笔记吗？因此才有了小狗绕树转圈般的词句吗？要是比奥伊读到这些话，肯定会觉得非常有趣，要是他想惹怒我，可以在引用中添加时间、地点和人物的信息，他会认为这样能让引用变得真实可信。他会用他完美的英语写下这首诗，

> 很多很多年以前，
> 在一个临海的王国里，
> 住着一个少女，你可能知道她
> 她的名字是安娜贝尔·李

400

"好吧，"我会这么说，"首先，当时是共和国，而不是王国，而且，安娜贝尔的名字里只有一个 n[①]，更何况，早在很多很多年以前，她就已经不是少女了，这可不是埃德加·爱伦·坡的过错，而是一位来自特伦克劳肯的旅行商人在她十三岁的时候刺穿了她的花蕊。以及，她姓弗洛雷斯，不姓李。而且，我会用'破处'这个词，而不是另一种她根本没听过的说法。"

2月4日

很奇怪，昨天我没能继续写下去（我指的是旅行商人的故事），也许恰恰是因为我想继续写下去，而安娜贝尔在以自己的方式向我讲述这个故事。我怎样才能不模仿安娜贝尔的口吻——也就是说，不伪造出另一个她——来讲述她的故事呢？我知道，这样是无济于事的，一旦进入了她的世界，就得遵守她的规则，可我脚法不精，缺乏比奥伊的距离观念，我无法让自己离得稍远一些，让自己不那么明显地露面就能进球得分。于是，我愚蠢地踢球，我想写下故事中不真实的一切（当然了，要写下与安娜贝尔无关的一切），因此，我借用了爱伦·坡华丽的风格和拐弯抹角的表述方式，比如现在，我想要翻译昨晚找到的雅克·德里达《绘画中的真理》中的一段文字，这段文字和这一切毫无关系，但它在无法解释的类比关系中同样适用，就像那些半宝石，它们的表面呈现出可以辨别的风景，城

[①] 诗句中的安娜贝尔·李写作 Annabel Lee，而安娜贝尔的名字是 Anabel，少了一个字母 n。

堡、城市、高山。这段文字很难理解，德里达总是这样写作，翻译这段文字时我会略微贴近你的文化水平（可是，他也是这么写作的，只不过他的文化水平似乎更高）：

"（我）几乎什么都没有了：没有躯体，没有它的存在，没有我的存在，我既不是纯粹的客体也不是纯粹的主体，我对任何事物都毫不在意。但是，我会爱：不，这依旧太多了，毫无疑问，会爱的人依然会在意存在。我不会爱，但我在自己不在意的事情上得到了满足，至少在那些无所谓爱或不爱的事情上得到了满足。我没有占有我得到的满足，相反，我会将它归还，我归还我得到的东西，接受我归还的东西，我不会占有我接受的东西。然而，我能让自己得到满足。我可以说我能让自己得到满足吗？根据我的理智和常识判断，这样的想法太主观了，只可能来自纯粹的外界。这让人难以理解。最后，我让自己得到了满足，确切地说，那是让我投降的满足，让我献身的满足，如果体验意味着感受的话，我竟然没有体验过这种满足：运用所有的感官和经验去体验，在容纳我的存在的时空里，在我的存在容纳的时空里。我不可能获得满足的体验。我不会占有满足，不会接受满足，不会归还满足，不会给予满足，不会让自己得到满足，永远不会，因为我（我，存在的主体）永远无法进入美好的世界。只要我存在，我永远都无法得到纯粹的满足。"

德里达谈到，有一个人面对着他认为美好的事物，由此衍生出了这一切；我面对着虚无，也就是这篇还未写下的故事，故事的空缺，故事的空白，不知怎的，尽管我无法理解，但我觉得这就是安娜贝尔，我想说，即使没有故事，安娜贝尔仍然存在。而满足感正存在于此，即使那不是满足感，即使那更像是对盐的渴望，更像是我写作时想舍弃所有写下的文字的欲望（其中一个原因是，我不是比奥伊，我永远无法用我认为合适的方式讲述安娜贝尔的故事）。

夜里

我重读了德里达的段落，证实了它与我的情绪（甚至我的意图）毫无关联；二者的相似性以另一种形式存在，它似乎存在于那段文字提出的美学概念与我对安娜贝尔的情感之间；二者均无法抵达彼岸，德里达的段落的叙述者永远无法抵达美的世界，而作为叙述者的我（这是比奥伊绝不会犯的错误）永远无法理解安娜贝尔，我痛苦地明白，我从来不曾，往后也不会真正进入安娜贝尔的世界，现在也不可能写下关于她的故事，不可能写下在某种程度属于她的故事。就这样，在分析完类比关系之后，我又一次感受到最初的时刻，昨晚读到的德里达段落的开头，我觉得，我感受到的一切正在急剧延长，我在这里，面对奥林匹亚打字机，面对缺席的故事，怀念着比奥伊的才能。正如开头说的："（我）几乎什么都没有了：没有躯体，没有它的存在，没有我的存在，我既不是纯粹的客体也不是纯粹的主体，我对任何事物都毫不在意。"绝望的对立同虚无对抗，变成了一系列次级的虚无，还否定了文本；因为许多年后的今天，我失去了安娜贝尔，失去了安娜贝尔的存在，失去了与她的存在相关的我的存在，失去了作为纯粹客体的安娜贝尔，失去了那时在光复大街的房间里面对着安娜贝尔那作为纯粹主体的我，失去了对各种事物的兴趣，因为所有这一切自很多很多年以前①就在逐步终结，现在，那个国家变成了我的幽灵，而我也变成了它的幽灵，在那个国家和那段时光中走向终结，现在，那段时光就像是吉卜赛女郎牌香烟的灰烬，它日复一日地堆积，直到佩兰太太前来打扫我的公寓。

2 月 6 日

安娜贝尔的那张照片只不过是奥内蒂一部小说的书签，纯粹由于两年前搬家时地心引力的作用，它才重新出现。当时，我从书架上抱了一叠旧书，看见那张照片露了出来，过了一会儿我才认出安娜贝尔。

虽然她的发型在我看来很奇怪，但我觉得照片和她本人还是很相像的，她第一次来我办公室的时候，头上梳着辫子，我记得我当时的感受，正因为如此，我记得自己正在专注地翻译一份工业专利说明书。在我接受的所有工作中（事实上，只要是翻译工作，我就不得不接受），最糟糕的就是翻译专利说明书，我不得不花费好几个小时来研究改进电动缝纫机或船舶涡轮机的具体细节，当然了，我完全看不懂这些内容，也几乎完全不懂那些技术词汇，于是，我逐字逐句地翻译，免得漏行，但是完全不明白"以磁力的形式回应拉

---

①原文为英语。

紧器1、1′和1″的水力震动螺旋轴（图14）"究竟是什么。安娜贝尔肯定已经敲过门了，但我没听见，我抬头的时候，她已经站在我的办公桌旁，她身上最醒目的是那只亮闪闪的漆皮手袋，以及她脚上那双与布宜诺斯艾利斯工作日的上午十一点格格不入的鞋子。

下午

　　我是在写故事吗？还是在做几乎无谓的准备？古老、复杂的线团线头丛生，我可以随意拉扯一根线头，却不知会带来怎样的结果；今天上午的线头有一种年代感，那是安娜贝尔的第一次到访。继续拉扯线头还是放弃：连续的回忆让我觉得无聊，但是，我也不喜欢无缘无故的闪回，它们会让故事和电影变得复杂。如果闪回有必要出现的话，那也可以；归根结底，没人知道时间究竟是什么；但是，我无法像制订工作计划那样决定它们出现的时间。在提到这张照片之前，我应该做一些铺垫，不过，安娜贝尔的照片或许就这样出现了，就好比现在，我突然想起，一天下午我发现了一张被大头针固定在办公室门上的字条。当时我们已经很熟了，虽然从职业的角度来说，这张字条会损害正经的客户对我的印象，但是，我在读到"你不在，讨厌鬼，我下午再来"（逗号是我加的，我本不该这么做，但这是文化水准的问题）的时候，忍不住笑了出来。最后她压根没来，因为下午她得上班，我从来都不清楚她具体的工作内容，但总而言之，各家报纸把这份工作称为卖淫活动。对安娜贝尔来说，这门生意在这个时代日新月异，我可以想象她的生活，几乎每周她都会跟我说明天我们不能见面了，因为凤凰酒吧需要女招待，她得给他们工作一周，酬劳不错，或者，她一边叹气，一边骂骂咧咧地跟我说，没挣到什么钱，她得去钱佩老鸨那儿干几天，只有这样，月底她才付得起房租。

事实上，安娜贝尔的一切似乎都不持久（其他女孩也一样），连与水手们的通信都没持续多长时间，我只需略微熟悉那项工作，就能计算出她们与每个水手的平均通信次数是两到三次，运气好的话会有第四次。而且，我已经证实，水手很快就会厌倦，很快就会忘记她们，反之亦然。我的译文大概缺乏情欲，也少有情感的波澜，而水手们也不是所谓的文人，于是，一切很快就结束了。我的解释真是糟糕，我也厌倦了写作，我遣词造句，词句就像小狗，它们追寻着安娜贝尔，有时，我以为它们会把过往的她和很多很多年以前的我们带到我的面前。

2月8日

更糟糕的是，我已经厌倦了通过重读日记来寻找思路，而且，这些日记并不是故事本身，于是，那天上午，安娜贝尔走进了我的办公室（我的办公室离圣马丁大街与科连特斯大街的交汇处很近），我记得她的漆皮手袋和软木底的鞋子，却记不清她那天的容貌（确实，第一次见面时的容貌与在时间和习惯中沉淀的容貌毫无关联）。当时我正在旧办公桌前工作（一年前，我从前任合伙人那里得到了这间陈旧的办公室和这张旧办公桌，暂时还不想更换），我马上就要译到那份专利说明书最艰深晦涩的部分，我逐字逐句地翻译，周围堆满了专业词典，与此同时觉得自己正在欺骗支付我翻译酬劳的马瓦尔和奥唐纳。安娜贝尔就像一只突然闯入电脑室的暹罗猫，她或许明白这一点，因为她几乎有些遗憾地看了我一眼，然后告诉我，她的朋友玛露察给了她我的地址。我让她坐下，假装继续翻译，一台中等口径的压光机与防磁装甲外壳 X2 建立了神秘的联系。于是，她掏出一支金色的香烟，我掏出一支黑色的香烟，虽然玛露察这个名字就足以让我明白这一切，但我还是让她开口了。

2 月 9 日

我不愿意进行一场纯属胡编乱造的对话。我清楚地记得安娜贝尔的陈词滥调，她说话的方式，她轮换着叫我"年轻人""先生"，她说"一个设想"，或者说"啊，我跟您说"。她抽烟的方式也很老套，几乎还没吞下烟雾就吐了出来。她拿了封信给我，写信的是某个叫威廉的人，落款时间是一个月前，地点是坦皮科。她要求我先口头翻译给她听，然后再写下译文。"免得我忘了什么事。"安娜贝尔一边说，一边付给我五比索。我跟她说没必要，我的前任合伙人早就定下了这个荒谬的价格，当时他自己单干，并且开始给巴霍区的女孩子翻译水手们寄来的信件以及她们的回信。我曾经问过他："您为什么对她们收费那么低？最好再多收点，不然就别收了，反正这不是您的工作，您这是在做慈善。"他跟我解释说，他年纪大了，没法抵挡偶尔跟这些女孩子上床的欲望，所以才愿意给她们翻译信件，借此拉近与她们的距离，但如果不向她们象征性地收费，她们全都会变成塞维涅夫人，他可不想这样。后来，我的合伙人离开了阿根廷，我从他那里接手了这门生意，并让它维持原状。一切都进行得非常顺利，玛露察和另外几个女孩（当时有四个女孩）跟我发誓说，她们绝不会告诉别人，我平均每个月给她们翻译两次，用西班牙语把信念给她们听，然后用英语（少数时候用法语）写回信。看来，玛露察忘记了自己的誓言，安娜贝尔拎着她荒唐的、亮闪闪的漆皮手袋，摇摇晃晃地走了进来。

2 月 10 日

那段时间，市中心宣传庇隆主义的喇叭声震耳欲聋，西班牙门房拿着一张庇隆夫人的照片来到我的办公室，毫不客气地让我把照片挂在墙上（他还拿来四只图钉，免得我找借口）。瓦尔特·吉泽金在哥伦布大剧院举办了一系列令人惊叹的演奏会，何塞·玛利亚·加蒂卡像一袋土豆似的倒在了美国的拳击台上。空闲的时候，我会翻译理查·蒙克顿·米尔尼斯写的《济慈生平与书信》；要是更空一些，我会去三桅船餐厅（这家餐厅差不多就在我办公室的对面）和我的律师朋友们待上好一会儿，他们也喜欢搅拌均匀的德玛利亚酒。有时候，苏珊娜也会来——

其实继续讲下去并不容易，在回忆中我逐渐沉没，同时，我也想将回忆沉没，把它们记录下来，将它们清除（但这样的话，我就得彻底地接受它们，这是关键所在）。我试图在混沌中讲述，试图根据被时光磨损的回忆讲述（我清楚地看见了安娜贝尔的黑色手袋，清晰地听见了她在我写完寄给威廉的信、找给她十比索后说"谢谢，年轻人"，这是多么可笑啊）。只不过现在，我真正明白了发生的一切，而过去，我从来都不明白究竟发生了什么，我想说的是那支米隆加舞开始的深层原因，它始于安娜贝尔，源于安娜贝尔。我该如何理解舞会上发生的那段轶事呢，有人因为喝了一瓶毒药而死在了舞会上。安娜贝尔不该向一位办公室门口挂着铜牌的政府翻译说出她以为的真相。与当时的其他事情一样，我用抽象的方式解释了这件事，而现在，在这一切结束之后，我想，我是如何在那平静的表面生活下去的呢，而在那表面之下，布宜诺斯艾利斯夜晚的生物四处横行、互相撕咬，我和许多人都忽视了浑浊河流里的那些大鱼。有些事情发生的时候，我无法透彻地理解，而现在我却想要讲述它，这很荒谬，就像我曾经模仿过普鲁斯特作品中的人物，在现实生活中我无法经历这些，而为了有切身感受，我试图进入回忆的世界。我觉得，我这么做是为了安娜贝尔，我想写出能够让我重新见到她的故事，在那篇故事里，我认为，她会拥有她当时并不具备的气质，因为安娜贝尔也在布宜诺斯艾利斯厚重而肮脏的氛围里生活，她被这种氛围覆盖，却又被它拒绝，她就像是残渣，港口的流氓无产者，厄运房间里的流氓无产者，而那个房间与其他流氓无产者所在的无数房间通向一条共同的走廊，从这些房间里传来众多探戈舞曲的声音，其中还夹杂着争吵声、呻吟声，有时还会传来笑声，有时当然会传来笑声，那是安娜贝尔和玛露察讲笑话、说脏话的时候，她们边讲边喝马黛茶和永远不够冰的啤酒。我能把安娜贝尔从我记忆里模糊而肮脏的图像中分离出来，那图像宛如威廉有时寄给她的模糊而肮脏的信件，她把那些信塞进我手里，就像塞给我一块脏手帕。

2 月 11 日

那天上午，我得知威廉的货船曾经在布宜诺斯艾利斯停留过一周，现在她收到了威廉从坦皮科寄来的第一封信，一同寄来的还有一包他承诺过的礼物，尼龙三角裤、一只荧光手镯和一小瓶香水。这些女孩子的男性朋友们寄来的信和礼物从来没有区别，她们特别喜欢管他们要尼龙衣服，因为当时在布宜诺斯艾利斯很难找到这种衣服，而她们的男性朋友会寄来礼物，并附上浪漫的信函，我很难开口给她们翻译信里一些非常具体的信息，当然了，他们会给我口述回信的内容，或是交给我草稿，里面满是思念之情，她们还会提到舞会之夜，并要求对方购买丝袜和探戈舞衣。安娜贝尔的情况也一样，我刚给她译完威廉的信，她就开始向我口述回信的内容，但我了解这些客人，我跟她说，她只需要告诉我主题，回信我稍后再写。安娜贝尔惊讶地看着我。

"这是感情的问题，"她说，"您得加上许多感情。"

"当然了，您冷静点儿，告诉我该怎么回信。"

还是千篇一律的琐事清单，通知他信已经收到，她很好，但很累，威廉什么时候回来呢，她让他至少在每个港口都给她寄一张明信片，还让他告诉某个叫佩里的人，别忘了寄给她在滨海大道上给他们拍的合照。啊，您告诉他，"娃娃"的事情还是老样子。

"您要不要稍微给我解释一下这件事……"我说。

"您这么告诉他就行了，就说'娃娃'的事情还是老样子。最后跟他说，好吧，您知道的，要加上感情，希望您能明白我的意思。"

"当然了，您别担心。"

410

我们约好了，她过几天再来。她来了以后，看了一会儿信才在上面签名，看得出来，她认识不少字，她仔细地阅读了几个段落，然后署上名字，并给我看了一张小纸条，上面有威廉写的日期和港口名称。我们决定，最好把信寄往奥克兰，那时候，我们之间已经打破了僵局，安娜贝尔接受了我的第一支香烟，她靠在办公桌沿，哼着歌，看着我写信封。一周后她带了一份草稿来找我，催我赶紧给威廉写信，她看起来很焦虑，要求我马上动笔，但是，我正忙着翻译几张意大利人的出生证明，我向她保证下午就写，并帮她署名，下班以后就把信寄出去。她看了我一眼，似乎在犹豫，不过还是说"好吧"，然后离开了。第二天上午十一点半她又来了，想确定我有没有把信寄出。那是我第一次吻她，我们约好了，我下班后去她家。

2 月 12 日

并不是因为那时我喜欢巴霍区的女孩，当时我和另一个女孩（我会把这个女孩叫作苏珊娜，并把她归类为运动学家）保持着稳定的恋爱关系，我在这个舒适的小世界里活动，只不过有时候，这个世界对我来说太小、太安逸了，于是我会有一种沉沦的需要，就像回到青少年时代，在南部的街区独自游荡、喝酒、随心所欲地选择，几段短暂的插曲也许更多是出于审美的需要，而不是情欲的需求，就像这段文字，我重新读了一遍，觉得应该把它划去，但我依然会把它留下来，因为事情就是这样发生的，我把这叫作"沉沦"，"客观上不必要的搁浅"，因为苏珊娜，因为 T. S. 艾略特，因为威廉·巴克豪斯，然而，还有然而。

2 月 13 日

　　昨天，我对自己发火了，现在想起这件事让我觉得很有趣。总之，我从一开始就知道了，安娜贝尔是不会让我写这篇故事的。首先，因为那不是故事；其次，因为安娜贝尔会竭尽全力（就像那时她在不知情的情况下做的那样，真是个小可怜）把我单独留在镜子前。我只要重读这篇日记就能感觉到，她只不过是催化剂，她试图把我拖入我没有写出的每一页的内容之中，把我拖入镜子的中央，我原本希望能在那里见到她，可出现的却是正当持证的国家译员，以及预料之中的他的苏珊娜，而且这听上去很不和谐，苏苏珊娜①，我为什么不叫她阿玛莉娅或是贝尔塔呢。文字的问题，不是所有的名字都能……（你要继续写下去吗？）

晚上

　　我宁愿忘记位于光复大街五百号开外的安娜贝尔的房间，这或许是因为那间房离我的公寓很近，可她并不知道这件事。我的公寓在十二层，透过窗户可以看见绚丽的金色河流。我记得（真是难以置信，我竟然记得这样的事）跟她约定地点的时候，我很想说，最好去我那儿，我们可以喝到我喜欢的冰凉的威士忌，那里还有一张床，但我忍住了，我想起了门房费尔明，他比百眼巨人阿古斯还多长了几双眼睛，如果他看见安娜贝尔进门，或是看见她从电梯里出来，我的声誉就全毁了。每当他看见我和苏珊娜一起出门、一起回

---

①西语中"他的苏珊娜"写作 su Susana，"苏苏珊娜"写作 sususana，二者发音相同。

来，他总会近乎激动地和苏珊娜打招呼，他还懂得区分化妆品、高跟鞋和手袋。一走上楼梯我就后悔了，我踏进了一条不知通向多少房间、留声机和香水味的走廊，差点转头离开。但安娜贝尔已经在她的房间门口冲我微笑了，而且，房间里有威士忌（虽然是常温的）、几只意料之中的布娃娃，还有一幅金格拉·马丁①的复制画。我们不慌不忙地结束了例行仪式，坐在沙发上喝酒，安娜贝尔想知道我是什么时候认识玛露察的，她还对我过去的合伙人很感兴趣，因为其他女孩跟她说过他的事。我把手搭在她的大腿上，亲吻她的耳朵，她自然地冲我微笑，然后起身掀开那张粉色床单。告别时，她对我微笑，我把几张纸币压在烟灰缸下面，她依然面不改色，冷淡地接受了那笔钱，我被她的真诚打动了，其他人或许会说那是她敬业的表现。我知道，我一声不吭地离开了，我本想跟她谈一谈她最后写给威廉的那封信，毕竟，她的麻烦和我有什么关系呢，我也可以像她那样对她微笑，我也是个敬业的人。

2 月 16 日

单纯的安娜贝尔，就像有一天她在我的办公室里画的那幅画，当时她在等我，因为我在翻译一份紧急文件。那幅画大概被夹在了某本书里，或许等到我搬家或者重读那本书的时候，它才会像她的照片那样重新出现。画里有几座郊区的小房子，两三只母鸡在小径上啄食。但，是谁说的天真？人们很容易给安娜贝尔贴上"单

---

①贝尼托·金格拉·马丁（Benito Quinquela Martín, 1890－1977），阿根廷画家。

纯"的标签，因为她任由别人摆布；她能明白我无法掌握的东西，有多少次我从她的眼神和决定中感受到了这一点，安娜贝尔本人戏剧性地把那种东西称为"生活"，于我而言，这是一个禁区，我只能通过想象，或是让罗贝尔托·阿尔特代表我，才能进入那里。（我正在回忆哈多伊，我的一个律师朋友，他偶尔会陷入郊区晦暗的插曲之中，只因思念无法重来的往昔，他从那里回来，却从不曾真正参与其中，他只是个证人，就像我是安娜贝尔的证人。没错，真正天真的是我们这些系着领带、精通三门语言的人；无论如何，作为一名律师，哈多伊很看重自己作为现场证人的职责，他几乎把它视为一项使命。但是，想要写下安娜贝尔的故事的人是我，而不是他。）

2 月 17 日

　　我不会把这叫作亲密关系，因此我本该给予安娜贝尔她曾无比自然地给予我的一切，比如，让她来我家，建立起说得过去的平等关系，尽管我依然会跟她保持老主顾和妓女之间的金钱关系。我当时的想法和现在不一样，现在我认为，安娜贝尔从来没有因为我一直严格地将她置于生活的边缘而指责我；她大概觉得这是游戏规则，游戏规则允许我们缔结足够程度的友谊，好让我们用笑声和玩笑填充床笫之外的空虚，这种空虚总是最糟糕的存在。我毫不担心安娜贝尔，她问的奇怪问题都是这种类型的：你小时候养过狗吗？你总是把头发剪得这么短吗？我已经相当了解"娃娃"和玛露察的事了，对安娜贝尔生活中的每件事也都了如指掌，而她不知道也不在意我有妹妹和表弟，我表弟还是个男中音。我因为信件的事先认识了玛露察，有时，我会在科恰班巴咖啡馆遇见她和安娜贝尔，然后一起喝啤酒（进口啤酒）。通过一封写给威廉的信，我得知了玛露察和"娃娃"之间的争吵，我会把这件事称作"小瓶子事件"，但直到很久之后，它才开始变得严重起来，起初，那只是用来取笑她天真的笑柄（我有说过安娜贝尔很天真吗？重读这份日记让我觉得无聊透顶，这份日记为我写故事所提供的帮助变得越来越少），因为安娜贝尔和玛露察姐妹情深，她告诉威廉，"娃娃"还在抢玛露察最好的客人，有钱人，就像探戈曲唱的那样，甚至还有警察局长的儿子，她让玛露察无法在钱佩老鸨那里继续招揽生意，明目张胆地散布玛露察的不利言论，说她在掉头发，她的门牙有毛病，床上功夫不精之类。玛露察向安娜贝尔哭诉这一切，但她很少向我哭诉，或许因为她没那么信任我，我是个翻译，她总说，谢谢，你太棒了，安娜贝尔告诉我，你极好地领会了她的想法，法国大船上的厨子给她寄的礼物比以前多了，玛露察觉得，这应该归功于你添加的情感。

"你没收到更多的礼物吗？"

"没有，朋友。肯定是因为你写的信里醋意太浓。"

她总是这么说，然后我们哈哈大笑。她甚至笑着跟我讲述小瓶子事件，有一两回，我没问她，这件事就被写进了寄给威廉的信里，因为让她倾诉衷肠是我的乐趣之一。我记得，她在她的房间里跟我讲了这件事，我们在赢得喝酒的权利后，打开了一瓶威士忌。

"我向你保证，我惊呆了。我总觉得他有点疯癫，也许因为我不太听得懂他说的话，但最后他总能解释明白。当然了，你不认识他，要是你看见他的眼睛……就像一只黄色的猫，他的模样很适合他，因为他很会打扮，他出门的时候会穿上西服，我跟你说……这里绝对没有这种类型的男人，你明白吗。"

"他到底跟你说了什么？"

"他说回来的时候会给我带一只小瓶子。他把瓶子画在餐巾纸上，还在瓶子上方画了一个骷髅和两根交叉的骨头。你在听我说话吗？"

"我在听你说话，但我不明白为什么。你跟他说了'娃娃'的事吗？"

"当然了，那天晚上，船靠了岸，他来找我，当时玛露察跟我在一起，她不停地哭，还吐了，我得拉住她，不然她就要去找'娃娃'打架了。就是在那个时候，他知道了'娃娃'抢走了她周四的常客，天知道这个婊子养的是怎么说玛露察的，她可能说了头发的事，因为这可能会传染。我们给玛露察喝了菲奈特酒，让她躺在这张床上，她睡着了以后，我们就出去跳舞了。我跟他说了所有关于'娃娃'的事，他肯定听懂了，因为他确实听懂了，他听懂了我说的所有的话，他用那双黄色的眼睛盯着我，我只需要跟他重复几句话。"

"你等一下，我们最好再喝一杯苏格兰威士忌，今天下午，所有的事都成双了。"我一边说，一边拍了她一下，我们俩都笑了，因为第一杯酒已经很烈了。"你怎么回应的？"

"你觉得我有那么蠢吗？我当然没那么蠢了，为了让他明白，我把餐巾纸撕成了碎片。但他还是没完没了地说小瓶子的事，他说他会把小瓶子寄给我，这样玛露察就能把药水洒进酒里。在酒里[1]，他说。他在另一张餐巾纸上画了一个警察，然后用十字把他划去，意思是，警察什么都不会怀疑。"

"太完美了，"我说，"那个美国人以为这里的法医都是傻瓜。你做得很好，姑娘，更何况，那只小瓶子还会经过你的手。"

"没错。"

（我不记得我是怎么记起这段对话的了。但内容就是这样，我一边听，一边把对话写下来，或者，我一边编造，一边听写，抑或，我一边听写，一边编造。我顺便问了问自己，这是否就是文学。）

2 月 19 日

但有时候事情不是这样，而要微妙得多。有时候，事情会进入一个平行系统，一个对称系统，或许正因为如此，有一些时刻，有一些句子，有一些事件，被永远固定在一段没有太多价值的回忆（尤其是我的回忆）之中，而这段回忆却遗忘了许多更重要的东西。

不，并非永远都有材料可编造、可听写。昨晚，我觉得我得继续写下有关安娜贝尔的一切，或许她会把我带进故事里，而故事就像是终极真理，突然，光复大街上的房间再次出现了，炎热的二月或三月，拉里奥哈人在走廊另一边播放着阿尔贝托·卡斯蒂约[2]的唱片，那家伙一直不停地告别他著名的大草原，连安娜贝尔都开始觉得厌烦了，尽管她是那么喜欢音乐，再——见，我——的，

---

① 原文为英语。
② 阿尔贝托·卡斯蒂约（Alberto Castillo, 1914 – 2002），阿根廷著名探戈歌手。

大——草原，安娜贝尔赤身裸体地坐在床上，想起了她那特伦克劳肯的大草原。这个男人为他的草原大张声势，安娜贝尔轻蔑地点燃一支香烟，他为一个遍地是奶牛的狗屎地方弄出了这么多该死的玩意儿。可是，安娜贝尔，我还以为你挺爱国的，亲爱的。完全是无聊的狗屎，朋友，我觉得，要是没来布宜诺斯艾利斯，我早就投河自尽了。她逐渐开始回忆过去，突然她似乎需要把这些回忆讲给我听，旅行商人的故事，她还没有开始讲，我就发现自己早已听过这个故事，别人早已跟我讲过这个故事。我任由她讲述，而她也需要跟我讲述（有时是小瓶子的事，现在是旅行商人的事），但不知怎的，我没在她身旁，是别处的人在跟我讲述她的故事（抱歉，卡波特①），在尘土飞扬的玻利瓦尔村一家旅店的饭厅，很久以前，我在这个草原上的村庄生活了两年，朋友们和过路人总在饭厅里聚会，我们谈论一切，尤其是女人，男孩儿们把这些称作生活要素，而在村里单身汉的生活中，这些要素十分匮乏。

我清楚地记得那个夏天的夜晚，我们吃着饭后点心，喝着兑了果渣酒的咖啡，秃头罗萨蒂正在回忆往事，我们欣赏他的幽默和豪爽，弗洛雷斯·迪埃斯和烦人精萨拉斯夸张地讲完故事后，罗萨蒂开始跟我们讲述一个半老的中国女人的故事，他经常去她位于加斯巴斯附近的小庄园，她养了几只母鸡，靠寡妇抚恤金过活，生活窘迫，

---

① 指美国作家杜鲁门·卡波特。在他的短篇小说《一个圣诞节的回忆》中，作者以"想象十一月末的一个清晨"作为开头，让读者进入主角的童年回忆当中。本文中"我"的感受与《一个圣诞节的回忆》中读者的感受类似。《一个圣诞节的回忆》也是科塔萨尔本人钟爱的作品之一。

还抚养着一个十三岁的女儿。

　　当时，罗萨蒂在贩卖新车和二手车，他几次出行去寡妇的庄园，讨取她的欢心，每次都会带上礼物，和寡妇一起睡到第二天。她很讨人喜欢，会给他沏上好的马黛茶，给他煎馅饼，按照罗萨蒂的说法，她在床上的本领也丝毫不差。他们让"混血儿"去棚屋里睡觉，那是她死去的丈夫过去停放马车的地方（那辆马车已经卖给别人了）；"混血儿"是个沉默的女孩，她的眼神飘忽不定，罗萨蒂刚进门，她就没了踪影，吃晚饭的时候，她低头坐着，几乎不说话。有时，罗萨蒂会给她带去玩具或者糖果，她接过礼物，总是近乎勉强地说"谢谢，先生"。一天下午，罗萨蒂出现了，带的礼物比往常更多，因为那天上午，他卖掉了一辆普利茅斯，他很高兴，寡妇揪着"混血儿"的肩膀，告诉她得学会好好跟卡洛斯先生说谢谢，让她别这么不合群。罗萨蒂笑着原谅了她，因为他了解她的脾气，可是，在那个女孩慌乱的瞬间，他第一次看清了她，看见了她乌黑的眼睛，十四岁的年龄，她的纯棉上衣开始隆起。那天晚上，他在床上感受到了不同的滋味，寡妇大概也感觉到了，因为她哭了，她说，他不像过去那么爱她了，他肯定会把她忘记的，因为她不像一开始的时候那么有用了。我们永远无法得知他们是如何达成协议的，寡妇突然去找"混血儿"，把她拖进了屋子。她亲自剥下"混血儿"的衣服，而罗萨蒂则在床上等她，女孩儿大声尖叫，绝望地挣扎，而她的母亲按住她的腿，直到事情结束。我记得，罗萨蒂微微地低下了脑袋，羞愧但态度挑衅地说："她哭得真厉害啊……"没有人发表评论，大家都缄默不语，直到烦人精萨拉斯讲了个他自己的故事，然后，大家——尤其是罗萨蒂——都开始谈论起别的事来。

我也没有对安娜贝尔讲的故事发表任何评论。我能跟她说什么呢？说我早已熟知了每个细节吗？说我只是不知道两个故事之间相隔了至少二十年，特伦克劳肯的旅行商人并不是同一个男人，安娜贝尔也不是同一个女人吗？说这个世界上所有的安娜贝尔差不多都是这样的，只不过她们有时候叫"混血儿"吗？

2 月 23 日

安娜贝尔的客人，关于他们的姓名和生平轶事的信息都很不精确。他们偶然在巴霍区的咖啡馆里见面，她只关注他们的模样和声音。当然了，我完全不在意这些事，我觉得，在这种共享关系中，每个人都觉得自己和其他人不一样，都觉得自己不是客人，但除此之外，我明确地知道自己的优势，首先是因为信的事，然后是我自身的原因，安娜贝尔喜欢我身上的一些特点，而且我觉得，她给我的时间比给其他人多，房间里的整个下午，电影院，舞会，以及可能是爱的情感，无论如何，安娜贝尔会为各种事情欢笑，她真诚地寻求和分享快乐。她不可能这样对待别人，也就是那些客人，因此，尽管在内心深处，我想成为她唯一的伴侣，想这样和安娜贝尔生活下去（当然了，另一方面，我还想和苏珊娜一起生活），但我并不在意她的客人（关键是我不在意安娜贝尔，但不知道为什么，直到今天我还记得所有这一切）。但安娜贝尔得继续谋生，我也会不时地发现具体的痕迹，比如我会在街角遇见胖子（我永远都不知道、也不会问他的名字，她总是简单地叫他胖子），我会一直看着他进门，想象他走上我那天下午走过的路，踏上一级级台阶，来到那条走廊，然后是安娜贝尔的房间和剩余的一切。我记得，我去三桅船餐厅喝了杯威士忌，读完了《理性报》上所有的国外新闻，但内心深处我在想象安娜贝尔和胖子在一起的场景，这样做很愚蠢，但我依然觉得他是在我的床上，在他无权使用的床上。

或许是出于这个原因，几天后，安娜贝尔出现在我的办公室，我对她不是很客气。我了解我所有的书信（这个词又非常奇怪地出现了，呃？西格蒙德①）客户，了解她们把信递给我或向我口述回信内容时的癖好和脾气，安娜贝尔冲我大喊"你马上给威廉写信，让他把小瓶子给我寄来，那个婊子养的贱人不配活着"，可我却无动于衷。冷静点②，我对她说（她能听懂不少法语），她都没喝苦艾酒呢，这是怎么回事。但安娜贝尔怒不可遏，这封信的起因是"娃娃"又抢走了玛露察的一个有车的客人，然后在钱佩老鸨那里到处说她救了那个客人，不然他就感染梅毒了。我点了一支烟，就像举起投降的旗帜，我写完了那封信，不得不在信里荒谬地同时谈到小瓶子和三十六码半的银色拖鞋（最多不超过三十七码）。我得把鞋码转换成五码或五码半，以免给威廉造成麻烦，那封信很简短、很实际，没有任何安娜贝尔通常会要求的情感，不过，出于显而易见的原因，她现在的要求越来越少了。（她会如何想象我在告别时跟威廉说的话呢？她现在已经不要求我给她读信了，她立刻就走了，让我把信寄出去，她不可能知道，我依然忠于她的风格，跟威

①指西格蒙德·弗洛伊德。前文的书信指弗洛伊德的书信集《弗洛伊德家书》。
②原文为法语。

廉诉说思念之情和爱意，这不是因为我善心泛滥，而是为了让她能收到回信和礼物，实际上，对安娜贝尔来说，这些东西大概是最精准的晴雨表）。

那天下午我考虑了很久，把信寄出之前，我另外附上了一页信纸，以安娜贝尔的翻译的身份简要介绍了自己，让他下船后来找我，尤其是要在他和安娜贝尔见面之前来找我。两周后，我看见他走进来，他的黄色眼睛给我留下了深刻的印象，而他那陆上水手的气质（介于好斗和萎靡之间）相较而言就没有那么突出了。我们开门见山，我告诉他，我知道小瓶子的事，但事情并没有安娜贝尔认为的那么可怕。我表现得十分高尚，表示我很担心安娜贝尔的安危，万一情况变得很棘手，她可没法逃之夭夭，不像他三天后就能坐船离开。

"好吧，不过是她要求我这么做的，"威廉面不改色地说，"我为玛露察感到遗憾，而这是解决一切的最好办法。"

照他说的话，小瓶子里的液体不会留下任何痕迹，这一点似乎奇妙地消除了威廉的罪恶感。我察觉到危险，开始试图干预这件事。实际上，在他上一次的旅行中，"娃娃"造成的麻烦没有变得更少，也没有变得更糟，当然了，玛露察越来越觉得厌烦，而她的情绪影响到了可怜的安娜贝尔。我很在意这件事，因为我是所有这些女孩子的译者，而且我跟她们很熟，等等。我挂上"外出"的牌子，锁上办公室的门，然后拿出一瓶威士忌，开始和威廉一起喝酒、抽烟。我从第一眼就开始打量他，他原始、多愁善感且危险。我是安娜贝尔那些深情句子的译者，这个事实似乎赋予我一种宗教般的名望，在喝第二杯威士忌的时候，我得知他真的爱上了安娜贝尔，他想拯救她于水火之中，几年后，等他处理完几件事，就带她回美国，他说。我没法不站到他那一边，我仗义地赞同他的打算，支持他的想法，我坚持说，小瓶子只会给安娜贝尔带去最糟糕的后果。他渐渐被我说服了，但他坦白地跟我说，如果他失信于安娜贝尔，她是不会原谅他的，她会叫他胆小鬼，婊子养的，这是他无法接受的事，即使是安娜贝尔也不行。

趁着给他的杯子里添威士忌，我跟他提了一个计划，他可以把我算作盟友。他把小瓶子交给安娜贝尔，但是只往里面装茶或可口可乐；我会继续附上另外的信纸，让他了解最新进展，让安娜贝尔的信里只出现他们俩的事，"娃娃"和玛露察的事肯定会平息下来的。万一事情没有这样发展（面对那双愈发专注的黄色眼睛，我不得不做出一些让步），我会给他写信，让他真的把小瓶子寄来／带来，如果事情到了那个地步，我会宣布自己是这场骗局的责任人，这是为了大家好，我觉得安娜贝尔肯定会理解的。

"O.K."威廉说。这是他第一次这么说，我觉得不像我的朋友们说这个词的时候那么愚蠢。我们在门口握了握手，他那双黄色的眼睛久久地盯着我，然后说："谢谢那些信。"他用的是复数，也就是说，他想的是安娜贝尔的信，而不是那张单独的信纸。为什么他的道谢让我觉得这么难受呢？为什么在关上办公室的门去吃午饭前，我又独自喝下了一杯威士忌呢？

2月26日

我欣赏的作家们肯定会客气地讽刺安娜贝尔那一类人的语言风

格。我觉得他们很有趣，当然了，实际上我认为文化的这些特权有些卑鄙，我也可以写下安娜贝尔和西班牙门房的许多话，如果我最后写成了这个故事，我可能也会讽刺他们，没有比这更简单的事了。但在那段时间，我主要是在比较安娜贝尔和苏珊娜的语言风格，她们的语言风格比我的手更能彻底地剥去她们的外衣，更能揭露她们身上公开的部分和隐秘的部分、狭窄的部分和宽阔的部分，更能揭露她们生命阴影的面积。我从没有听安娜贝尔说过"民主"这个词，可每天我都能听到或读到这个词二十余次。而苏珊娜随时随地都会使用这个词，她似乎总是很自然地觉得自己是它的所有者。在亲密关系中，苏珊娜会委婉地影射自己的性器官，而安娜贝尔总说"屄""阴道"，我一直觉得第二个词很迷人，因为词里包含了波浪和眼睑①。十分钟前我就已经写到这里了，因为我还没下决心继续写余下的内容（内容不是很多，而且和我之前的打算不太相符），也就是说，跟预想中的一样，那一整个星期我都没有安娜贝尔的消息，她肯定一直都和威廉在一起。但一天中午，她穿着尼龙裙出现了，很明显是威廉带给她的礼物，她还带着一只不知是阿拉斯加什么动物的皮毛制成的新手袋，在那个季节，只消看一眼，就觉得温度骤然升高了。她来告诉我，威廉刚刚离开——这对我来说不是什么新闻，他给她带了那个东西（很奇怪，她没有说"小瓶子"），现在它已经在玛露察手里了。

　　现在，我没有任何不安的理由，但最好还是表现得忧心忡忡，

---

①原文中"阴道"一词用的是阿根廷俚语 parpaiola。这个词看上去像是 ola（波浪）和 párpado（眼睑）两个词的组合。

假装想要知道玛露察是不是清楚这件事的严重性之类，安娜贝尔跟我解释说，她已经让玛露察向圣母玛利亚和卢汉圣母发了誓，只有等到"娃娃"重蹈覆辙的时候，她才能行动。她顺便还想知道我对手袋和丝袜的看法，我们约好下周在她家见面，因为此前她整天[①]和威廉在一起，所以现在很忙。她快走的时候想起了这件事：

"他真的很好，你知道吗？你发现了吗？这只手袋肯定花了他一大笔钱。我本来不想跟他提任何关于你的事，但他一直都在跟我说那些信，说你准确地向他传达了感情。"

"啊。"我说，不是很明白为什么这件事让我觉得有点不对劲。

"你看这个包，它有双重安全拉链。最后，我跟他说，你很了解我，所以你能帮我翻译信件，总之，跟他有什么关系呢，他都没见过你。"

"没错，跟他有什么关系呢。"我勉强说。

"他跟我保证说，他下次来的时候，会给我带一台电唱机，就是有收音机的那种，只要你给我买弗朗西斯科·卡纳罗和胡安·达里恩佐的唱片，就能盖住拉里奥哈人放的'再见，我的草原'。"

苏珊娜打来电话的时候，她还没走。听起来苏珊娜又产生了旅行的兴趣，她邀请我坐她的车和她一起去内科切阿。我接受了她的邀请，我们周末出发，我还剩三天时间，这三天我一直在思考，我感受着某种奇怪的东西慢慢地升至胃的入口（胃有入口吗？）。第一，威廉没有和安娜贝尔说起结婚的计划，很显然，安娜贝尔无心犯下的错误就像在他的脑门上踹了一脚（最让我心绪不宁的是他装作毫

---

①原文为英语。

不在意）。也就是说。

如果有人告诉我，没必要用迪克森·卡尔①或埃勒里·奎因②的方法推理这件事，毕竟像威廉那样的人不会因为我是安娜贝尔的客人之一而失眠，那么他这么做将是徒劳的。与此同时，我觉得事情并非如此，恰好像威廉这一类人可能会有不同的反应，从一开始，我就看出了他那混合着多愁善感和攻击性的特点。而且还有第二点：既然他已经知道除了给安娜贝尔翻译信件，我还做了别的事情，那他为什么不上门来告诉我呢？我无法忘记他对我的信任，甚至还有钦佩之情，他莫名地向某个人倾诉衷肠，而这个人却嘲笑他的天真，他肯定感受到了，等到安娜贝尔泄露秘密的时候，他的感受必定愈发深刻。我可以轻易地想象威廉在床上对她拳打脚踢，然后径直来我的办公室揍我一顿。但是他完全没有这么做，而这……

而这算什么呢。我如此想道，宛如一个服用了眠尔通的人，归根结底，他的船已经走远了，一切都只是假设；时间和内科切阿的浪花会逐渐抹去这些回忆，更何况，苏珊娜在阅读阿道司·赫胥黎的书，这会引出不同的话题，真是幸运。回家的路上我也买了几本新书，我记得是博尔赫斯和／或比奥伊的书。

2 月 27 日

虽然几乎没有人记得了，但《旋律的配合》中斯潘德累尔等待

---

① 约翰·迪克森·卡尔（John Dickson Carr, 1906 – 1977），美国推理小说家。
② 埃勒里·奎因（Ellery Queen），美国推理小说家弗雷德·班宁顿·李和弗雷德里克·丹奈合用的笔名。

和接受死亡的方式依然让我感动。在四十年代，这个故事没能深刻地触动阿根廷的读者；现在可以了，但偏偏已经没有人记得这本书了。我依然忠于斯潘德累尔（我再也没有重读过这部小说，我手头上也没有这本书），虽然已经记不清书里的细节，但我似乎还能看见他欣赏自己最爱的贝多芬四重奏的场景，他知道法西斯军队离他家越来越近，他们要杀死他，他最后的选择让杀害他的凶手变得愈发面目可憎。这个故事也让苏珊娜感动不已，不过她的理由似乎和我的（或许还有赫胥黎的）理由并不完全相同；我们在酒店露台上争论不休，此时一个卖报人经过，我向他买了一份《理性报》，在第八版看到警察们正在调查一桩神秘的死亡事件，看到了难以辨认的"娃娃"的照片，但她的全名和她知名的公共活动让我认出了她，她被送到拉莫斯·梅希亚医院抢救，两小时后毒发身亡。我们今晚回去吧，我跟苏珊娜说，反正这里一直在下毛毛雨。她顿时火冒三丈，我听见她叫我"暴君"。他报复了，我打算让她说下去，我感觉到一阵痉挛从腹股沟升至胃部，那个婊子养的报复了，他大概在船上享受着成果，他没放茶，没放可口可乐，那个蠢货玛露察十分钟内就会招供一切。苏珊娜每说出一句愤怒的话，我都能感受到一阵恐惧，双份威士忌，痉挛，手提箱，要是她真的招供的话，她就是个婊子，只要有人扇她的脸，她就会把一切都招了。

但是玛露察没有招供，第二天下午，我办公室的门下出现了一张安娜贝尔的字条，七点黑色咖啡馆见，她很冷静，拎着那只皮手袋，她甚至没有想过玛露察会让自己陷入麻烦。她发过誓了，她冷静地告诉我，要是我没有扇她巴掌的强烈冲动，我会觉得她的冷静令人佩服。报纸用一半的版面刊登了玛露察的供词，我抵达咖啡馆的时候，安娜贝尔恰好在阅读那份供词。记者写得中规中矩，那个女人声称自己得到了一种致命的毒药，她把毒药倒进了一杯酒里，也就是"娃娃"一次能喝好几升的仙山露里。两个女人之间的冲突到达高潮，认真的记者写道，最后是悲剧的结局，等等。

我差不多忘记了那次与安娜贝尔见面的所有细节，对此我并不觉得奇怪。我看见她冲我微笑（我倒是记得这一点），听见她对我说，律师会证明玛露察是受害者，用不了一年她就能出狱；关于那天下午，我只能清楚地记得那种荒谬的感觉，那是我无法在这里言说的情感，我发现，那时安娜贝尔就像一个漂浮于事实之上的天使，她一口咬定玛露察说得有理（没错，只不过不是在这个意义上），没有人会承担严重的后果。她跟我诉说了一切，我仿佛在听一部广播剧，而这部剧与她本人无关，更与我无关，与那些信件无关，更与那些直接将我卷入威廉与她的纠葛的信件无关。我听着广播剧跟我讲述一切，她与我之间隔着无法测量的距离，她的世界与我的恐惧之间也是如此，我恐惧地找出香烟，又喝了一杯威士忌，当然了，当然没错了，玛露察是个可靠的人，她当然不会招供的。

因为，如果那时我敢肯定什么事的话，那就是我什么都不会跟天使说。我他妈怎么可能让她明白，威廉不会满意现在的状况，他肯定会写信完善他的复仇计划，他会揭发安娜贝尔，顺便指控我窝藏罪犯。要是我说了这些，她会迷惑地看着我，或许还会向我展示那只手袋，仿佛那是有利的证据，这是他送给我的，你怎么能认为他会做这样的事，等等。

我不知道我们后来谈了些什么，我回公寓思考了很久，第二天，我让一位同事帮我照看几个月办公室；虽然安娜贝尔不知道我的公寓在哪，但以防万一，我还是搬去了另一个地方，那恰好是苏珊娜在贝尔格拉诺区租的公寓，我只在那个有利于我健康的街区活动，免得偶尔在市中心碰见安娜贝尔。哈多伊——我完全信任他——开始专注而愉快地暗中监视她，他沉浸于某种被他称为社会渣滓的氛围当中。我采取了无数防范措施，最终都是白费力气，但这些措施还是让我睡得稍微好了一些，我读了一堆书，发现了苏珊娜不同的一面，甚至还意外地发现了她的魅力，这个可怜的姑娘以为我在静养，于是开着她的车带我四处兜风。一个半月以后，威廉的船靠岸了，那天晚上，哈多伊告诉我，安娜贝尔已经和威廉见面了，他们在巴勒莫区的一场舞会上一直待到凌晨三点。唯一合乎逻辑的反应理应是感到轻松，但我不认为我感觉到了轻松，更准确地说，我觉得迪克森·卡尔和埃勒里·奎因完全就是废物，而和那场舞会相比，他们的聪明才智连废物还不如，在那场舞会上，天使遇见了另一个天使（当然可以这么说了），他们跳了一支又一支探戈舞，顺便在我的脸上吐了口唾沫，他们根本没有看我，他们不知道我的存在，更不在意我的存在，他们就像那些在地砖上吐痰的人，吐完后连看都不看一眼。他们天使的规则，天使的世界，玛露察属于那里，在某种意义上，"娃娃"也属于那里。而我在另外一边，与痉挛、安定片和苏珊娜一起度日，还有哈多伊，他还在跟我说舞会的事，他没发现我掏出了手帕，我一边听他讲述，感激他作为朋友倾力帮我监视他们，一边用手帕擦拭我的脸颊，在某种意义上，我在擦干脸上的口水。

2 月 28 日

　　还有一些小细节：回到办公室后，我已经想好了如何跟安娜贝尔解释我不在的原因；我非常了解她缺乏好奇心的性格，她会接受任何一种理由，除非在这段时间里找到了别的译者，不然她还会带着信来让我翻译。但安娜贝尔再也没有来过我的办公室，或许她已经跟威廉做了承诺，还向卢汉圣母发了誓，或许因为我的消失着实冒犯了她，或许因为她在忙着帮钱佩老鸨干活。起初，我觉得自己隐隐约约地在等她，我不知道自己是否真的希望看见她走进办公室，但实际上，我很生气，因为她如此轻易地将我忘记，谁能像我一样给她翻译信件呢，谁能比我更了解威廉、更了解她呢。有两三回，正在翻译专利说明书和出生证明的时候，我突然停下了手中的笔，期待着门被打开，期待着安娜贝尔穿着新鞋子走进来，可紧接着，有人礼貌地打来电话，说明领事发票或是遗嘱的翻译事宜。可我依然避免去那些我可能会在下午或者晚间偶遇她的场所。哈多伊也没再见过她，那几个月，我想去欧洲待一段时间，最后我逐渐留了下来，逐渐定居在那里，一直到今天，一直到白发苍苍，一直到糖尿病把我困在了这间公寓里，这些回忆中。事实上，我本想把这些回忆记录下来，写成一篇关于安娜贝尔和那段时光的故事，写完之后，这些回忆或许会让我觉得好受一些，会让一切变得井然有序，但我已经不认为自己能够写下这个故事了，这本笔记本里满是破碎的纸条，我想要修补它们，想要填补空白，想要讲述关于安娜贝尔的其他的事，却只能告诉自己，我很想写下关于安娜贝尔的故事，而最后，日记本里又多了一页文字，无法提笔写作的一天又过去了。糟糕的是，我无法说服自己，我永远都无法写下这个故事，因为我无法写下关于安娜贝尔的一切，如果我不断地搜集那些与安娜贝尔毫无瓜葛、仅仅与我有关的碎片，那么这对我毫无用处，就像是安娜贝尔想要写一个故事，她想起了我，想起我从来没有带她去过我家，想起我因为惊恐而逃离她的那两个月，想起所有一切，可是安娜贝尔肯定不怎么在意了，只有我还记得极少的往事，而这些往事却不断地从彼处浮现，或许，如果故事有另外的结局会更好，对我来说是如此，对彼处和此处几乎所有的一切也是如此。现在我觉得，德里达说得很对，他说，他对我说：（我）几乎什么都没有了，没有躯体，没有它的存在，没有我的存在，我既不是纯粹的客体也不是纯粹的主体，我对任何事物都毫不在意。毫不在意，没错，因为在时间深处寻找安娜贝尔总会让我一次又一次地陷入我自身之中，虽然我愿意继续想象我在书写安娜贝尔的故事，但写下关于自己的故事是多么悲伤。

图书在版编目（CIP）数据

　　我们如此热爱格伦达／〔阿根廷〕胡里奥·科塔萨尔
著；陶玉平，林叶青译. —— 海口：南海出版公司，
2019.11
　　（科塔萨尔短篇小说全集；4）
　　ISBN 978-7-5442-9585-7

　　Ⅰ. ①我… Ⅱ. ①胡… ②陶… ③林… Ⅲ. ①短篇小
说－小说集－阿根廷－现代 Ⅳ. ① I783.45

　　中国版本图书馆 CIP 数据核字 (2019) 第 054761 号

著作权合同登记号　图字：30–2014–132

我们如此热爱格伦达：科塔萨尔短篇小说全集4
〔阿根廷〕胡里奥·科塔萨尔　著
陶玉平　林叶青　译

出　　版　南海出版公司　　(0898)66568511
　　　　　海口市海秀中路 51 号星华大厦五楼　　邮编 570206
发　　行　新经典发行有限公司
　　　　　电话 (010)68423599　　邮箱 editor@readinglife.com
经　　销　新华书店

责任编辑　黄宁群　陈　蒙
特邀编辑　杨　初　刘丛琪　曹　蕾
营销编辑　柳艳娇　王蓓蓓　梁　颖
装帧设计　李照祥
内文制作　田晓波

印　　刷　肥城新华印刷有限公司
开　　本　850 毫米 ×1168 毫米　1/32
印　　张　13.75
字　　数　290 千
版　　次　2019 年 11 月第 1 版
印　　次　2020 年 10 月第 2 次印刷
书　　号　ISBN 978-7-5442-9585-7
定　　价　68.00 元